Das Buch

Die junge, attraktive Fotografin Alexandra Haywood kehrt voller Trauer in ihre Heimat Kentucky zurück: Ihr Vater, ein lebensfroher Milliardär, soll angeblich Selbstmord begangen haben. Bei der Testamentseröffnung stellt sich heraus, dass das Imperium der Haywoods vor dem Bankrott steht. Alexandra sieht sich gezwungen, die Firmen ihres Vaters aufzulösen und auch dessen edle Rennpferde zu verkaufen. Es kommt zu einem heftigen Streit mit dem Gestütsmanager Joe Welch, der sein Lebenswerk in Gefahr sieht und zudem auf das Einkommen angewiesen ist. Bald darauf ereignen sich mysteriöse Zwischenfälle auf dem Gestüt, die Alexandra zutiefst beunruhigen. Ausgerechnet bei Joe sucht sie Schutz, aber der überaus anziehende Mann hegt eine tiefe Abneigung gegen die verwöhnte Milliardärstochter. Dennoch kommen die beiden sich näher und stürzen kopfüber in eine leidenschaftliche Affäre. Noch ahnt niemand, dass zur selben Zeit ein Psychopath seine mörderischen Fallen auslegt …

Die Autorin

Karen Robards hat zahlreiche Romane und Erzählungen verfasst. Sie lebt mit ihrem Ehemann und ihren drei Söhnen in Kentucky. Im Wilhelm Heyne Verlag sind erschienen: *Piraten der Liebe* (Band 01/10631); *Sommer des Herzens* (Band 04/149).

KAREN ROBARDS

NACHT DES SCHICKSALS

Aus dem Amerikanischen
von Alexandra von Reinhardt

WILHELM HEYNE VERLAG
MÜNCHEN

HEYNE ALLGEMEINE REIHE
Nr. 01/13465

Titel der Originalausgabe
PARADISE COUNTY

Umwelthinweis:
Dieses Buch wurde auf
chlor- und säurefreiem Papier gedruckt.

Deutsche Erstausgabe 2/2002

http://www.heyne.de
Printed in Denmark 2002
Umschlagillustration: The Image Bank/Carlos Navajas
Umschlaggestaltung: Nele Schütz Design, München
Satz: Pinkuin Satz und Datentechnik, Berlin
Druck und Bindung: Nørhaven Paperback A/S, Viborg

ISBN 3-453-19580-9

Dieses Buch ist in Liebe meinem Mann Doug
und unseren drei Söhnen
Peter, Christopher und Jack gewidmet.

Gewidmet ist es ferner Caroline Tolley
und ihrem kleinen Sohn,
John Andrew Malabre jr., Lauren McKenna,
die sehr viel Geduld hatte,
und Steve Axelrod und Damaris Rowland,
die an mich glaubten.

1

Sobald er den dunklen Stall betrat, wusste Joe Welch, dass er die Quelle seines Unbehagens ausfindig gemacht hatte. Etwas war hier nicht in Ordnung. Jemand hielt sich im Stall auf, jemand, der dort nichts zu suchen hatte. Die Vollblüter bewegten sich aufgeregt in ihren Boxen, anstatt wie sonst bei Nacht ruhig zu schlafen. Ein Pferd – Joe glaubte, dass es Suleimann war – wieherte leise. Er spürte die Anwesenheit eines unsichtbaren Fremden. Er konnte sie ebenso wahrnehmen wie den Rauchgeruch von draußen, wo er am Nachmittag Unkraut verbrannt hatte.

Joe stand in dem Rechteck des Mondlichts, das durch die breite Tür einfiel, die er soeben geöffnet hatte. Seine Augen schweiften über die langen Reihen von Boxen und suchten im Dunkeln nach dem Eindringling. Gleichzeitig tasteten seine Finger auf der glatten Holzwand nach dem Lichtschalter.

Er fand ihn, drückte darauf – nichts! Kein Strom, was allerdings nicht ungewöhnlich war. Am Abend hatte ein starker Wind geblasen, und das genügte in dieser Gegend oft, um eine Stromleitung zu beschädigen. Vielleicht war aber auch eine Sicherung durchgebrannt. Das passierte manchmal, wenn zu viele Lampen eingeschaltet wurden. In dieser Nacht war das Herrenhaus hell beleuchtet, wie er gesehen hatte, als er das Feld überquert hatte. Also handelte es sich vermutlich um einen Kurzschluss. Verdammt!

Joe ließ die Hand sinken und spähte wieder in die Dunkelheit. Nach wenigen Minuten entdeckte er, wonach er gesucht hatte: die Silhouette einer menschlichen

Gestalt. Sie saß auf dem mit Sägespänen bestreuten Boden, den Rücken an die linke Stallwand gelehnt. Lange ausgestreckte Beine hoben sich wie schwarze Baumstämme vom helleren Sägemehl ab. Vielleicht hätte Joe diesen Schatten in der Dunkelheit übersehen, wenn es nicht der einzige gewesen wäre, der sich nicht bewegte, während alle anderen Schatten außerhalb des Mondlichtstreifens umherzuhuschen und zu tanzen schienen.

Suleimann – jetzt war Joe ganz sicher, dass es der große rotgraue Hengst war – wieherte wieder ängstlich.

»Sie dort! Geben Sie sich bitte zu erkennen!«, rief Joe energisch, aber nicht grob, denn immerhin bestand die Möglichkeit, dass es sein Arbeitgeber oder einer von dessen Gästen war, der hier im Stall auf dem Boden hockte.

Keine Antwort. Keine Bewegung. Nichts.

Joe holte tief Luft und spannte unwillkürlich seine Muskeln an. Multimillionäre und ihre Freunde pflegten nicht bei Nacht in Pferdeställen zu sitzen. Doch wer kam sonst in Frage? Zwei Pferde waren erst vor wenigen Monaten, im Juli, auf dem Markt in Keeneland gekauft worden, jedes für etwa eine Million Dollar. Auch die übrigen Vollblüter waren mehr oder weniger wertvoll. Ein Eindringling führte mit Sicherheit nichts Gutes im Schilde.

Während Joe sich darauf einstellte, den unverschämten Kerl notfalls mit Prügeln in die Flucht zu schlagen, stieg ihm außer den vertrauten Gerüchen nach Heu, Dünger, Hafer und Pferden ein scharfer Gestank in die Nase, der ihn anwiderte. Es war ein Geruch, den er seit seiner Kindheit kannte und verabscheute.

Seine Nervenanspannung machte Wut und Frustration Platz. »Dad?« Es konnte nur sein Vater sein, der sich wieder einmal sinnlos betrunken hatte, obwohl er nach jedem Rückfall hoch und heilig schwor, nie wieder einen Tropfen anzurühren. Wenn er einen Vollrausch hatte, stattete Cary Welch den Stallungen von Whistledown gelegentlich einen Besuch ab und redete sich ein, er wäre immer noch ein großartiger Trainer und nicht ein versoffener alter Mann mit einem so schlechten Ruf, dass kein Pferdebesitzer ihn in die Nähe seiner Tiere ließ.

Das galt auch für Charles Haywood, Joes Arbeitgeber und Eigentümer der Whistledown Farm, zu der diese Stallung gehörte.

Keine Antwort, außer einem weiteren aufgeregten Wiehern von Suleimann und dem unruhigen Stampfen von Hufen anderer Pferde. Trotzdem bewegte sich die auf dem Boden hockende Gestalt nicht. Doch der Geruch war eindeutig.

»Verdammt, Dad, du hast in diesem Stall nichts zu suchen, wenn du besoffen bist, das weißt du genau! Ich sollte dich mit einem kräftigen Tritt in den Arsch ins Freie befördern!«

Der dunkle Schatten reagierte nicht, rührte sich nicht. Hatte sein Vater das Bewusstsein verloren?

Fluchend ging Joe auf die reglose Gestalt zu. Pferde hoben schnaubend ihre Köpfe, als er durch den Gang zwischen ihren Boxen ging. »Glaubst du, dass ich dich nicht sehe? Du irrst dich – ich kann dich wie bei hellem Tageslicht sehen, du alter Säufer!« Seine Stiefel hörten sich in der nächtlichen Stille auf dem Sägemehl viel lauter als sonst an. Die Silhouette – sein Vater? – verharrte so regungslos wie ein Kaninchen, das einen Hund witterte. »Ich sag's dir jetzt ein allerletztes Mal – ich werde diesen Unfug nicht länger dulden!« Es war kurz nach ein Uhr nachts an einem kalten Donnerstag Anfang Oktober. Joe war wie immer um elf zu Bett gegangen und – ebenfalls wie immer – eingeschlafen, sobald sein Kopf das Kissen berührt hatte. Doch dann war er abrupt aufgewacht – genau um 0.38 Uhr, wie die Leuchtziffern seines Weckers auf dem Nachttisch verraten hatten. Das war ihm seit ewigen Zeiten nicht mehr passiert. Ein langer Tag harter körperlicher Arbeit war das beste Heilmittel gegen Schlaflosigkeit, hatte er in jenen Jahren gelernt, als es ihm besonders schlecht ging.

Benommen, verärgert und beunruhigt war er aus dem Bett gesprungen und hatte als Erstes geglaubt, mit seinen Kindern sei etwas nicht in Ordnung. Rasch zog er die Jeans und das Flanellhemd an, die auf einem Stuhl in der Ecke seines kleinen Schlafzimmers lagen, und tappte barfuß in den zugigen Flur des alten Farmhauses.

Zuerst warf er einen Blick in Jens Zimmer, das seinem eigenen gegenüberlag. Ohne Licht zu machen, schob er seinen Kopf durch den Türspalt. Seine elfjährige Tochter schlief auf der Seite, mit angewinkelten Beinen, eine kleine Hand unter der braun gebrannten Wange, die kurzen dunklen Haare fächerförmig auf dem Kissen ausgebreitet, zugedeckt mit der alten rotbraunen Steppdecke, die sie wegen des Pferdemusters besonders liebte. Ruffles, der fette Beaglemischling, der Jens ständiger Begleiter war, schlief zwischen ihren Füßen auf dem Rücken, alle viere in die Luft gestreckt, die langen Ohren schlapp neben dem Kopf. Im Gegensatz zu Jen schnarchte die Hündin, öffnete dann aber ein halbes Auge und blinzelte Joe schläfrig zu.

Er schloss leise die Tür. Hier war alles in Ordnung und eigentlich hatte er nichts anderes erwartet. Mit Jen gab es nie Probleme. Hin und wieder befürchtete er, dass sie ihrer Mutter nachgeraten könnte, doch er schlug sich solche Gedanken immer schnell aus dem Kopf. Schließlich war er es, der das Mädchen erzog, nicht Laura, die ihn und die Kinder vor langer Zeit verlassen hatte.

Josh und Eli waren nicht so unkompliziert. Ihr gemeinsames Zimmer lag nur wenige Schritte entfernt, hinter dem Bad. Höchstwahrscheinlich hing Joes Gefühl, dass irgendetwas nicht stimmte, mit einem seiner Söhne zusammen. Nicht dass sie schlimme Jungen waren – darüber konnte er sich wirklich nicht beklagen –, aber als Halbwüchsige trieben sie nun einmal gern Unfug.

Er öffnete die Tür und sah den sechzehnjährigen Eli auf einem der Betten schlafen. Der Junge lag in Jeans und T-Shirt auf dem Rücken, ein Arm hing über die Bettkante, die Füße in einstmals weißen, aber jetzt eher grauen Sportsocken ragten fast zehn Zentimeter über die Matratze heraus und er hatte Kopfhörer auf. Eli war fast so groß wie Joe selbst – 1,90 Meter –, aber noch ziemlich schlaksig. Sein Mund war leicht geöffnet, und er schnarchte, ein Schulbuch auf der Brust – vermutlich Algebra, denn er hatte erzählt, dass am nächsten Morgen eine wichtige Klassenarbeit geschrieben würde.

Das Bett des vierzehnjährigen Josh war zerwühlt, aber leer. Aha, dachte Joe, stolz auf seine elterlichen Antennen. Seit vielen Jahren Vater und Mutter in einer Person, war er besonders gut auf sein Trio eingestimmt. Wenn Josh um diese Uhrzeit noch auf war – in der Hoffnung, dass sein alter Herr wie ein Stein schlief –, würde er gleich eine unangenehme Überraschung erleben.

Die Lampe zwischen den beiden Betten brannte, und die Stereoanlage musste auf volle Lautstärke eingestellt sein, denn Joe konnte trotz der Kopfhörer das Wimmern von Gitarren und das rhythmische Dröhnen von Schlagzeugen hören. Er hatte Eli unzählige Male gepredigt, dass es vernünftiger wäre, Schularbeiten ohne diesen ohrenbetäubenden Lärm zu machen. Natürlich behauptete Eli, die Musik helfe ihm, sich zu konzentrieren, doch seine Zensuren bewiesen eher das Gegenteil.

Joe verzog den Mund, betrat das Zimmer, legte das Algebrabuch auf den Nachttisch, schaltete die Stereoanlage aus, zog seinem Sohn die Kopfhörer von den Ohren, legte sie ebenfalls auf den Nachttisch, knipste die Lampe aus und verließ das Zimmer.

Wo mochte Josh sein?

Als Joe die steile, schmale Treppe zum Erdgeschoss hinabging, hörte er den Fernseher und ein bläuliches Licht fiel auf den Türbogen des Wohnzimmers und verlieh den abgetretenen Dielen einen gespenstischen purpurnen Schimmer. Mit gerunzelter Stirn trat Joe in diesen Lichtstreifen und schaute nach links, ins Wohnzimmer. Josh lag gemütlich auf der Couch, in dem grauen Pullover und den verblichenen Jeans, die er auch in der Schule angehabt hatte, seinen dunklen Kopf auf einen angewinkelten Arm gebettet, und schaute sich einen *Terminator*-Film an.

»He, Kumpel, warum bist du nicht im Bett?«, knurrte Joe mürrisch, obwohl er insgeheim erleichtert war, dass sein aufsässigstes Kind das Haus nicht verlassen hatte.

Josh drehte sich nach ihm um. »Eli braucht Licht, um lernen zu können«, erklärte er mit der verbitterten Stimme, die scheinbar benachteiligte jüngere Brüder in aller Welt an sich hatten.

»Schwindler!« Joe schaltete den Fernseher aus. »Eli schläft und du gehst jetzt auch ins Bett. Morgen ist ein Schultag.«

»Dad, das war Arnold!«, protestierte Josh, während er sich aufsetzte. Knapp 1,75 Meter groß und dünn wie ein Streichholz, war er noch lange nicht ausgewachsen. Frustriert fuhr er sich über die Stoppelhaare. Diese Frisur war Joshs Versuch, Eli so wenig wie möglich ähnlich zu sehen, der seine nackenlangen schwarzen Locken sorgfältig pflegte. Die Brüder hänselten sich gegenseitig mit ihren Frisuren, konnten ihre Ähnlichkeit aber trotzdem nicht verleugnen.

»Jammerschade! Es ist fast eins und du gehst jetzt ins Bett«, sagte Joe streng.

»Kann ich den Film nicht zu Ende sehen?«, bettelte Josh und schaute mit flehenden blauen Augen zu seinem Vater auf.

»Nein! Ab ins Bett! Sofort!«

»Bitte.«

»Du hast doch gehört, was ich gesagt habe.« Josh stellte Joes Geduld ständig auf eine harte Probe, und wenn er ihm etwas fünfzig Mal befehlen musste, bevor der Junge gehorchte, war er oft versucht, mit einem Tritt in den Hintern nachzuhelfen. Aber er hatte andererseits viel Verständnis für dieses Auftrumpfen seines Jüngsten. Josh wollte auf diese Weise seine Individualität unter Beweis stellen, weil er den älteren Bruder beneidete, der in seinen Augen schon fast erwachsen und viel gewandter war.

»Wenn du Eli befehlen würdest, das Licht zu einer vernünftigen Zeit auszuschalten, würde ich längst schlafen. Aber Eli darf ja alles!«, maulte Josh.

»Joshua, ab ins Bett.« Joe verschränkte seine Arme über der Brust und zählte im Geiste bis zehn.

Vater und Sohn starrten einander an. Dann kapitulierte Josh schnaubend, stand auf und schlurfte aus dem Zimmer, wobei die viel zu langen Hosenbeine seiner ausgebeulten Jeans über den Boden schleiften. Joe schaute ihm kopfschüttelnd nach und drehte sich dann langsam in dem dunklen Wohnzimmer um.

Mit den Kindern war alles in Ordnung. Welches ungewöhnliche Geräusch mochte ihn aus dem Schlaf gerissen haben? Der Fernseher? Oder hatte Josh aus Versehen irgendetwas fallen lassen?

Vielleicht. Höchstwahrscheinlich. Aber wenn er schon aufgestanden war, konnte es nicht schaden, nach den Pferden zu schauen, die ihm fast genauso am Herzen lagen wie seine Kinder.

Mit Pferden verdiente er seinen Lebensunterhalt, aber sie waren auch seine große Leidenschaft. Er züchtete sie, trainierte sie, pflegte sie. Seine eigenen waren in dem schäbigen schwarz gestrichenen Stall hinter seinem

Haus untergebracht, die von Charles Haywood in einem großen weißen Stall mit zwei Giebeln, oben auf dem Hügel.

Während er mit halbem Ohr den Geräuschen lauschte, die Josh beim Zubettgehen verursachte – Rauschen von Toilettenspülung und Wasserhahn, Knarren des Fußbodens, Öffnen und Schließen von Türen –, ging Joe über den Korridor in die Küche auf der hinteren Seite des Hauses. Er setzte sich auf einen der stabilen weißen Stühle und zog seine braunen Schnürstiefel an, die er nach Feierabend immer neben der Hintertür abstellte. Dann nahm er seinen leuchtend blauen Nylonparka mit dem Emblem der University of Kentucky vom Garderobenhaken, ging hinaus, schloss die Tür hinter sich ab und stapfte über das leicht gefrorene Gras.

Es war eine schöne klare Nacht, allerdings ungewöhnlich kalt für den Monat Oktober, der in Kentucky meistens mild war. Dutzende von Sternen funkelten am mitternachtsblauen Himmel. Der fast volle Mond, rund und weiß wie ein Autoscheinwerfer, beleuchtete die liebliche Landschaft mit ihren sanften Hügeln, Häusern, Scheunen, Zäunen und Landstraßen.

Joes dreizehn Hektar grenzten an Haywoods zweihundertfünfzig Hektar, doch weil sein Besitz ursprünglich ein Teil der Whistledown Farm gewesen war, lagen die beiden Pferdeställe höchstens zwei Hektar voneinander entfernt, und Joe konnte mühelos zu Fuß von einem zum anderen gelangen, zumal das Gelände nur durch einen niedrigen schwarzen Bretterzaun getrennt war.

Während er sich seinem bescheidenen Stall auf der kleinen Anhöhe näherte, schimmerte der dreieckige Teich zur Rechten im Mondschein und der Nachthimmel spiegelte sich darin. Das überdachte Trainingsgelände – oval, etwa zwei Kilometer lang, wo er auch bei schlechtem Wetter mit den Pferden arbeiten konnte – lag hinter dem Teich und sah aus der Ferne wie ein schwarzer Zugtunnel aus. Irgendwo in den Wäldern am Rand des Besitzes schrie eine Eule und heulte ein Kojote. Am Waldrand hob sich die kleine Blockhütte seines Vaters dunkel von den Bäumen ab. Dort brannte kein Licht, was Joe nicht wunderte. Sein verwitweter Vater war wie er selbst ein Pferdenarr, und das bedeutete, dass er früh zu Bett ging und früh aufstand.

Freilich nur dann, wenn er nicht getrunken hatte ...

Joe betrat den Stall, schaltete die Deckenlampen ein – eine Reihe billiger Leuchtstoffröhren, nicht elegant, aber praktisch – und schaute sich um. Silver Wonder trat blinzelnd an den Rand ihrer Box und schnaubte fragend. Auch Drago und Timber Country schauten Joe neugierig an. Andere Pferde folgten ihrem Beispiel. Eine innere Uhr sagte den Tieren, dass es noch tiefe Nacht war, und sie wunderten sich offensichtlich, was Joe um diese Zeit in ihrem Domizil zu suchen hatte.

»Alles in Ordnung, Mädchen?« Er ging auf Silver Wonder zu und streichelte den schönen Kopf der zehnjährigen Zuchtstute, die ihn zärtlich anstupste, in Erwartung eines Leckerbissens. Joe holte ein Pfefferminzbonbon aus der Tasche, wickelte es aus dem Papier und streckte es der kleinen grauen Stute auf offener Handfläche hin. Silver Wonder liebte Pfefferminzbonbons über alles. Während sie genüsslich schmatzte, ging er den Mittelgang zwischen den beiden Reihen von Boxen entlang und vergewisserte sich, dass überall alles in Ordnung war. Das Verhalten der Pferde bewies ihm, dass es hier keinerlei Probleme gab. »Schlaft weiter«, sagte Joe, klopfte Silver Wonder noch einmal liebevoll auf den Hals, ohne ihr stummes Betteln um ein zweites Pfefferminzbonbon zu erhören, schaltete das Licht aus und verließ den Stall, in dem sich auch sein kleines Büro befand.

Wahrscheinlich war Joshs spätes Aufsein das einzig Ungewöhnliche in dieser sternenklaren Nacht gewesen. Dies war schließlich Simpsonville, Kentucky. 907 Einwohner, das Herz von Shelby County, einem Zentrum der Pferdezucht. Wegen der landschaftlichen Schönheit und des ruhigen Lebensstils nannten die Einheimischen es auch *Paradise County*. Verbrechen gab es hier so gut wie nie.

Trotzdem wurde Joe das Gefühl nicht los, dass irgendetwas nicht stimmte.

Er würde jetzt nach den Pferden im großen Stall seines Arbeitgebers sehen und vorsichtshalber auch noch die Blockhütte seines Vaters umrunden, bevor er in sein eigenes Haus zurückkehrte.

Es war ein Kinderspiel, über den Holzzaun zu steigen – er tat es tagtäglich mindestens ein Dutzend Mal: einen Fuß auf das unterste Brett gestellt, schwang er das andere Bein über das oberste Brett und schon stand er auf der anderen Seite. Während er den Hügel erklomm, hörte er nur das Knirschen seiner Stiefel im gefrorenen Gras und die fernen Geräusche jagender Nachttiere und -vögel. Am Horizont war Whistledown, Haywoods weißes Herrenhaus, zwischen alten Eichen deutlich zu erkennen. Die Mauern der vor dem Bürgerkrieg erbauten Villa schimmerten gelblich, weil die Außenbeleuchtung eingeschaltet war. Durch die geschlossenen Vorhänge von mindestens einem Dutzend Fenster fiel gedämpftes Licht ins Freie. Normalerweise stand das Haus leer, doch Mr. Haywod war für die Keeneland-Pferderennen hergekommen und hatte Freunde eingeladen. Auf der langen Auffahrt parkten vier teure Autos.

Wie man sich wohl fühlen mochte, wenn man so reich war, dass man einen prächtigen Besitz wie Whistledown nur etwa sechs Wochen im Jahr bewohnte, hauptsächlich während der Rennen im Frühling und Herbst? Für

Charles Haywood waren Pferde nur ein teures Hobby und außer der Whistledown Farm besaß er mindestens ein Dutzend weiterer Anwesen im ganzen Land. Vermutlich hatten auch Milliardäre irgendwelche Probleme, dachte Joe – jeder Mensch hatte Probleme –, aber jedenfalls brauchten sie sich nicht mit finanziellen Sorgen herumzuschlagen wie er selbst. Über sein Gehalt konnte er sich eigentlich nicht beklagen, doch seine Kinder und seine Pferde kosteten viel Geld, und er hatte keine Garantie, diese Auslagen jemals erstattet zu bekommen.

Im Gegensatz zu seinem eigenen zugegebenermaßen schäbigen Stall war die Stallung von Whistledown mit weißer Farbe frisch gestrichen und wurde von zwei scharlachroten Kuppeln gekrönt – dem Markenzeichen der Farm. Joe entriegelte die Tür und trat ein ...

Minuten später eilte er mit großen Schritten auf die regungslose Silhouette zu, vom Whiskygeruch angezogen wie von einem Leuchtsignal – wütend, fluchend und fest entschlossen, seinen Vater endlich das Fürchten zu lehren.

Er war mit seiner Geduld am Ende. Vor sechs Wochen hatte Cary seinen Enkel Eli in der Halbzeitpause eines Basketballspiels der Shelby County High School blamiert, als er betrunken auf das Spielfeld getorkelt war und das Kampflied der Schule gelallt hatte. Joe hatte seinen Vater weggeschleppt, und als Cary wieder nüchtern gewesen war, hatte er geschworen, zeit seines Lebens keinen Tropfen Alkohol mehr anzurühren.

Aber Joe hatte diesen Schwur schon unzählige Male gehört – und er war immer wieder gebrochen worden. Sein Dad wusste allerdings genau, dass er sich den Pferden nicht nähern durfte, wenn er getrunken hatte – am allerwenigsten den Pferden, die Haywood gehörten, und schon gar nicht, wenn dieser sich in Whistledown aufhielt.

Es war so dunkel, dass Joe kaum etwas erkennen konnte, aber als er einen knappen Meter vor der Gestalt stehen blieb, schien sie ihn immer noch nicht wahrzunehmen. Plötzlich stiegen Zweifel in ihm auf: Vielleicht war es doch nicht sein Vater. Die Gestalt sah eigentlich viel größer und kräftiger als Cary aus. Er wusste jetzt nur eines mit ziemlicher Sicherheit: es musste sich um einen Mann handeln. Schuhe, Hose, Statur – alles machte einen maskulinen Eindruck. Der Kerl saß auf dem Boden, die Beine steif ausgestreckt, den Kopf etwas zur Seite gewandt. Seine Arme hingen schlaff herab, die Handflächen wiesen auf dem Boden nach oben. Die Augen schienen geschlossen zu sein, denn andernfalls hätte sich das Mondlicht in den Pupillen spiegeln müssen.

»Dad?«, sagte Joe, obwohl er inzwischen fast davon überzeugt war, nicht seinen Vater vor sich zu haben. Jetzt stieg ihm ein neuer Geruch in die Nase, nicht so vertraut wie der Alkohol – schärfer, ätzender.

»Los, aufstehen!«, rief er mit harter Stimme.

Der Mann bewegte sich nicht.

Die rotbraunen Sägespäne sahen in der Dunkelheit fast schwarz aus. Aber rechts neben dem Mann war eine noch schwärzere Pfütze, eine ölige Pfütze, die immer größer zu werden schien.

Joe trat noch näher heran, bückte sich und legte dem Mann eine Hand auf die Schulter.

Immer noch keine Reaktion.

»He!« Joe schüttelte die Schulter. »He, Sie!«

Der Kopf des Mannes sank nach vorne, und sein Oberkörper sackte zur Seite, wobei die Lederjacke über die Holzwand schabte. Seltsam verrenkt, schlaff wie eine Stoffpuppe, kam er dicht über der öligen Pfütze zur Ruhe.

Eine überaus unnatürliche Haltung, dachte Joe. Der Mann musste total betrunken sein – oder tot.

Tot?

Überall um Joe herum schnaubten jetzt die Pferde und stampften mit den Hufen: Die Tiere spürten, dass in ihrer kleinen Welt etwas nicht in Ordnung war. Ihre Nervosität übertrug sich auf Joe und seine Nackenhaare sträubten sich. Wieder hatte er das unheimliche Gefühl einer fremden unsichtbaren Anwesenheit im Stall, doch als er einen Blick über seine Schulter hinweg warf, sah er nur Mondlicht, Schatten und wippende Pferdeköpfe. Zum ersten Mal wurde ihm richtig bewusst, wie abgelegen dieser Stall war.

Es gab einen Film, den Eli besonders liebte. An den genauen Titel konnte Joe sich nicht erinnern, aber es war etwas in der Art von: Im Weltall kann niemand deine Schreie hören.

So etwa fühlte er sich jetzt, da er in der Dunkelheit neben der zusammengesackten regungslosen Gestalt stand. Unsichtbare Augen schienen wie eisige Finger über seine Haut zu kriechen und er drehte sich wieder um. Außer den Pferden, den huschenden Schatten und dem Mondlicht war immer noch nichts zu sehen. Trotzdem stand für Joe plötzlich fest, dass er nicht allein war.

»Wer ist da?«, rief er scharf.

Erwartungsgemäß kam keine Antwort. Mit schmalen Lippen wandte Joe seine Aufmerksamkeit erneut dem Mann zu und berührte die ölige Pfütze im Sägemehl. Die Flüssigkeit war klebrig – und warm.

Blut! Er erkannte den süßlichen Geruch sofort, als er sich die Finger unter die Nase hielt.

»Mein Gott!«, murmelte Joe und wischte seine Hand an trockenen Sägespänen ab. Dann legte er sie auf den Hals des Mannes. Die Haut war warm, aber er konnte keinen Puls fühlen.

Er bückte sich noch tiefer und betrachtete das Gesicht aus nächster Nähe. Seine Augen hatten sich an die Dunkelheit gewöhnt, und obwohl er keine Einzelheiten und keine Farben erkennen konnte, sah er jetzt doch, dass die Augen des Mannes wirklich geschlossen waren. Dafür klaffte sein Mund offen, gefüllt mit schwarzem Schaum, bei dem es sich nur um Blut aus der Lunge handeln konnte.

Charles Haywood! Joe zog scharf die Luft ein, als er seinen Arbeitgeber erkannte. Haywood hatte ein Loch in der linken Schläfe. Und etwa zehn Zentimeter von seiner linken Hand entfernt lag eine Pistole.

Endlich begriff Joe auch, welcher ungewöhnliche Geruch ihm außer dem Alkohol aufgefallen war: der Gestank von Pulver, der noch in der Luft hing.

Charles Haywood war erst vor kurzer Zeit erschossen worden.

2

Der Jäger schaute aus den dunklen Schatten heraus hungrig zu. Er konnte noch das Blut riechen, die Wärme auf seinen Fingern und den salzigen Geschmack auf der Zunge spüren. Er konnte sich lebhaft vorstellen, wie der Lebenssaft, rot wie Bordeaux, aus dem Körper seines Opfers rann. Doch das alles befriedigte ihn nicht, hinterließ eher ein Gefühl von Leere, so als atme man beim Kochen aromatische Düfte einer köstlichen Speise ein, ohne sie anschließend essen zu können. Dieser Mord war nicht geplant gewesen – eine Notwendigkeit, kein echter Genuss.

Die Tat hatte jedoch seinen Appetit auf Genuss geweckt. Nachdenklich betrachtete er den Mann, der sich über das Opfer beugte. Es war dunkel und sie waren allein. Trotzdem – nein! Lieber vorsichtig sein, riet ihm sein Verstand. Seit vielen Jahren lauerte er Ahnungslosen auf, brachte sie bei Nacht schnell und lautlos in seine Gewalt und transportierte sie an einen Ort, wo niemand ihre Schreie hörte, wo er nach Belieben mit ihnen spielen und sich an ihren Qualen und ihrem Entsetzen weiden konnte. Dieser Mann hier war zwar nicht unattraktiv, hatte markante Gesichtszüge und eine glatte Haut, aber er war nicht der richtige Typ. Ihn zu erlegen – wenn es denn gelänge – wäre nicht viel befriedigender als der andere Mord.

Jugend und Schönheit – das waren die beiden Faktoren, die ihn wirklich erregten.

Der Jäger huschte geräuschlos aus dem Stall. Tief geduckt, im schwarzen Schatten des Zauns, eilte er an den Feldern entlang zu seinem Auto, das an einer Stelle abgestellt war, wo niemand es sehen konnte. Als er sich auf den Fahrersitz fallen ließ, war er völlig außer Atem und in Schweiß gebadet, nicht nur wegen seiner Korpulenz, sondern auch, weil seine Mordlust nicht wirklich befriedigt worden war.

Er wollte mehr. Er brauchte mehr. Er musste mehr haben. Seine Bedürfnisse waren genauso unaufschiebbar wie die eines Drogensüchtigen. Er konnte nicht warten!

Eigentlich hatte er nicht vorgehabt, heute Nacht auf die Jagd zu gehen, aber Pläne ließen sich ändern, dachte er, während er seinen umgebauten Chevy Blazer auf die U.S.60 lenkte. Beute zu machen war nicht schwierig, wenn man genau wusste, was man wollte, und das war bei ihm der Fall.

Die Interstate war kaum fünf Meilen entfernt, und dort gab es eine Raststätte, ganz in der Nähe seines eigenen Heims. Er stellte sich manchmal vor, er wäre eine Spinne – eine große haarige Spinne auf der Suche nach schmackhaften Mahlzeiten. Diese Spinne hatte ein weites dichtes Netz gesponnen und die Raststätte bildete einen Knotenpunkt. Dort konnte er fast immer appetitliche Nahrung finden, wenn ihm danach zu Mute war.

Beim Fahren kurbelte er ein Fenster hinunter und atmete die kalte Luft ein, die nach Pflanzen und Tieren roch. Nun, da die Jagd eröffnet war, fühlte er sich lebendiger als zu anderen Zeiten. Seine Sinne waren geschärft. Vorfreude zauberte ein verklärtes Lächeln auf sein Gesicht und er schaltete das Autoradio ein – seinen Lieblingssender, der auf die Golden Oldies spezialisiert war. Als *Satisfaction* von den Rolling Stones ertönte, grinste er noch breiter, weil der Song so passend war. Suchte nicht auch er nach Befriedigung?

Bald würde sie ihm zuteil werden.

Auf der Landstraße herrschte um diese Zeit so gut wie kein Verkehr. Seine Scheinwerfer beleuchteten Felder, Zäune und Weiden. Nach Mitternacht lag das ganze County in tiefem Schlaf. Der Gedanke, wie sicher seine Nachbarn sich in ihren Betten fühlten, amüsierte ihn immer. Er war hier geboren, hatte fast sein ganzes Leben hier verbracht. Die Einheimischen liebten ihre idyllische Heimat und nannten sie ein Paradies. Keiner ahnte, dass es hier auch eine Hölle gab. Das wussten nur jene, die dem Jäger ins Netz gingen – und die konnten es niemandem mehr verraten.

Er bog nach rechts auf die Interstate ab und fuhr etwa drei Meilen in östliche Richtung, bis er die Raststätte erreichte. Vor dem schwach beleuchteten Ziegelgebäude mit Verkaufsautomaten und Toiletten standen nur zwei Wagen – ein schwarzer Camry und ein blauer Kleintransporter, aus dem gerade eine Familie ausstieg: Vater, Mutter und zwei müde Kinder. Sie steuerten auf die Toiletten zu. Der Jäger fuhr langsam weiter. An Familien hatte er kein Interesse.

Gleich hinter der Raststätte begannen dichte Wälder,

die bei einheimischen Hirschjägern sehr beliebt waren. Dort parkte er den Geländewagen und holte seinen zusammenklappbaren Motorroller aus dem Kofferraum. Später würde er damit zu seinem Wagen zurückfahren, doch jetzt schob er ihn geräuschlos vor sich her. Dieser fahrbare Untersatz sah fast wie ein Kinderspielzeug aus, und die massige Gestalt des Jägers wirkte darauf so lächerlich, dass man ihn für völlig harmlos hielt.

Er hatte einen Lieblingsplatz in den tiefen Schatten am Waldrand: einen umgestürzten Baum, auf dem er gemütlich sitzen und das Kommen und Gehen an der Raststätte beobachten konnte, ohne selbst gesehen zu werden. Manchmal musste er lange warten, um zu bekommen, was er wollte, doch das störte ihn nicht. Warten gehörte nun einmal zur Jagd.

Manchmal bekam er nicht, was er wollte, und musste unbefriedigt nach Hause zurückkehren. Dann setzte er die Jagd in den nächsten Nächten fort, an verschiedenen Stellen seines weiten Netzes, wobei die freudige Erwartung von Tag zu Tag zunahm.

Früher oder später bekam er immer, was er wollte.

Geduldig wie eine Raubspinne saß er in dieser kalten Oktobernacht auf dem Baumstamm, beobachtete den Mond, der am dunklen Himmel langsam nach Westen wanderte, beobachtete, wie die Schatten der hohen Tannen auf dem Parkplatz länger wurden, beobachtete die PKW, LKW und Transporter, die hier kurz anhielten, beobachtete Fahrer und Beifahrer, die sich an den Automaten bedienten oder die Toiletten aufsuchten.

Als sie kamen, schenkte er ihnen zunächst wenig Beachtung. Ein junges Pärchen in einem neuen hellblauen VW-Käfer, den das Mädchen lenkte. Keine geeignete Beute, dachte der Jäger. Zwei Personen waren doppelt so schwer zu schnappen wie eine einzelne, und die Wahrscheinlichkeit, dass jemand sie vermissen würde, war doppelt so groß. Er war kein Narr, er ging keine unnötigen Risiken ein. Doch dann stieg das Mädchen aus und trat ins Licht der Straßenlaterne. Es war schön, schön auf jene Weise, die er besonders liebte: lange blonde Haare, gertenschlank in engen Jeans und einer hellbraunen Jacke. Die Kleine lachte dem jungen Mann, der ebenfalls ausgestiegen war, über die Schulter hinweg zu, wobei strahlend weiße Zähne zum Vorschein kamen. *Hahaha* – fröhliche Klänge in der kalten Nacht!

»Kann ich was dafür, dass ich so oft pinkeln muss?«, rief sie ihrem Freund zu und lachte wieder.

Der Jäger hatte eine besondere Vorliebe für schöne lachende Blondinen – sogar für solche, die oft pinkeln mussten.

Der junge Mann antwortete etwas, aber der Jäger hörte nicht zu. Ihn interessierte an dem Burschen nur, ob er möglicherweise Widerstand leisten würde. Höchst unwahrscheinlich: ein schlaksiger Junge, höchstens 1,75 Meter groß. Zudem nicht auf irgendwelche Probleme vorbereitet.

Ein Weichei, dachte der Jäger. Er ließ seinen Motorroller zurück, stand auf und ging mit großen Schritten auf den Ziegelbau zu. Nachdem er sich vergewissert hatte, dass der blaue VW-Käfer das einzige Auto auf dem Parkplatz war, folgte er dem Burschen in die Herrentoilette, um ihn außer Gefecht zu setzen. Auf sich allein gestellt, würde das Mädchen anschließend ein Kinderspiel sein.

Der Junge stand an einem Pissoir und warf einen Blick über seine Schulter hinweg, als die Tür geöffnet wurde. Für Sekunden trafen sich ihre Augen.

Jäger und Beute … Nur wusste die Beute noch nicht, dass sie eine war, dachte der Jäger amüsiert.

»Eine schöne Nacht«, sagte er laut und ging auf das Waschbecken zu. Im Spiegel konnte er sein Gesicht sehen: ein freundlich lächelndes Gesicht, das nichts Bedrohliches an sich hatte.

»Bisschen kalt, finde ich«, antwortete der Bursche, während er den Reißverschluss seiner Jeans hochzog.

Der Jäger drehte den rostigen Wasserhahn voll auf, um eventuelle Kampfgeräusche zu übertönen, und war enttäuscht, dass der Junge keine Anstalten machte, sich die Hände zu waschen. Eine schlechte Angewohnheit! Überall lauerten Bakterien!

»Nacht«, murmelte der Junge, eine Hand schon auf der Türklinke. Doch der Jäger war bestens auf alles vorbereitet. Er hätte sich einfach auf das schmächtige Bürschchen stürzen und es mühelos überwältigen können. Aber er bevorzugte eine Variante, die etwas mehr Spaß bereitete.

»Ah … ah … ah!«, stöhnte er, sackte über dem Waschbecken zusammen und griff sich ans Herz, während er die andere Hand in seine Tasche schob.

Gleichzeitig beobachtete er seine Beute im Spiegel und stellte erfreut fest, dass der Junge erwartungsgemäß reagierte: Er drehte sich nach dem stöhnenden Mann mittleren Alters um und runzelte besorgt die Stirn.

»Mister …«

»Meine Pillen!«, keuchte der Jäger. »In der Hemdtasche …«

Der Bursche eilte ihm zu Hilfe. Sobald er in die Hemdtasche greifen wollte, schlug der Jäger zu. Mit der rechten Hand packte er den Jungen am Handgelenk und zerrte ihn über das Waschbecken, mit der linken Hand zog er seinen Taser aus der Tasche und presste das Elektroschockgerät an die Rippen seines Opfers. Ein Zischen, ein schwacher Brandgeruch, ein leiser Schrei, der im Rauschen des Wasserhahns unterging – und schon gehörte der Junge ihm! Er verdrehte die Augen und sackte in den Armen des Jägers zusammen, der aus Erfahrung wusste, dass seine Beute mindestens eine Viertelstunde bewusstlos sein würde. Und wenn er wieder zu sich kam, würde es zu spät sein …

Das Ganze hatte höchstens anderthalb Minuten gedauert. Der Jäger ließ den Burschen vorsichtig zu Boden gleiten, öffnete die Toilettentür und trat in den gelblichen Lichtkreis hinaus. Wenn die Blondine schon auf dem Parkplatz stand – aber das dürfte nicht der Fall sein, denn Mädchen brauchten immer eine Ewigkeit zum Pinkeln –, würde er sie unter dem Vorwand, ihr Freund sei plötzlich zusammengebrochen und brauche ihre Hilfe, in die Herrentoilette locken. Wenn inzwischen ein anderes Auto an der Raststätte angehalten hatte – diese Gefahr bestand immer und erhöhte den Nervenkitzel –, würde er einfach das Weite suchen. Der Junge würde sich an wenig erinnern, wenn er wieder zu sich kam, und außer ihm hatte niemand den Jäger gesehen.

Doch wenn nichts Unvorhergesehenes passiert war, würde er das Mädchen in der Damentoilette überraschen und mit dem Taser betäuben. Dann würde er sie und ihren Freund in dem blauen VW-Käfer an einen sicheren Ort bringen. Seinen eigenen Wagen würde er später mit Hilfe des Motorrollers abholen.

Das junge Paar im blauen VW würde für immer spurlos verschwunden bleiben.

Leise summend ging der Jäger um das Gebäude herum und stellte zufrieden fest, dass der Käfer immer noch das einzige Fahrzeug auf dem Parkplatz war. Alles verlief nach Plan … Fast immer verlief alles nach Plan, sodass er sich manchmal fragte, ob das Schicksal ihm seine Opfer in die Hand spielte.

Wenn das der Fall war, mussten sie in einem früheren Leben sehr, sehr böse gewesen sein …

Als er sich der Damentoilette näherte, kam das Mädchen gerade heraus und warf die langen blonden Haare zurück. Das Herz des Jägers begann schneller zu schlagen. Die Kleine war wirklich bezaubernd! Die Extramühe, auch ihren Freund zu schnappen, würde sich auszahlen.

Ihre Blicke trafen sich. Sie riss erschrocken die Augen auf, als sie mitten in der Nacht plötzlich einen fremden Mann vor sich stehen sah.

Junge Mädchen waren heutzutage wirklich überängstlich!

Er lächelte der schönen Blondine zu. »Na, hast du gepinkelt?«, fragte er liebenswürdig, nur noch wenige Schritte von ihr entfernt. Sie konnte ihm nicht entkommen – eine Ziegelmauer versperrte ihr den Fluchtweg.

»Eric!«, schrie das Mädchen, wirbelte mit fliegenden blonden Haaren auf dem Absatz herum und riss die Tür der Toilette auf, als wollte es dort Schutz suchen.

Der Jäger packte sie am Arm. »Dummchen!«, murmelte er fast zärtlich, während er den Taser an ihre Rippen presste.

3

Es war kalt. Sie hatte nicht erwartet, dass es im November in Kentucky so kalt sein würde. Wenn sie an Kentucky dachte, hatte sie immer Sonnenschein, Pferde und Hektar um Hektar üppiges grünes Gras vor Augen gehabt – aber natürlich war sie immer nur im Sommer auf der Whistledown Farm gewesen und ihr letzter Besuch lag sieben Jahre zurück.

Jetzt hatte die Tragödie sie gezwungen, wieder hierher zu kommen.

Alexandra Haywood fröstelte, als sie aus dem großen weißen Mercedes stieg, der ebenso wie mehrere andere teure Wagen das ganze Jahr in den Garagen von Whistledown stand. Ihre hüftlange schiefergraue Wolljacke war am Kragen und an den Manschetten mit Persianer besetzt und in der Taille eng gegürtet. Dazu trug sie einen schwarzen Kaschmirschal, eine schwarze Lederhose und schwarze Stiefel mit hohen Absätzen. Eigentlich hätte diese Kleidung sie warm halten müssen, aber das war nicht der Fall. Alexandra fror so, dass ihr fast die Zähne klapperten. Seit dem Begräbnis hatte sie etwa zehn Pfund abgenommen und sah jetzt bei ihrer Größe von knapp 1,70 Meter nicht mehr gertenschlank, sondern fast schon mager aus. Auch ihre Schönheit war verblasst, so als hätte man den Dimmer einer Lampe ganz schwach eingestellt. Ihre Haut hatte die blühende Farbe verloren und war aschfahl, noch heller als das teure Platinblond der schulterlangen Haare, die zu einem losen Nackenknoten zusammengefasst waren. Ihre zarten Gesichtszüge wirkten spitz und verhärmt und sie hatte schwarze Ringe unter den dunkelblauen Augen. Die schlimmsten Verwüstungen, die der Kummer angerichtet hatte, versuchte sie zu kaschieren, indem sie einen leuchtend roten Chanel-Lippenstift auftrug und mehr Make-up als sonst benutzte. Trotzdem sah sie wie ein Gespenst jener Frau aus, die sie noch vor wenigen Wochen gewesen war – und so fühlte sie sich auch.

Es war ein grauer Morgen. Dunkle Wolken am Himmel kündigten eisigen Regen an. Der verwitterte Stall auf der Anhöhe vor ihr, das gefrorene Gras, der kleine Teich zu ihrer Rechten, zu ihrer Linken die kahlen Bäume, die ihre Äste wie knorrige Hände gen Himmel reckten, und sogar die schmale asphaltierte Auffahrt, auf der Alexandra jetzt stand – alles war grau in grau.

Genauso grau wie ihr jetziges Leben, dachte sie und drohte von Trauer überwältigt zu werden. Es war so, als sprudelte Blut aus einer offenen Wunde, und sie war dankbar, als eine Bewegung in der offenen Stalltür sie von den schier unerträglichen Schmerzen ablenkte.

Ein Teenager mit kurz geschorenen dunklen Haaren, die Hände in den Taschen ausgebeulter Jeans, starrte sie und den Mercedes neugierig an. Alexandra schloss automatisch die Wagentür ab. Seit dem Begräbnis funktionierte sie wie ein Roboter und schien sich auf nichts konzentrieren zu können. Erst verspätet fiel ihr ein, dass sie nicht in Philadelphia, sondern in Simpsonville war und nichts abzuschließen brauchte. Der Teenager verschwand im Stall und brüllte »Dad!« – so laut, dass sie zusammenzuckte.

Vielleicht war das ein gutes Zeichen. Vielleicht erlangte sie ihr normales Gehör zurück.

Seit dem Begräbnis hatte sie alle Geräusche und Farben nur gedämpft wahrgenommen. Diese Betäubung ihrer Sinne war vermutlich ein Heilmittel der Natur, das ihr helfen sollte, die Schmerzen zu ertragen.

Ihr Vater war tot. Er hatte Selbstmord begangen, sagten alle – der Gerichtsmediziner, die Anwälte und Polizeibeamten. Alle, die sich mit dem Tod eines so reichen und prominenten Mannes beschäftigen mussten. Alexandra hatte den Autopsiebericht gelesen und sich die Fotos angesehen. Sie wollte jede Einzelheit über die letzten Lebensminuten ihres Vaters erfahren, in der Hoffnung, dass es ihren Kummer lindern würde, wenn sie wüsste, was geschehen war. Alle Fakten deuteten auf Selbstmord hin, wie sie zugeben musste. Trotzdem konnte sie einfach nicht glauben, dass er diesen Ausweg gewählt hatte.

Aber war nicht alles, was sich in den letzten Wochen ereignet hatte, völlig unglaubhaft? Alexandra hatte das Gefühl, wie Alice aus der Kindergeschichte in ein Wunderland geraten zu sein, wo alle Naturgesetze auf den Kopf gestellt waren. Die Welt jenseits des Spiegels hatte mit ihrem bisherigen Leben nicht das Geringste zu tun.

Der Teenager stand jetzt wieder in der offenen Stalltür und starrte sie genauso neugierig wie zuvor an. Ein Mann, der um einen Kopf größer war, tauchte hinter ihm auf, legte ihm eine Hand auf die Schulter und blickte Alex ebenfalls entgegen. Sie hatte die Wintersonne im Rücken und vermutete, dass er nur deshalb die Augen zu schmalen Schlitzen verengte und die Stirn runzelte, weil er geblendet wurde. Mit ihr hatte das bestimmt nichts zu tun. Er entsprach der Beschreibung, die man ihr gegeben hatte – sehr groß, kräftig, schwarze Haare, Ende dreißig. Folglich dürfte es sich um Joe Welch, den Verwalter der Farm, handeln. Um *ihren* Verwalter, nachdem ihr Vater ja nicht mehr lebte. Alex verdankte ihre Informationen der langjährigen Haushälterin von Whistledown, Inez Johnson, die Joe Welch außerdem begeistert als »wahnsinnig sexy« beschrieben hatte.

Falls das stimmte, war Alex unfähig, es wahrzunehmen. Vor lauter Kummer war ihr offenbar nicht nur die Fähigkeit, Essen und Schlaf zu genießen, abhanden gekommen, sondern auch die Lust an Sex oder auch nur die kleine Freude, einen sexy Mann zu erkennen und ein wenig mit ihm zu flirten. Gewiss, sie konnte sehen, dass Welch ein attraktiver Mann mit markanten Gesichtszügen war. Dunkle Bartstoppeln am eckigen Kinn ließen ihn noch maskuliner wirken. Doch sie spürte nichts von dem reizvollen Prickeln, mit dem sie noch vor wenigen Wochen auf einen solchen Mann reagiert hätte. Sie nahm nur ganz nüchtern zur Kenntnis, dass er einen leuchtend blauen wattierten Parka trug, der seine Schultern und seinen Brustkorb sehr breit erscheinen ließ, während schmale Hüften und lange muskulöse Beine durch enge verblichene Jeans betont wurden.

Immerhin war der Parka grell genug, um nicht wie alles andere zu trostlosem Grau zu verblassen. Er war wie ein Leuchtfeuer in dichtem Nebel, und Alex hielt ihren Blick darauf gerichtet, während sie vorsichtig einen Fuß vor den anderen setzte, weil sie befürchtete, dass das Pflaster glatt sein könnte.

Welch beobachtete sie, ohne eine Miene zu verziehen, und sie fragte sich, ob er wusste, wer sie war – und warum sie hier war.

Vermutlich nicht. Der Tod ihres Vaters hatte im Wirtschaftsteil aller großen Zeitungen für Schlagzeilen gesorgt. Es war berichtet worden, er habe wegen seiner katastrophalen Geschäftslage Selbstmord begangen. Aber es hatte keine Fotos von Alex oder anderen Familienmitgliedern gegeben. Sie waren in den Meldungen kaum erwähnt worden.

Seltsam, dass eine kleine Zinserhöhung, einige Fehlinvestitionen und ein Selbstmord genügten, um ein Milliarden-Dollar-Imperium wie ein Kartenhaus einstürzen zu lassen. Bankrott war ein hässliches Wort, und Alex hätte es nie für möglich gehalten, dass ihre eigene Familie jemals davon betroffen sein könnte. Haywood Harley Nichols, die Firma ihres Vaters, hatte fast ein halbes Jahrhundert lang in aller Welt Kliniken, Pflegeheime und Gesundheitszentren gebaut. Doch die Anwälte ihres Vaters – jetzt ihre Anwälte – hatten ihr die unangenehme Wahrheit eröffnet: Falls es ihnen gelang, alles zu halbwegs annehmbaren Preisen zu verkaufen, könnten die Schulden eventuell bezahlt werden und vielleicht würde noch etwas Geld für die Familie übrig bleiben. Gelang das nicht, müsste der Bankrott erklärt werden. Dann bliebe den Erben – Alex, ihrer Halbschwester und ihrer gegenwärtigen Stiefmutter – gar nichts ... Mercedes, die sechste Ehefrau von Alexandras Vater und jetzt seine Witwe, litt unter hysterischen Anfällen, seit sie kurz nach dem Begräbnis erfahren hatte, dass ihr ein Leben in Armut drohte.

Alex konnte ihr daraus keinen Vorwurf machen. Vielleicht hätte auch sie selbst hysterische Anfälle, wenn ihre Gefühle nicht wie betäubt wären.

Ein schwarzer Bretterzaun umgab den Stall und ein rotes Metalltor trennte die Auffahrt vom Hof. Alex riss ihre Blicke von dem blauen Parka los und fummelte an dem Riegel herum, doch das Eisen war so kalt, dass ihre Finger nicht damit zurechtkamen.

Als sie Schritte hörte, schaute sie hoch und sah, dass der Mann sich ihr auf dem Kiesweg näherte, der vom Tor zum Stall führte. Seine braunen Arbeitsstiefel knirschten auf den Steinen.

»Mr. Welch?«, fragte Alex. Ihre Stimme hörte sich – wie immer seit dem Begräbnis – tonlos und etwas rau an. Sie klang genau so, wie Alex sich fühlte: leblos.

»Stimmt«, antwortete er kurz angebunden. Ihre Blicke trafen sich, und Alex stellte fest, dass er aquamarinblaue Augen mit langen schwarzen Wimpern hatte. Seine Miene blieb abweisend.

»Ich bin Alexandra Haywood.«

»Ich weiß, wer Sie sind.« Seine Stimme war genauso unfreundlich wie seine Miene. Er öffnete mühelos das Tor und lud sie mit einer Geste zum Eintreten ein. Automatisch streckte Alex ihm die Hand zum Gruß entgegen – perfekte Umgangsformen hatten zu der Erziehung gehört, die ihr in den teuersten Internaten des Landes zuteil geworden war. Welch verzog leicht das Gesicht, schüttelte ihr dann aber doch kräftig die Hand. Seine Haut war rau und sehr warm und seine große Pranke hüllte ihre zarten Finger völlig ein. Als er sie losließ, fröstelte sie sofort wieder. Ein bisschen Wärme – das war neuerdings ihr sehnlichster Wunsch. Manchmal glaubte sie, ihr würde nie mehr richtig warm werden.

»Sind wir uns schon einmal begegnet?« Alex fragte sich wieder, ob er vielleicht ahnte, warum sie hier war. Das würde sein fast feindseliges Verhalten erklären –

aber vielleicht war der Mann von Natur aus so mürrisch.

»Beim Begräbnis Ihres Vaters.« Welch schloss das Tor und verriegelte es.

»Oh …« Sie konnte sich nicht an ihn erinnern, was verwunderlich war, denn normalerweise wäre ihr dieser Mann bestimmt aufgefallen. Aber andererseits hatte sie kaum Erinnerungen an jenen schrecklichen Tag …

Alex verschränkte die Arme vor der Brust und schob ihre Hände unter die Ellbogen, um die kalten Finger zu wärmen. »Es tut mir Leid, dass ich mich nicht an Sie erinnert habe … Das ganze Begräbnis ist in dichten Nebel gehüllt. Aber ich danke Ihnen, dass Sie daran teilgenommen haben. Philadelphia ist sehr weit von Simpsonville entfernt.«

Er nickte kurz. »Mein herzliches Beileid zum Tod Ihres Vaters, Miss Haywood.«

Alex hatte diese Worte in den letzten fünf Wochen so oft gehört, dass sie das Gefühl hatte, als wären sie in ihr Herz eingemeißelt.

»Danke.«

Joe Welch schaute auf sie herab. Trotz ihrer hohen Absätze war er viel größer und seine grimmige Miene wirkte einschüchternd.

»Ich vermute, dass Sie mit mir sprechen wollen?« Die Stimme war so kalt wie die blauen Augen. »Dann begleiten Sie mich bitte in den Stall. Ich habe dort zu tun.«

Er stapfte den Hügel hinauf, und Alex versuchte mit ihm Schritt zu halten, aber ihre hohen Absätze waren für den Kiesweg denkbar ungeeignet und sie drohte ständig das Gleichgewicht zu verlieren. Welch bemerkte ihre Probleme und plötzlich legte sich eine große Hand auf ihren Ellbogen und stützte sie – hart und unpersönlich.

4

»Ich muss zugeben, dass ich ziemlich überrascht bin, Sie hier zu sehen. Was kann ich für Sie tun?«

Ihre Knöchel schwankten auf dem Kies bedenklich hin und her und Welch verstärkte seinen Griff um ihren Ellbogen. Alex atmete tief durch, saugte die kalte, feuchte Luft, die nach Erde roch, begierig ein. Sie biss die Zähne zusammen, um den bedrohlichen Nebel der Trauer zu verdrängen, und rief sich ins Gedächtnis, warum sie hier war. Unter Aufbietung aller Willenskraft konnte sie ihrer Stimme einen energischen Klang verleihen.

»Ich weiß, dass heute Samstag ist, und ich entschuldige mich dafür, dass ich Ihre Freizeit in Anspruch nehme, aber … aber es gibt Angelegenheiten, über die möglichst schnell gesprochen werden muss. Das Mädchen, mit dem ich unter Ihrer Telefonnummer geredet habe, sagte mir, ich würde Sie im Pferdestall hinter Ihrem Haus finden. Deshalb bin ich jetzt hier.«

»Pferde müssen sieben Tage in der Woche betreut werden, Miss Haywood, deshalb brauchen Sie sich keine Sorgen zu machen, dass Sie meine Freizeit in Anspruch nehmen. Wahrscheinlich haben Sie mit meiner Tochter Jenny telefoniert«, erklärte er trocken. Sie hatten den Stall fast erreicht, und Alex war überrascht, aus dem Inneren das Dröhnen von Black Sabbath zu hören. Hard Rock passte irgendwie nicht zu diesem Mann – vermutlich war es der Teenager, der sie immer noch von der Schwelle aus beobachtete, der diese Musik liebte.

»Wenn Sie mir eine Nachricht hinterlassen hätten, wäre ich nach Whistledown gekommen, um Sie zu treffen. Das hätte Ihnen die Mühe erspart, mich zu suchen.«

»Schon gut – mir war sowieso nach einer kleinen Spazierfahrt zu Mute, und weil ich nur über das Wochenende hier bin, möchte ich alles so schnell wie möglich erledigen.«

Sie waren an der Stalltür angekommen. Der Junge gab die Schwelle frei und Alex trat ein. Welch ließ ihren Ellbogen los, folgte ihr und schloss die Tür. Die Luft im Stall war etwas wärmer als draußen und Leuchtstoffröhren an der Decke spendeten genügend Licht. Starke Gerüche, die sie aber nicht als unangenehm empfand, stiegen Alex in die Nase. Von ihrem Standort aus konnte sie etwa ein Dutzend Pferde sehen, die sie über die Boxen hinweg neugierig beobachteten. Zu ihrer Linken befand sich eine rohe Holzwand mit einer geschlossenen Tür in der Mitte, zu ihrer Rechten eine weite freie Fläche. Dort war ein großes rotbraunes Pferd mit einem langen Lederriemen an einem in der Wand verankerten Eisenring festgebunden. Es war so mager, dass alle Rippen hervortraten, und hatte ein stumpfes Fell. Heißhungrig fraß es aus einer mit Heu gefüllten Krippe. Auf einem umgekippten Eimer neben ihm lagen Striegel und Bürsten. Kauend hob das Pferd den Kopf und schaute Alex mit feuchten braunen Augen an. Sie ging automatisch auf das Tier zu, magisch angezogen von diesem Blick, mit dem es um Hilfe zu bitten schien. Zwei Männer standen in seiner Nähe herum, drehten sich um, als Alex näher kam, und musterten sie mit unverhohlenem Interesse. Einer war schlank und trug die lohfarbene Tarnkleidung eines Jägers, der andere war stämmig und trug Jeans und eine schwarze Lederjacke.

Alex ignorierte sie, streichelte den großen Pferdekopf und warf Welch, der zusammen mit dem Jungen am Rand der freien Fläche stehen geblieben war, einen empörten Blick zu.

»Ist dieses Tier krank? Warum ist es so mager?«, rief sie laut, um Black Sabbath zu übertönen. Möglicherweise gehörte es zur Whistledown Farm und war somit jetzt ihr Eigentum. Doch im Grunde spielte es keine Rolle, wem es gehörte. Alex liebte Pferde und konnte es nicht ertragen, wenn sie schlecht behandelt wurden.

»Stell die Musik ab, Josh«, befahl Welch. Der Teenager verzog den Mund, ging aber doch auf den gelben CD-Player zu, der neben der Tür auf einem Heuballen lag. Welch trat neben das Pferd, holte ein Pfefferminzbonbon aus der Tasche und wickelte es aus. Die Musik verstummte abrupt und in der plötzlichen Stille war für Sekunden nur das Knistern von Zellophan zu hören.

»Meine persönliche Theorie lautet, dass hungrige Pferde schneller rennen«, sagte Welch mit ausdrucksloser Miene. Alex riss vor Entrüstung weit die Augen auf. Bevor sie etwas erwidern konnte, ergriff der Junge hastig das Wort.

»Wir haben es erst heute Morgen bekommen«, erklärte er und warf Welch einen vorwurfsvollen Blick zu, bevor er Alex treuherzig anschaute. Seine Augen hatten den gleichen reizvollen grünlich blauen Farbton wie die des Mannes. »Der Kerl, dem Dad das Pferd abgekauft hat, schwor hoch und heilig, ihm fehle nichts. Es würde von Natur aus so jämmerlich aussehen.«

Das Pferd streckte seinen Kopf Welch entgegen, begierig auf das Bonbon. Während er Alex spöttisch ansah, reichte er dem Tier den Leckerbissen und tätschelte den viel zu dünnen Hals. Es roch nach Pfefferminze, als das Bonbon begeistert zerbissen wurde. Alex starrte den Mann wütend an, weil er sie so zum Narren gehalten hatte, doch ihr Groll schien an ihm abzuprallen.

»Ich kann's immer noch nicht glauben, dass dein alter Herr dich überredet hat, 30 000 Dollar für diesen Gaul zu bezahlen, Joe«, sagte der Mann in der Lederjacke. Alex schaute ihn sich erst jetzt etwas genauer an. Er war etwa 1,80 Meter groß, mit glatt zurückgekämmten kastanienbraunen Haaren und braunen Augen, die von Lachfältchen umgeben waren. Sein breites Gesicht passte zur stämmigen Statur und irgendwie strahlte er Gemütlichkeit aus. »Wie heißt er – Victory Dance?«, fuhr er schmunzelnd fort. »Na, wenn der dir jemals 'nen Siegestanz beschert, fress ich 'nen Besen!« Als er bemerkte, dass Alex ihn beobachtete, grinste er ihr zu. »Hallo, Süße, möchtest du vielleicht den Rest meines Lebens angenehmer gestalten?«

Alex runzelte empört die Stirn. Der Mann im Jägeranzug schnitt eine Grimasse und trat auf die andere Seite des Pferdes, so als wollte er sich von der plumpen Anmache seines Freundes distanzieren. Victory Dance schnaubte und zupfte Welch am Ärmel – eine unmissverständliche Bitte um ein weiteres Bonbon.

»Dieses Großmaul ist Tom Kinkaid, unser Sheriff«, erklärte Welch, während er wieder in seine Tasche griff und ein Bonbon hervorholte. »Dummes Zeug zu reden ist ihm angeboren. Er kann nichts dafür, deshalb werden Sie ihm hoffentlich verzeihen. Tommy, das ist Alexandra Haywood – Charles Haywoods Tochter.«

»O Gott!«, murmelte der Sheriff zerknirscht, während Victory Dance sich das zweite Pfefferminzbonbon schmecken ließ. »Mein herzliches Beileid, Miss Haywood.«

Alex nickte und streckte ihm versöhnlich die Hand entgegen. Kinkaid schüttelte sie kräftig, hielt sie länger als notwendig fest und grinste ihr wieder zu. »Darf ich Sie wenigstens heute Abend zum Essen einladen, wenn ich schon den Rest meines Lebens allein verbringen muss?«

»Danke, nein«, sagte Alex energisch und entzog ihm ihre Hand. Sie wollte mit Welch unter vier Augen sprechen, um ihm zu sagen, was sie zu sagen hatte. Doch bevor sie ihn darum bitten konnte, ergriff er wieder das Wort.

»Wenn wir schon bei offiziellen Vorstellungen sind –

der Mann hinter dem Pferd ist Ben Ryder, unser Zahnarzt. Und das hier ...« – er legte dem Teenager eine Hand auf die Schulter – »ist mein Sohn Josh.«

Alex schüttelte dem Zahnarzt und dem Jungen höflich die Hand.

»Dad, kann ich jetzt gehen?«, fragte Josh ungeduldig.

Welch fixierte seinen Sohn. »Hast du alle Boxen ausgemistet?«

»Ja.«

»Die Pferde gefüttert und mit Wasser versorgt?«

»Ja.«

»Alle gestriegelt?«

»Ja.«

»Wirst du jemals wieder eine Zigarette rauchen?« Welchs Gesicht und Stimme waren so streng, dass Alex es mit der Angst zu tun bekommen hätte, wenn sie anstelle des Teenagers gewesen wäre.

»Nein, Sir.«

»Okay, dann bring Victory Dance in seine Box. Und anschließend kannst du Jenny und deinem Großvater bei der Hausarbeit helfen, mit der deine Schwester nicht allein zurechtkommt.«

Josh warf seinem Vater einen flehenden Blick zu. »Dad!«, protestierte er. »Ich hatte jetzt eine Woche Hausarrest und habe alles gemacht, was du verlangt hast. Ich verspreche dir, keine Zigarette mehr anzurühren ... Bitte lass mich jetzt gehen!«

Welch runzelte die Stirn, so als müsste er darüber nachdenken, nickte dann aber. »Okay, bring Victory Dance in die Box und damit hast du deine Strafe hinter dir. Sag Eli, dass er dich auf dem Weg zu seinem Basketballtraining bei den Burkes absetzen soll.«

»Yeah!«, rief Josh glücklich und band das Pferd rasch los. Alex konnte es nur noch kurz tätscheln, bevor es weggeführt wurde.

»Können wir irgendwo ungestört miteinander reden?«, fragte sie Welch leise, bevor er eine Unterhaltung mit seinen Freunden beginnen konnte, die immer noch über das Pferd diskutierten.

»Na klar – in meinem Büro.« Er deutete auf die geschlossene Tür. »Cary muss stockbesoffen gewesen sein! Ich hab selten so 'nen erbärmlichen Gaul gesehen«, sagte der Sheriff kopfschüttelnd zum Zahnarzt.

Diese Worte waren sichtlich nicht für Welchs Ohren bestimmt, aber er hörte sie und warf Kinkaid einen grimmigen Blick zu. »Halt endlich die Schnauze, Tommy!«

»'tschuldigung, Joe«, murmelte der Sheriff zerknirscht.

»Kommen Sie mit«, knurrte Welch unfreundlich, ging auf die geschlossene Tür zu, öffnete sie und ließ Alex den Vortritt.

Das Büro war klein – allenfalls zweieinhalb auf drei Meter – und alles andere als elegant. Weiß gestrichene Holzwände, grau gesprenkeltes Linoleum auf dem Boden, eine grelle Deckenlampe. In der Zimmermitte ein Metallschreibtisch, mit Papieren übersät. Dahinter ein Stuhl auf Metallrollen mit schwarzem Kunstlederbezug. An der Rückwand ein Tisch mit ausgeschaltetem Computer und Telefon. Zur Linken schwarze Aktenschränke aus Metall und einfache Holzregale mit Büchern, Papieren, Trophäen und Fotos. Vor dem Schreibtisch standen zwei weitere Bürostühle mit Vinylbezügen.

»Nehmen Sie Platz.« Welch deutete auf die beiden Besucherstühle, öffnete den Reißverschluss seines blauen Parkas und schob seinen Stuhl zurück, blieb aber höflich stehen, bis Alex sich gesetzt hatte. Dann folgte er ihrem Beispiel, legte seine Hände auf die Schreibtischplatte und sah sie auffordernd an.

»Also, worüber wollen Sie mit mir sprechen?«, fragte er barsch.

Alex fühlte sich unbehaglich. Sie schlug die Beine übereinander und legte die gefalteten Hände auf ihre Knie, bevor sie ihn anschaute. »Was ich Ihnen zu sagen habe, ist nicht angenehm.«

Welch hob wortlos die Brauen.

Seit dem Begräbnis ihres Vaters hatte sie das schon oft tun müssen, aber es fiel ihr immer noch sehr schwer. Das Personal von vier Häusern war entlassen worden, die Häuser wurden jetzt zum Verkauf angeboten. Die Crew der Yacht und die Crews seiner Privatflugzeuge waren aufgefordert worden, sich andere Stellungen zu suchen. Yacht und Flugzeuge mussten ebenfalls verkauft werden. In Begleitung der Anwälte ihres Vaters hatte Alex auch den Angestellten der Kliniken, Pflegeheime und Gesundheitszentren persönlich mitgeteilt, dass die Anstalten verkauft oder geschlossen werden mussten. Die Anwälte hätten ihr diese schwere Aufgabe abgenommen, doch als Testamentsvollstreckerin und älteste Tochter ihres Vaters hatte sie sich verpflichtet gefühlt, in seinem Namen zu sprechen.

Und auch jetzt musste sie das tun. Alex holte tief Luft. »Mr. Welch, es tut mir sehr Leid, aber ich werde Sie entlassen müssen.«

5

Seine Augen verengten sich zu schmalen Schlitzen. »Soll das heißen, dass Sie mich *feuern?*«

»So ist es.« Alex' Stimme war fest, ihr Blick hielt seinem ungerührt stand. »Die Kündigungsfrist beträgt 30 Tage, was ich für mehr als fair halte.«

Welch kniff die Lippen zusammen, lehnte sich in seinem Stuhl zurück, schaukelte ein wenig und starrte an die Decke. Er sah sehr groß aus, wie er so dasaß, und sehr ... Alex vermutete, dass das richtige Wort *einschüchternd* wäre, obwohl sie nicht gern zugab, dass sein Schweigen sie nervös machte. Sein unrasiertes Kinn war hart geworden und alle Muskeln in seinem kraftvollen Körper schienen angespannt zu sein. Es war klar, dass ihre Nachricht ihn völlig überrascht hatte. Nach zermürbenden Minuten legte er beide Hände flach auf die Schreibtischplatte und sah sie grimmig an.

»Das kann nicht Ihr Ernst sein.«

Sie hatte nicht erwartet, dass er mit ihr diskutieren würde. Das hatte bisher niemand getan. Natürlich war dies auch das erste Mal, dass sie jemandem die schlechte Neuigkeit unter vier Augen mitteilte. Normalerweise hatte sie den entlassenen Personen eine kleine Ansprache gehalten, mit ihren Anwälten im Hintergrund, und war anschließend sofort verschwunden. Vielleicht war es ein Fehler gewesen, dass sie aus sehr persönlichen Gründen beschlossen hatte, in Whistledown alles allein zu erledigen.

Alex nahm ihren ganzen Mut zusammen und warf den Kopf zurück. »Es *ist* mein Ernst, Mr. Welch, das können Sie mir glauben.«

»Haben Sie einen anderen Verwalter gefunden?«

»Nein, diese Stellung wird nicht mehr besetzt werden.«

»Was?« Joe Welch schüttelte den Kopf, als fehlten ihm die Worte, um seiner Empörung Ausdruck zu verleihen. »Das können Sie doch nicht machen! Ich verwalte für Sie 250 Hektar Ackerland, Miss Haywood. Wir bauen jedes Jahr etwa 60 Hektar Mais, 60 Hektar Sojabohnen und 40 Hektar Tabak an. Kennen Sie sich damit aus und wissen Sie, wo man tüchtige Saisonarbeiter herbekommt?« Alex schüttelte verneinend den Kopf »Das dachte ich mir!«, rief Welch. »Und was ist mit den Pferden? Wollen Sie sich in Zukunft selbst um sie kümmern?«

»Die Pferde müssen verkauft werden.«

»Was?« Welch sah so aus, als wollte er aufspringen und sie erdrosseln. »Das können Sie nicht machen! Sie haben doch keine Ahnung, was wir hier aufgebaut haben! Verdammt, wir waren fast am Ziel!«

Alex reckte ihr Kinn. Ärger stieg in ihr auf. Sie war es nicht gewöhnt, dass jemand in diesem Ton mit ihr redete – und noch weniger war sie daran gewöhnt, dass man in ihrer Gegenwart fluchte. »O doch, ich kann es machen! Und es ist mir ganz egal, was Sie hier aufbauen wollten. Sie werden sich eben eine neue Wirkungsstätte suchen müssen.«

Auftrag ausgeführt, dachte Alex und stand auf.

»Haben Sie schon einen Käufer für die Pferde?« Welch schleuderte ihr diese Frage wie einen Stein an den Kopf.

»Das ist Ihre Aufgabe, Mr. Welch, und ich erwarte, dass Sie sie während Ihrer Kündigungsfrist erfolgreich ausführen. Auch die Farm wird verkauft, doch darum brauchen Sie sich nicht zu kümmern. Das werden meine Leute erledigen.«

»Sie wollen Whistledown verkaufen?« Er sah so aus und hörte sich so an, als hätte sie ihn geohrfeigt. In der Hitze des Gefechts vergaß er sogar seine guten Umgangsformen, denn er machte keine Anstalten aufzustehen. Stattdessen lehnte er sich wieder zurück, trommelte mit den Fingern auf der Schreibtischplatte und erwiderte ihren eisigen Blick mit vergleichbarer Kälte. »Haben Sie eine Ahnung, welches Juwel diese Farm darstellt? Whistledown gehört zu den ganz wenigen großen Gütern in dieser Gegend, die noch fast intakt sind. 250 Hektar fruchtbares Acker- und Weideland! Wollen Sie diesen Besitz an irgendeinen Spekulanten verkaufen, der ihn in winzige Parzellen aufteilt und auf jedem Ar ein Haus hinstellt? Ihr Vater würde sich im Grab umdrehen! Er liebte diesen Ort! Verdammt, er liebte die Farm von ganzem Herzen! In den acht Jahren, seit ich hier als Verwalter tätig bin, habe ich jeden Tag schwer geschuftet, damit Whistledown ein rentabler Betrieb wird. Und die Landwirtschaft wirft nun schon seit fünf Jahren Profit ab. Haben Sie eine Vorstellung, wie schwierig das war? Und jetzt war auch der Rennstall allmählich so weit, Gewinne zu erzielen. Vier Ihrer Pferde sind für das nächste Rennen angemeldet, zwei Zuchtstuten in diesem Stall sind von Storm Cat besprungen worden und werden in absehbarer Zeit Fohlen werfen. Ein anderes Pferd ... Aber was rede ich da? Sie verstehen kein Wort von dem, was ich sage, stimmt's? Ich vergeude nur meinen Atem.«

»Nichts, was Sie sagen, wird mich umstimmen können, Mr. Welch. Die Farm wird verkauft. Die Pferde werden verkauft. Und Sie haben in 30 Tagen keinen Job mehr. Ende der Debatte!« Alex' Stimme war kalt. Es fiel ihr schwer, angesichts seines Zorns nicht die Fassung zu verlieren, aber sie wollte es um jeden Preis schaffen.

»Die Pferde sollen verkauft werden.« Welch stand endlich auf und schob seine Hände in die Jeanstaschen. Alex bemerkte unwillkürlich, dass er unter dem leuchtend blauen Parka ein rot-grau kariertes Flanellhemd über einem weißen T-Shirt trug, das sich von seiner bronzefarbenen Haut abhob. Seine Lippen waren verkniffen und seine Stimme klang verbittert. »Ist Ihnen klar, dass Sie wesentlich höhere Preise für die Pferde erzielen würden, wenn Sie bis zum Sommermarkt in Keeneland warten? Oder wenigstens, bis die Stuten gefohlt haben?«

»Ich habe nicht die Absicht, mit Ihnen zu diskutieren, Mr. Welch. Sie haben 30 Tage Zeit, um das Inventar zu liquidieren.« Alex drehte sich um und marschierte auf die Tür zu. Es war sinnlos, dieses unerfreuliche Gespräch in die Länge zu ziehen. Sie hatte alles gesagt, was es zu sagen gab, ob ihm das nun gefiel oder nicht.

»Das Inventar liquidieren! Allmächtiger!« Welch kam mit zwei großen Schritten um seinen Schreibtisch herum, packte sie am Arm und zwang sie, ihn anzusehen. Sie war mit ihren 1,70 Meter nicht gerade klein und die Stiefelabsätze ließen sie um weitere sieben Zentimeter höher erscheinen. Trotzdem musste sie den Kopf in den Nacken legen, um ihm ins wütende Gesicht schauen zu können. Sie hatte seine breiten Schultern und den muskulösen Oberkörper dicht vor Augen und seine harten Finger gruben sich schmerzhaft in ihre Arme. Alex wurde das unangenehme Gefühl nicht los, als wollte er sie durch bloße körperliche Kraft einschüchtern.

Das gefiel ihr noch weniger als seine Flüche und sein sonstiges unverschämtes Auftreten. Welchs Augen funkelten vor Zorn, während er ihr eine lange Standpauke hielt.

»Wir stehen vor zwei großen Problemen, wenn es um die *Liquidierung des Inventars* geht, Miss Haywood. Zunächst sind da die beiden Pferde, die Ihr Vater kürzlich gekauft hat. Für das eine hat er 11,2 Millionen hingeblättert, für das andere 980 000 Dollar. Hinzu kommen die Zuchtstuten, die Fohlen von Storm Cat erwarten. Auch sie sind eine schöne Stange Geld wert, ebenso wie einige andere Ihrer Pferde. Um diese Jahreszeit Käufer für so teure Tiere zu finden dürfte nicht einfach sein, weil der Markt nicht groß ist. Und das bringt uns zu dem zweiten Problem: Für die übrigen Pferde werden sich überhaupt keine Interessenten finden lassen, weil sie viel zu alt sind. Ihr Vater hat sie behalten und für ihren Unterhalt gesorgt, obwohl sie schon lange nicht mehr an Rennen teilnehmen können. Er war dankbar für ihre früheren Leistungen – und er liebte sie! Sind Sie wirklich ganz sicher, dass Pferde, die Ihr Vater liebte, zu Hundefutter verarbeitet werden sollen?«

»Lassen Sie mich los!«, fauchte Alex mit funkelnden

Augen. Es gelang ihr nicht, sich selbst aus seinem eisernen Griff zu befreien, doch plötzlich gab er ihre Arme frei und trat einen Schritt zurück, obwohl er sie nach wie vor genauso zornig anstarrte wie sie ihn. »Versuchen Sie nicht, mich mit rührseligen Geschichten zu manipulieren, Mr. Welch. Ich falle darauf nicht herein.«

»Ich will Sie nicht manipulieren.« Welch schob seine Hände wieder in die Hosentaschen. Seine Stimme war hart und mühsam beherrscht. »Ich will Ihnen nur klarmachen, was für eine unmögliche und *unmenschliche* Aufgabe Sie mir zumuten. *Ich kann diese Pferde nicht verkaufen* – nicht innerhalb von 30 Tagen, nicht unter solchen Bedingungen. Das kann und werde ich nicht tun.«

»Wenn Sie nicht in der Lage sind, meine Pferde zu verkaufen, werde ich eben andere Maßnahmen ergreifen müssen. Meine Anwälte haben bereits in Erfahrung gebracht, dass Auktionshäuser einen solchen Massenverkauf mühelos bewerkstelligen können.«

»Auktionshäuser! Sie kaltes, gefühlloses …!« Er verstummte, aber seine Augen schleuderten Blitze.

Alex hatte endgültig genug. Sie straffte die Schultern und warf den Kopf zurück. »Hiermit sind Sie *fristlos* gekündigt, Mr. Welch! Die 30-tägige Frist können Sie vergessen.« Sie machte auf dem Absatz kehrt und ging zur Tür, kerzengerade wie ein Soldat. Zum ersten Mal seit dem Tod ihres Vaters fühlte sie sich nicht wie betäubt, sondern *lebendig* vor Wut, selbstbewusst wie früher.

Dann hörte sie Welchs ruhige, leicht spöttische Stimme. »Es sind insgesamt 22 Pferde – hier, im Stall von Whistledown und vier in Churchill Downs. Um fünf Uhr müssen sie wieder gefüttert werden – Heu und Hafer. Außerdem braucht Toreador Antibiotika. Feelsogood hat einen kleinen Riss im Huf, der geölt werden muss. Mamas Boy hat wieder geblutet und braucht Auslauf. Wollen *Sie* das alles erledigen, Miss Haywood? Oder glauben Sie, von einer Stunde auf die andere jemanden finden zu können, der sich mit Pferden auskennt?«

Alex blieb stehen und schürzte die Lippen. Er war der unangenehmste Mann, mit dem sie je zu tun gehabt hatte. Die Vorstellung, dass sie ihn nie wieder sehen würde, war höchst befriedigend gewesen. Doch trotz ihrer Rage sah sie ein, dass sie im Moment nicht auf ihn verzichten konnte.

Zähneknirschend drehte sie sich um. »Also gut, Mr. Welch, ich nehme die fristlose Kündigung zurück. Sie haben wieder 30 Tage Zeit, um die Pferde zu verkaufen. Ist das klar?«

Sie erwartete weitere Diskussionen, aber Welch nickte nur mit schmalen Lippen und geballten Fäusten. Mit dem Gefühl, einen schweren Sieg errungen zu haben, verließ Alex das Büro und den Stall. Dass Welchs Blicke sich wie spitze Pfeile in ihren Rücken bohrten, konnte sie ertragen …

»Luder!«, murmelte Joe wütend, während er Alexandra Haywood von der Stalltür aus nachstarrte. Seine Hände waren zu Fäusten geballt, sein Puls dröhnte in den Schläfen. 30 Tage, um 22 Pferde zu verkaufen! Verdammt, er hasste es, sich von ihnen trennen zu müssen, speziell unter solchen Umständen. Aber ihm blieb wohl keine andere Wahl. Es waren *ihre* Pferde, und sie konnte ihm befehlen, sie loszuwerden.

»Luder!«, wiederholte er lauter.

»Mann, das ist ja ein tolles Weib!« Tommy tauchte hinter ihm auf, klopfte ihm auf die Schulter und blickte Alexandra Haywood bewundernd nach, die auf ihren hohen Absätzen unsicher zu dem Mercedes stakste, wobei ihr Gesäß in der engen schwarzen Lederhose einladend wackelte. »Einen solchen Boss hätte ich auch gern! Wenn du Glück hast, jagt sie dich vielleicht um deinen

Schreibtisch herum. *Mich* brauchte sie nicht lange zu verfolgen, das kann ich dir versichern!«

Joe überhörte die Bemerkung seines Freundes und schloss die Tür lautstark. Mit grimmiger Miene schaute er sich in seinem Stall um: Alexandra Haywood hatte innerhalb weniger Minuten all seine Träume der letzten acht Jahre zunichte gemacht. Er war seinem Ziel, einen international anerkannten Rennstall aufzubauen, so nahe gewesen und nun sollte er stattdessen alle Pferde in Rekordzeit verkaufen! Na denn, fröhliche Weihnachten, Miss Haywood …

»Verdammt, Joe, du siehst so aus, als hätte ein Hund dein Bein mit einem Baum verwechselt! Was ist los?«

Joe atmete tief durch. Blinde Wut half nie weiter, bescherte einem allenfalls einen Herzinfarkt. Er und Tommy waren seit dem Kindergarten befreundet und kannten einander sehr gut. Außerdem ließ diese Sache sich sowieso nicht geheim halten: Sobald er anfing, nach potenziellen Käufern für seine – *ihre!* – Pferde zu suchen, würde die Gerüchteküche von Simpsonville brodeln. In einer Kleinstadt wusste jeder über jeden Bescheid, das war nun einmal so, und es hatte keinen Sinn, dagegen anzukämpfen.

»Sie hat mich gefeuert, weil sie die Farm verkaufen will. Hat mir befohlen, alle Pferde innerhalb von 30 Tagen zu verkaufen!« Seine Stimme war hart, doch ihm brach fast das Herz. Suleimann, Toreador, Silver Wonder … O Gott, er liebte Silver Wonder. Als eine der Stuten, die ein Fohlen von Storm Cat erwarteten, dürfte sie etwa eine halbe Million wert sein. Er würde sie unmöglich selbst kaufen können …

Tommy machte große Augen. »Du willst mich wohl verarschen, was?«

»Nein, ich will dich nicht verarschen, Tommy.«

»Dieses Luder!«, rief der Sheriff empört, und es tröstete Joe ein wenig, dass Tommy seine Gefühle teilte. »Das ist ein starkes Stück, Mann! Echt brutal!«

»Ja.« Joe schnitt eine Grimasse. Tommy schaute ihn unglücklich an und wusste sichtlich nicht, wie er sein Mitleid in Worte fassen sollte.

»Weißt du, Joe, ich stelle das Urteil deines Vaters ja nicht gern in Frage, weil er meistens Recht hat, wenn es um Pferde geht, aber ich kann mir beim besten Willen nicht vorstellen, dass dieser Victory Dance auch nur annähernd 30 000 Dollar wert ist. Wo hat er den Gaul eigentlich gefunden?« Ben näherte sich kopfschüttelnd. Der Zahnarzt war fast 1, 85 Meter groß und sehr drahtig. Seine kurzen dunkelbraunen Haare lichteten sich erschreckend, und er sah immer besorgt aus, was seine Freunde darauf zurückführten, dass er befürchtete, bald eine Vollglatze zu haben.

»Bei der Vorentscheidung zu einem Rennen in Pimlico«, antwortete Joe zerstreut. Im Geiste überlegte er schon, wer als Käufer für die Pferde in Frage kommen könnte. Er wollte sie so gut wie irgend möglich unterbringen, doch das dürfte um diese Jahreszeit verflucht schwer sein. Thanksgiving stand vor der Tür und drei Wochen später war Weihnachten. Bei Pferdeliebhabern brach dann genauso wie im übrigen Land das Urlaubsfieber aus.

Auch Ihnen einen wunderschönen Urlaub, Miss Haywood!

»Ben, stell dir vor, sie hat Joe gefeuert! Sie will Whistledown loswerden, und er muss alle Pferde verkaufen!«, berichtete Tommy mit so gepresster Stimme, als hätte Joe Krebs im Endstadium.

»Versuch nicht, mich zu verarschen, Tommy!« Auch Ben war ein Freund seit fernen Kindergartenzeiten. Sie kannten einander so lange, dass sie praktisch eine Familie bildeten. Das hatte gute und schlechte Seiten.

»Tu ich nicht, Ben. Es ist wahr – großes Ehrenwort!«

»Ja, es stimmt«, bestätigte Joe müde, bevor der Zahnarzt ihn fragen konnte.

Bens Gesicht spiegelte tiefe Betroffenheit wider. »Und was willst du jetzt machen?«

Joe zuckte mit den Schultern. Nicht einmal seine besten Freunde brauchten zu wissen, *wie* miserabel er sich fühlte. »Die Pferde gehören ihr. Wenn sie mir befiehlt, sie zu verkaufen, bleibt mir wohl nichts anderes übrig, als es zu tun.«

Ben schüttelte den Kopf. »Kann sie einfach so hier antanzen und dich entlassen? Hast du denn keinen Vertrag?«

Joe starrte den Freund an. Warum hatte er nicht selbst daran gedacht? Jedes Jahr unterschrieb er einen Vertrag, den ein Anwalt von Charles Haywood ihm zusandte. Beim ersten Mal hatte er den Text sorgfältig gelesen. Seitdem setzte er nur seinen Namen darunter – zuletzt hatte er es in diesem September getan. Und wenn sein Gedächtnis ihn nicht täuschte, besagte dieser Vertrag, dass er bis Dezember des nächsten Jahres als Verwalter von Whistledown und als Pferdetrainer hier arbeiten würde.

»Wisst ihr was? Ich habe tatsächlich einen Vertrag.«

Die drei Freunde schauten einander eine Weile schweigend an. Dann huschte ein grimmiges Lächeln über Joes Gesicht.

»Ich werde jetzt noch ein Wörtchen mit Miss Haywood reden, bevor sie anfängt, Auktionshäuser anzurufen!«

6

Als Alex den Wagen in der Auffahrt von Whistledown parkte und ausstieg, war sie so schwermütig wie selten zuvor. In den letzten Wochen hatte sie so vielen Menschen schlechte Nachrichten überbracht, dass sie mittlerweile eigentlich daran gewöhnt sein müsste. Aber es deprimierte sie jedes Mal aufs Neue. Sogar wenn sie es mit einem so grässlichen Kerl wie Joe Welch zu tun hatte.

Doch so unangenehm das Gespräch mit ihm auch gewesen war – jetzt lag es hinter ihr, rief sie sich ins Gedächtnis. Seit dem Tod ihres Vaters war sie gezwungen, stark zu sein, und sie sollte einen gewissen Stolz empfinden, weil sie mit einer schwierigen Situation – und einem schwierigen Mann – so gut fertig geworden war. Ihr Vater wäre bestimmt stolz auf sie gewesen. Aber sie verspürte keinen Stolz, nur Müdigkeit. Sie war so müde, dass sie am liebsten sofort ins Bett gefallen wäre, um tagelang nur zu schlafen. Die Konfrontation mit Welch schien ihre letzten Kraftreserven erschöpft zu haben.

Was er natürlich nicht wissen konnte, war, dass es auch ihr unendlich schwer fiel, sich von Whistledown und den Pferden zu trennen. Welch hatte Recht: Ihr Vater hatte diese Farm und die Tiere geliebt. Um sein Andenken zu ehren, hätte sie den Besitz gern behalten. Zweimal im Jahr hatte er hier Urlaub gemacht und sich immer schon lange vorher darauf gefreut, dem Alltagsstress für eine Weile entfliehen zu können. Manchmal hatte er im Sommer auch zwischendurch ein Wochenende auf der Farm verbracht, nur um zu sehen, welche Fortschritte irgendeines seiner Lieblingspferde machte. Whistledown gehörte zu den wenigen Dingen, die er nur zu seinem Vergnügen erworben hatte, ohne an finanziellen Gewinn zu denken. Aber seine Erben konnten sich solchen teuren Luxus nicht leisten. Es half alles nichts – auch dieser Besitz musste verkauft werden.

Wenn sie den Rat ihrer Anwälte befolgt und es ihnen überlassen hätte, Joe Welch zu informieren, wäre ihr die unerfreuliche Auseinandersetzung erspart geblieben. Sie hätte sich zu Hause in Philadelphia darauf konzentrieren können, ihr neues Leben in den Griff zu bekommen. Aber sie hatte herkommen *müssen*, und im Grunde war es nur ein Vorwand gewesen, als sie darauf beharrt hatte, dem Verwalter die schlechten Neuigkeiten persönlich überbringen zu wollen. Ihre Freunde hatten ihr davon abgeraten und argumentiert, dass ein solcher Besuch viel zu schmerzhaft für sie wäre, und ihre Anwälte hatten sie wenigstens begleiten wollen, aber sie hatte unbedingt *allein* nach Whistledown kommen müssen. Nach außen hin tat sie so, als hätte sie den Tod ihres Vaters ganz gut bewältigt, aber das stimmte nicht. Sie fühlte sich leer, erstarrt, ängstlich, verraten. Ihr Bedürfnis, diesen Ort aufzusuchen, den ihr Vater so sehr geliebt hatte, war übermächtig gewesen. Sie musste sehen, wo er gestorben war, um dann vielleicht begreifen zu können, warum er sich das Leben genommen hatte. Andernfalls, so befürchtete sie, würde sie seinen Tod niemals verarbeiten.

Dass er Selbstmord begangen hatte, war ihr immer noch völlig unbegreiflich. Es passte einfach nicht zu seinem Charakter. Aber vielleicht hatte sie ihn doch nicht so gut gekannt, wie sie immer geglaubt hatte.

Alex atmete tief durch, füllte ihre Lungen mit kalter, feuchter Luft, während sie die Stufen zum Haupteingang von Whistledown hinaufging. Es war sinnlos, über ihren Verlust zu grübeln, das wusste sie genau, und deshalb versuchte sie, ihre Gedanken in andere Bahnen zu lenken.

Auf der großen Veranda blieb sie stehen, drehte sich

um und betrachtete die Landschaft, die sogar an diesem tristen Tag reizvoll war. In welche Richtung man auch blickte – überall sanfte Hügel, Wiesen und Felder. Nur zwei Häuser waren zu sehen: in weiter Ferne ein Dach, und nur zwei Felder von Whistledown entfernt zur Linken das weiße Holzhaus, in dem Joe Welch mit seiner Familie lebte. Pferde, in scharlachrote Decken gehüllt – Scharlachrot und Weiß waren die Farben von Whistledown – bildeten bunte Tupfen auf den Weiden, wie riesige Blumen.

Das Herrenhaus war Jahrzehnte vor dem Bürgerkrieg erbaut worden. Später hatte man es durch die Veranda mit sechs korinthischen Säulen verschönert und die Steinmauern weiß gestrichen. Natürlich war es im Innern immer wieder renoviert und modernisiert worden, doch von außen sah es immer noch wie eine Kulisse für *Vom Winde verweht* aus.

Zum ersten Mal war Alex hier gewesen, kurz nachdem ihr Vater die Farm gekauft hatte. Sie war damals fünfzehn Jahre alt, pummelig und aufsässig, weil sie ihre neueste Stiefmutter (Alicia, Nummer drei) nicht ausstehen konnte, ein gertenschlankes ehemaliges Model, das falsch wie eine Schlange war. Dieser Familienurlaub mit ihrem Vater, ihrer drei Jahre alten Halbschwester Neely und Alicia hatte zwei endlose Wochen gedauert, aber Alex konnte sich noch gut daran erinnern, wie stolz und aufgeregt ihr Dad gewesen war, als er sie überall herumführte.

Im nächsten Sommer hatte Alicia schon der Vergangenheit angehört und Charles Haywood hatte seitdem auf Urlaub mit der ganzen Familie wohlweislich verzichtet.

Ich wünschte, du wärest jetzt hier, sagte sie ihrem Vater und ihr wurde die Kehle eng. Wie ein Gebet stieg dieser Gedanke himmelwärts, und sie zuckte erschrocken zusammen, als etwas Kaltes und Nasses ihr Gesicht berührte. Dann wurde ihr klar, dass es anfing zu regnen. Sie riss sich von ihren Erinnerungen los und ging ins Haus.

Dort war es warm, wie sie dankbar feststellte, als sie die Tür schloss, und ein schwacher Geruch nach Möbelpolitur mit Zitronenduft hing in der Luft. Der rotgrundige Orientteppich auf dem glänzenden Hartholzboden verlieh der großen Eingangshalle mit cremefarbener Damasttapete und viereinhalb Meter hoher Decke eine heitere Note und ein gewaltiger Kronleuchter aus Waterford-Kristall spendete viel Licht. Zur Rechten lag der Salon, ganz in kühlen Creme- und Beigetönen gehalten, mit Seidenrosen in Silbervasen als einzigen Farbtupfern. Zur Linken lag das riesige Esszimmer, eingerichtet mit schweren antiken Möbeln. Beide Räume waren mit Kassettentüren aus Mahagoni ausgestattet. Eine breite geschwungene Treppe führte in die erste Etage. Hinter dieser Treppe befand sich die Küche.

»Na, haben Sie Joe gefunden?« Inez war plötzlich von irgendwoher aufgetaucht und lächelte Alex freundlich zu. Sie war vor langer Zeit als Gastarbeiterin ins Land gekommen und hatte einen Einheimischen geheiratet. Inez war etwa fünfzig, dick, mit einem runden, faltenlosen Gesicht. Sie trug eine rote Polyesterhose, eine rosa Bluse mit rotem Blumenmuster und flache schwarze Pantoffeln. Ob die Frau auch zu Lebzeiten von Charles Haywood in dieser Aufmachung gearbeitet hatte? Normalerweise hatte er beim Personal auf korrektem Schwarz mit weißen Schürzen bestanden …

»O ja, ich habe Joe gefunden«, antwortete Alex trocken, während sie ihre Jacke auszog und der Haushälterin überreichte.

»Er ist so attraktiv«, seufzte Inez. »Was für ein Jammer, dass er keine Frau hat! Der arme Mann! Die armen Kinder!«

»Was ist denn mit seiner Frau passiert?« Aus Inez' Ton war leicht ersichtlich, dass es sich nicht um eine normale Scheidung gehandelt hatte.

»Ah, sie hat nichts getaugt! Weggelaufen ist sie, einfach durchgebrannt! Hat ihn mit drei kleinen Kindern sitzen gelassen und ist nie zurückgekommen. Joe muss die *pequenos* allein aufziehen, was für einen Mann sehr schwierig ist.«

»Tatsächlich?« Alex verspürte in Anbetracht dieser Neuigkeit leichte Gewissensbisse, dass sie Welch entlassen hatte, rief sich aber ins Gedächtnis, dass ihr ja gar keine andere Wahl blieb. Außerdem wollte sie mit der Haushälterin über etwas viel Wichtigeres als Welch sprechen.

Wenn das Haus leer stand, kam Inez nur einmal in der Woche, doch wenn jemand von der Familie sich in Whistledown aufhielt, war sie zur Stelle, wann immer sie gebraucht wurde. Gut möglich, dass sie auch in jener Nacht hier gewesen war …

»Inez …« Alex verstummte, weil die heraufbeschworenen Bilder viel zu schmerzhaft waren. »Inez«, setzte sie neu an, »Sie … Sie haben doch auch während des letzten Urlaubs meines Vaters hier gearbeitet, nicht wahr? Kam er Ihnen anders als sonst vor? Traurig oder … oder deprimiert?«

Inez sah sie mitfühlend an. »Das haben mich schon viele Leute gefragt. Die Antwort lautet: Nein, Madam. Er war wie immer – ein sehr netter Gentleman.«

Ein sehr netter Gentleman … Alex schluckte hart. »Waren Sie auch an jenem letzten Tag hier?« Inez nickte. »War da nichts Ungewöhnliches? Gar nichts?«

»Nein, Madam. Als ich ihn zuletzt sah, war er heiter, lachte und spielte Karten mit seinen Gästen. Als ich dann am nächsten Morgen herkam und hörte, dass Joe ihn so gefunden hatte … Ich konnte es nicht glauben …«

Alex konzentrierte sich auf die neue Information. »Joe … Joe Welch hat den Leichnam meines Vaters gefunden?«

»Ja. Wussten Sie das nicht? Ich dachte, dass Sie vielleicht deshalb mit Joe sprechen wollten.«

»Nein.« Alex schüttelte den Kopf Sie hatte Inez noch nichts von den Entlassungen erzählt, die natürlich auch die Haushälterin betreffen würden, und sie brachte es auch jetzt nicht über sich, dieses Thema anzuschneiden. Es war einfach zu viel … Vielleicht würde sie den Rest doch ihren Anwälten überlassen. »Nein, das habe ich nicht gewusst. Ich …«

Das Klingeln des Telefons unterbrach die Unterhaltung.

»Soll ich drangehen?«, fragte Inez und eilte in die Küche, nachdem Alex genickt hatte. Durch die offenen Schwingtüren hörte sie die Haushälterin etwas murmeln, achtete aber nicht darauf, weil sie daran dachte, dass sie jetzt gezwungen war, noch einmal mit Welch zu sprechen, wenn er es war, der ihren Vater tot aufgefunden hatte. Es widerstrebte ihr zwar zutiefst, diesem Kerl Fragen zu stellen, aber sie musste so viel wie möglich erfahren. Wissen war der einzige Trost, der ihr zur Verfügung stand.

»Es ist für Sie!«, rief Inez von der Küchenschwelle aus. »Ein Mr. Paul O'Neil.«

Alex' Gesicht entspannte sich. Paul war ihr Verlobter und sie hatte gestern Abend auf seinem Anrufbeantworter eine Nachricht hinterlassen. Seit dem Begräbnis war er unglaublich geduldig mit ihr gewesen, hatte sie getröstet und eingesehen, dass ihr – verstört, seelisch und körperlich erstarrt, wie sie war – der Sinn nicht nach Sex stand. Sie nahm sich fest vor, daran zu arbeiten, wenn sie wieder zu Hause war – irgendwann musste das Leben ja auch in dieser Hinsicht weitergehen. Außerdem war sie in letzter Zeit viel zu viel unterwegs gewesen. Vergangene Woche war sie zwischen New York und Los Angeles hin und her gependelt, um verschiedene Angelegenheiten ihres Vaters zu regeln. Sie hatte Paul seit dem letzten Donnerstag kein einziges Mal gesehen, fiel ihr ein. Sie hatten ihre Hochzeit für den 9. April des kommenden Jahres geplant, an dem sie auch ihren achtundzwanzigsten Geburtstag feiern würde. Natürlich hingen auch diese Pläne jetzt in der Luft. Sie konnte sich nicht vorstellen, dass sie schon im April in der Verfassung sein würde, eine fröhliche Hochzeit zu feiern, und der luxuriöse Rahmen würde jetzt sowieso entfallen müssen.

»Ich nehme den Anruf in der Bibliothek entgegen«, sagte Alex. Inez nickte und verschwand wieder in der Küche.

Die Aussicht, mit Paul zu telefonieren, hob Alex' Stimmung schlagartig. Sie hatte ihn kennen gelernt, als sie Aufnahmen des zweihundert Jahre alten, fachmännisch renovierten Bürogebäudes in der Innenstadt von Philadelphia machte, wo er arbeitete. Sie war Fotografin von Beruf und fotografierte interessante Architektur und faszinierende Landschaften für teure Bildbände. Das brachte zwar nicht viel ein, aber sie war ja nie darauf angewiesen gewesen, ihren Lebensunterhalt selbst zu verdienen.

Paul hatte erst erfahren, wessen Tochter sie war, nachdem sie schon monatelang miteinander befreundet gewesen waren. Im September hatte er ihr einen Heiratsantrag gemacht, den sie sofort angenommen hatte. Einen Monat später war ihr Vater gestorben und seitdem glich ihr Leben einem einzigen Scherbenhaufen.

Doch in all dem Chaos war Paul immer für sie da gewesen. Es tat gut zu wissen, dass er sie liebte, dass sie sich in diesen schweren Zeiten auf einen Menschen voll und ganz verlassen konnte.

Die Bibliothek war ein großer Raum mit gewölbter

Decke. Drei Wände wurden von Eschenregalen eingenommen, angefüllt mit Büchern, Fotos und Andenken. Die vierte Wand war hellgrün gestrichen und wies einen riesigen Kamin mit weißem Marmorsims auf, den links und rechts zwei bunte Porzellanpapageien schmückten. Darüber hing ein Porträt von Alex' letzter Stiefmutter, der schönen Mercedes, in einer pinkfarbenen Seidenrobe von Versace, mit offenen langen schwarzen Haaren.

Zahlreiche Porträts der fünf vorangegangenen Ehefrauen von Charles Haywood wurden in einer Lagerhalle in Philadelphia aufbewahrt, wie Alex festgestellt hatte. Offenbar hatte er jedes Mal, wenn er sich scheiden ließ und wieder heiratete, in all seinen Häusern die Porträts der Verflossenen gegen die der Neuen austauschen lassen, was im Grunde sehr komisch war. Vielleicht würde sie später, wenn sie den Schock über seinen Selbstmord verarbeitet hatte, darüber lachen können.

Im Augenblick war sogar die leichte Belustigung, die sie unwillkürlich verspürte, mit Schmerz vermischt. Seufzend setzte sie sich in den massiven Ledersessel hinter dem auf Hochglanz polierten Walnussschreibtisch. Ein gelber Notizblock und ein silberner Kugelschreiber lagen auf der Platte. Vor ihrem geistigen Auge tauchten Bilder ihres Vaters auf, wie er an diesem Schreibtisch saß, telefonierte und Notizen auf den Block kritzelte. Sie sah ihn so lebhaft vor sich, als wäre er tatsächlich hier.

Ah, Daddy, warum nur?

Doch sie hatte schon gelernt, dass es nichts half, sich dem Schmerz zu überlassen. Deshalb verdrängte sie alle Gedanken an ihren Vater und nahm energisch den Telefonhörer ab.

»Paul?«

»Alex, bist du das?«

»Hast du jemand anderen erwartet?«, neckte sie ihn liebevoll. Beim Klang seiner Stimme sah sie ihn sofort vor sich: tabakbraune Haare, perfekt geschnitten und glatt aus der hohen Stirn zurückgekämmt, knochiges Gesicht mit langer schmaler Nase, wohlgeformten Lippen und leuchtenden haselnussbraunen Augen; groß, schlank, sehr gepflegt. Ein gebildeter Mann mit besten Umgangsformen, in den sie wahnsinnig verliebt war. Sogar mit ihm zu telefonieren bereitete ihr Genuss. Erst als ihr Körper sich entspannte, bemerkte sie, wie verkrampft ihre Muskeln gewesen waren. Lächelnd drehte sie den Sessel so, dass sie durch die beiden großen Fenster mit Seidenvorhängen den Nieselregen beobachten konnte, und lehnte sich zurück. »O Paul, es tut so gut, deine Stimme zu hören! Bist du zu Hause? Ich wünschte, ich wäre bei dir.«

»Nein, ich bin heute nicht in der Stadt. Äh, Alex ... ich muss dir etwas sagen ...«

Er hörte sich irgendwie seltsam an. Nervös ... Paul war der selbstbewussteste Mann, den sie je gekannt hatte, und sie hatte ihn nie nervös erlebt. Alex' Augen weiteten sich und sie hielt den Telefonhörer fester.

»Ist etwas nicht in Ordnung?«, fragte sie. Noch bevor er antwortete, spürte Alex, dass ihr eine neue schlechte Nachricht bevorstand.

»Ich hasse es, dir das am Telefon sagen zu müssen, aber du bist ja nie mehr hier, deshalb ist es wohl deine eigene Schuld ...«

»Wovon redest du eigentlich?« Alex zwang ihre Stimme zur Ruhe.

Kurzes Schweigen, dann: »Ich habe gestern Abend geheiratet ... Äh, Alex, es tut mir Leid, aber zwischen uns hat es einfach nicht mehr geklappt, das weißt du genauso gut wie ich, und ich ...«

»Du – hast – gestern – Abend – geheiratet?«, fiel sie ihm ungläubig ins Wort, jede Silbe in die Länge gezogen, während sie diesen Schlag zu verkraften versuchte.

»Ja, also, ich … äh …«

Alex ließ ihn wieder nicht ausreden. »Du hast gestern Abend *geheiratet?* Aber das ist doch unmöglich! Du und ich, wir sind verlobt. Die Hochzeit war für April geplant. Ich trage deinen Ring.« Sie starrte benommen den riesigen Diamanten an ihrer linken Hand an.

»Den Ring kannst du behalten«, sagte Paul eifrig. »Tara würde ihn nicht haben wollen, da bin ich mir ziemlich sicher, und wenn doch, kaufe ich ihr eben einen neuen. Die Sache ist … ich …«

»Tara? Tara Gould?« Tara Gould war die einzige Tochter eines der reichsten Männer von Pennsylvania, für den Paul den ganzen Herbst hindurch gearbeitet hatte. Wenn Alex bei ihm im Büro gewesen war, hatte Tara dort manchmal etwas abgeliefert oder sich irgendwelche Entwürfe angesehen, und Alex hatte sie auch bei Cocktailparties und Abendessen getroffen, in dem schmächtigen braunhaarigen Ding aber nie eine mögliche Rivalin gesehen. Offenbar hatte Tara aber viel Zeit mit Paul verbracht, wenn Alex *nicht* bei Paul gewesen war. »Du hast *Tara Gould* geheiratet? Gestern Abend?«

Es war unmöglich. Das konnte Paul nicht getan haben. Er musste sich einen üblen Scherz mit ihr erlauben … Doch insgeheim wusste Alex schon, dass es *kein* Scherz, sondern die bittere Wahrheit war.

»Es ging alles sehr schnell …«, versuchte Paul sich zu rechtfertigen. »Du warst nicht hier und sie war es, und eines führte zum anderen und … na ja …«

»Du meinst – sie hat jede Menge Geld und ich habe es nicht mehr. Ihr Vater ist ein sehr einflussreicher Mann, während meiner tot ist und im Mittelpunkt eines Finanzskandals steht«, sagte Alex verbittert. Es war die einzig logische Erklärung. Wenn Paul jetzt Tara Gould so auf die Schnelle geheiratet hatte, war es ihm immer nur um Geld und um eine hilfreiche Hand beim Erklimmen der

Karriereleiter gegangen ... Diese plötzliche Erkenntnis legte sich wie ein Schraubstock um Alex' Brust, sodass sie kaum Luft bekam.

»Also, Alex, das ist unfair!« Pauls Stimme hatte jenen einschmeichelnden Klang, den sie immer geliebt hatte. Jetzt verschlimmerte er damit nur das Bewusstsein, entsetzlich hintergangen worden zu sein.

Sie hatte Paul verloren. O Gott, wie sollte sie einen weiteren Verlust verkraften?

»Ich hoffe, dass du und Tara glücklich werdet«, sagte sie, verzweifelt um Würde bemüht. Der erste Schock hatte wie ein Betäubungsmittel gewirkt, doch sie spürte, dass sie bald die Fassung verlieren würde. Jemand schien ihr ein Messer mitten ins Herz gestoßen zu haben und drehte es in der tödlichen Wunde, um ihre Qualen zu erhöhen.

»Du weißt, dass ich dich immer lieben werde.« Es war wieder diese unerträglich einschmeichelnde Stimme. »Es ist nur ...«

»Leb wohl, Paul.« Alex legte den Hörer auf, bevor er etwas erwidern konnte. Sie umklammerte das cremefarbene Telefon mit beiden Händen, bis ihre Knöchel weiß hervortraten, so als befürchtete sie, dass der Apparat sie anspringen könnte, wenn sie ihn losließ. Ihr starrer Blick fiel auf den Diamantring, der Feuer sprühte und sie zu verhöhnen schien.

Tara war jetzt vermutlich bei Paul und verhöhnte Alex ebenfalls ...

»Du verfluchter Hundesohn!«, murmelte sie heiser und zerrte den funkelnden Verlobungsring von ihrem Finger. »Du Lügner! Du verkommener Lügner!«

Mit heißen Tränen in den Augen schleuderte sie den Ring weit von sich.

»Na, na«, sagte eine tiefe Männerstimme. Ohne Vorwarnung stand Joe Welch auf der Schwelle der Bibliothek, duckte sich, als der Ring direkt auf sein Gesicht zugeflogen kam, fing das Geschoss auf und stand mit gerunzelter Stirn im Türrahmen.

7

»Was machen Sie denn hier?« Alex versuchte ihren Atem unter Kontrolle zu bringen, der in wildes Schluchzen umzuschlagen drohte. Sie starrte ihn an. Obwohl ihre Sicht durch Tränen getrübt wurde, war die große Gestalt im leuchtend blauen Parka nicht zu verkennen. »Das ist keine gute Zeit für einen Besuch.«

»Das sehe ich«, sagte Joe Welch trocken.

Anstatt ein Minimum an Taktgefühl zu beweisen und sich zu entfernen, kam er auf den Schreibtisch zu, legte eine große Hand auf die Platte und hielt ihr den Ring zwischen Daumen und Zeigefinger der anderen Hand hin. Der Diamant funkelte und schien sie wieder zu verhöhnen.

»Haben Sie das fallen gelassen?«

Alex holte tief Luft. Eher würde die Hölle zu Eis gefrieren, bevor sie vor diesem Mann weinte!

»Ich habe ihn nicht fallen gelassen, sondern *geworfen!*«, erklärte sie giftig, nahm ihm den Ring ab, öffnete eine Schreibtischschublade, legte ihn hinein und schloss die Schublade sehr geräuschvoll, bevor sie aufschaute und ihm einen hasserfüllten Blick zuwarf. »Und ich wüsste es sehr zu schätzen, wenn Sie jetzt gehen würden. Wie schon gesagt – ich bin nicht in der Stimmung für eine Unterhaltung mit Ihnen.«

»Streit mit dem Freund?« Welch richtete sich auf, verschränkte die Arme und betrachtete sie wie ein mit einer Nadel aufgespießtes Insekt.

»Mein *Verlobter* hat gerade angerufen und mir mitgeteilt, dass er gestern Abend eine andere Frau geheiratet hat!« Ihre Stimme war spröde. Warum sie ihm das erzählte, konnte sie sich beim besten Willen nicht erklären. Es ging ihn nichts an und er gehörte mit Sicherheit nicht zu ihren Fans. Außerdem lag es ihr sowieso nicht, Fremden irgendwelche Probleme anzuvertrauen. Aber sie hatte in den letzten Wochen so viele Schocks hinnehmen müssen, dass sie sich im Moment nicht ganz unter Kontrolle hatte. Sie war aus dem Gleichgewicht, wie eine Akrobatin auf dem Hochseil, die verzweifelt hin und her schwankt.

»Armes Ding«, sagte Welch, aber es klang alles andere als mitfühlend.

Zorn stieg in Alex hoch und sie straffte ihre Schultern. »Bitte tun Sie mir den einen Gefallen und gehen Sie!«

»Damit Sie hier sitzen und sich die Augen aus dem Kopf heulen können?«

»Ich werde mir nicht …« Alex verstummte und schaute wieder zu ihm auf. Er musterte sie kritisch aus schmalen Augenschlitzen und sein Mund bildete eine harte gerade Linie. In den kurzen schwarzen Haaren schimmerten Regentropfen. Seine Haut war sehr braun gebrannt, so als verbrächte er viel Zeit im Freien, und das eckige Kinn war immer noch mit dunklen Bartstoppeln überzogen. Er hatte eine starke maskuline Ausstrahlung, die auf Alex aber eher abstoßend als anziehend wirkte. »Wie sind Sie überhaupt hier hereingekommen? Haben Sie angeklopft? Oder ist es in dieser Gegend üblich, uneingeladen in die Häuser anderer Menschen einzudringen?«

»Inez hat mich eingelassen, und angeklopft habe ich auch, was Sie wohl verständlicherweise überhört haben. Weinen Sie ruhig, wenn Ihnen danach zu Mute ist. Ich kann warten.«

Der abscheuliche Kerl beobachtete sie, als erwartete er, dass sie wirklich vor seinen Augen in Tränen ausbrechen würde. Empört reckte sie ihr Kinn und holte tief Luft. »Also gut, Mr. Welch, nachdem Sie nicht den Anstand besitzen zu gehen, wenn Sie dazu aufgefordert werden, wollen wir es schnell hinter uns bringen. Warum sind Sie hier?«

Er betrachtete sie viel aufmerksamer, als ihr lieb war. »Glauben Sie mir – wenn der Kerl Ihnen diese Neuigkeit telefonisch mitgeteilt hat, lohnt es sich nicht, auch nur eine einzige Träne um ihn zu vergießen«, bemerkte er nüchtern.

»Ich habe nicht die Absicht, mein Privatleben mit Ihnen zu besprechen! Wenn Sie hier nicht so hereingeplatzt wären, hätte ich diese Angelegenheit mit keinem Wort erwähnt.« Es war Alex mehr als peinlich, dass Welch sie den Tränen nahe erlebt hatte. Sie war stolz darauf, nie zu weinen. Während einer Kindheit in der Obhut gleichgültiger Kindermädchen und einer Jugend in unpersönlichen Internaten hatte sie gelernt, dass Weinen nichts half, dass man davon nur rote Augen und eine triefende Nase bekam. Außerdem hatte ihr Vater weinende Frauen gehasst. Er hatte sich von zwei Ehefrauen scheiden lassen, weil sie in Tränen ausbrachen, sobald er etwas machte, was ihnen nicht gefiel – jedenfalls hatte er das Alex erzählt.

Beim Gedanken an ihren Vater regte sich der Schmerz sofort wieder. Sie weinte nie – doch um ihn hatte sie Ströme von Tränen vergossen!

»Ihr Privatleben interessiert mich nicht, Miss Haywood. Was mich interessiert, ist die Whistledown Farm.«

Alex runzelte die Stirn. Sie hatte schon einen steifen Nacken, weil sie dauernd zu ihm aufschauen musste, aber sie traute sich nicht aufzustehen, weil sie befürchtete, dass ihre Beine sie nicht tragen würden. Sie musste allein sein. Sie brauchte Zeit, um die neue Wunde zu verkraften, die Paul ihrem ohnehin schon schwer verletzten Herzen zugefügt hatte. Selbst wenn diese Wunde sich als tödlich erweisen sollte, würde sie bis zum Schluss den Kopf hoch tragen, einen Fuß vor den anderen setzen und Stärke demonstrieren, bis sie zusammenbrach und sterben durfte …

»Wenn Sie mich überreden wollen, meine Meinung zu ändern, können Sie sich die Mühe sparen«, erklärte sie barsch. »Es bleibt bei dem, was ich Ihnen vorhin gesagt habe.«

»Ganz so einfach geht das nicht, Prinzessin. Ich habe einen Vertrag.«

Alex lachte bitter auf. »Das wird allmählich lästig, Mr. Welch. Welchen Teil von *Sie sind gefeuert* können Sie nicht verstehen?«

»Das ist der springende Punkt – Sie können mich nicht feuern. Wie gesagt – ich habe einen Vertrag. Wissen Sie, das ist so ein rechtsgültiges Dokument mit festen Vereinbarungen zwischen zwei Parteien. Sie können mich nicht in Monatsfrist entlassen und mir befehlen, während dieser Zeit alle Pferde zu verkaufen.« Seine Stimme hatte einen triumphierenden Klang. »So läuft das nicht.«

Alex starrte ihn mit zusammengebissenen Zähnen an und zählte im Geist bis zehn. »Verschwinden Sie«, sagte sie dann langsam und deutlich.

»Haben Sie überhaupt gehört, was ich gesagt habe?«, fragte er ungeduldig, fast grob. »Ich habe einen Vertrag bis Dezember nächsten Jahres, der mir erlaubt, die Farm so zu verwalten, wie ich es für richtig halte. Das bedeutet, dass es keinen Eilverkauf der Pferde geben wird.«

Warum konnte dieser Mann nicht einfach aufgeben? Er schaute sie an, als hätte er beim Pokern alle vier Asse in der Hand. Sie musste unbedingt cool bleiben und ihm die Situation erklären, dann würde er sie vielleicht endlich in Ruhe lassen.

»Wo ist dieser Vertrag? Kann ich ihn sehen?«

»Er ist in meinem Büro und er ist rechtsgültig, das können Sie mir glauben. *Ihre* Anwälte haben ihn aufgesetzt«, fügte er mit einem Anflug von Spott hinzu.

Alex war mit ihrer Geduld fast am Ende. »Sie haben also einen Vertrag. Wie schön für Sie, Mr. Welch! Aber kennen Sie den Ausspruch, dass man aus einem Stein kein Blut pressen kann?«

Welch musterte sie misstrauisch. »Was meinen Sie damit?«

»Der Nachlass meines Vaters ist der Stein, bildlich ausgedrückt. Mit anderen Worten – es ist kein Geld vorhanden. Sollte Ihr Vertrag gültig sein – ich überlasse es meinen Anwälten, das zu beurteilen, weil es mir im Grunde egal ist –, wird es sich vielleicht ermöglichen lassen, Ihnen eine Abfindung zu bezahlen. Aber eines steht absolut fest – die Farm kann aus Geldmangel nicht weiterbetrieben werden – Verträge hin oder her! Wenn wir sehr viel Glück haben, schlittern wir knapp am Bankrott vorbei.«

»Das können Sie mir nicht weismachen. Ihr Vater ist – war – einer der reichsten Männer der Welt.«

»*War* ist das richtige Wort. Seine Investitionen waren teilweise sehr riskant und gingen schief. Als sein Tod gemeldet wurde, stürzten die Aktienkurse seiner Handelsgesellschaft in den Keller und sein ganzes Imperium brach wie ein Kartenhaus in sich zusammen. Es ist nichts übrig – jedenfalls so gut wie nichts. Fast alles, was mein Vater besaß, muss verkauft werden.« Sie brachte es fertig, das ganz nüchtern vorzutragen, ohne sich etwas von der Scham und der Angst anmerken zu lassen, mit denen sie ständig zu kämpfen hatte, seit sie Bescheid wusste.

Welch starrte sie so fassungslos an, als wären ihr plötzlich Hörner gewachsen. »Ist das wirklich wahr?«

»Großes Indianerehrenwort.« Alex war stolz darauf, so locker antworten zu können. *Lass nie jemanden sehen, dass du blutest.* Das war eine der Lebensregeln ihres Vaters gewesen.

»Hat er deshalb ...?« Welch verstummte mitten im Satz und sah zum ersten Mal etwas verlegen aus.

»Ob er deshalb Selbstmord begangen hat?« Erstaunlich, dass sie so kühl darüber reden konnte, obwohl es ihr insgeheim das Herz zerriss. »Sie haben keinen Grund, um den heißen Brei herumzureden, Mr. Welch. Um Ihre Frage zu beantworten – ich weiß es nicht. Er hatte einige Fehlinvestitionen gemacht, aber wenn er am Leben geblieben wäre, hätte sich alles möglicherweise wieder ins Lot bringen lassen. Ich weiß nicht, warum er es getan hat ... Wahrscheinlich werden wir es nie erfahren.«

»Wie schon gesagt – es tut mir sehr Leid, dass Sie diesen Verlust erlitten haben.« Weder seiner Stimme noch seiner Miene war echtes Mitgefühl anzumerken.

»Sie haben seinen Leichnam gefunden, nicht wahr?«, fragte Alex unvermittelt und umklammerte dabei die Armlehnen des Sessels.

Er presste die Lippen zusammen. »Ja.«

»Erzählen Sie mir davon«, verlangte sie. *Atme,* rief sie sich gleichzeitig ins Gedächtnis. *Atme gleichmäßig.* Dass sie diesen Mann nicht mochte, war unwichtig. Ihr Bedürfnis, über das letzte Kapitel des Lebens ihres Vaters Bescheid zu wissen, war übermächtig.

Welch zögerte kurz, bevor er fragte: »Was wollen Sie wissen?«

»Alles. Jede Einzelheit.«

Er schüttelte den Kopf. »Wozu? Es hat doch keinen Sinn, Sie unnötig zu verstören.«

»Verstören?« Sie lachte gequält auf. »Das ist nicht der richtige Ausdruck für meinen Zustand. Ich bin am Boden zerstört, um es milde auszudrücken, und das bin ich, seit ich erfahren habe, dass mein Vater tot ist. Was immer Sie mir erzählen mögen – schlimmer als jetzt kann ich mich gar nicht fühlen. Glauben Sie, dass ich nur hergekommen bin, um Sie zu feuern? Nein! Ehrlich gesagt ist es mir ganz egal, ob Sie entlassen sind oder nicht, ob Sie einen Vertrag haben oder nicht! Das können Sie mit meinen Anwälten klären, bis Sie alle blau anlaufen. Ich bin hier, weil ich wissen muss, was mein Vater getan und gefühlt hat – in jener Nacht, als er … als er starb.« Sie holte tief Luft. »Sie können mir helfen. Bitte tun Sie es.« Es ging ihr gegen den Strich, diesen Mann um etwas zu bitten, aber sie hungerte nach Informationen.

Welch sah sie lange schweigend an und seine blauen Augen wirkten plötzlich fast schwarz. Dann nickte er kurz. »Ich werde Ihnen erzählen, was ich weiß. Viel ist es nicht.«

Unaufgefordert griff er nach einem der beiden zierlichen Chippendale-Lehnstühle vor dem Kamin, drehte ihn zum Schreibtisch herum und setzte sich. Seine abgetragene Jeans stand in krassem Gegensatz zum zarten grünen Seidenbezug des Stuhls, und Alex machte große Augen, dass jemand so achtlos mit einem kostbaren antiken Möbelstück umging. Ihm schien sein Fauxpas aber überhaupt nicht bewusst zu sein.

»Also gut – ich habe Ihren Vater gegen ein Uhr nachts gefunden – im Pferdestall von Whistledown. Er saß mit dem Rücken an die Wand gelehnt da, und als ich ihn berührte, sackte er zusammen. Ich tastete nach seinem Puls, aber er war schon tot.«

»Was haben Sie mitten in der Nacht im Stall gemacht?« Alex rief sich wieder in Erinnerung, dass sie atmen musste. Welchs Worte beschworen Bilder herauf, die ihr Übelkeit verursachten.

»Ich hatte nach den Pferden gesehen …« Fast widerwillig fuhr er fort: »Irgendein Geräusch hatte mich aus dem Schlaf gerissen. Rückblickend glaube ich, dass es der Schuss gewesen sein könnte.«

»O Gott!« Alex spürte, dass ihr Gesicht alle Farbe verlor. Außer Stande, sich länger zu beherrschen, lehnte sie ihren Kopf an die hohe Rückenlehne und rang verzweifelt nach Luft. »O Gott, o Gott!«

»Verdammt, ich wusste, dass das keine gute Idee war!« Welch stand abrupt auf, kam um den Schreibtisch herum und beugte sich über Alex. »Sie werden mir doch nicht ohnmächtig werden, oder?«

»Nein«, murmelte sie unter Aufbietung aller Willenskraft. Wäre jemand bei ihr gewesen, von dem sie Mitgefühl erwarten konnte, hätte sie sich vielleicht den Luxus einer gnädigen Ohnmacht erlaubt. Doch dieser Mann starrte mit gerunzelter Stirn auf sie herab, sodass seine schwarzen Brauen über der Nase fast zusammenstießen.

»Gut«, lautete sein einziger Kommentar.

»Es tut mir Leid.« Alex zwang sich, normal zu atmen, und hoffte, dass sie nicht so jämmerlich aussah, wie sie sich fühlte. »Ich … mir wird immer schlecht, wenn ich daran denke, was mein Vater getan hat … Ich kann es einfach nicht glauben … Ich frage mich ständig: Warum? Warum?« Sie konnte die Qual in ihrer Stimme nicht verbergen.

»Er hatte getrunken«, sagte Welch in einem Ton, als wollte er ihr eine Entschuldigung für den Selbstmord anbieten.

»Wie kommen Sie auf diese Idee?«, fragte sie scharf.

»Weil …« Welch schüttelte den Kopf. »Hören Sie, Miss Haywood, lassen wir es damit bewenden. Ich bin kein

Sadist. Es bereitet mir keinen Genuss, hilflose Tiere, kleine Kinder oder verstörte Frauen zu quälen. Wenn Sie weitere Informationen wünschen, müssen Sie sich an jemand anderen wenden.«

»Ich möchte wissen, warum Sie glauben, dass mein Vater vor seinem Tod getrunken hat!«, rief Alex heftig. »Mein Vater hat nicht getrunken. Er ist – er war – ein Abstinenzler.«

»Er stank so stark nach Alkohol, dass ich es durch den ganzen Stall riechen konnte«, sagte Welch mit brutaler Offenheit.

»Nur wenige Personen wussten es, aber mein Vater war ein Alkoholiker, der den Absprung geschafft hatte. Er war seit Jahren trocken. In den letzten zehn Jahren hat er nicht einmal ein Glas Wein angerührt. Er war so stolz darauf ...« Ihre Stimme schwankte, aber sie biss die Zähne zusammen und reckte ihr Kinn. »Ich weigere mich zu glauben, dass er in seiner Todesnacht getrunken hatte!«

Welch sah sie schweigend an, bevor er ruhig sagte: »Alkoholiker werden sehr oft rückfällig.«

Alex hatte das Gefühl, als wäre ihr auch der letzte Rest Luft aus den Lungen gepresst worden. War das die Erklärung, nach der sie gesucht hatte? Etwas so Simples? *Alkoholiker werden sehr oft rückfällig*. Nein, sie wollte das nicht glauben. Sie *konnte* es nicht glauben.

»Es tut mir Leid«, sagte Welch wieder, und jetzt hörte es sich fast so an, als meinte er es ehrlich.

In diesem Augenblick wurden sie unterbrochen, weil jemand laut Alex' Namen rief.

8

»Alex, bist du da?«

Alex erkannte die Stimme, sprang vom Schreibtischsessel auf und wollte in die Eingangshalle eilen, doch schon auf der Schwelle der Bibliothek kam ihre kleine Schwester ihr entgegen. Mit fünfzehn war Neely nicht ganz so groß wie Alex, hatte dafür aber etwas üppigere Rundungen. Ihre dichten goldblonden Haare reichten fast bis zur Taille. Die vorderen Strähnen hatte sie auf dem Hinterkopf mit einem schwarzen Gummi zum Pferdeschwanz zusammengefasst, der bei jedem Schritt fröhlich wippte. Ihr von Natur aus sehr hübsches Gesicht, noch kindlich rund, wurde durch zu viel Make-up zur grotesken Maske entstellt. Die schönen graublauen Augen kamen kaum zur Geltung, weil sie Unmengen an schwarzem Mascara und grellem purpurnem Lidschatten verwendet hatte. Die Wangen waren bräunlich geschminkt, um hervortretende Backenknochen vorzutäuschen, die Lippen glänzten pinkfarben. Sie trug die bei Teenagern wieder in Mode gekommene Hippie-Kluft der frühen siebziger Jahre: künstlich verblichene bestickte Jeans und eine mit Perlen besetzte Denim-Jacke, darunter ein tief ausgeschnittenes T-Shirt in grellem Pink. Schwarze Turnschuhe mit Spikes und riesige baumelnde Ohrringe vervollständigten das Outfit. Die Fingernägel waren himmelblau, mit winzigen Gänseblümchen an den Spitzen.

»Neely!« Alex umarmte ihre Schwester und atmete dabei Wolken eines schweren blumigen Parfums ein. Sie wunderte sich selbst, wie glücklich sie war, das Mädchen zu sehen. Erst jetzt wurde ihr bewusst, wie einsam sie sich gefühlt hatte. Neely erzeugte zwar Chaos, wo immer sie auftauchte, aber sie war trotzdem der Mensch, den Alex am meisten liebte.

»Große Überraschung!« Neely trat grinsend einen Schritt zurück.

Alex' Freude wurde von leichtem Unbehagen abgelöst. »Dies ist kein Ferienwochenende. Du hast das Internat doch nicht wieder unerlaubt verlassen?«, fragte sie ängstlich. »Du weißt, dass die Schulleitung gedroht hat, dich rauszuschmeißen, wenn du das noch einmal machst.«

Neely schnitt eine Grimasse. »Hoffentlich tun sie's! Ich hasse dieses Internat. Es ist stinklangweilig!«

»O nein!« Alex schloss die Augen. Aus der Antwort ging deutlich hervor, dass Neely wirklich wieder abgehauen war. Nach dem Begräbnis hatte sie ohnehin nicht in das teure Internat zurückkehren wollen, aber Alex hatte darauf bestanden. Sie war jetzt der gesetzliche Vormund ihrer fünfzehnjährigen Halbschwester, deren Mutter vor zehn Jahren zusammen mit ihrem zweiten Ehemann beim Absturz seines Privatflugzeugs ums Leben gekommen war. Im Grunde musste Alex schon seit Jahren Elternersatz für Neely spielen. Ihr Vater war mit seinen Geschäften und rasch wechselnden Frauen so beschäftigt gewesen, dass Neely alle Schulferien bei Alex verbracht hatte. Die Tatsache, dass sie jetzt gesetzlich berechtigt war, ihrer kleinen Schwester Vorschriften zu machen, bedeutete allerdings noch lange nicht, dass Neely gehorchen würde. Das tat sie sehr selten. Bei aller Liebe ließ sich nicht leugnen, dass der Teenager sowohl verwöhnt als auch schrecklich eigensinnig war.

»Tu einfach so, als würdest du dich freuen, mich zu sehen«, sagte Neely.

»Ich freue mich sehr, aber ...«

Neely marschierte an ihr vorbei in die Bibliothek, blieb jedoch nach wenigen Schritten stehen und starrte interessiert etwas an. Alex schaute ihr über die Schulter und sah, dass Joe Welch den Chippendale-Stuhl wieder ordentlich vor den Kamin gestellt hatte und Neely genauso musterte wie sie ihn. Ihre lächerliche Aufmachung schien ihn nicht zu wundern, vermutlich weil er selbst einen Sohn in diesem Alter hatte und deshalb an alle möglichen Eskapaden von Teenagern gewöhnt war.

»Wer sind Sie?«, fragte Neely frech.

Alex seufzte insgeheim. Gute Manieren waren nicht gerade die Stärke ihrer Schwester.

»Joe Welch. Und wer bist du?« Seine Mundwinkel zuckten amüsiert, während er auf ihre unverblümte Ausdrucksweise einging.

»Cornelia Haywood, abgekürzt Neely. Sind Sie ein Freund meiner Schwester?« Sie stemmte eine Hand in die Hüfte und legte den Kopf schief, was ihrer Meinung nach wohl aufreizend wirken sollte.

Welch schüttelte den Kopf. »Ich verwalte diese Farm für eure Familie.«

Alex sah die Enttäuschung, die sich auf Neelys Gesicht widerspiegelte. »Oh, Sie sind also nur ein Angestellter …«

»Stimmt.«

Es geschah dem arroganten Kerl ganz recht, wenn er beleidigt wurde, dachte Alex. Trotzdem war Neelys Unhöflichkeit ihr ziemlich peinlich.

»Ich gehe jetzt«, kündigte Welch an und durchquerte die Bibliothek mit großen Schritten.

»Ich begleite Sie hinaus.« Alex warf ihm einen beschwörenden Blick zu. In Gegenwart ihrer Schwester wollte sie nicht über den Tod ihres Vaters sprechen, obwohl sie selbst unbedingt weitere Einzelheiten erfahren musste. Neelys Beziehung zu ihm war wesentlich komplizierter als ihre eigene gewesen. Bei der Scheidung von Neelys Mutter hatte es so viel Ärger gegeben, dass er seine Verbitterung auch auf die gemeinsame Tochter übertragen und sich kaum um sie gekümmert hatte. Neely nahm ihm dieses lieblose Verhalten verständlicherweise übel und brachte das bei ihren seltenen Begegnungen auch deutlich zum Ausdruck. Das führte zu hitzigen Wortgefechten zwischen Vater und Tochter, und Alex glaubte, dass Neely deshalb sogar noch mehr als sie selbst unter seinem Tod litt, weil es nun nie mehr zu einer Versöhnung kommen konnte. Wie Alex, so hatte auch Neely früh gelernt, ihre Wunden niemandem zu zeigen, aber Alex wusste, dass das Mädchen tief trauerte und verstört war.

»Nicht nötig«, knurrte Welch. »Ich kenne den Weg.«

»Ich möchte es aber tun. Neely, ich komme gleich zurück.«

»Lass dir ruhig Zeit.«

Alex übersah das anzügliche Grinsen ihrer Schwester und folgte dem Verwalter auf den Korridor hinaus. Er hatte es so eilig wegzukommen, dass sie ihn erst in der Eingangshalle einholte, wo sie ihm eine Hand auf den Oberarm legte.

»Mr. Welch!«

Er drehte sich um und schaute mit gerunzelter Stirn auf sie herab. Sie standen vor dem großen Spiegel mit Goldrahmen an der Wand gegenüber der Treppe, und Alex fiel unwillkürlich auf, welchen Kontrast sie bildeten. Trotz der hohen Absätze reichte sie ihm nicht einmal bis zur Nase, und verglichen mit seinem muskulösen Körper sah sie zart und zerbrechlich aus.

»Was gibt's?« Welch machte keinen Hehl aus seiner Ungeduld.

»Ich möchte unsere Unterhaltung in Bezug auf meinen Vater fortsetzen.« Alex ließ seinen Arm los. »Nicht jetzt, denn meine Schwester soll das nicht hören, aber vielleicht heute Abend ... oder morgen.«

Er schüttelte energisch den Kopf »Ich habe Ihnen schon gesagt – wenn Sie weitere Informationen wünschen, werden Sie sie sich anderswo besorgen müssen. Nicht bei mir!«

Gleich darauf fiel die massive Haustür hinter ihm zu.

Dieser ungehobelte Kerl, dieser Grobian …

»Na, *einen* Lichtblick gibt's hier immerhin!«, kommentierte Neely, die hinter ihr aufgetaucht war. »Bei diesem Anblick läuft einem ja das Wasser im Munde zusammen!«

»Er ist für dich viel zu alt«, bemerkte Alex streng, während ihre Schwester einen Rucksack vom Boden aufhob. »Übrigens warst du sehr unhöflich zu ihm.«

»Ich mag ältere Männer«, erklärte Neely, ohne auf den Vorwurf einzugehen. Mit dem Rucksack in der Hand steuerte sie wieder auf die Bibliothek zu und grinste Alex über die Schulter hinweg an. »Eigentlich mag ich *alle* Männer, wenn es heiße Typen sind. Und der hier *ist* echt heiß.«

Alex setzte zu einer Erwiderung an, wurde aber durch etwas abgelenkt, das an Neelys Nase funkelte: ein winziger Diamant schmückte den linken Flügel.

»Du hast dich piercen lassen!«, rief sie mit großen Augen und vergaß vor Schreck sogar die Ermahnung, die sie auf den Lippen gehabt hatte.

»Kein Grund zur Aufregung!« Neely warf ihren Rucksack achtlos auf den Boden der Bibliothek, durchquerte den großen Raum und ließ sich auf eines der wenigen modernen Möbelstücke, eine mit zartrosa Chintz bezogene Sitzgruppe vor den Fenstern, fallen.

Alex hatte sich vom ersten Schock des Piercings erholt, setzte sich an den Schreibtisch und griff zum Telefon. Das Wichtigste musste zuerst erledigt werden …

»Wen willst du anrufen?«, fragte Neely leicht beunruhigt.

»Deine Schule«, antwortete Alex grimmig.

Neely schnitt eine Grimasse.

Mrs. Stanton, die Schulleiterin, machte keine Umschweife. »Es tut mir wirklich sehr Leid, Miss Haywood, Ihnen in dieser für Sie ohnehin schweren Zeit eine neue Sorge aufbürden zu müssen, aber wir können Cornelia nicht wieder aufnehmen.«

Obwohl Alex fast damit gerechnet hatte, war es ein harter Schlag und sie warf ihrer Schwester aus schmalen Augenschlitzen einen vorwurfsvollen Blick zu. Neely streckte ihr nur die Zunge heraus, ohne die geringste Reue zu zeigen.

»Das kann doch nicht Ihr Ernst sein, Mrs. Stanton«, flehte Alex. »Seit dem Tod unseres Vaters ist sie nicht mehr sie selbst und …«

»Doch, sie *ist* sie selbst, und genau darin besteht das Problem«, fiel Mrs. Stanton ihr ins Wort. »Glauben Sie mir, ich weiß Cornelias gute Seiten durchaus zu schätzen – sie hat viele positive Eigenschaften –, aber wir können sie unmöglich länger in Pomfret behalten, weil sie sich einfach an keine Vorschriften hält. Wir waren wirklich mehr als geduldig mit ihr, aber irgendwo muss ich einen Schlussstrich ziehen, und das ist jetzt leider der Fall, nachdem sie zum dritten Mal in weniger als zwei Jahren ausgerissen ist.«

Alex wusste natürlich, dass die Schulleiterin Recht hatte. Auch vor dem Tod ihres Vaters, während der ganzen anderthalb Jahre in Pomfret, hatte Neely dort nichts als Ärger gemacht. Sie war mehrfach beim Rauchen – nicht nur Zigaretten, sondern auch Marihuana – und Trinken erwischt worden. Sie hatte einen Jungen in ihr Zimmer geschmuggelt, unerlaubt telefoniert und im Internet gesurft. Und sie war abends so oft erst nach der Sperrstunde ins Internat zurückgekommen, dass man ihr schließlich ganz verboten hatte, an den freien Wochenenden in die Stadt zu fahren.

Alex war sich durchaus bewusst, dass ihre Schwester

sehr viel auf dem Kerbholz hatte. Aber es gab gute Gründe für Neelys Benehmen. Nur schien das außer Alex niemand zu begreifen.

»Könnten Sie ihr nicht trotz allem noch eine allerletzte Chance geben?«, bat sie ohne große Hoffnung. Mrs. Stanton war eine nette Frau, aber Alex konnte ihr im Grunde keinen Vorwurf daraus machen, dass sie Neely gründlich satt hatte. Sogar ein Heiliger wäre mit diesem aufsässigen Teenager überfordert.

»Leider nein.«

Alex gab sich seufzend geschlagen. »Mrs. Stanton, ich weiß durchaus zu schätzen, dass Sie so lange Geduld hatten. Mir ist klar, dass meine Schwester ein bisschen schwierig ist.«

»Nun ja, manche Mädchen sind eben so.« Mrs. Stantons Stimme wurde etwas weicher. »Sie hat keinen schlechten Charakter, Miss Haywood, aber für Pomfret ist sie eben nicht geeignet. Wenn Sie sie anderswo unterbringen wollen, werden wir Ihnen nach besten Kräften dabei behilflich sein. Sie brauchen mir nur Bescheid zu sagen.«

»Danke, Mrs. Stanton.«

Alex legte den Hörer auf und schloss müde die Augen. Was sollte sie jetzt mit Neely machen? Welches Internat würde eine Schülerin aufnehmen, die aus Pomfret geflogen war? Und konnten sie sich ein teures Internat überhaupt noch leisten? Sie hatte es als kleinen Lichtblick in der finanziellen Katastrophe empfunden, dass die Kosten für das ganze Schuljahr bereits bezahlt waren – aber erstattete Pomfret Geld zurück? Obwohl Alex ohnehin schon völlig überfordert war, musste sie jetzt ein weiteres Problem lösen. Es war ihre Pflicht, sich um die kleine Schwester zu kümmern.

Sie öffnete die Augen und sah Neely mit gerunzelter Stirn an. »Zu deiner Information – du bist rausgeflogen.«

»Freut mich.«

»Eine tolle Einstellung, muss ich sagen.« Alex ging um den Schreibtisch herum und nahm schräg gegenüber von Neely auf der Sitzgruppe Platz. »Und was machen wir jetzt?«

Neely zuckte nur mit den Schultern, was wenig hilfreich war. Alex überlegte. Neely hatte sie schon als kleines Mädchen häufig an jenes Pferd aus dem Sprichwort erinnert, das man zwar zur Tränke führen, aber nicht zum Trinken zwingen kann. Wenn man ihr Vorschriften machte, wurde sie bockig und tat genau das Gegenteil.

Was in Pomfret passiert war, ließ sich nicht mehr ändern, deshalb hatten Vorwürfe wenig Sinn. Sie wollte keinen Streit mit Neely, denn sie brauchten einander mehr denn je.

Vielleicht war sie als Vormund nicht streng genug, dachte Alex. Vielleicht müsste sie Neely anbrüllen und bestrafen – aber wie? Indem sie ihr das ganze Schminkzeug wegnahm – keine schlechte Idee, aber nach dem Trauma, das sie beide hinter sich hatten, konnte sie sich zu keinen Strafmaßnahmen aufraffen. Ob es nun erzieherisch richtig oder falsch war – sie würde diese relativ kleine Krise leicht nehmen.

»Habe ich dir schon jemals gesagt, dass du eine schlimme Landplage sein kannst, Schwesterherz? Also gut, wir werden gleich am Montagmorgen nach einer neuen Schule Ausschau halten. Mrs. Stanton hat sich freundlicherweise bereit erklärt, uns dabei zu helfen. Sie hat auch gesagt, du hättest viele positive Eigenschaften.«

»Diese blöde Ziege!«, murmelte Neely unbeeindruckt. Dann klingelte das Telefon, und sie zuckte erschrocken zusammen, als Alex aufstand. »Geh nicht dran«, rief sie scharf und packte ihre Schwester am Handgelenk.

Alex starrte sie verblüfft an. Das Telefon hörte auf zu

klingeln. Wahrscheinlich hatte Inez in der Küche den Hörer abgenommen.

»Was ist denn in dich gefahren?«, fragte sie besorgt. Wenn Neely sie unbedingt davon abhalten wollte, ans Telefon zu gehen, musste es einen guten Grund dafür geben – sie sollte irgendetwas nicht erfahren. Vielleicht gab es noch schlimmere Neuigkeiten als die Tatsache, dass Neely von der Schule geflogen war. Alex' Magen krampfte sich zusammen, als sie überlegte, was ihre Schwester sonst noch angestellt haben könnte.

»Alex …« Neely – die mutige, starke und freche Neely – hörte sich nervös an, stand auf und nahm Alex' Hände in die ihren, was Alex' Befürchtungen weiter verstärkte. Mit welcher neuen Katastrophe würde sie gleich konfrontiert werden?

»O Gott, erzähl mir bitte nicht, dass du schwanger bist«, murmelte sie kraftlos. Das war das Schlimmste, was sie sich vorstellen konnte – es sei denn, sie würde erfahren, dass ihre Schwester todkrank war.

»Was?« Neely sah sie indigniert an. »Nein, natürlich bin ich nicht schwanger! Hältst du mich für dämlich?«

»Gott sei Dank!« Alex atmete tief durch und drückte die Hände ihrer Schwester, während ihr Puls sich allmählich beruhigte. »Was auch immer du mir beichten willst – bitte spuck's aus, Neely. Ich bin auf alles gefasst.«

»Es geht nicht um mich, sondern um *dich!*« Neely verflocht ihre Finger mit denen ihrer Schwester und fuhr sich mit der Zungenspitze über die Lippen. »Ich habe echt schlechte Nachrichten … Paul hat gestern Abend Tara Gould geheiratet.« Als Alex nicht reagierte, fuhr sie hastig fort: »Ihre Cousine – Carole Segal – ist auch in Pomfret, und sie hat gestern Abend einen Anruf von ihrer Mutter erhalten, die ihrerseits von ihrem Bruder – Taras Vater – angerufen wurde. Der hat erzählt, Tara habe unerwartet Paul O'Neil geheiratet, und sie seien alle so glücklich, und am nächsten Wochenende würde es einen großen Empfang im Philadelphia Country Club geben. Carole ist auch eingeladen. Kannst du dir das vorstellen?« Neelys Stimme wurde weicher. »Es tut mir wahnsinnig Leid, Alex.«

»Cornelia Haywood, hast du deine Schule etwa unerlaubt verlassen und bist hierher geflogen, nur um mir das zu erzählen?«

Neely nickte unglücklich. »Ich wollte nicht, dass du es von einer deiner sensationslüsternen Freundinnen erfährst.«

Kopfschüttelnd zog Alex ihre Schwester in die Arme und drückte sie fest an sich. Neely erwiderte diese Umarmung. »Sei nicht traurig«, bat sie. »Ich konnte Paul nie leiden. Er ist ein Ekel.«

»Du hast Recht, das ist er wirklich!« Alex lächelte ihr zu. »Ein Ekel, ein Widerling! Ich bin ohne ihn viel besser dran. Das habe ich mir ständig gesagt, seit er vor etwa einer halben Stunde angerufen hat, um mir die Neuigkeit mitzuteilen.«

»Was?«, rief Neely fassungslos. »Du hast es schon *gewusst?* Heißt das, dass ich für nichts und wieder nichts aus dem Internat abgehauen bin und mir irre Sorgen gemacht habe, wie ich dir die Neuigkeit beibringen soll? Das ist wirklich ein Hammer!«

»Nein, es ist das Süßeste, was ich je im Leben gehört habe«, lächelte Alex. »Du bist zwar oft eine Landplage, aber ich bin trotzdem glücklich, dass du meine Schwester bist, Neely Haywood.«

»Ich bin auch glücklich, dass du meine Schwester bist«, murmelte Neely, immer noch leicht verstört, und lehnte ihre Stirn an die von Alex. So standen sie einige Minuten lang schweigend da, bis Alex das Mädchen losließ und grinsend den Kopf schüttelte.

»Wir sind ein großartiges Paar! Du bist aus dem Internat geflogen und mich hat mein Verlobter sitzen gelassen! Was sollen wir jetzt machen?«

9

Der Jäger beobachtete den Hund seit zwei Tagen. Es war ein kleiner Hund, nicht viel größer als eine Katze, und er war hässlich – ein Mischling von Pit Bull und Gott-weiß-was. Abgesehen von einem einzigen schwarzen Fleck auf dem glatten Fell war er weiß, mit kurzem Schwanz und großem rosa Maul, aus dem er ständig sabberte. Jedes Mal, wenn der Jäger aus dem Haus trat, war der Hund da, verschwand jedoch, sobald er ihn sah.

»Komm her, Hund«, sagte er am Spätnachmittag des zweiten Tages, folgte ihm zu seinem Versteck, ließ sich auf ein Knie nieder und schnippte mit den Fingern. Der Hund kauerte unter einem geparkten Wagen und schaute ihn an, ohne zu gehorchen. »Komm her.«

»Na, willst du dir ein Haustier zulegen?«

Der Jäger drehte sich um und stellte fest, dass er beobachtet wurde. Er kannte den Mann – er kannte jeden Menschen in dieser Gegend.

»Vielleicht«, antwortete er freundlich und winkte dem Mann zu, der in sein Auto stieg und wegfuhr.

Der Jäger ließ den Hund, wo er war, stand auf und kehrte zu seiner Arbeit zurück. Doch in der Abenddämmerung ging er wieder nach draußen, mit einem Stück Pizza auf einem Pappteller. Starke Windstöße verhießen baldigen Regen. Der Parkplatz war voll, aber die Insassen der Fahrzeuge hielten sich bei diesem unwirtlichen Wetter nicht im Freien auf. Der Jäger schaute sich um, dachte zunächst, der Hund hätte sich aus dem Staub gemacht, entdeckte dann jedoch eine helle Silhouette unter einem Busch mit tief herabhängenden Zweigen. Er ging darauf zu und stellte den Teller auf den Boden, wo der Hund die Mahlzeit sehen und riechen würde.

»Komm her, Hund.« Er kauerte sich neben den Teller und schnippte wieder mit den Fingern. »Komm.«

Dieses Mal kroch der Hund hervor und verschlang die Pizza. Der Jäger streichelte ihn. Er liebte Hunde, liebte sie seit seiner frühen Kindheit. Sie waren seine ersten Lieblingsspielzeuge gewesen.

»Guter Hund«, murmelte er. »Braver Hund.«

Dann kehrte er ins Haus zurück.

Später, viel später, als nur noch wenige Autos auf dem Parkplatz standen, kam er wieder heraus, einen Pappteller mit einem Hamburger in der einen Hand, eine provisorische Leine in der anderen. Es regnete, und abgesehen von den Lichtern im Gebäude hinter ihm war es so dunkel, dass er nicht einmal den halben Parkplatz überblicken konnte. Er trug einen Regenmantel mit Kapuze, befürchtete aber, dass der Hamburger aufgeweicht sein würde, bevor er den Hund gefunden hatte – wenn er ihn in der Dunkelheit überhaupt finden würde. Vielleicht sollte er bis morgen warten, und falls der Hund dann verschwunden sein sollte, war es eben Schicksal.

Aber ihm lag sehr viel daran, das Tier noch an diesem Abend zu finden.

Als er gerade wieder ins Haus gehen wollte, ohne einen Fuß in den Regen gesetzt zu haben, erspähte er den weißen Hund, der unter einem vorstehenden Dach vor dem Wolkenbruch Schutz gesucht hatte.

Lächelnd näherte er sich dem Tier, wobei er darauf achtete, dass der Hamburger nicht nass wurde. »Hier, Hund«, sagte er sanft. Der Hund sah ihn an, schien sich an den Wohltäter zu erinnern, der ihm eine Pizza gebracht hatte, und wedelte mit dem Schwanz.

Der Jäger ging in die Hocke und stellte den Pappteller auf den Boden. »Hier, Hund.«

Der Hund schnupperte und schlich mit gesenktem Kopf und wedelndem Schwanz auf den neuen Leckerbissen zu.

»Guter Hund!« Der Jäger streichelte das Tier, während es den Hamburger in zwei gierigen Bissen verschlang, und legte ihm gleichzeitig die behelfsmäßige Leine um den Hals – ein Seil, an einem Ende zur Schlinge geknotet.

Der Hund wehrte sich nicht.

»Braver Hund«, lobte er erfreut, tätschelte den hässlichen Kopf und stand auf. »Komm.«

Der Hund folgte ihm bereitwillig, als er dicht am Gebäude entlang – unter dem vorstehenden Dach – auf die Rückseite ging, wo sein Geländewagen geparkt war. Als er die hintere Wagentür öffnete, sprang das Tier ohne Aufforderung auf den Rücksitz.

Der Jäger streichelte es zur Belohnung. »Guter Hund«, sagte er wieder und schloss die Tür.

Er setzte sich ans Steuer, wischte Regentropfen von seinem Mantel, entschied, dass es sinnlos wäre, sich Sorgen wegen möglicher Wasserflecken auf den Ledersitzen zu machen, ließ den Motor an, schaltete Scheinwerfer und Scheibenwischer ein und fuhr los. Er würde etwa eine Viertelstunde brauchen, um sein Ziel zu erreichen, und den Weg kannte er genauso gut wie den Weg von seinem Bett ins Bad.

Eingelullt vom Rauschen der Reifen auf dem nassen Pflaster und vom gleichmäßigen Surren der Scheibenwischer rollte der Hund sich auf dem Rücksitz gemütlich zusammen und döste ein. Die Bereitwilligkeit, mit der er Leine und Auto akzeptiert hatte, deutete darauf hin, dass er irgendwann ein Haustier gewesen war. Er musste entweder verloren gegangen oder aber ausgesetzt worden sein. Es gab viele böse Menschen, die ihre Haustiere einfach irgendwo am Straßenrand zurückließen, mit Vorliebe in ländlichen Gegenden, wo sie wohl damit rechneten, dass irgendein weichherziger Farmer den armen Kreaturen ein neues Zuhause geben würde.

Menschen waren im Großen und Ganzen eine sehr dumme Spezies. Oder eine sehr grausame, was letztlich fast auf das Gleiche hinauslief.

Nur ein einziges Fahrzeug kam ihm unterwegs entgegen – ein riesiger LKW, der für diese Wetterverhältnisse viel zu schnell fuhr, den Wagen des Jägers fast von der Straße fegte und seine Windschutzscheibe voll spritzte. Solche Trucks hatten abseits der Autobahnen nichts verloren, dachte er missbilligend. Vermutlich war der Fahrer auf der Suche nach Benzin oder Essen. Da würde er Pech haben – spätestens um zehn machten hier alle Läden dicht.

Fast am Ziel, bog der Jäger von der Straße ab, fuhr ein Stück durch den Wald und einen Hügel hinab, parkte wie immer am Rand von Bob Tylers Maisfeld, holte eine Taschenlampe aus dem Handschuhfach und stieg aus. Als er die hintere Tür öffnete, stand der Hund schon begierig auf dem Rücksitz und sprang sofort aus dem Wagen, obwohl es in Strömen regnete. Donner krachte, Blitze zuckten über den schwarzen Himmel und beleuchteten für Sekunden die hohen abgeernteten Maisstauden, die wie eine riesige Schar bleicher schlanker Gespenster aussahen.

Er glaubte nicht an Gespenster. Doch falls es sie geben sollte, standen sie vielleicht schweigend hier und warteten darauf, dass er ihnen neue Gefährten bescherte.

Diese Idee amüsierte ihn, und er lächelte, während er durch den flachen Bach ans andere Ufer watete, das aus einer steilen Felswand bestand. Der Hund blieb ihm dicht auf den Fersen. Der Felsen war an dieser Stelle etwa viereinhalb Meter hoch und dicht mit Kletterpflanzen bewachsen. Bis zu den Knöcheln im Wasser, schob der Jäger vorsichtig den schweren Rankenvorhang etwas zur Seite. Dahinter, einen knappen Meter vom Boden entfernt, kam ein Loch im Felsen zum Vorschein, das auf den ersten Blick wie ein Tierbau aussah, in Wirklichkeit aber zu einer einzigartigen Höhle führte, die er als Kind entdeckt hatte und seitdem regelmäßig benutzte. Natürlich war er inzwischen viel größer und dicker geworden, und es fiel ihm wesentlich schwerer, sich durch den Eingang zu seiner unterirdischen Welt zu zwängen. Aber er schaffte es immer noch, wenn er zuerst den Kopf hineinschob und dann den Bauch einzog, bis der Gang etwas breiter wurde. Der Hund wehrte sich nicht, als er ihn hochhob und in die Öffnung setzte, bevor er mühsam folgte und die ersten drei oder vier Meter auf allen vieren zurücklegte. Es war dunkel wie in einem Grab, aber er schaltete die Taschenlampe nicht ein, denn dieser Gang war ihm so vertraut wie sein Bett.

Dann erreichte er ein zweites Loch, schob den Hund vor sich her, kroch hindurch und stand vorsichtig auf, darauf bedacht, sich nicht den Kopf an der niedrigen Decke anzustoßen, was ihm schon oft passiert war. Verunsichert durch die ungewohnte Umgebung, schmiegte der Hund sich ängstlich an seine Beine, als er die Taschenlampe anknipste.

»Guter Hund«, lobte der Jäger wieder, erfreut darüber, dass das Tier ihm schon so vertraute, dass es bei ihm Schutz suchte. Vorsichtshalber hielt er es trotzdem an der Leine, während er mit eingezogenem Kopf durch den alten Steintunnel ging, der einst von der Untergrundbewegung dazu benutzt worden war, Sklaven in die Freiheit zu schmuggeln. Bald stand er vor einer Eisentür, die zwar weit über hundert Jahre alt war, aber ein neues Vorhängeschloss hatte. Mit einem der vielen

Schlüssel an dem Schlüsselring, den er immer bei sich trug, öffnete er diese Tür, betrat eine größere Kammer, richtete sich erleichtert zu seiner vollen Größe auf und streckte seinen steifen Nacken.

»Komm«, sagte er zu dem Hund, der freudig mit dem Schwanz wedelte. Dann ging er auf eine Holztür zu, öffnete sie und führte den Hund in einen Raum, dessen Boden, Decke und vier Wände aus großen behauenen Steinen bestanden. Dieser Raum war genauso alt wie der Tunnel und von allen Menschen vergessen. Vor vielen Jahren hatte der Jäger hier sein privates Spielzimmer eingerichtet.

»Hallo, Cassandra«, sagte er liebenswürdig zu dem Mädchen, das nackt auf der Bettkante saß und nicht einmal mehr aufsprang, als er eintrat. Mit wirren Haaren und trüben Augen starrte es ihn durch die Gitterstäbe des Käfigs ausdruckslos an.

»Ich habe dir ein Haustier mitgebracht«, grinste er, während er die mit Batterien betriebene Camper-Laterne auf dem Tisch einschaltete, der in einem von der Zelle abgetrennten Teil der Höhle stand. Das Licht warf seinen Schatten an die Wand, und dieser Schatten verriet seinen wahren Charakter, wirkte unheimlich und bedrohlich, ganz im Gegensatz zu der freundlichen, harmlosen Fassade, die er der Welt präsentierte. Ihm gefiel das Schattenbild, das auch den Hund zu seinen Füßen und die Leine zwischen ihnen getreulich wiedergab.

Befriedigt stellte er fest, dass alles so war, wie er es verlassen hatte. Sein großer Ledersessel, sein Fernseher mit Fernbedienung, seine Sammlung von Videokassetten, die Fotogalerie seiner Gäste, an Holzlatten an die Wände geheftet. Alle waren sie dort zu sehen – lebendig, tot und in verschiedenen Zwischenstadien. Er hatte die Metamorphose von jedem Einzelnen sorgfältig dokumentiert, angefangen mit seinem ersten Opfer bis hin zum vorläufig letzten – Eric, Cassandras Freund. Nur die Fotoreihe von ihr war noch unvollendet, begann mit einer Aufnahme, die er in der Nacht ihrer Gefangennahme gemacht hatte. Auf diesem Foto sah sie wunderschön aus, die Augen vor Angst weit aufgerissen, aber tapfer in die Kamera lächelnd, weil er es ihr befohlen hatte. Bald würde er auch diese Serie abschließen, mit Fotos von ihrem Gesicht im Todeskampf. Diese Bilder würden im herkömmlichen Sinn nicht so hübsch wie das erste sein, dafür aber viel faszinierender. Menschen starben auf ganz verschiedene Weise: Manche beteten, manche nicht. Manche schlossen die Augen, andere blickten dem Tod mutig ins Gesicht. Doch eines war allen gemeinsam: Am Schluss brüllten sie wie am Spieß. Der Tod war eine so saubere Sache, so reinigend. Er begriff nicht, warum alle solche Angst davor hatten.

Er selbst fürchtete sich nicht. Wenn der Tod zu ihm kam, würde er ihn willkommen heißen. Aber noch war es nicht so weit.

»Hierher, Hund«, sagte er und das Tier schaute mit einem fast anbetenden Ausdruck in den braunen Augen zu ihm auf. Er führte es näher an die Wand heran, griff nach einer Eisenkette, die von einem in der Mauer verankerten Metallring herabhing, schlang sie um den Hals des Hundes und ließ das Schloss einschnappen. Der Hund legte sich flach auf den Bauch, weil es ihm nicht gefiel, angekettet zu werden, versuchte aber nicht zu fliehen.

Cassandra begann zu weinen. Sie wusste, was gleich passieren würde – schließlich hatte sie Erics Tod mit angesehen. Ihr schlanker Körper wurde von schmerzhaftem trockenem Schluchzen erschüttert.

»Gefällt dir dein Haustier nicht?«, fragte der Jäger vorwurfsvoll. Er zog einige Male an der Kette, um sich zu vergewissern, dass der Hund nicht entkommen konnte, und tätschelte ihm den Kopf. »Guter Hund!«

Er ging zu dem Schrank, in dem er seine Vorräte aufbewahrte. Der Hund, sein treuer Freund, versuchte vergeblich, ihm zu folgen. Als er mit einem Kanister Kerosin und einer Schachtel langer Streichhölzer zurückkam, blickte das Tier wieder bewundernd zu ihm auf.

Cassandras Schluchzen wurde schwächer. Der Jäger sah, dass sie die Augen fest zugekniffen hatte.

»Mach die Augen auf!«, befahl er mit barscher Stimme. »Mach die Augen auf und schau zu, sonst bist du selbst dran!«

Ihre Lider öffneten sich und er lächelte zufrieden. Dann schüttete er fast den ganzen Kanister über den Hund. Der Kerosingestank war so durchdringend, dass er die Nase rümpfte. Der Hund wimmerte leise, als die Flüssigkeit sein kurzes Fell durchtränkte, und schaute flehend zu ihm auf.

Der Jäger vergewisserte sich, dass Cassandras Augen geöffnet waren, trat einen Schritt zurück, zündete ein Streichholz an und warf es auf den Hund. Die kleine Flamme berührte das Kerosin und entzündete es mit leisem Zischen.

Die Schreie des Hundes hörten sich fast menschlich an, als er wie eine Fackel zu lodern begann.

»Braver Hund«, sagte der Jäger ein letztes Mal und beobachtete lächelnd, wie das angekettete Tier verzweifelt im Kreis herumrannte, dem Flammenmeer vergeblich zu entkommen versuchte und schließlich zuckend auf dem Steinboden zusammenbrach.

Alex und Neely verbrachten einen angenehmen Nachmittag und Abend. Sie redeten, erforschten das Haus, plünderten den Kühlschrank für ein kaltes Abendessen und schauten Fernsehen in dem gemütlichen kleinen Raum neben dem Salon. Obwohl Alex sich Sorgen um Neelys schulische Zukunft machte, war sie überglücklich, ihre kleine Schwester bei sich zu haben, deren lebhaftes und respektloses Wesen sie aufmunterte und Balsam für ihr verwundetes Herz war.

Energisch verdrängte sie jeden Gedanken an Pauls Betrug, doch ganz ließ sich der grausame Schmerz nicht verbannen und zusammen mit der allgegenwärtigen Trauer um ihren Vater hätte das einer der schlimmsten Abende ihres Lebens werden können.

Dank Neely war das nicht der Fall.

Sogar ohne den Schock, Paul verloren zu haben, hätte es ihr nicht gefallen, heute Nacht allein zu sein, dachte Alex, ein Buch vergessen auf dem Schoß, während sie Neely beobachtete, die fasziniert der Handlung von *Party of Five* folgte. Seltsam, dass sie – als sie diese Reise nach Whistledown geplant hatte – keinen Gedanken darauf verschwendet hatte, wie ihr wohl ganz allein in diesem riesigen Haus zu Mute sein würde. Erst jetzt begriff sie, dass die leeren, totenstillen Räume schier unerträglich gewesen wären, wenn Neely ihr nicht Gesellschaft geleistet hätte. Hier hatte ihr Vater die letzten Tage und Nächte seines Lebens verbracht, unweit im Pferdestall war er gestorben. Sie glaubte auf Schritt und Tritt seine Gegenwart zu spüren, und das verstörte sie dermaßen, dass sie ohne Neely höchstwahrscheinlich in einem Hotel Zuflucht gesucht hätte. Dazu hätte sie freilich nach Shelbyville fahren müssen, denn Simpsonville war viel zu klein, um ein Hotel zu besitzen.

Zuletzt war sie in dem Sommer gleich nach ihrem Collegeabschluss hier gewesen, mit 21 Jahren. Auf Einladung ihres Vaters hatte sie ein Wochenende mit ihm verbracht, als er sich wegen der Jährlingsverkäufe von Keeneland im Juli auf der Farm aufhielt. Sie hatten selten Gelegenheit, miteinander allein zu sein – meistens hatte er eine Ehefrau oder Freundin im Schlepptau –, und Alex war glücklich und gerührt gewesen, als er ihr versprochen hatte, dieses Mal würden sie ungestört sein. Dann hatte sich herausgestellt, dass er mit ihr über ihre Zukunft sprechen wollte. Sein Wunsch war es, dass sie bei Haywood Harley Nichols arbeitete, um die Firma eines Tages von ihm zu übernehmen. Diesen Vorschlag hatte sie vehement abgelehnt, was zu einem erbitterten Streit geführt hatte. Sie war am Tag nach ihrer Ankunft abgereist, ohne auch nur den Pferdemarkt besucht zu haben.

Es war eine schmerzhafte Erinnerung. *O Daddy,* dachte sie, *wäre alles anders gekommen, wenn ich für dich gearbeitet hätte? Ich hätte es tun können. Ich hätte es tun sollen …*

Tränen brannten in ihren Augen, aber sie blinzelte sie wütend weg, um Neely nicht zu verstören. Es war sinnlos, ihre damalige Entscheidung zu bereuen. Was geschehen war, ließ sich nicht mehr rückgängig machen.

Gegen elf Uhr abends kam ein heftiger Sturm auf. Regen trommelte an die Fenster, Donner krachte, Blitze zuckten wie lange Peitschen über den Himmel. Neely ging als Erste zu Bett, im Schlafzimmer neben Alex. Beide hatten automatisch die Räume ausgewählt, die sie bei früheren Besuchen bewohnt hatten. Alex nahm eine der Pillen, die ihr Arzt ihr gegen die Schlaflosigkeit verschrieben hatte, unter der sie seit dem Tod ihres Vaters litt, und fiel gegen Mitternacht in einen bleiernen Schlaf. Das Unwetter tobte, das alte Haus ächzte, die Heizung schaltete sich mit leisem Summen ein. Nichts von all dem weckte Alex.

Dann wurde sie aber doch aus dem Schlaf gerissen, der fast einer tiefen Bewusstlosigkeit glich. Von einer Sekunde zur anderen war sie hellwach und hatte das gespenstische Gefühl, dass etwas Unangenehmes ihre Wange berührt hatte. Ihre Lider öffneten sich und sie starrte in die schwarze Dunkelheit. Es dauerte einen Augenblick, bis ihr einfiel, wo sie war – und warum.

Sie blieb regungslos liegen und versuchte sich zu orientieren. Der Blumengeruch, der sie umhüllte, stammte von dem Weichspüler, den Inez für die Bettwäsche verwendete. Sie lag auf der rechten Seite, das Gesicht im viel zu weichen Kissen vergraben, weshalb der Geruch so stark war. Das laute Geräusch war Regen, der gegen die Fensterscheiben prasselte. Die kühle Luft an ihrer Wange drang durch das alte Fenster ein, das nicht fest schloss. Bestimmt war es dieser Luftzug, der sie geweckt hatte.

Doch außer dem Regen hörte sie ein anderes Geräusch – leiser, viel näher. Es kam vom Fußende des antiken, kunstvoll geschnitzten Bettes aus Walnussholz.

Alex starrte in die undurchdringliche Finsternis, die sie wie eine schwarze Decke einhüllte, und lauschte angestrengt. Ihr Herz schlug schneller und ihr Mund wurde trocken. Sie zweifelte nicht mehr daran, was sie hörte: rasselnde Atemzüge von irgendjemandem oder irgend-*etwas* hier im Zimmer …

10

Ihre Nackenhaare sträubten sich. Sie lag wie erstarrt da. Auch wer – oder was – dort am Fuß ihres Bettes stand, bewegte sich nicht, *atmete* nur.

O Gott, was sollte sie jetzt machen?

Ihr Puls raste. Ihre Muskeln versteiften sich. Ihr Instinkt sagte: Kämpfen oder fliehen. Doch sie zwang sich zu bleiben, wo sie war. Bis ihr irgendeine vernünftigere Alternative einfiel, musste sie sich schlafend stellen.

Die Atemzüge gingen unvermindert weiter: ein, aus, ein, aus … Schwer. Rasselnd. Das Geräusch wurde so laut – jedenfalls in Alex' Ohren –, dass es alles andere übertönte, sogar das ängstliche Hämmern ihres Herzens, sogar den tosenden Sturm.

Neely? Konnte es vielleicht Neely sein, die dort regungslos am Fußende des Bettes stand und ihre schlafende Schwester im Dunkeln beobachtete? Nein, ausgeschlossen! Erstens hatte Neely noch nie im Leben so laut geatmet. Zweitens hätte sie ihre Anwesenheit unmissverständlich kundgetan – Alex' Namen gerufen oder sie geschüttelt. Und wenn sie vor irgendetwas Angst hätte, würde sie einfach ins Bett ihrer Schwester springen. Ein stiller Beobachterposten war nicht Neelys Stil.

Sie und Neely waren allein im Haus.

Welche Möglichkeiten blieben, wenn es nicht Neely war? Ein Einbrecher? Kalte Schauer liefen Alex über den Rücken. Ein Gespenst? Bei diesem Gedanken gefror ihr das Blut in den Adern.

Sie hatte von ihrem Vater geträumt. Vage Erinnerungen trieben wie Nebelschwaden durch ihr Gehirn. Whistledown war der Schauplatz seines Todes gewesen. Seit dem ersten Moment, als sie begriffen hatte, was ihm zugestoßen war, konnte sie nicht glauben, dass er seine Familie verlassen hatte, ohne wenigstens einen Abschiedsbrief zu schreiben. Waren diese Atemzüge der Versuch seines Geistes, aus dem Jenseits Kontakt mit ihr aufzunehmen?

Sie hatte nie an Gespenster geglaubt. Jetzt war sie sich nicht mehr ganz sicher.

Die Atemzüge schienen sich zu bewegen und aus einer neuen Richtung zu kommen. Alex konnte das regelmäßige Ein-Aus immer noch deutlich hören, aber es wurde leiser und kam aus größerer Entfernung. Wer auch immer – *was* auch immer – es sein mochte, er steuerte auf ihre offene Schlafzimmertür zu, das wurde Alex blitzartig klar.

Sie konnte nichts sehen, gar nichts, nicht einmal das

Kissen, auf dem ihr Kopf lag, aber sie wusste, dass sie wach war, dass sie nicht träumte und sich das nicht nur einbildete. Es geschah wirklich.

Sie musste *wissen,* was hier vor sich ging. Dieses Bedürfnis war sogar stärker als ihre Angst. Sie setzte sich im Bett auf und tastete nach dem Schalter der Nachttischlampe, der etwa in der Mitte des Kabels angebracht war. Innerhalb von Sekunden hatte sie ihn gefunden und drückte darauf.

Klick. Das Geräusch war deutlich zu hören. Die Atemzüge schienen auszusetzen, doch sonst passierte nichts. Das Licht ging nicht an. *Klick. Klick.* Sie probierte es immer wieder, immer hektischer. Nichts. Kein Licht. Und die Atemzüge begannen wieder, schneller, aber immer leiser ...

Alex musste herausfinden, wer oder was das war. Lieber einen Einbrecher überraschen als nicht Bescheid wissen.

Daddy, bist du das? Ein törichter Gedanke, ganz klar, und doch ...

Alex warf die Decken von sich und sprang aus dem Bett. Ihre nackten Füße versanken in der dichten Wolle des Orientteppichs, der den Hartholzboden verdeckte. Mit ausgestreckten Armen tastete sie sich durch die höhlenartige Dunkelheit, von Bettpfosten zu Bettpfosten, dann weiter bis zur Wand. Die Atemzüge wurden noch schwächer, entfernten sich auf den schmalen Korridor, von dem alle Schlafzimmer abgingen. Auf der Schwelle blieb Alex stehen und suchte nach dem Schalter der Deckenlampe. Der Verputz fühlte sich unter ihren Fingern kühl und glatt an. Unter dem Spitzensaum ihres cremefarbenen Seidennachthemds streifte ein kalter Luftzug ihre Knöchel und Füße. Das Prasseln des Regens übertönte jetzt die Atemzüge. Sie fand den Schalter, betätigte ihn – nichts. Kein Licht.

Obwohl sie angestrengt lauschte und sogar die Luft anhielt, konnte sie die fremden Atemzüge nicht mehr hören. Ihr Bedürfnis, den Verursacher des Geräusches zu identifizieren, war so übermächtig, dass sie ihre Furcht vergaß. Sie musste wissen, wer oder was es war.

Sie musste wissen, ob es ihr Vater war oder nicht.

Alex tappte auf den Korridor hinaus, blind wie ein Maulwurf, und konnte die Atemzüge wieder hören, wenn auch sehr leise. Sie wirbelte in die Richtung herum, aus der sie zu kommen schienen, stolperte über irgendetwas und streckte instinktiv die Hände aus, um einen Halt zu finden. Ihre Finger griffen in weichen Stoff – und dann traf etwas mit voller Wucht ihren Hinterkopf. Sie sah Sterne und dann wurde ihr schwarz vor Augen.

Als sie zu sich kam, lag sie bäuchlings auf dem Läufer im Korridor. Der muffige Geruch des Teppichs stieg ihr in die Nase und die Wolle fühlte sich unter ihren Fingerspitzen etwas rau an. Die Finsternis schien um sie herum zu schwimmen. Außer dem Schmerz im Kopf hatte sie Abschürfungen an Händen und Knien und konnte ein Stöhnen nicht ganz unterdrücken.

»Alex?«, rief Neely. Ihre Stimme hörte sich so an, als stünde sie ganz in der Nahe auf dem Korridor. Das wäre auch logisch, denn die beiden Schlafzimmer lagen nebeneinander am nördlichen Ende des Flurs.

»Sei vorsichtig«, murmelte Alex mühsam, kam irgendwie auf die Knie und presste eine Hand auf den Hinterkopf. »Ich glaube, dass jemand im Haus ist.«

Die Dunkelheit wogte wie ein stürmisches Meer, aber immerhin wurde sie nicht wieder ohnmächtig. Ihr Schädel dröhnte, und eine klebrige Flüssigkeit an den Fingern verriet ihr, dass die Wunde blutete. Was war passiert? War sie gestürzt und hatte sich den Kopf aufgeschlagen? Sie erinnerte sich verschwommen daran, gestolpert zu sein, doch danach setzte ihr Gedächtnis aus.

»Was?« Es war klar, dass Neely ihre Warnung entweder nicht gehört oder nicht verstanden hatte. Alex hörte ein leises Klicken und begriff, dass ihre Schwester erfolglos versuchte, Licht zu machen. »Alex, bist du hingefallen? Hast du dich verletzt?«

»Ja, ich bin gestürzt, aber mir ist nichts passiert.« Alex' Stimme klang etwas kräftiger. »Der Strom scheint ausgefallen zu sein. Neely, hast du gehört, was ich gesagt habe? Ich glaube, dass jemand im Haus ist.«

Ihr Kopf drohte zu platzen. Sie fühlte sich miserabel, wollte Neely aber nicht mehr als unbedingt notwendig beunruhigen. Das Mädchen kniete neben ihr nieder und streckte die Hände aus, um sie in der Dunkelheit zu finden. »Was meinst du damit, dass jemand im Haus ist?«

Alex überlegte, ob sie Neely etwas von der zweiten Möglichkeit erzählen sollte – dass der Geist ihres Vaters Kontakt aufzunehmen versuchte. Doch das war natürlich Unsinn. Was oder wer auch immer sich in ihrem Schlafzimmer aufgehalten hatte, konnte kein Gespenst gewesen sein.

Selbst wenn es Gespenster geben sollte – was sie bei hellem Tageslicht und klarem Verstand entschieden verneint hätte –, würden sie auf gar keinen Fall atmen, denn sonst wären sie ja keine Geister. Simple Logik, und wenn sie nach dem Aufwachen ruhig überlegt hätte, wäre ihr das sofort klar geworden.

Folglich gab es nur eine einzige Erklärung: Ein lebendiger, atmender Mensch war in ihrem Schlafzimmer gewesen. *Er hielt sich möglicherweise immer noch irgendwo im Haus auf.*

»Neely!« Sie packte ihre Schwester am Arm und spürte Flanell unter den Fingern. »Jemand war in meinem

Schlafzimmer. Ich bin aufgewacht und habe ihn auf den Korridor verfolgt. Vielleicht ist er noch im Haus.«

»Was?« Neely schnappte erschrocken nach Luft.

»Pssst!« Natürlich hatten sie schon so viel Lärm gemacht, dass es eigentlich absurd war, jetzt zu flüstern. Das nutzte in etwa so viel wie das Schließen einer Stalltür, wenn das Pferd schon durchgegangen war! Alex überlegte, was sie tun konnten. Ihr Handy befand sich in der Handtasche und die lag in der Bibliothek.

Außerdem hatte sie vergessen, das Gerät aufzuladen, folglich würde es wahrscheinlich sowieso nicht funktionieren, selbst wenn es ihr gelingen sollte, die Bibliothek zu erreichen, ohne dass der Einbrecher sie überfiel. Dann erinnerte sie sich daran, dass auf ihrem Nachttisch ein Telefon stand. Sie mussten in ihr Schlafzimmer gehen, die Tür abschließen und die Polizei anrufen. Ob man in dieser abgelegenen Gegend überhaupt den Notruf 911 kannte? Vielleicht konnte sie wenigstens die Vermittlung erreichen …

»Soll das ein Scherz sein?«, zischte Neely ihr ins Ohr.

»Nein.« Alex bemühte sich, auf die Beine zu kommen, und schaffte es mit Neelys Hilfe. Die Dunkelheit verschwamm wieder vor ihren Augen, aber sie biss die Zähne zusammen. Neely und sie durften nicht auf dem Korridor bleiben, wo es überhaupt keinen Schutz gab. »In meinem Zimmer ist ein Telefon. Wir müssen die Polizei anrufen.«

»Oh, Scheiße!« Neelys Flüstern hörte sich ängstlich an.

»Benutz nicht solche Ausdrücke«, murmelte Alex automatisch. So schnell und lautlos wie möglich tasteten sie sich ins Schlafzimmer. In Alex' Kopf schien ein Presslufthammer zu arbeiten, und sie hatte das Gefühl, als würde sie alles doppelt sehen, wenn sie überhaupt etwas sehen könnte.

»Schließ die Tür ab«, sagte sie, und Neely tat, wie ihr geheißen. Alex fühlte sich etwas sicherer, aber nicht viel. Die totale Finsternis war entnervend. Hinzu kam das Unwetter vor den Fenstern und die Vermutung, dass jemand sich im Haus aufhielt. Wenn Neely nicht gewesen wäre, hätte sie vermutlich einen hysterischen Anfall bekommen, doch wegen ihrer Schwester, die fast noch ein Kind war, musste sie ihren ganzen Mut zusammennehmen.

Sie erinnerte sich daran, dass das Telefon gleich neben der Lampe auf dem Nachttisch stand. Ihre Finger glitten über die Platte: Buch, Wecker, Lampe, *Telefon!* Sie nahm den Hörer ab. Es kam kein Freizeichen.

»Alex, riechst du auch Rauch?« Neelys Stimme klang sehr dünn, während sie sich neben Alex auf die Bettkante setzte.

Alex drückte auf die Tasten des Telefons – auf *irgendwelche* Tasten, weil sie die Ziffern nicht sehen konnte. Die Leitung war tot. Bei Neelys Worten schnupperte sie, wodurch der Kopfschmerz sich verschlimmerte. Sie schloss die Augen, öffnete sie aber sofort wieder, denn sogar diese winzige Bewegung war schmerzhaft.

Ein schwacher Geruch stieg ihr in die Nase – schwach, aber unverkennbar. Es stank nach verbranntem Gummi oder etwas Ähnlichem.

»Ich rieche *irgendwas.*« Alex gab ihre Bemühungen mit dem Telefon auf und berührte ihren Kopf. Kein Zweifel – sie hatte eine große Beule, die stark blutete. »Die Leitung ist tot.«

»Und was machen wir jetzt?« Neely hörte sich plötzlich sehr jung und verängstigt an.

»Ich glaube, wir sollten das Haus verlassen.« Etwas brannte ... Stand vielleicht das Haus in Flammen? Die Möglichkeit war nicht ganz auszuschließen. Jedenfalls hielt sie es für keine gute Idee, im abgeschlossenen Schlafzimmer tatenlos herumzusitzen.

»Ich habe Angst«, murmelte Neely.

»Ich auch.« Alex hatte auf dem Nachttisch eine Packung Papiertaschentücher gefunden, zog einige heraus und presste sie auf die Wunde an ihrem Hinterkopf, wobei sie vor Schmerz zusammenzuckte. Sie wollte ihrer Schwester nicht erzählen, dass sie verletzt war, um das Mädchen nicht noch mehr zu verstören.

»Glaubst du, dass das Haus brennt?«, fragte Neely.

»Vielleicht ...«

Wenn sie zu einem der Autos gelangen könnten ... Aber der Schlüssel für den Mercedes hing an einem Haken in der Küche und der Wagen stand zusammen mit den anderen Fahrzeugen in der Garage, ziemlich weit hinter dem Haus. Sie hatte ihn vor Stunden selbst dort abgestellt.

Alex wollte es nicht riskieren, sich durch das ganze dunkle Haus zur Küche zu tasten und dann zu der abgelegenen Garage zu rennen.

»Der Mann, der heute hier war – Joe Welch, der Verwalter –, er wohnt am Fuße des Hügels. Wenn wir uns die Treppe hinab und durch den Haupteingang ins Freie schleichen, müssten wir sein Haus in wenigen Minuten erreichen.«

»Aber es gießt in Strömen ... und was ist, wenn uns jemand im Haus auflauert und nur darauf wartet, dass wir das Schlafzimmer verlassen?«, wandte Neely mit zittriger Stimme ein. »In *Scream* ...«

»Davon will ich nichts hören«, fiel Alex ihr hastig ins Wort. Neely liebte Horrorfilme, während sie selbst keine sehen konnte. Bei den seltenen Gelegenheiten, wenn es Neely gelungen war, sie in solche Filme zu schleppen, saß Alex fast die ganze Zeit mit geschlossenen Augen da, und wenn sie zufällig doch einen Blick auf die Leinwand warf, während etwas Grauenvolles geschah, stieß sie unweigerlich Schreckensschreie aus und vergrub ihr Gesicht in den Händen, was Neely mehr als peinlich war. »Wir brauchen nur die Treppe hinabzugehen«, wiederholte sie so ruhig wie möglich, »und die Haustür zu öffnen ...«

»Aber in *Scream* ...«

»Dies hier ist kein Horrorfilm, sondern das wirkliche Leben«, erwiderte Alex energisch. Sie wollte nicht über die Möglichkeit nachdenken, dass der Mann, der in ihrem Schlafzimmer gewesen war, jetzt irgendwo in der Dunkelheit lauerte.

Der Brandgeruch wurde stärker. Sie mussten das Haus verlassen, ohne Zeit zu verlieren! Doch wenn sie ein nasses, schlammiges Feld überqueren wollten, brauchten sie Schuhe. Ihre Hauspantoffeln hatten Gummisohlen und waren elastisch genug, um auch Neely zu passen, die etwas größere Füße als sie hatte. Sie tastete mit den Zehen danach, fand sie neben dem Bett, bückte sich und drückte die Pantoffeln ihrer Schwester in die Hand. »Zieh die an.«

Am Nachmittag hatte Alex ihren kleinen Koffer ausgepackt und wusste deshalb genau, wo das einzige Paar flacher Schuhe stand, das sie dabeihatte – bronzefarbene Halbschuhe von Gucci: im Schuhregal des großen begehbaren Kleiderschranks.

»Wohin gehst du?«, fragte Neely, einer Panik nahe, als Alex aufstand und sich von ihr entfernte.

»Ich will nur meine Schuhe holen.« Alex tastete sich um den Toilettentisch herum zum Schrank, fand den glatten Messingknopf, drehte ihn und öffnete die Tür, holte die Halbschuhe heraus, schlüpfte mit nackten Füßen in das weiche Leder und tastete sich zum Bett zurück.

»Alex ...« Neely war aufgesprungen.

»Ich bin hier.« Sie griff nach der Steppdecke und streckte sie in die Richtung, wo sie Neely vermutete. »Hier, wickle dich hinein und dann gehen wir.«

Sie selbst hüllte sich in eine Wolldecke, die am Fußende des Bettes gelegen hatte. Hand in Hand gingen die Schwestern auf die Schlafzimmertür zu.

Gerade als Alex' Finger die Holztäfelung fanden, fuhr Neely zurück. »O Gott, Alex, in *Friday the Thirteenth …*«

»Wenn du noch einmal irgendeinen albernen Horrorfilm erwähnst, bringe ich dich eigenhändig um!«, zischte Alex über die Schulter hinweg und zerrte Neely vorwärts. »Komm jetzt – und kein Wort, bis wir draußen sind! Vor allem aber – was auch geschehen mag, bleib dicht an meiner Seite!«

»Worauf du dich verlassen kannst.« Neelys Hand fühlte sich kalt an, aber Alex vermutete, dass ihre eigene nicht viel wärmer war. Ihr Herz klopfte zum Zerspringen, ihr Schädel dröhnte, ihr Mund war trocken, ihr Magen krampfte sich zusammen. Lauerte irgendjemand – oder irgendetwas – ihnen irgendwo im Dunkeln auf?

So leise wie möglich schloss sie die Tür auf. Trotzdem kam das Geräusch ihr so laut wie ein Schuss vor …

11

Joe lag auf dem Rücken, die Hände im Nacken verschränkt, und starrte an die weiße Decke über seinem Bett. Er war hellwach, obwohl er normalerweise um diese Uhrzeit fest schlief. Draußen regnete es in Strömen. Im Sommer hatte Shelby County die schlimmste Dürre des Jahrhunderts erlebt: Flüsse waren ausgetrocknet, die Bäume hatten viel zu früh ihr Laub verloren, die Ernte war dürftig ausgefallen. Und jetzt, da der Regen nichts mehr nutzte, sah es fast nach einer Überschwemmung von biblischen Ausmaßen aus. Joe hoffte nur, dass sein Dach nicht undicht war.

Er könnte aufstehen, nach unten gehen und etwas essen. Sich durch Fernsehen abzulenken war leider nicht möglich: Seit etwa zwanzig Minuten hatten sie keinen Strom mehr, was bei Unwettern häufig vorkam. Aber er wollte sich nicht mit der Schlaflosigkeit abfinden. Nachdem Laura sich aus dem Staub gemacht und ihn mit drei kleinen Kindern, einem Haufen Schulden und zerstörten Karrierehoffnungen zurückgelassen hatte, war Schlaflosigkeit über Jahre hinweg eine Plage gewesen, doch schließlich hatte er die Dämonen besiegt, sich einen guten Platz im Leben gesichert und wieder schlafen können.

Heute hatte Alexandra Haywood sein bequemes Leben wieder aus der Bahn geworfen.

Fast die Hälfte seines Einkommens bestand aus dem Gehalt als Verwalter der Whistledown Farm. Zudem war ein großer Teil der Krankenversicherung für ihn und die Kinder von Haywoods Firma bezahlt worden. Das alles auf einen Schlag zu verlieren war mehr als schmerzhaft. Hinzu kam der bevorstehende Verkauf der Pferde, der ihn fast noch schmerzlicher traf als der Verlust seines Arbeitsplatzes.

Gewiss, er hatte den Vertrag, aber er war nicht dumm: Manchmal war ein Vertrag nicht einmal das Papier wert, auf das er gedruckt war. Mit diesem Vertrag konnte er sich bestenfalls etwas Zeit – einige Wochen oder Monate – erkaufen. Vielleicht würde auch eine Abfindung herausspringen, wenn er damit drohte, die Gesellschaft wegen Vertragsbruchs zu verklagen. Doch falls Haywoods Schuldenberg tatsächlich so hoch war, wie seine Tochter behauptete – und er glaubte nicht, dass sie log –, würden die Pferde und die ganze Farm früher oder später verkauft werden müssen.

Ihm blieb nichts anderes übrig, als neue Zukunftspläne zu schmieden.

Das Wichtigste war, die Pferde gut unterzubringen. Jedes stellte ihn vor Probleme, vom teuersten – Deputy Dreamer, einem zwei Jahre alten prächtigen Hengst – bis hin zum billigsten, dem zwölf Jahre alten Suleimann, der bei Rennen nie mehr als den dritten Platz geschafft hatte und höchstens noch tausend Dollar wert war.

Er würde Suleimann selbst kaufen müssen. Tausend Dollar konnte er sich leisten. Aber Silver Wonder für etwa eine halbe Million? Davon konnte er nur träumen ... Es sei denn, er könnte Investoren finden und etwas Neues aufbauen.

Doch bestand dafür überhaupt eine Chance?

Was seine persönlichen Finanzen betraf, würde er sich einen neuen Job suchen müssen. Er könnte mehr Pferde als bisher in Pension nehmen – wenn Haywoods Pferde verkauft wurden, hätte er genügend leere Boxen in seinem eigenen Stall. Er könnte sich auch bei einem anderen Farmer als Verwalter bewerben – doch soviel er wusste, waren diese begehrten Posten bei allen reichen Farmen in dieser Gegend besetzt. Anstatt Pferde wie bisher nur für Haywood zu trainieren, könnte er einen öffentlichen Rennstall eröffnen und für verschiedene Besitzer arbeiten. Aber es dauerte seine Zeit, einen lukrativen öffentlichen Rennstall aufzubauen, und er würde sehr viel unterwegs sein müssen, um das zu bewerkstelligen. Ständig auf Achse zu sein kam für ihn wegen der Kinder kaum in Betracht.

Besonders seine beiden Söhne brauchten als Teenager mehr denn je seine Anwesenheit und Aufsicht.

Als letzter Ausweg bliebe ihm, eine Stellung bei Budd – dem lokalen Industrieriesen, der Maschinenteile produzierte – oder bei Ford in Louisville anzunehmen. Beide bezahlten gute Löhne und man war auch gut versichert.

Joe schnitt eine Grimasse. Mit neunzehn hatte er davon geträumt, ein erstklassiger Pferdetrainer zu werden und alle wichtigen Rennen zu gewinnen – das Derby, den Breeder's Cup, vielleicht sogar den Triple Crom. Er war davon überzeugt gewesen, das Zeug zu einem ganz berühmten Trainer zu haben. Dann hatten Laura und die Kinder ihm einen Strich durch die Rechnung gemacht. Seine Ehe war eine einzige Katastrophe gewesen, und als er dann zwischen dem Wohl seiner Kinder und seinen Träumen hatte entscheiden müssen, waren die Kinder ihm wichtiger gewesen. Als er angefangen hatte, für Charles Haywood zu arbeiten, hatte er geglaubt, einen annehmbaren Kompromiss gefunden zu haben: ein regelmäßiges Gehalt, verbunden mit der Herausforderung, auf Kosten des Milliardärs einen erstklassigen Rennstall aufzubauen. Jetzt, mit siebenunddreißig, erntete er, was er gesät hatte: Der Rennstall, für den er so hart geschuftet hatte, wurde ihm geraubt, weil es letztlich nicht sein eigener gewesen war. Wenn nicht ein Wunder geschah, würde er bald in einer Fabrik arbeiten müssen, um für seine Kinder sorgen zu können.

Er hätte es wissen sollen, von dem Moment an, als er Haywoods Leichnam gefunden hatte. Vielleicht hatte er es einfach nicht wahrhaben wollen. Und als Alexandra Haywood heute so unerwartet aufgetaucht war, hatte er sofort geahnt, dass das nichts Gutes zu bedeuten hatte.

Welchen Teil von Sie sind gefeuert *können Sie nicht verstehen?*, hatte sie spöttisch gefragt – und er hatte als Erstes gedacht: *Du arrogantes kleines Luder!*

Dabei hatte er bei Haywoods Begräbnis durchaus Mitleid mit ihr gehabt. Er war extra nach Philadelphia geflogen, um daran teilzunehmen, weil er seinen Arbeitgeber respektiert und gern gehabt hatte. Sie hatten das Gleiche gewollt: aus Whistledown einen der besten Rennställe im ganzen Land zu machen. Während der zwei Monate, die Haywood jedes Jahr auf der Farm verlebte, hatten sie viel Zeit miteinander verbracht – und sich über Pferde und Landwirtschaft unterhalten. Haywood hatte auch oft seine ältere Tochter erwähnt, Anekdoten über sie erzählt, mit ihrem Verstand und ihrer Schönheit geprahlt. Eines Tages, sagte er immer, eines Tages, wenn sie sich den ganzen College-Unsinn von freien Künsten aus dem Kopf geschlagen hatte, würde sie für ihn arbeiten, und er würde sie ausbilden, damit sie später die Zügel von Haywood Harley Nichols von ihm übernehmen konnte. Das Zeug dafür hätte sie auf jeden Fall.

Joe hatte diesen Geschichten nur mit halbem Ohr gelauscht und gedacht, es handle sich um die normale Voreingenommenheit eines Vaters für sein Kind. Deshalb war er ziemlich überrascht gewesen, als er beim Begräbnis festgestellt hatte, dass Alexandra Haywood wirklich so bezaubernd aussah, wie sein Chef behauptet hatte. Blond und sehr schlank in einem eleganten schwarzen Kostüm, schön auf eine unnahbare Weise, war sie ihm sofort aufgefallen, als sie mit ihrer Stiefmutter und jüngeren Schwester zur ersten Bankreihe schritt, nachdem alle anderen Trauergäste schon Platz genommen hatten.

Joe hatte sich gedacht, dass das Haywoods geliebte Alex sein musste, und er beobachtete sie während des Gottesdienstes: Ihr Gesicht war vor Schmerz so weiß und starr wie Marmor. Sie saß zwischen ihrer Schwester und einem schlanken dunkelhaarigen Mann in teurem Anzug, der ihre Hand hielt – das war vermutlich der Verlobte gewesen, der sie jetzt so schmählich verlassen hatte. Sie lauschte der Predigt eines Priesters der Episcopal Church, dem Nachruf und den Chören mit versteinerter Miene, doch hin und wieder rollten Tränen über ihre Wangen. Später, beim Empfang in Haywoods prächtiger Villa mit Marmorböden und riesigen Räumen voller Blumen, hatte Joe sich so fehl am Platz gefühlt wie ein Fisch auf einem Baum: Er war umgeben von extravaganten Leuten, die er nicht kannte, es wurden Delikatessen serviert, die er nicht mochte – wie Räucherlachs und Kaviar auf kleinen dreieckigen Toastscheiben –, ein Pianist spielte dezent im Hintergrund und Haywoods schöne junge Witwe rauschte von Zeit zu Zeit durch die Räume und dankte allen für ihr Kommen. Joe unterhielt sich mit einigen Gästen, kondolierte der Witwe und hielt dabei ständig Ausschau nach Alexandra.

Endlich tauchte sie auf, mit geröteten Augen und zusammengepressten Lippen, so als hätte sie sich fest vorgenommen, nicht zu weinen … Er war auf sie zugegangen, hatte sich vorgestellt, ihr die Hand gedrückt und sein herzliches Beileid zu ihrem Verlust ausgesprochen.

Doch als sie heute in seinem Stall aufgetaucht war, hatte sie sich nicht an ihn erinnert, was er ihr freilich nicht verübelte. Er wusste aus eigener Erfahrung, dass Trauer das Wahrnehmungsvermögen erheblich beeinträchtigen konnte.

Er war sehr wütend über die Kündigung gewesen, aber als sie ihn später gebeten hatte, ihr Einzelheiten über den Tod ihres Vaters zu erzählen, hatte sie ihm wider Willen Leid getan. Der Selbstmord war für sie ein schwerer Schlag, daran bestand nicht der geringste Zweifel. Um nicht weich zu werden, hatte er sich vielleicht unnötig krass ausgedrückt, und als sie dann einer Ohnmacht nahe gewesen zu sein schien, hatte er sich verflucht, dass er überhaupt auf ihre Forderung eingegangen war. Er hatte mehr als genug eigene Probleme. Alexandra Haywood musste selbst zusehen, wie sie *ihre* Probleme bewältigte. Er konnte ihr dabei nicht helfen.

Seine Träume waren zerronnen, so als hätte man ihm plötzlich wie in einem Cartoon den Teppich unter den Füßen weggezogen.

Das war es auch, was ihm den Schlaf raubte. Nicht der Verlust des Arbeitsplatzes, des regelmäßigen Gehalts und der Krankenversicherung, so wichtig das alles auch sein mochte, sondern der Verlust seines großen Traums.

Mit 37 Jahren musste er wieder ganz von vorne anfangen. Es war deprimierend, darüber nachzudenken.

Dann würde er eben *nicht* darüber nachdenken, beschloss Joe. Jedenfalls nicht heute Nacht. Neue Zukunftspläne konnte er auch morgen früh schmieden.

Er rollte sich auf den Bauch, versetzte seinem Kissen einen Fausthieb, um es in Form zu bringen, und versuchte einzuschlafen.

»Herrgott, ich bin am Erfrieren! Beeil dich, Alex!«

Neelys Worte waren im Wolkenbruch kaum zu hören. Ein stürmischer Wind peitschte den Regen in schräge Richtung. Es roch nach nasser Erde, die kein Wasser mehr aufnehmen konnte. Bei jedem Schritt versanken Alex' Schuhe im Schlamm, sodass sie fast das Gefühl hatte, in Treibsand geraten zu sein. Nur die ständigen grellen Blitze erhellten flüchtig die undurchdringliche Schwärze der Nacht. Alex' Furcht, verfolgt zu werden, ließ allmählich nach – sogar ein gemeingefährlicher Verbrecher würde sich nicht gern in dieses Unwetter hinauswagen –, doch ganz konnte sie ihre Ängste nicht abschütteln.

Die Decke um sich geschlungen wie ein Cape mit Kapuze, schaute sie kurz auf und sah, dass Neely – eine dunkle Silhouette, unförmig durch die Steppdecke – ein Bein über das oberste Brett des schwarzen Zauns schwang, den auch sie selbst fast erreicht hatte. Dies war nun schon der zweite Zaun, über den sie klettern mussten. Neely im Flanellpyjama hatte es dabei wesentlich leichter als sie im langen Nachthemd.

Hatte sie wirklich gedacht, dass es ein Kinderspiel

sein würde, zum Haus des Verwalters zu rennen und dort Zuflucht zu suchen?

Sie hatte weiche Knie und ihr Schädel dröhnte. Das Gute an dem eisigen Regen war, dass er die schmerzende Kopfwunde weitgehend betäubt hatte. Doch es gab auch gravierende Nachteile: Sie war nass bis auf die Haut und fror erbärmlich. Ihre Glieder waren vor Kälte so taub, dass sie es vermutlich nicht einmal spüren würde, wenn sich ein Zaunnagel in ihre Hand bohrte.

Neely war mittlerweile über den Zaun geklettert und drehte sich auf der anderen Seite nach Alex um, die durch die silbrigen Regenvorhänge nur das helle Oval eines Gesichts erkennen konnte.

»Renn schon mal voraus!«, schrie Alex so laut sie konnte, um den Sturm zu übertönen. Ihre Schwester musste sie gehört haben, denn die dunkle Silhouette setzte sich in Bewegung und wurde von der Finsternis verschluckt. Alex gönnte sich einen Moment Erholung. Mit gesenktem Kopf lehnte sie am Zaun und rang nach Luft. Die durchnässte Decke bot keinen Schutz mehr vor dem Wolkenbruch – sie hätte genauso gut nackt sein können. Um die Kraft zu finden, ihre Flucht fortzusetzen, zwang Alex sich, an das zu denken, was sie aus dem Haus getrieben hatte – die Atemzüge im Schlafzimmer, der Brandgeruch, ein möglicher Verfolger …

Donner grollte, ein Blitz schlängelte sich durch den Himmel und schlug erschreckend nahe mit ohrenbetäubendem Lärm ein. Das verlieh Alex neue Energie. Sie zog einen Fuß aus dem Morast, schob ihr Nachthemd bis zu den Oberschenkeln hoch und erklomm den Zaun. Die rauen Holzbretter waren schlüpfrig. Ihre Ledersohlen und ihre tauben Finger fanden kaum Halt. Jeder Regentropfen fühlte sich auf ihrer Haut wie ein Nadelstich an. Während sie ein Bein über das oberste Brett schwang, schaute sie zu Welchs weißem Haus hinüber, das verheißungsvoll durch die Finsternis schimmerte. Neely musste schon fast dort sein und auch sie würde es in wenigen Minuten erreicht haben …

Dann stürzte sie.

Es ging so schnell, dass sie nicht einmal einen Schrei ausstoßen konnte. Ihr Fuß rutschte von dem schmalen Brett ab, sie verlor das Gleichgewicht und schlug mit dem Rücken im Schlamm auf. Dabei prallte ihr Kopf gegen etwas Hartes und zum zweiten Mal in dieser Nacht tanzten Sterne vor ihren Augen. Sie blieb zunächst einfach liegen, viel zu benommen, um sich zu bewegen. Die Decke war am Zaun hängen geblieben und der kalte Regen prasselte auf ihre Brüste. Mit letzter Kraft rollte sie auf den Bauch und versuchte festzustellen, was passiert war.

Sie musste sich den Kopf an einem Zaunpfosten angeschlagen haben. Ihr war schwindelig, die Dunkelheit schien um sie herum zu wogen und der Regen vollführte einen wilden Tanz in den riesigen schimmernden Pfützen. Alex wusste, dass sie im Moment nicht auf die Beine kommen würde, selbst wenn sie sich noch so sehr bemühte. Deshalb legte sie ihren Kopf auf die verschränkten Arme und schloss die Augen – gleich würde sie aufstehen … gleich …

Ein rhythmisches, saugendes Geräusch, das an Lautstärke zunahm, veranlasste sie Sekunden – oder Minuten – später, den Kopf zu heben. Erst jetzt registrierte sie, dass sie immer noch in der kalten Pfütze aus Schlamm und Wasser lag, in der sie gelandet war, und dass eisiger Regen auf ihren Rücken trommelte. Ihre Arme – mehr konnte sie von ihrem Körper nicht sehen – hoben sich leichenblass von der nassen Erde ab, die einen so durchdringenden Geruch verströmte wie billiges Parfum. Alex schirmte ihre Augen mit einer Hand ab und machte die Quelle des unheimlichen saugenden Geräusches ausfindig: Männerstiefel, die immer näher kamen und wenige Zentimeter von ihrem Gesicht entfernt verharrten. Riesige schmutzige Stiefel …

Blankes Entsetzen riss sie aus der Lähmung, als ihr einfiel, was passiert war: Jemand war im Haus gewesen, in ihrem Schlafzimmer!

Mit rasendem Herzklopfen kam sie auf die Knie und starrte durch den dichten Regenvorhang zu der dunklen Gestalt empor, die bedrohlich vor ihr stand.

»Was, zum Teufel … Wollten Sie ein Schlammbad nehmen?«, brüllte jemand so laut, dass er sogar den Sturm übertönte. Obwohl die Stimme wütend klang, atmete Alex erleichtert auf. Es war kein gemeingefährlicher Verbrecher, der sich über sie beugte, sondern Joe Welch, und trotz seiner Unfreundlichkeit kam er ihr in diesem Augenblick wie ein rettender Schutzengel vor.

»Ich … ich bin gestürzt«, stammelte sie, während er sie unsanft bei den Oberarmen packte und in die Höhe zog. Ihre Beine wollten sie nicht tragen, alles drehte sich um sie herum, und sie krallte sich mit beiden Händen an seinem nassen Flanellhemd fest, dankbar für diesen Halt. Um ihr Gesicht vor dem Regen zu schützen, lehnte sie ihre Stirn an seine knochige Schulter. Ein schwacher Geruch nach Seife stieg ihr in die Nase. Seine Haut war kalt, aber er fühlte sich sehr muskulös an – stark genug, um jeden Verfolger in die Flucht zu schlagen. Joe Welch konnte sie zwar nicht ausstehen, aber er würde sie in Sicherheit bringen. »Jemand … jemand war im Haus …«

Alex hatte genauso laut wie er schreien wollen, damit er sie verstehen konnte, aber sie hörte selbst, dass ihre schwache Stimme vom Wind verweht wurde. Bevor sie wusste, wie ihr geschah, glitt ein Arm um ihre Schultern und der andere schob sich unter ihre Knie. Sie wurde hochgehoben und davongetragen, auf das Haus zu, das sie aus eigener Kraft wohl nicht mehr erreicht hätte.

Welch behandelte sie wie ein kleines Kind und das war ihr ziemlich peinlich. Trotzdem schlang sie ihre Arme um seinen Hals, froh darüber, dass jemand sich ihrer annahm.

12

Leute drängten sich in der offenen Haustür, in der Dunkelheit nur als schattenhafte Silhouetten mit hellen Gesichtern wahrzunehmen, während Welch sie schnell die Stufen zur überdachten Veranda hinauftrug. Es war ein herrliches Gefühl, endlich dem peitschenden Regen entkommen zu sein, und Alex atmete in Welchs Armen erleichtert auf. Ein heller Lichtstrahl traf sie plötzlich: Jemand von der Gruppe im Türrahmen hatte eine Taschenlampe auf sie gerichtet. Erst jetzt wurde ihr bewusst, welchen Anblick sie bieten musste. Das dünne Nachthemd klebte an ihrem Körper. Die vor Kälte angeschwollenen Brustwarzen zeichneten sich deutlich durch die Seide hindurch ab, und auch alle anderen Konturen waren zu erkennen, fast so, als wäre sie nackt. Eine entwürdigende Situation …

»Halt die Taschenlampe nach unten!«, befahl Welch, und sie war ihm unendlich dankbar, denn der Lichtstrahl verschwand sofort und die Gruppe wich zurück, als er sie ins Haus trug. Erschöpft lehnte sie ihren schweren Kopf wieder an seine Schulter und schloss die Augen. Ihr war schwindelig und sie fror bis ins innerste Mark. Wenn Welch sie nicht geholt hätte, wäre sie vielleicht einfach in der Schlammpfütze liegen geblieben. Möglicherweise hatte er ihr das Leben gerettet. Das musste sie ihm hoch anrechnen.

»Alex, ist alles in Ordnung?« Neely schob sich an den anderen Zuschauern vorbei und legte eine Hand auf den

Arm ihrer Schwester. Sie klapperte vor Kälte mit den Zähnen und ihre Finger waren fast genauso eisig wie die von Alex. »Was ist passiert? Ich dachte, du wärst direkt hinter mir.«

»Ich bin ausgerutscht und hingefallen, als ich über den Zaun steigen wollte. Aber ich habe mich nicht verletzt. Ich friere nur ...« Alex' Stimme klang schwach und auch ihre Zähne klapperten. Die Wärme des Hauses hüllte sie wie eine Umarmung ein, trotzdem zitterte sie wie Espenlaub. Welch hielt sie immer noch fest an seine Brust gedrückt, und sie presste sich mit Brüsten, Bauch und Schenkeln an seinen muskulösen Körper, ganz instinktiv, so wie eine Sonnenblume ihre Blüte der Sonne zuwendet, weil sie Wärme sucht. Aber weil sie sich von Neely und den anderen beobachtet fühlte, war dieser enge Kontakt Alex plötzlich peinlich und sie bewegte sich in Welchs Armen – eine stumme Bitte, sie auf die Beine zu stellen. Er verstand und gehorchte, doch ein nasser Arm blieb um ihre Taille geschlungen, um sie zu stützen – ein beruhigend harter, kräftiger Arm.

Sobald ihre Schuhe den Boden berührten, inmitten einer immer größer werdenden Pfütze, drohte ihr schwarz vor Augen zu werden und ihre Knie wollten sie nicht tragen. Sie schwankte, klammerte sich mit beiden Händen an Welchs nassem Hemd fest und suchte Halt an seinem breiten Brustkorb.

»Okay?«, fragte er.

Bevor Alex antworten konnte, traf der Strahl der Taschenlampe voll ihr Gesicht. Sie zuckte zusammen und schloss die Augen. Welch zog sie noch fester an sich heran und schirmte ihr Gesicht mit der anderen Hand vor dem Licht ab.

»Josh, habe ich dir nicht gesagt, dass du das Ding nach unten richten sollst?«, rief er scharf.

»Entschuldigung«, murmelte eine junge Stimme zerknirscht. Alex erinnerte sich an den Teenager im Pferdestall und schloss daraus, dass es sich bei den Zuschauern um Welchs drei Kinder – und natürlich Neely – handelte. Etwas Pelziges streifte ihre Knöchel, und als sie einen erschrockenen Blick nach unten warf, konnte sie einen kleinen, fetten Hund sehen, der neugierig ihre schmutzigen Schuhe beschnupperte.

»Sie ist schon im Haus gestürzt. Vielleicht hat sie sich dabei verletzt«, sagte Neely besorgt zu Welch. Alex drehte vorsichtig den Kopf zur Seite, ließ ihre Wange aber an das kalte, nasse Flanellhemd gelehnt, unter dem sie sein Herz gleichmäßig schlagen hörte. Neely stand dicht neben ihr, mit weit aufgerissenen Augen, immer noch in die Steppdecke gehüllt, das bleiche Gesicht von wirren nassen Haaren umrahmt.

»Ihr habt doch bestimmt mehr als eine Taschenlampe, stimmt's?«, fragte Welch.

»Wir haben drei«, berichtete jemand, dessen Stimme tiefer als die von Josh klang.

»Gebt mir eine.«

Eine Taschenlampe wechselte den Besitzer und Welch richtete den Lichtstrahl an die Decke. Dann hob er Alex zu ihrer völligen Überraschung wieder hoch und trug sie tiefer in das dunkle Haus.

»Das ist nicht nötig«, protestierte sie schwach, schlang aber gleichzeitig beide Arme um seinen Hals und legte ihren Kopf auf seine Schulter, weil sie erneut von heftigem Schwindel erfasst wurde. Was für Fehler der Mann auch haben mochte – er war jedenfalls stark wie ein Ochse und das hatte etwas Tröstliches an sich.

»Es *ist* nötig«, widersprach Welch energisch, so als käme es nur auf seine eigene Meinung an. Normalerweise hätte sie sich über diese kühle Selbstsicherheit geärgert, aber in ihrer jetzigen Situation fehlte ihr einfach die Kraft, sich zu wehren. Während er sie die Treppe in den ersten Stock hinauftrug, rief er seinen Kindern über die Schulter hinweg Befehle zu. »Eli, hol die Campinglaternen unter der Spüle hervor! Josh, hol frische Handtücher! Schau im Trockner nach, da habe ich heute Abend eine ganze Ladung reingetan. Jen, du bringst Neely in euer Bad! Dorthin kommt eine der Laternen, Eli! Die andere stellst du in mein Schlafzimmer.«

Es hätte Alex nicht gewundert, wenn die Kinder wie beim Militär im Chor *Yes, Sir!* gebrüllt und salutiert hätten, so autoritär hörte Welch sich an.

In der ersten Etage bog er nach links ab und ging einen schmalen Korridor entlang. Seine schweren Stiefel quietschten bei jedem Schritt, was Alex daran erinnerte, dass er genauso nass wie sie war und wahrscheinlich genauso fror.

Trotz ihrer unerfreulichen Auseinandersetzung wegen seiner Kündigung und dem Verkauf der Pferde hatte Welch sie auf Kosten seines eigenen Wohlbefindens gerettet, wofür sie ihm ewig dankbar sein würde.

»Funktioniert Ihr Telefon?«, fragte sie mit klappernden Zähnen. Obwohl es im Haus sehr warm war, fühlte ihr Körper sich nach wie vor eisig an. Doch die Sorge um Whistledown ließ sie vorübergehend ihren jämmerlichen Zustand vergessen. »Sie müssen sofort die Feuerwehr anrufen – und die Polizei. Neely und ich haben Rauch gerochen und jemand … jemand war im Haus.«

»Das hat Ihre Schwester auch schon berichtet, als sie gegen die Tür hämmerte«, erwiderte Welch unbeeindruckt, während er ein Schlafzimmer durchquerte und ein weiß gekacheltes Bad betrat. Im Schein der auf und ab schwankenden Taschenlampe sah Alex eine große Duschkabine mit Glaswänden. »Okay, machen Sie sich darauf gefasst, dass ich Sie absetze.«

Er stellte sie auf die Füße, hielt sie jedoch mit einem

Arm fest, während er die Taschenlampe auf den Spülkasten der Toilette legte und eine Schachtel Papiertaschentücher daneben schob, damit sie nicht wegrollen konnte. Der Lichtstrahl reichte nicht aus, um den ganzen Raum zu erhellen, doch alles, was in der Nähe war, konnte Alex jetzt deutlich erkennen. Joe Welch trug dasselbe rot-grau karierte Hemd wie am Vormittag, dazu Jeans und Stiefel. Hemd und Stiefel waren nicht nur nass, sondern auch mit Schlamm beschmiert. Sie selbst sah freilich noch schlimmer aus. Ihre Halbschuhe starrten vor Schmutz, ebenso ihr Nachthemd und ihre nackten Arme. Die dünne Seide klebte an ihrem schlanken Körper und verhüllte nichts, weder die harten Knospen der Brustwarzen noch den Bauchnabel noch die dunklen Schamhaare. Entsetzt darüber, den Blicken eines wildfremden Mannes derart ausgesetzt zu sein, drehte sie sich instinktiv zur Seite.

»Ganz ruhig«, murmelte er, so als müsse er einem scheuen Pferd gut zureden. Durch ihre abrupte Bewegung lag seine Hand jetzt auf ihrem Hüftknochen – eine große Hand mit langen Fingern, die sich leicht in ihre Haut gruben.

»Mir geht es gut«, behauptete Alex, aber das stimmte nicht. Es war ein Fehler gewesen, sich so schnell zu bewegen. Jetzt hatte sie wieder weiche Knie und Sterne tanzten vor ihren Augen. Als sie taumelte, war sein muskulöser Arm ihr einziger Halt. Er zog sie an sich, und sie lehnte ihren Kopf erschöpft an den breiten Brustkorb, weil sie eingesehen hatte, dass sie sich im Moment nicht allein auf den Beinen halten konnte.

»Nicht zu übersehen, wie gut es Ihnen geht«, bemerkte Welch trocken, während er mit der freien Hand die Wasserhähne der Dusche aufdrehte.

»Sie müssen die Feuerwehr anrufen«, beharrte Alex, den Mund dicht an seinem Hemd, von krampfhaften

Schauern geschüttelt, den Blick sehnsüchtig auf das heiße Wasser gerichtet. »Und die Polizei.«

»Die Leitung ist tot.« Welch hielt seine Hand unter den Wasserstrahl, um die Temperatur zu prüfen. »Sobald Sie und Ihre Schwester versorgt sind, gehe ich rüber und schaue in Whistledown nach dem Rechten. Sollte es im Haus tatsächlich brennen, spielen ein paar Minuten mehr oder weniger keine Rolle. Und falls ich einen Einbrecher überrasche, werde ich ohne weiteres allein mit ihm fertig.«

Daran zweifelte Alex nicht.

»Haben Sie denn kein Handy?«, fragte sie trotzdem, während sie beobachtete, wie die Glaswände der Duschkabine mit Dampf beschlugen.

»Das hätte hier wenig Sinn, weil der Empfang meistens gestört ist.« Welch schaute auf sie herab. Sein schwarzes Haar klebte nass am Schädel und ließ die markanten Gesichtszüge noch schärfer hervortreten. Seine Stirn war hoch, die Nase gerade und schmal, das Kinn eckig, die Haut sehr braun gebrannt. Dunkle Bartstoppeln überzogen Wangen und Kinn, durchsetzt mit Schmutz. Seine Augen sahen in dem schwachen Licht wie klare Bergseen aus. Er war viel größer und breiter als Alex und sein Körper fühlte sich hart und warm an. Zu ihrer Verwunderung nahm sie ihn plötzlich als begehrenswerten Mann wahr und konnte den Blick nicht von ihm wenden.

»Ist etwas nicht in Ordnung?«, erkundigte er sich mit gerunzelter Stirn.

»Nein«, murmelte sie verlegen.

»Okay, dann wärmen wir Sie jetzt auf.« Falls auch Welch eine gewisse sexuelle Erregung verspürte, ließ er sich davon nichts anmerken. Er hob sie einfach wieder hoch, so als hätte sie überhaupt nichts zu sagen, was wohl auch stimmte, und trat mit ihr in den Armen in die

Duschkabine, er voll bekleidet, sie nur in dem durchsichtigen Nachthemd und den schmutzigen Schuhen. Heißes Wasser prasselte auf die beiden Körper herab und wusch den Schlamm ab. Eine braune Brühe gurgelte in den Abfluss, und Alex hielt ihr Gesicht selig dem Wasser entgegen und schloss die Augen, die Arme noch fester um Welchs Hals geschlungen.

Es musste eine rein physiologische Reaktion auf die Nähe zu einem attraktiven Mann sein, dass sie ihn begehrte. Das war einerseits gut, denn es bedeutete, dass ihre Sinne, die seit dem Tod ihres Vaters wie betäubt gewesen waren, langsam wieder zum Leben erwachten. Andererseits war es schlecht, weil es mit dem falschen Mann und zum falschen Zeitpunkt passierte. Hätte ihr Körper früher reagiert, hätte sie Paul in den letzten schrecklichen Wochen nicht aus ihrem Bett verbannt, wäre er jetzt vielleicht nicht mit Tara Gould verheiratet …

Hör auf, befahl sie sich streng. Sie wollte nie wieder an Paul denken. Er war für sie genauso verloren wie ihr Vater, aber rückblickend wurde ihr auch klar, dass sie ihren Verlobten viel weniger geliebt hatte als ihren Vater.

»Wärmer?«, fragte Welch dicht an ihrem Ohr. Alex weigerte sich, die Augen zu öffnen. In starken Männerarmen zu liegen, an eine starke Männerbrust gepresst, machte es ihr ohnehin schwer, gegen das unerwartete Verlangen anzukämpfen. Wenn sie zusätzlich das überaus männliche Gesicht dicht über sich sah, würde es ihr noch viel schwerer fallen.

»Mmm-hmm …«

Ihre Gliedmaßen prickelten, während sie sich allmählich erwärmten, besonders ihre armen Beine. Sie hatte das Gefühl, als würden tausende winziger Nadeln in ihre Haut gebohrt, und zappelte unwillkürlich. Welch missverstand das als Wunsch, auf eigenen Beinen zu stehen, senkte den Arm unter ihren Knien und ließ sie an seinem Körper hinabgleiten, bis ihre Füße den Boden berührten. Das übte auf Alex eine unerwartet erotische Wirkung aus. Sie riss die Augen auf und ihre Lippen öffneten sich leicht. Er beugte sich schützend über sie und sein Gesicht war bestürzend nahe. Seine Augen schienen dunkler geworden zu sein, weil die Pupillen sich stark geweitet hatten und die helle Iris fast verschluckten. Der Schmutz wurde von seinen Wangen gespült, und sie hätte jetzt jede einzelne Bartstoppel zählen können, wenn ihr danach zu Mute gewesen wäre.

»Sie haben Schlamm im Gesicht«, sagte Welch, wölbte eine Hand um ihr Kinn und rieb ihre Wange mit dem Daumen. Es war eine sanfte Geste, die trotzdem seltsam vertraulich anmutete – viel zu vertraulich für Alex' Seelenfrieden, weshalb sie ihr Kinn hastig befreite.

»Sie auch«, murmelte sie mit heiserer Stimme und schaute aus purer Selbstverteidigung zur Seite. Dass ihr Körper gegen ihren Willen so stark auf seine Nähe reagierte, war schlimm genug. Noch schlimmer wäre es, wenn er das an ihrem Gesicht ablesen würde.

»Der Unterschied besteht darin, dass ich an Schmutz gewöhnt bin.«

»Was bringt Sie auf die Idee, dass ich *nicht* daran gewöhnt bin?« Sie konnte ihre Augen nicht daran hindern, ihn wieder zu betrachten, und deshalb sah sie, dass seine Mundwinkel sich belustigt nach oben zogen.

»Nennen wir es eine Intuition«, sagte er, legte beide Hände um ihre Taille und drehte sie herum, damit das heiße Wasser auf ihren Rücken prasselte.

Erbittert stellte Alex fest, dass sie den natürlichen Reaktionen ihres Körpers fast hilflos ausgeliefert war. Ohne seine Hilfe würde sie sich nicht auf den Beinen halten können, das hatte sie eingesehen, aber der enge Kontakt wirkte beängstigend und doch reizvoll. Die Hände, die ihre Taille umspannten, waren groß und kräftig, so als wollten sie von ihr Besitz ergreifen. Ihre eigenen Hände waren in seinem Nacken gefaltet, ihre Arme lagen auf den muskulösen Schultern. Ihre so gut wie nackten Brüste wurden an sein nasses Flanellhemd gepresst, und obwohl ihr mittlerweile warm war, blieben die Brustwarzen hart und aufgerichtet, weil seine Nähe sie erregte. Das irritierte Alex, denn seit Wochen hatte sie keine sexuellen Gelüste verspürt, und es war ihr unbegreiflich, warum ausgerechnet dieser unverschämte Kerl, der sie unlängst bis zur Weißglut gereizt hatte, jetzt eine solche Faszination auf sie ausübte.

»Halten Sie sich an mir fest«, sagte Welch, ließ ihre Taille los und nahm ein Stück grün gesprenkelte Seife aus der in die weiß gekachelte Wand eingebauten Schale. Ein herber Geruch stieg Alex in die Nase, als er seine Hände einseifte – ein Geruch, den auch seine Haut verströmte. Er schien *Irish Spring* für seine Körperpflege zu verwenden.

»Schließen Sie die Augen«, befahl er, und nachdem Alex gehorcht hatte, wusch er ihr das Gesicht. Seine Fingerspitzen glitten über ihre Wangen, über die Nasenflügel, um den Mund herum zum Kinn. Sie waren etwas schwielig und die Hände waren groß und breit – die Hände eines Mannes, der an harte körperliche Arbeit gewöhnt ist. Der Geruch der Seife war jetzt noch stärker. Das Prasseln der voll aufgedrehten Dusche erinnerte Alex an den Wolkenbruch, dem sie ausgesetzt gewesen war, mit dem Unterschied, dass dieses heiße Wasser ihr wohl tat – ebenso wie Welchs Finger. Ihr Herz schlug schneller, als sie sich diese Hände an anderen Stellen ihres Körpers vorstellte …

»Heben Sie Ihr Gesicht.«

Sie tat es, und er drehte sie so, dass das Wasser über ihr Gesicht und den Oberkörper rann und die Seife abspülte. Dann bewegte er sich wieder ein wenig, bis der heiße Sprühregen in erster Linie auf seinen Rücken niederging, und als Alex blinzelnd die Augen öffnete, sah sie, dass er jetzt sein eigenes Gesicht einseifte, den Kopf tief in den Nacken legte und dem Wasser aussetzte. Fasziniert starrte sie den muskulösen, braun gebrannten Hals an, das harte Kinn, den wohlgeformten Mund, die langen schwarzen Wimpern, die bei geschlossenen Lidern besonders zur Geltung kamen.

Sie könnte jetzt ihre Lippen auf seinen Hals pressen, sein Hemd aufknöpfen, den breiten Brustkorb streicheln, ihre Finger unter seine Jeans schieben ... *Stopp!*, befahl sie sich entsetzt. Natürlich würde sie nichts von all dem tun, aber sie konnte nicht leugnen, dass ihr Bedürfnis nach Sex plötzlich schier übermächtig war.

Warum ausgerechnet jetzt? Warum ausgerechnet dieser Mann? Diese Fragen wirbelten in ihrem Kopf herum, während sie schuldbewusst die Empfindungen genoss, die durch jede Berührung mit seinem muskulösen Körper ausgelöst wurden. Ihre Brustwarzen rieben sich an dem breiten harten Brustkorb und schwollen begehrlich an. Unwillkürlich schob sie ihren Unterleib noch näher an ihn heran. So gut wie nackt in dem nassen Seidennachthemd, spürte sie den rauen Jeansstoff an ihrer Haut. Die Wirkung war unbeschreiblich: Ihr Puls raste, sie wurde von einer Hitzewelle überflutet und rang nach Luft. Diese leidenschaftliche Reaktion war ihr selbst völlig unbegreiflich. Doch auch Welch blieb nicht unbeeindruckt, das merkte sie an dem Druck, den seine Jeans plötzlich auf ihren Bauch ausübte. Ihre Blicke trafen sich, und sie konnte an seinen Augen ablesen, dass er von seiner Reaktion genauso überrascht wurde wie sie von der ihren.

13

Seine Hände glitten zu ihren Hüftknochen hinab. Ein harter Oberschenkel schob sich zwischen ihre Beine. Er schaute ihr tief in die Augen, ohne zu lächeln, und dann richtete sein glühender Blick sich auf ihren Mund. Alex' Lippen teilten sich erwartungsvoll und ihr Sonnengeflecht geriet in Aufruhr.

Dann blinzelte er einige Male, kniff die Lippen zusammen und schob ihren Unterleib etwas von sich weg.

»Auch Ihre Haare sind voller Schlamm«, stellte Welch nüchtern fest. Während sie noch zu verarbeiten versuchte, dass er nicht die Absicht hatte, die aufgeheizte Atmosphäre auszunutzen, lenkte er ihren Kopf direkt unter die Brause. Ihr Schädel schien vor Schmerz zu explodieren, als das heiße Wasser auf die Wunde trommelte, und sie schrie auf, vergaß alle Gedanken an ein sexuelles Intermezzo und warf den Kopf zurück.

»Was haben Sie«, fragte er mit gerunzelter Stirn.

»Mein Kopf ... Ich habe eine Platzwunde ...« Vor Kälte und Nässe hatte Alex gar nicht mehr an diese Verletzung gedacht, was sich jetzt rächte.

»Wie ist das passiert?« Welch drehte sich so, dass sein Oberkörper ihren Kopf vor dem Wasser schützte.

»Ich habe Ihnen doch erzählt dass jemand in meinem Schlafzimmer war, als ich aufwachte. Ich hörte Atemzüge und folgte ihnen auf den Korridor hinaus. Und dann ... ich vermute, dass der Einbrecher – oder wer auch immer es gewesen sein mag – mit irgendetwas zugeschlagen hat. Ich verlor das Bewusstsein, und als ich nach einigen Minuten zu mir kam, war der Kerl verschwunden und mein Kopf blutete.«

»Und das erwähnen Sie erst jetzt?«, fragte er verärgert. »Zeigen Sie mir diese Verletzung.«

Alex beugte gehorsam den Kopf nach vorne und schob ihre nassen Haare mit einer Hand zur Seite, damit Welch die Wunde sehen konnte. Er stieß einen leisen Pfiff aus. »Kein Wunder, dass Sie sich kaum auf den Beinen halten können!«

Sie zuckte zusammen, als er die Stelle behutsam abtastete. »Sie haben eine Beule von der Größe eines Golfballs«, berichtete er, »und eine ziemlich übel aussehende blutende Wunde.« Als er seine Finger zurückzog, schaute Alex zu ihm auf. »Wollen Sie sagen, dass jemand Sie im Haus angegriffen hat?« Seine Stimme hörte sich etwas skeptisch an, was Alex in Wut brachte.

»Ich sage nur, dass jemand in meinem Schlafzimmer war. Er stand am Fußende meines Bettes, als ich aufwachte, und atmete sehr laut – etwa so.« Sie imitierte die Atemzüge, so gut sie konnte. »Dann entfernte er sich auf den Korridor, ich folgte ihm, stolperte und bekam einen Schlag auf den Kopf. Ich glaube, dass es der Kerl getan hat, den ich atmen hörte, aber ich bin mir nicht sicher. Vielleicht habe ich mir selbst den Kopf an irgendwas angestoßen. Es war dunkel, ich konnte nichts sehen, weil die Lampen nicht funktionierten.«

Schweigend dachte Welch mit gerunzelter Stirn über ihre Worte nach. Zu ihm aufzuschauen strengte Alex zu sehr an. Sie schloss die Augen und lehnte eine Wange an seine Brust. Sie fror nicht mehr, litt dafür aber jetzt unter rasenden Kopfschmerzen, weil die betäubende Wirkung der Kälte verflogen war. Das hatte natürlich auch sein Gutes, denn die Explosion in ihrem Schädel war eine äußerst wirksame Abhilfe gegen ihre beunruhigenden sexuellen Gelüste gewesen. Im Moment übte der enge Körperkontakt nur eine beruhigende Wirkung auf sie aus. Sie hatte in zunehmendem Maße das Gefühl, sich auf diesen Mann verlassen zu können, was nach ihren erbitterten Auseinandersetzungen wegen des geplanten Verkaufs von Whistledown eigentlich sehr verwunderlich war. Sie würde ihm sogar die Entscheidung überlassen, was man in der gegenwärtigen Situation tun sollte. Allerdings musste sie vorher sicher sein, dass er glaubte, was sie ihm erzählte.

Alex öffnete ihre Augen. »Ich habe mir das Ganze nicht nur eingebildet«, beteuerte sie.

»Sie haben sich den Schlag auf den Kopf nicht eingebildet, so viel steht jedenfalls fest.« Welch hörte sich nachdenklich an.

»Den Rest auch nicht!«, sagte sie scharf

»Ich habe nicht behauptet, dass Sie sich den Rest nur eingebildet haben.«

»Sie haben es angedeutet.«

»Das lag nicht in meiner Absicht«, beruhigte er sie. »Wir werden den Dingen auf den Grund gehen, okay? Aber alles der Reihe nach … Als Erstes müssen wir die Wunde säubern, denn Sie haben, wie schon gesagt, Schlamm in den Haaren. Glauben Sie, dass Sie das aushalten?«

In Erinnerung an den grausamen Schmerz, den das heiße Wasser verursacht hatte, hätte Alex seine Frage am liebsten verneint, aber sie wusste, dass er Recht hatte. Deshalb schnitt sie nur eine Grimasse und nickte kaum merklich.

»Braves Mädchen!« Welch legte die Beule behutsam frei, und Alex vergrub ihr Gesicht an seiner Brust, schloss die Augen und spannte alle Muskeln an, als er sich etwas bewegte und ihren Kopf direkt unter die Dusche hielt. Es tat verdammt weh, aber dieses Mal war sie immerhin auf den Schmerz gefasst und biss sich auf die Lippen, um nicht aufzuschreien.

»Fertig!« Er brachte sie außer Reichweite des Wassers und stützte ihre weichen Knie, indem er beide Arme um ihre Taille schlang.

Ein lautes Klopfen an der Badtür schreckte sie auf.

»He, Dad, ich leg jetzt die Laterne und einen Stapel Handtücher auf dein Bett!«, rief ein Junge.

»Danke, Eli«, rief Welch zurück, bevor er Alex mit einem schwachen Lächeln auf den Lippen ansah. »Ich glaube, das war unser Stichwort.« Er hob sie hoch und trug sie aus der Duschkabine. Wasser lief in Strömen von ihren Körpern hinab und vergrößerte die schmutzige Pfütze, die sie zuvor auf dem Boden hinterlassen hatten. Die Luft im Bad war zwar warm und feucht, aber doch kühler als mitten im Dampf der Kabine, und Alex fröstelte ein wenig und sehnte sich nach der köstlichen Hitze zurück.

»Glauben Sie, dass Sie einen Augenblick auf dem Toilettendeckel sitzen können, ohne umzukippen?«

»Ja.« Der Schmerz in ihrem Kopf hatte ein wenig nachgelassen, aber sie fühlte sich sehr schwach und ihr war leicht übel. Trotzdem war sie ziemlich sicher, dass sie nicht zusammenbrechen würde, solange ihre Beine nicht gezwungen waren, ihr Gewicht zu tragen.

Welch setzte sie auf dem Toilettendeckel ab, hielt sie aber noch einen Augenblick an den Schultern fest, um sich zu vergewissern, dass sie nicht zur Seite kippen würde. Als er sie losließ, beugte sie sich nach vorne, stützte ihre Ellbogen auf die Knie und ihren Kopf auf die Hände. Sie schloss die Augen und atmete tief durch, fest entschlossen, nicht ohnmächtig zu werden. Dabei spürte sie, dass Welch sie beobachtete.

»Alles in Ordnung«, murmelte Alex, ohne aufzuschauen.

Er gab einen skeptischen Laut von sich, doch sie hörte, dass er sich entfernte und die Badtür öffnete. Ein kühler Luftzug streifte sie und brachte ihr wieder zu Bewusstsein, dass sie nass und so gut wie nackt war, dass sie auf die geringste Temperaturschwankung empfindlich reagierte und fremden Blicken wehrlos ausgesetzt war. Sie rechnete es Welch hoch an, dass er diese Situation nicht auszunutzen versuchte.

Sekunden später kam er zurück, wickelte ein Handtuch um ihren gesenkten Kopf und legte ihr ein größeres und dickeres Handtuch um die Schultern. Er hatte die Tür zu seinem Schlafzimmer offen gelassen, und etwas Licht von der Laterne, die sein Sohn gebracht hatte, fiel auch ins Bad.

Das tiefe Durchatmen, die gebückte Haltung und ihre feste Entschlossenheit, der körperlichen Schwäche zu trotzen, hatten ihr etwas Kraft verliehen. Als Welch das Handtuch fest auf ihre Wunde presste, vermutlich um die Blutung zu stoppen, zuckte sie zwar vor Schmerz zusammen, brachte es aber immerhin fertig, nicht aufzuschreien.

»Das kann ich selbst machen.« Alex öffnete die Augen, setzte sich auf und lehnte ihren Rücken an den Wasserkasten. Sie schob seine Hand weg und presste – um ihren Worten Nachdruck zu verleihen – das Handtuch auf die Beule, allerdings wesentlich vorsichtiger als er.

Welch beobachtete sie einen Moment lang, zuckte mit den Schultern und trat einige Schritte zurück. Zum Schein drückte Alex das Handtuch für Sekunden weiter auf die Wunde, aber das tat so weh, dass sie es hastig wegnahm und betrachtete. So stark konnte die Blutung doch gar nicht sein … Doch das weiße Frottee hatte sich schon rot gefärbt, und als sie die Beule behutsam abtastete, wurden auch ihre Finger rot und klebrig. Mit einer Grimasse faltete sie das Handtuch zusammen und legte es auf die Wunde. Dann beugte sie sich vor und wickelte das zweite Handtuch wie einen Turban um ihren Kopf, damit der behelfsmäßige Verband nicht verrutschen konnte. Als sie wieder aufschaute, stellte sie fest, dass Welch sich gerade das nasse Flanellhemd über den Kopf zog, ohne es aufgeknöpft zu haben. Plötzlich hatte sie eine nackte Männerbrust vor Augen, die so sexy war, dass sie darüber fast ihre Kopfschmerzen vergaß.

»Was machen Sie?«, fragte Alex mit betonter Höflichkeit, während er das durchweichte Hemd achtlos auf den Boden warf. Wider Willen starrte sie ihn fasziniert an. Man sah ihm an, dass er an harte körperliche Arbeit gewöhnt war: breite Schultern, mächtige Muskelpakete an den Armen, flacher Bauch, schmale Hüften ... Und der massive Brustkorb war mit dichten, krausen schwarzen Haaren überzogen.

Was hatte Neely über ihn gesagt? *Bei diesem Anblick läuft einem ja das Wasser im Munde zusammen.* Dabei hatte ihre kleine Schwester den Mann nur voll bekleidet gesehen ...

»Ich ziehe mich aus«, antwortete Welch, so als sei es die natürlichste Sache der Welt. »Falls es Ihnen noch nicht aufgefallen sein sollte – ich bin ziemlich nass. Hier!«

Er warf ihr ein großes Badehandtuch zu, und Alex schlang es um ihre Schultern und hielt es über ihren Brüsten zusammen. Gleichzeitig beobachtete sie jedoch, wie er zuerst auf einem, dann auf dem anderen Bein balancierte, um seine unter der Dusche gesäuberten Stiefel auszuziehen. Ihre Augen weiteten sich, während sie – halb erwartungsvoll, halb schockiert – darauf wartete, dass er auch sein letztes Kleidungsstück, die Jeans, ablegen würde. Doch er hakte nur seine Daumen unter den Gürtel und schaute sie an.

»Jetzt sind Sie an der Reihe«, sagte er.

»Was?« Alex hatte nicht richtig zugehört, abgelenkt durch seinen nackten Oberkörper. Wohin sollte sie in dem kleinen Bad denn sonst schauen, entschuldigte sie ihr Verhalten. Er stand kaum eine Armlänge von ihr entfernt, so nahe, dass sie die dunkle Vertiefung seines Bauchnabels und die Wassertropfen auf seinen Schultern sehen konnte, die langsam in den dunklen Brusthaaren versickerten. Und gegen ihren Willen huschte ihr Blick zu seinen Jeans hinab.

Das nasse Denim und das schwache Licht hinderten sie daran, genau zu erkennen, ob Welch genauso erregt wie sie selbst war, aber sie war sich dessen ziemlich sicher. Verspätet fiel ihr ein, dass er sehen könnte, auf welchen Körperteil sie starrte, und als sie hastig wegschaute, bemerkte sie, dass er sie wirklich beobachtete.

»Sehen Sie dieses Handtuch?«, fragte er nüchtern und hielt ihr ein großes orangefarbenes Strandtuch entgegen. Als Alex nickte, fuhr er fort: »Ich werde es Ihnen geben, und ich möchte, dass Sie Ihr Nachthemd ausziehen und sich trockenreiben. Glauben Sie, dass Sie das schaffen, ohne sich weitere Verletzungen zuzufügen?«

Das ging zu weit, dachte Alex. Auch wenn sie sich zu ihm hingezogen fühlte – sie würde auf gar keinen Fall ihr Nachthemd ausziehen und splitternackt vor ihm sitzen. Ihr Körper mochte bei dieser Aussicht prickeln, aber sie besaß schließlich noch einen Rest von Stolz.

»Vor einem Zuschauer tu ich das bestimmt nicht!«

Welch grinste breit – zum ersten Mal, seit sie ihn kannte, lächelte er, und dieses Lächeln war so charmant, dass es ihr den Atem raubte.

Verdammt, der Kerl konnte eine Frau wirklich um den Verstand bringen!

»Ich wollte vorher die Taschenlampe ausschalten. Was halten Sie davon?«

»Oh … Das ist eine gute Idee …« Sie musste zugeben, dass er bis jetzt alles andere als lüstern gewesen war. Unter der Dusche hätte er alles mit ihr machen können – sie hatte ihn ja förmlich dazu ermutigt – und die allermeisten Männer hätten sich eine solche Chance nicht entgehen lassen.

Ihr schamloses Verhalten war ihr im Nachhinein ziemlich peinlich – aber sie hatte sich zum ersten Mal seit Wochen herrlich lebendig gefühlt!

Welch drückte ihr das Strandhandtuch in die Hand. »Sagen Sie mir bitte Bescheid, wenn Sie Hilfe benötigen«, sagte er und knipste die Taschenlampe auf dem Wasserkasten aus.

Die jähe Dunkelheit gab ihr das Gefühl, in einem unbeleuchteten Untergrundbahntunnel gelandet zu sein. Ungeschickt trat sie sich die Schuhe von den Füßen und schob das ruinierte Nachthemd nach unten. Um es abstreifen zu können, musste sie ihr Gesäß etwas anheben, und obwohl sie sich mit einer Hand am Wasserkasten festhielt, befürchtete sie auszurutschen und hinzufallen. Erleichtert ließ sie sich wieder auf dem Toilettendeckel nieder und trocknete ihren nassen Körper mit dem großen Handtuch ab. Dabei fröstelte sie wieder, und ihr Schädel dröhnte, doch am schlimmsten war die Schwäche in ihren Gliedern und der Schwindel, der sie bei jeder Bewegung erfasste.

»Alles okay?«, fragte Welch und seine Stimme hallte im kleinen Bad wie in einer Höhle wider.

»Ja«, antwortete Alex hastig, damit er nicht auf die Idee kam, dass sie Hilfe benötigte, und deshalb die Taschenlampe viel zu früh anknipste.

Weil sie nichts sehen konnte, schienen ihre anderen Sinne einzuspringen. Sie hörte deutlich, wie er seine nasse Jeans auszog und auf den Boden warf. Sie roch seine Seife, doch daneben verströmte sein Körper auch einen sehr männlichen Moschusduft. Sie spürte seine Nähe und ihre Haut begann zu prickeln.

Alex hüllte sich energisch in das Strandhandtuch, als wäre es ein Sarong, und steckte die Zipfel zwischen ihren Brüsten fest. Dabei bemühte sie sich verzweifelt, nicht daran zu denken, dass ein attraktiver Mann kaum einen Meter von ihr entfernt nackt dastand und sich abtrocknete.

14

»Fertig?«, fragte Welch höflich.

»Ja.«

Die Taschenlampe wurde eingeschaltet. Er stand in der Mitte des Bades, ein waldgrünes Handtuch um die Hüften geschlungen, ein weißes um den Hals. Offenbar hatte er seine Haare frottiert, denn sie standen wirr wie schwarze Rabenfedern von seinem Kopf ab. Das Weiß bildete einen reizvollen Kontrast zu den dunklen Brusthaaren und der braun gebrannten Haut. Das grüne Handtuch reichte bis zu den Knien. Darunter waren muskulöse Waden, ebenfalls dicht behaart, und nackte Füße zu sehen.

Auch er betrachtete sie. Alex konnte sich vorstellen, wie sie aussah: blass und überschlank, mit schmalen Schultern, langen Beinen und feinknochigen, zarten Gesichtszügen. Ihre Haare waren unter dem blau gestreiften Handtuch um ihren Kopf verborgen, und ohne Make-up und Kleidungsstücke fühlte sie sich sehr verletzlich und unbehaglich. Bis jetzt hatte sie sich nie gefragt, ob Männer sie attraktiv fanden oder nicht. Doch nach Pauls Verrat war sie verunsichert.

Das warf die Frage auf: Wollte sie, dass Welch sie attraktiv fand? Die Antwort fiel ihr nicht schwer: ja!

Er sollte sie mindestens so attraktiv finden wie sie ihn – wenn auch nur ihrem Stolz zuliebe.

»Auf geht's!« Welch plantschte durch die Pfützen auf

dem Fußboden auf sie zu, bückte sich und hob sie so selbstverständlich hoch, als würde er jeden Tag Frauen durch seine Wohnung tragen. Alex hatte sich fast schon daran gewöhnt, ohne Vorwarnung wie ein Möbelstück transportiert zu werden, doch als sie dieses Mal ihre Arme um seinen Hals schlang, berührte sie kein nasses Flanell, sondern nackte breite Schultern, und sie wurde an einen muskulösen nackten Brustkorb gepresst.

Sein Körper war warm. Seine Haut war glatt, ein wenig feucht und roch nach Seife. Seine Brusthaare kitzelten …

Ihre Sinne gerieten wieder in Aufruhr.

Sie atmete langsam durch, um sich ihre instinktive Reaktion auf so viel geballte Männlichkeit nicht anmerken zu lassen. Leicht amüsiert dachte sie, dass ihre Reise nach Whistledown wenigstens in *einer* Weise sehr erfolgreich verlief: Ihre Libido war zu neuem Leben erwacht, und das mit ungeahnter Stärke.

Welch ein Jammer, dass sie diese lüsternen Wünsche viel zu spät und für den falschen Mann hegte! Wenn sie so auf Paul reagiert hätte … Aber sie wollte nicht mehr an Paul denken, nie mehr.

»Sie werden etwas von meinen Sachen anziehen müssen, denn dieses Handtuch dürfte für die Fahrt ins Krankenhaus ziemlich unzureichend sein.«

Mit diesen Worten setzte Welch sie auf seinem King-Size-Bett ab. Die Decken waren zurückgeschlagen, die Laken zerknüllt, die Kissen eingedellt. Er musste geschlafen haben, bis Neely an seine Haustür trommelte. Widerwillig ließ sie seinen Hals los, rückte dicht an das Kopfteil heran und schob sich die Kissen in den Rücken.

»Ich brauche nicht ins Krankenhaus!«

Er hatte sich schon abgewandt und ging auf die Kommode an der gegenüberliegenden Wand zu. Wie die übrige Einrichtung – das Bett, das mit Taschenbüchern voll gestopfte Regal, die Nachttische und der grün gepolsterte Lehnstuhl, neben dem eine Bodenlampe stand –, so war auch die Kommode aus stabiler Eiche. Die Wände des kleinen Schlafzimmers waren sandfarben gestrichen, und abgesehen von dem zerwühlten Bett herrschte peinliche Ordnung.

»O doch, denn Ihre Wunde muss genäht werden. Ich kann das zur Not bei einem Pferd selbst erledigen, aber Ihren Kopf vertraue ich doch lieber einem Fachmann an. Außerdem sollte auch eine Röntgenaufnahme gemacht werden.« Welch schaute sie über die Schulter hinweg an. Sein breiter nackter Rücken schimmerte im weichen Licht der Laterne, die Eli auf die Kommode gestellt hatte. Sein Gesäß zeichnete sich unter dem Handtuch klein und straff ab, wie Alex interessiert feststellte, während sie Welch mit gerunzelter Stirn ansah.

»Ich weiß alles zu schätzen, was Sie bis jetzt für mich getan haben, aber ich selbst entscheide, ob ich ins Krankenhaus muss oder nicht. Und meine Entscheidung lautet: nein!« Sie hasste Krankenhäuser. Zuletzt hatte sie mit neun Jahren in einer Klinik gelegen, nachdem sie im Internat von einem Hockeyschläger auf den Kopf getroffen worden war und einen Schädelbruch erlitten hatte. Sie war operiert worden und ihre Eltern hatten sich drei Tage lang nicht blicken lassen. Sie waren damals schon geschieden gewesen und Alex' Mutter hatte sich mit einem ihrer unzähligen Freunde auf einer ihrer unzähligen Urlaubsreisen amüsiert. Ihr Vater hatte ihr Jahre später gestanden, dass er damals viel zu betrunken gewesen war, um sie zu besuchen. Alex erinnerte sich noch gut an ihre Ängste, sterben zu müssen. Alle Lehrer hatten sie besucht und sich darüber gewundert, dass ihre Eltern nicht da waren. Sie hatte sich ungeliebt und unerwünscht gefühlt, und groteskerweise hatte sie sich geschämt, so ungeliebt und unerwünscht zu sein. Seitdem waren Krankenhäuser ihr zuwider.

»Ich bin anderer Ansicht«, sagte Welch so sanft, als hätte er es mit einem verängstigten Pferd zu tun. Er wühlte in einer Schublade herum und warf einige Kleidungsstücke auf das Bett – eine dunkelgraue Trainingshose, ein etwas helleres Sweatshirt und ein Paar Socken. »Und in diesem Haus habe ich das Sagen.« Seine Mundwinkel verzogen sich ein wenig. »Tut mir Leid, aber Damenunterwäsche gehört nicht zu meiner Ausstattung.«

»Sie arbeiten für mich«, brachte Alex ihm in Erinnerung, während er einen Wandschrank öffnete und weitere Kleidungsstücke hervorholte. »Deshalb habe ich das Sagen.«

»Wissen Sie nicht mehr, dass Sie mich gefeuert haben? Dadurch haben Sie Ihre ganze Autorität eingebüßt.« Welch ging mit den Kleidungsstücken in der Hand auf das Bad zu.

»Sie haben diese Kündigung aber nicht angenommen – und in den nächsten dreißig Tagen bin ich sowieso noch Ihr Boss«, beharrte Alex.

»Nun ja, mein Gehalt wurde bisher von Whistledown Farm Inc. und nicht von Alexandra Haywood überwiesen. Aber das ist im Grunde unwichtig. Ich gehe jetzt ins Bad und ziehe mich an. Sollten Sie selbst Probleme mit dem Ankleiden haben, warten Sie, bis ich wieder da bin, dann bin ich Ihnen gern behilflich.«

Mit dieser kaum verhohlenen Drohung verschwand er im Bad. Alex starrte die geschlossene Tür an. Vielleicht hatte Welch ja Recht, vielleicht musste die Wunde wirklich im Krankenhaus behandelt werden. Aber es missfiel ihr, von ihm herumkommandiert zu werden. Sie war seit langer Zeit an Selbstständigkeit gewöhnt und schätzte diesen Zustand.

Sein autoritäres Gehabe brachte sie in Wut.

Trotzdem zog sie sich an, weil sie dem Mann durchaus zutraute, dass er seine Drohung wahr machte und ihr damit den letzten Rest von Würde raubte. Sie hatte gerade den Handtuch-Turban abgenommen und wollte ihren behelfsmäßigen Verband begutachten, als Welch durch lautes Klopfen an die Badtür ankündigte, dass er gleich wieder im Schlafzimmer auftauchen würde. Nach einem flüchtigen Blick auf das mit Blut befleckte weiße Handtuch warf sie es so hastig, als hätte sie sich daran verbrannt, auf die andere Bettseite und begann sich mit dem blauweiß gestreiften Handtuch die Haare zu frottieren. Obwohl sie nicht ›Herein‹ oder ›Ja‹ gerufen hatte, betrat Welch das Zimmer.

»Braves Mädchen«, lobte er, als er sah, dass sie seine Klamotten angezogen hatte. Alex rieb weiter ihre nassen Haare und funkelte ihn erbost an. In Jeans und einem blauen Sweatshirt sah der arrogante Kerl unglaublich attraktiv und sehr selbstzufrieden aus.

»Mir war kalt«, murmelte sie und schleuderte das blauweiße Handtuch auf das kleine weiße mit den verräterischen Blutflecken. Sie hatte keine Unterwäsche an, seine Kleidungsstücke kratzten auf ihrer zarten Haut und waren viel zu groß, und wenn ihre Haare trockneten, würden sie wirr nach allen Seiten abstehen. Am schlimmsten waren freilich die rasenden Kopfschmerzen und das Schwindelgefühl. Wahrscheinlich hatte Welch wirklich Recht: Sie sollte sich im Krankenhaus untersuchen lassen, doch das wollte sie auf gar keinen Fall zugeben. Seine selbstgefällige Miene weckte in ihr den Wunsch, mit irgendetwas nach ihm zu werfen. Sie hätte nur mit dem Strandlaken bekleidet sitzen bleiben und ihm trotzen sollen! »Bilden Sie sich ja nicht ein, dass ich mich angezogen habe, um ins Krankenhaus zu fahren, denn das tu ich nicht!«, erklärte sie patzig.

Er blieb neben dem Bett stehen, warf einen scharfen

Blick auf ihren Schädel und reichte ihr einen feuchten Waschlappen. »Pressen Sie den auf die Wunde, bis wir in der Klinik sind.«

»Haben Sie nicht gehört, was ich gesagt habe?«, rief Alex scharf und ballte eine Faust um den Waschlappen, den er ihr in die Hand gedrückt hatte.

Welch verschränkte die Arme vor der Brust und starrte nachdenklich auf sie herab. »Sind Sie immer so schwierig oder stellen Sie sich nur bei mir so an?«

»Hören Sie, Mr. Welch, alles, was ich brauche, sind ...« Sie wollte *ein paar Aspirintabletten* sagen, kam aber nicht mehr dazu, weil er sie aus dem Bett hob.

»Wenn Sie schon den Rest der Nacht mit mir streiten möchten, könnten Sie mich währenddessen wenigstens ›Joe‹ nennen.«

»Verdammt, *Joe,* hören Sie gut zu: Ich brauche nicht ins Krankenhaus!« Sein Vorname kam ihr leicht über die Lippen. Seit der gemeinsamen Dusche war es ohnehin schwierig, an ihn als *Mr. Welch* zu denken. Doch anstatt ihre Arme um seinen Hals zu legen, stemmte sie sich von seinen Schultern ab. »Lassen Sie mich runter!«

»Wie Sie wollen.« Er stellte sie so schnell auf die Beine, dass der ganze Raum sich drehte. »Zeigen Sie mir, dass Sie kein Krankenhaus brauchen. Los, beweisen Sie es mir! Durchqueren Sie dieses Zimmer.«

Er nahm seinen stützenden Arm von ihrer Taille. Sofort schien der Fußboden unter ihren Füßen zu schwanken, aber Alex reckte energisch ihr Kinn und machte einen Schritt ... dann einen zweiten. Ihre Knie zitterten, sie taumelte und suchte vergeblich Halt am Bett. Er fing sie gerade noch rechtzeitig auf und hob sie wieder hoch.

»Na, immer noch streitlustig?«

»Okay, vielleicht muss ich tatsächlich ins Krankenhaus«, murmelte Alex grollend und schlang einen Arm um seinen Nacken. Mit der anderen Hand presste sie den Waschlappen kurz auf ihre Wunde, zuckte vor Schmerz zusammen, hielt ihn sich dicht vor die Augen und erschrak über die Blutflecken.

Joe beobachtete sie und seine Mundwinkel verzogen sich zu einem trockenen Lächeln. »Freut mich zu hören.«

Alex gestand ihre Niederlage ein, indem sie ihren Kopf stumm an seine Schulter lehnte. Es kostete sie große Überwindung, den Waschlappen wieder auf die Beule zu drücken, und während er sie die Treppe hinabtrug, war ihr so schwindelig, als säße sie in einer Achterbahn.

»Alex! Was hast du?« Neely sprang auf und eilte besorgt zu ihnen, als Joe mit Alex auf den Armen die von einer Laterne beleuchtete Küche betrat. Sie trug einen gelben Morgenrock aus Frottier über einem Jungenpyjama und ihre langen lockigen Haare sahen ziemlich zerzaust aus. Sie hatte an dem großen rechteckigen Küchentisch gesessen und sich lebhaft mit Joes drei Kindern unterhalten: einem Mädchen mit kurzen braunen Haaren in einem weißen Schlafanzug mit Waffelmuster, dem Teenager namens Josh in Jeans und weißem T-Shirt sowie einem größeren Burschen in Jeans und Flanellhemd, der wie eine jüngere und schlaksigere Ausgabe von Joe aussah. Alle drei starrten ihren Vater und Alex interessiert an. Sogar der Hund kam unter dem Tisch hervor und schnupperte neugierig.

»Ich bringe deine Schwester ins Krankenhaus. Ihre Wunde muss genäht werden«, erklärte Joe, bevor Alex etwas sagen konnte. Er ging an Neely vorbei und setzte Alex auf einem Stuhl ab, aber sie hielt sich weiter an seinem Nacken fest. Ihre Schwäche blieb ihm nicht verborgen. »Nicht schlappmachen!«, flüsterte er ihr aufmunternd ins Ohr, bevor er einen Schritt zurücktrat.

Sein Platz wurde sofort von Neely eingenommen, die mit schreckensweit aufgerissenen Augen den blutigen

Waschlappen betrachtete, den Alex auf die Wunde presste. »Du bist so schlimm verletzt, dass die Wunde genäht werden muss?«

»Ich habe mir den Kopf angeschlagen, als ich im Haus hingefallen bin, aber es ist nur eine harmlose Platzwunde.« Alex war fest entschlossen, ihre kleine Schwester zu beruhigen. Neely hatte in ihrem jungen Leben schon so viele Verluste erlitten, dass sie ständig befürchtete, ein weiterer geliebter Mensch könnte ihr von einer Minute auf die andere geraubt werden.

»Lass mich sehen!«, verlangte das Mädchen.

Alex hob den Waschlappen widerwillig ein wenig an.

»Oh, Alex!«

»Sieht bestimmt schlimmer aus, als es ist«, behauptete Alex und legte den Waschlappen wieder auf die Wunde.

»Sie braucht nur ein paar Stiche, dann wird alles wieder in Ordnung sein«, versicherte auch Joe, der vorübergehend die Küche verlassen hatte und jetzt in einem dunkelgrünen Regenponcho zurückkam. Er legte Alex einen riesigen Trenchcoat, der ihm selbst gehören musste, um die Schultern, und während sie gehorsam in die Ärmel schlüpfte, ging er vor ihr in die Hocke. Unwillkürlich registrierte sie wieder seine breiten Schultern und den bläulichen Schimmer, den seine schwarzen Haare im Licht der Laterne hatten.

»Stecken Sie Ihre Füße hier rein«, sagte Joe. An seinen älteren Sohn gewandt, fügte er hinzu: »Eli, hol mir bitte einen Schirm!«

Hier waren Gummistiefel, die vermutlich einem der Jungen gehörten. Alex gehorchte, Joe stand auf, wickelte den Trenchcoat wie eine Decke um sie und nahm sie wieder auf die Arme. Den Waschlappen mit einer Hand an ihren Kopf gedrückt, hielt sie sich mit der anderen an seinem Nacken fest. Unter den Blicken von vier Teenagern war ihr das zwar besonders peinlich, aber sie hatte eingesehen, dass sie im Moment nicht auf eigenen Beinen stehen konnte.

»Das sind übrigens meine Kinder«, sagte Welch. »Jenny, Eli und Josh, an den Sie sich vielleicht noch erinnern.« An das Trio gewandt, fuhr er fort: »Ihr solltet wieder zu Bett gehen, denn es wird bestimmt eine Weile dauern, bis wir zurückkommen.« Er sah Neely an. »In Jens Zimmer steht ein zweites Bett. Da kannst du schlafen, wenn du möchtest. Wenn wir zurück sind, kann deine Schwester in meinem Bett schlafen und ich schlafe auf der Couch. Es sei denn, ihr wollt den Rest der Nacht lieber in Whistledown verbringen.«

Alex und Neely tauschten einen Blick und schüttelten die Köpfe. Die Villa ihres Vaters hatte für sie erheblich an Reiz eingebüßt.

»Wahrscheinlich ist das Haus sowieso schon abgebrannt«, murmelte Alex. Die Bemerkung war nur für Joes Ohren bestimmt, der mit ihr auf die Hintertür zuging.

»Nein«, widersprach er. »Wir würden die Flammen von hier aus sehen.« Er deutete mit dem Kinn auf die Fenster: Draußen herrschte tiefe Schwärze.

»Alex, soll ich mitkommen?« Neely lief ängstlich hinter ihnen her.

Alex lächelte ihrer Schwester über Joes Schulter hinweg zu. »In dieser Aufmachung? Nein, du gehst jetzt ins Bett.«

»Dad, hier ist ein Schirm.« Eli, der Älteste, drückte seinem Vater den nützlichen Gegenstand in die Hand.

»Danke. Du spielst den Babysitter, okay?«

»Klar.

»Ich brauche keinen Babysitter!«, rief Josh beleidigt. »Ich bin fast so alt wie Eli.«

»Er passt auf Jen auf und du hilfst ihm dabei«, beruhigte Joe den Jungen. Eli öffnete die Hintertür, und sofort schlug ihnen kalte, feuchte Luft entgegen, begleitet vom lauten Trommeln des Regens. Zum Glück wurden sie durch ein Vordach vor dem Wolkenbruch geschützt, bis Joe den Schirm aufgespannt hatte. Allerdings hatte er Mühe, sowohl Alex als auch den Schirm zu halten.

»Geben Sie mir den Schirm«, schrie sie ihm ins Ohr und schob den Waschlappen in die Manteltasche. Ausnahmsweise widersprach er nicht, und gleich darauf hielt sie den Schirm mühsam über ihre Köpfe, obwohl der Wind ihn ihr zu entreißen versuchte. Joe rannte die Stufen hinab, auf sein Auto zu. Alex war heilfroh, dass sein Trenchcoat und die Gummistiefel sie vor dem Regen schützten, denn die Tropfen, die ihr Gesicht trafen, waren eisig. Hinter ihnen fiel die Tür zu, das schmale Rechteck von Licht verschwand und sie waren von Finsternis umgeben.

15

»Sie werden doch die Tür abschließen?«, schrie Alex gegen den Sturm an, als Joe sie neben dem Fahrzeug – einem dunklen Geländewagen – kurz abstellte, um die Tür öffnen und sie auf den Beifahrersitz schieben zu können. Sie erinnerte sich daran, welche Ängste sie in dem Unwetter ausgestanden hatte, bevor er ihr zu Hilfe geeilt war, und wiederholte ihre Frage, sobald er sich ans Steuer gesetzt, den nassen Schirm nach hinten geworfen und die Fahrertür geschlossen hatte.

»Einer der Jungen wird bestimmt daran denken, aber Sie brauchen sich sowieso keine Sorgen zu machen. In dieser Gegend gibt es so gut wie keine Verbrechen.« Er ließ den Motor an, schaltete Scheinwerfer, Scheibenwischer und die Heizung ein und rollte im Rückwärtsgang die Auffahrt hinab. Das Knirschen der Reifen auf dem Kies wurde von Donnergrollen übertönt. Obwohl es im Wagen noch kalt war, fühlte Alex sich geborgen, lehnte ihren Kopf an den Ledersitz und drückte den Waschlappen wieder auf die Wunde. Trotzdem fauchte sie erbittert:

»Haben Sie vergessen, dass heute Nacht jemand in meinem Schlafzimmer war?«

»Sind Sie ganz sicher, dass Sie das nicht nur geträumt haben?«

»Ich bin mir ganz sicher, dass ich den Schlag auf den Kopf nicht nur geträumt habe!«

»Das stimmt allerdings.«

Sie erreichten die Straße, Joe wendete und fuhr vorsichtig los. Im schwachen Licht vom Armaturenbrett konnte Alex kaum mehr als seine Konturen erkennen. Sie hoffte, dass er besser sah als sie selbst, denn die Nacht war so schwarz wie eine Kohlenmine, nur erhellt durch die beiden Strahlen der Scheinwerfer, die den dichten Regenvorhang zerteilten.

»Sind die Kopfschmerzen schlimm?«, fragte Joe mit einem flüchtigen Blick in ihre Richtung.

»Ziemlich.«

»Wissen Sie, die Wahrscheinlichkeit, dass jemand in Whistledown eingebrochen hat, ist minimal, speziell in einer Nacht wie dieser. Sogar Kriminelle bleiben gern trocken.«

»Wenn Ihnen eine andere Erklärung ein...«

Sie brach mitten im Wort ab. Ein greller Blitz zuckte über den Himmel. Auf dem Hügel wurde Whistledown für den Bruchteil von Sekunden hell beleuchtet, so als hätte man ein riesiges Blitzlicht darauf gerichtet. *Eine dunkle Gestalt auf dem überdachten Balkon im ersten Stock hob sich deutlich von den weißen Steinen ab. Ein Mensch. Ein Mann.*

Alex riss die Augen weit auf. Ihr Puls raste. Sie setzte sich mit einem Ruck aufrecht hin und schnappte nach Luft. Der Blitz erlosch und Finsternis senkte sich wieder über das Haus wie das Tuch eines Zauberers.

»Haben Sie gesehen? Jemand steht auf dem Balkon! Ein Mann!« Sie packte Joe am Arm und deutete auf Whistledown.

Der Wagen schleuderte scharf nach rechts, aber Joe bekam ihn wieder unter Kontrolle, bremste und riss seinen Arm los.

»Verdammt, Alex, hat Ihnen niemand beigebracht, wie gefährlich es ist, einem Autofahrer in den Arm zu fallen?«

Alex registrierte nicht einmal, dass er sie mit ihrem Vornamen angeredet hatte. Sie starrte immer noch in Richtung des Hauses, das jetzt wieder unsichtbar war. Jemand war auf dem Balkon gewesen. Sie war sich ganz sicher. Entsetzt sah sie Joe an.

»Haben Sie ihn auch gesehen? Das muss der Mann sein, der in meinem Schlafzimmer war, der mich niedergeschlagen hat! Er ist immer noch im Haus! Wir müssen die Polizei verständigen!«

Joe schaute sie mit schmalen Augen an. »Sie glauben wirklich, jemanden gesehen zu haben?«

»Ja, auf dem Balkon im ersten Stock! Ich bin mir absolut sicher.«

»Mit Ihnen hat man mehr Ärger als mit jedem anderen Menschen, den ich je gekannt habe«, knurrte er und gab Gas. Sekunden später bog er auf die Auffahrt nach Whistledown ab.

»Was machen Sie da?«, fragte Alex bestürzt.

»Ich werde mir fünf Minuten Zeit nehmen und nach dem Rechten sehen.«

»Nein, das dürfen Sie nicht! Wir brauchen die Polizei. Er könnte eine Pistole haben oder …«

»Das wage ich zu bezweifeln«, sagte er trocken.

»Sie denken, dass ich mir das nur *eingebildet* habe?« Ihre Stimme war schrill vor Zorn.

»Ich denke, dass Sie Ihren Verstand einsetzen sollten. Dann würden Sie nämlich begreifen, wie unwahrscheinlich Ihre Behauptung ist. Wissen Sie, dies ist nicht Philadelphia – die Entfernungen sind hier draußen ziemlich groß. Wenn jemand im Haus ist – wo ist er hergekommen? Und wie? Sehen Sie ein Auto? Ich nicht. Ist er zu Fuß gegangen? Simpsonville, die nächste Stadt, ist gut fünf Meilen entfernt. Um Himmels willen, Alex, schalten Sie Ihr Gehirn ein! Es regnet seit dem Abend in Strömen. Selbst ein Möchtegern-Vergewaltiger wird bei diesem Wetter nicht Meilen weit laufen.«

Er parkte seinen Wagen direkt vor der Steintreppe, die zum Haupteingang führte. Bei laufendem Motor und eingeschalteten Scheinwerfern öffnete er das Handschuhfach und holte eine große schwarze Taschenlampe hervor. Wenn er sie als Waffe benutzte und einem Angreifer über den Schädel schlug, dachte Alex, trüge dieser vermutlich eine tüchtige Beule davon – aber dazu müsste er dicht an den Kerl herankommen können …

»O nein!«, rief sie erschrocken und wandte sich ihm auf dem Sitz abrupt zu. Die schnelle Bewegung löste heftigen Schwindel aus, aber sie achtete nicht darauf. »Tun Sie das nicht! Bitte tun Sie das nicht! Es wäre töricht! Holen wir lieber die Polizei!«

Doch Joe öffnete schon die Tür. Die Innenbeleuchtung ging an und Alex sah seine entschlossene Miene. Vermutlich konnte er seinerseits das Entsetzen sehen, das ihr ins Gesicht geschrieben stand. Ihre Blicke trafen sich.

»Verriegeln Sie die Türen und bleiben Sie ruhig sitzen. Ich komme zurück, so schnell ich kann. Hupen Sie, falls Sie mich brauchen sollten.«

»O Joe, *bitte* …«

Die Fahrertür fiel hinter ihm zu und er wurde sofort von der Dunkelheit verschluckt.

Alex drückte auf den Knopf der Zentralverriegelung und machte sich auf dem Sitz möglichst klein. Sie bemerkte, dass sie den Waschlappen mit einer geballten Faust umklammerte, und presste ihn wieder auf die Wunde. Der Regen kam ihr plötzlich sehr laut vor. Es war ein gleichmäßiges Rauschen, fast wie bei dichtem Verkehr auf einem Highway. Die Scheinwerfer glichen zwei gelben Schwertern, die sich in die Finsternis bohrten und die Regentropfen wie tausende und abertausende winziger Eiszapfen aussehen ließen. Sie überlegte, ob sie die Scheinwerfer ausschalten sollte, konnte sich aber nicht dazu überwinden, allein im Dunkeln zu sitzen. Außerdem hätte es wenig Sinn, denn wenn der Eindringling auf dem Balkon stehen geblieben war, hatte er das Auto die Auffahrt hinauffahren sehen. Wenn er auch nur halbwegs vernünftig war, hatte er daraufhin schnell das Haus verlassen und trieb sich jetzt irgendwo hier draußen herum. Er könnte direkt neben dem Wagen sein …

Alex bekam eine Gänsehaut und schaute hastig in alle Richtungen, konnte aber nur den Regen sehen, der durch die beiden Lichtschwerter fiel. Sie konnte außer dem Rauschen des Wolkenbruchs und dem Surren des Motors nichts hören. Sie war allein mit der Dunkelheit und dem Regen, so gut wie blind und taub, und ihr einziger Schutz gegen einen möglichen Angreifer waren die verriegelten Türen.

Mein Gott, wenn der Kerl einen Hammer oder etwas Ähnliches hatte, könnte er mühelos ein Fenster einschlagen!

Sie schob sich auf den Fahrersitz hinüber, um leichteren Zugang zur Hupe und Gangschaltung zu haben. Dabei wurde ihr zwar wieder schwindelig, doch sie kämpfte dagegen an. Donner krachte. Wenn sie in diesem Moment angegriffen würde, könnte Joe die Hupe nicht hören. Bliebe ihr Zeit genug, um den Rückwärtsgang einzulegen und wegzufahren?

Alex war dankbar für den nächsten Blitz, der ihr erlaubte festzustellen, dass bisher niemand sich dem Wagen genähert hatte. Einige Minuten später klopfte jemand aber laut ans Fenster auf der Fahrerseite und sie war vor Entsetzen wie gelähmt. Links neben dem Auto stand eine große dunkle Gestalt. Joe? Lieber Gott, lass es Joe sein, betete sie inbrünstig. Wieder klopfte jemand mit den Knöcheln ans Fenster und dann beugte die Gestalt sich vor und schaute zu ihr herein. Alex hielt instinktiv den Atem an, bis sie das Gesicht erkannte.

Joe! Gott sei Dank!

Sie entriegelte die Tür und er riss sie sofort auf. Ein nasskalter Luftzug traf Alex. Fröstelnd kletterte sie auf den Beifahrersitz zurück und lehnte ihren schmerzenden Kopf erschöpft an die Rückenlehne, zittrig wie ein Wackelpudding.

»Haben Sie mich vermisst?«, fragte Joe mit der Andeutung eines Lächelns, nachdem er einen Blick auf ihr leichenblasses Gesicht geworfen hatte. Wasser rann in Strömen von seinem Poncho auf den Boden. Er schob die Kapuze vom Kopf. Seine Haare waren trocken, doch sein Gesicht glänzte vor Nässe.

»Und wie!«, gab Alex zu, während Joe die Taschenlampe im Handschuhfach verstaute. »Haben Sie … War jemand …«

Er steuerte den Wagen rückwärts die Auffahrt hinab. »Niemand war im Haus. Und es gab nicht den geringsten Hinweis darauf, dass irgendjemand sich unbefugt Zutritt verschafft hatte. Es deutete auch nichts auf einen Brand hin. Die Vordertür war unverschlossen – Ihre Schuld, nehme ich an?«

»Ja, aber …«

Er hob eine Hand. »Lassen Sie mich ausreden.« Sie befanden sich mittlerweile wieder auf der Straße. »Die Hintertür war verschlossen. Ich habe auf dem Balkon im ersten Stock nachgesehen. Auch dort hielt sich kein Mensch auf und die Balkontür war von innen verschlossen. Zwei Schlafzimmertüren standen weit auf – und im Korridor lag die Bronzestatue einer Frau, etwa so groß, wie mein Unterarm lang ist. Vermutlich wurden Sie davon getroffen.«

»Er muss damit zugeschlagen haben …«

»Alex, Honey, es sind zwei Bronzestatuen, die links und rechts vom Spiegel im Korridor auf Holzpodesten stehen. Wenn Sie über den Läufer gestolpert sind, könnten Sie die eine Statue umgeworfen haben und bedauerlicherweise ist sie auf Ihrem Kopf gelandet. Halten Sie das nicht für möglich?«

Alex starrte ihn an. Das gedehnte *Honey* und sein leicht gönnerhafter Ton machten ihr klar, dass er die Ereignisse dieser Nacht für eine Mischung aus Unfall und Einbildung hielt.

»Ich bin nicht verrückt und neige nicht zur Hysterie«, widersprach sie energisch. »Selbst wenn die Statue mir aus Versehen auf den Kopf gefallen sein sollte – wie erklären Sie sich die Atemzüge, die ich beim Aufwachen gehört habe, und die Gestalt, die ich vorhin auf dem Balkon gesehen habe?«

»Sind Sie sicher, dass Sie jemanden gesehen haben?« Seine Stimme war sanft. Sie hatten den Highway erreicht und er beschleunigte auf der leeren zweispurigen Autobahn. »Sie haben einen harten Tag hinter sich, stimmt's?«

Das war die Untertreibung des Jahres! Sie hatte diesen Mann feuern müssen, und er hatte nicht den Anstand besessen, das einfach hinzunehmen. Ihr Verlobter hatte ihr telefonisch mitgeteilt, dass er eine andere Frau geheiratet hatte. Ihre Schwester war aus dem Internat geflogen. Dann hatte ein Eindringling sie aus tiefem Schlaf geweckt, glaubte sie jedenfalls ... Ihr Schädel dröhnte und sie presste den Waschlappen fester auf die Wunde.

»Worauf wollen Sie hinaus?«, murmelte sie widerwillig. Gleichzeitig nahm sie zur Kenntnis, dass sie sich der Zivilisation näherten, wie an den Leuchtreklamen zu erkennen war: zuerst auf der linken Straßenseite ein kleiner Supermarkt, dann auf der rechten eine Thornton-Tankstelle und ein Motel namens Dixie Inn. Hier in der Stadt gab es offensichtlich keinen Stromausfall, denn auch alle Straßenlampen brannten. Vielleicht gab es aber inzwischen auch auf dem Land wieder Elektrizität.

»Ich habe nur gesagt, dass niemand im Haus war, als ich nachschaute.« Joe lächelte ihr humorvoll zu. »Springen Sie mir bitte nicht an die Gurgel. Ich gebe gern zu, dass jemand sich vor mir versteckt oder die Flucht ergriffen haben könnte.«

»Ach, hören Sie doch auf!« Alex war sich nach wie vor sicher, einen Mann auf dem Balkon gesehen zu haben, und auch die lauten Atemzüge hatte sie sich nicht nur eingebildet.

Oder doch?

Es gab nur drei mögliche Erklärungen: Entweder hatten Stress, Schlaftabletten und – im Fall der Gestalt auf dem Balkon – der Schlag auf den Kopf zu Halluzinationen geführt. Oder es war tatsächlich jemand in ihrem Schlafzimmer und später auf dem Balkon gewesen. Oder aber es handelte sich um übersinnliche Erscheinungen.

»Joe«, sagte sie zögernd, »glauben Sie an ... an Gespenster?«

Er warf ihr einen Seitenblick zu. »Meinen Sie damit den Geist Ihres Vaters?«

»Hört sich verrückt an, das weiß ich.« Laut ausgesprochen hörte es sich sogar für ihre eigenen Ohren absurd an.

»Das finde ich nicht.« Er schaute sie wieder an. »Meine Mutter und Schwester kamen bei einem Autounfall ums Leben, als ich zwanzig war.« Seine Stimme klang so nüchtern, als würden sie sich über das Wetter unterhalten. Er konzentrierte seine Aufmerksamkeit wieder auf die Straße. Im Schein der Straßenlaternen konnte Alex sein markantes Profil beobachten. Nur ein leichtes Zucken des Mundwinkels verriet, dass dies ein schmerzhaftes Thema für ihn war. »Nach ihrem Tod träumte ich monatelang von ihnen. Sie kamen fast jede Nacht in mein Zimmer, manchmal meine Mutter, manchmal meine Schwester Carol, manchmal beide zusammen. Sie redeten mit mir, sagten mir, es gehe ihnen gut und ich solle nicht um sie trauern. Träume oder etwas anderes – damals war es für mich Realität. Irgendwann kam ich wohl über ihren Verlust hinweg und sie erschienen mir nicht mehr. Rückblickend glaube ich, dass mein Unterbewusstsein versuchte, auf diese Weise ihren Tod zu bewältigen. Und ich glaube, dass sehr viele Menschen in aller Welt diese Erfahrung machen.«

»Oh, Joe«, flüsterte Alex, gerührt, dass er ihr etwas so Persönliches anvertraut hatte. »Das tut mir wahnsinnig Leid.«

Er schaute sie wieder an. »Ich habe mich vor langer Zeit mit ihrem Tod abgefunden, aber ich weiß noch gut, wie man sich in den ersten Wochen und Monaten nach dem Verlust eines geliebten Menschen fühlt. Glauben Sie mir, ich bin der Letzte, der über Ihr Gespenst spotten würde.«

Joe bog von der Straße auf einen Parkplatz ab. Alex sah ein Neonschild: TRI-COUNTY HOSPITAL und ein einstöckiges Gebäude. Er parkte unter einer Betonüberdachung, wo sie vor dem Regen geschützt waren. Das kleine Krankenhaus aus gelben Ziegeln hatte gläserne Doppeltüren, das Innere war hell beleuchtet. NOTAUFNAHME, las Alex.

»So, jetzt werden Sie verarztet«, sagte Joe und stieg aus. Auch Alex öffnete ihre Tür und schwang die Beine hinaus. Doch er ersparte ihr den Versuch, auf eigenen Füßen zu stehen, und trug sie ins Krankenhaus, wofür sie ihm sehr dankbar war.

16

Am nächsten Morgen wachte Alex langsam auf und drehte sich im Bett um, ohne die Augen zu öffnen. In den ersten Sekunden war sie ein wenig besorgt – sie hatte in der Bibliothek von Whistledown gesessen und mit ihrem Vater telefoniert, und er hatte ihr etwas Wichtiges erzählen wollen, aber die Verbindung war von Anfang an so schlecht gewesen, dass sie ihn kaum hatte verstehen können, und schließlich ganz abgebrochen. Mit gerunzelter Stirn nahm sie sich vor, ihn gleich nach dem Aufstehen zurückzurufen. Dann lösten die Traumfetzen sich auf, die Wirklichkeit kam ihr zu Bewusstsein und die vertraute Trauer legte sich wie eine schwere Daunendecke auf sie und drückte sie nieder. Ihr Vater war tot. Das unterbrochene Telefonat mit ihm war nur ein Traum gewesen. Sie würde nie wieder mit ihrem Vater sprechen können.

Und Paul hatte eine andere Frau geheiratet.

O Gott, das war einfach zu viel. Wie sollte sie das alles überleben?

Sie lag einen Moment lang still da und wünschte sich, wieder einschlafen zu können. Aufzustehen und sich der realen Welt zu stellen war viel zu anstrengend. Ihre Glieder waren schwer wie Blei. Der emotionale Schmerz lähmte sie, so wie er es in den vergangenen fünf Wochen getan hatte. Aber sie wusste aus bitterer Erfahrung, dass sie aufstehen und handeln *konnte*, dass sie irgendwie überleben würde. Atme, ermahnte sie sich als Erstes. Atme gleichmäßig: ein, aus, ein, aus …

So wie jemand letzte Nacht in ihrem Schlafzimmer geatmet hatte. War es derselbe Mann gewesen, den sie später auf dem Balkon gesehen hatte? Oder war das nur eine Halluzination gewesen – oder doch ein Gespenst?

Alex öffnete die Augen und rollte auf den Rücken. Dabei kam ihre Beule mit dem Kopfteil des Bettes in Berührung und sie zuckte vor Schmerz zusammen. Vorsichtig tastete sie die Wunde ab, die mit drei Stichen genäht worden war.

Der Arzt, der eine Röntgenaufnahme von ihrem Schädel gemacht hatte, war der Ansicht gewesen, dass sie keine Gehirnerschütterung erlitten hatte, und dafür sollte sie dankbar sein.

Sonnenlicht flutete durch den dünnen Fenstervorhang ins Zimmer. Es hatte allem Anschein nach aufgehört zu regnen, und der Winkel der Sonnenstrahlen deutete darauf hin, dass sie lange geschlafen hatte. Sie lag in Joes Bett. Bei diesem Gedanken begann ihr Körper zu kribbeln. Ein Jammer, dass er nicht neben ihr lag! Mit ihm zu schlafen wäre bestimmt kein Allheilmittel gegen ihren Kummer und ihre Sorgen, das war ihr klar, aber es tat trotzdem gut zu wissen, dass sie wieder Lust auf Sex verspürte. Vielleicht würde sie doch eines Tages über die Katastrophen hinwegkommen.

Joe hatte ihr versprochen, dass das der Fall sein würde. Während sie gemeinsam darauf gewartet hatten, dass ihre Wunde genäht wurde, hatte er gesagt, der Trick bestehe darin, einfach einen Fuß vor den anderen zu setzen, bis man irgendwann feststelle, dass man aus dem Schatten wieder ins Licht getreten sei.

Auch sie würde diese Erfahrung machen, hatte er gesagt.

Alex lächelte beim Gedanken an Joe. Der grobe, unmögliche Mann von gestern hatte sich über Nacht in eine sexy Schulter verwandelt, an die sie sich anlehnen konnte. Er hatte sich trotz ihrer Proteste rührend um sie gekümmert. Er hatte sie nicht ausgelacht, als sie von Gespenstern geredet hatte (Paul hätte sofort einen Psychiater angerufen!), er war im Krankenhaus bei ihr geblieben, er hatte sie nach der Rückkehr in sein Haus die Treppe hinaufgetragen und in sein eigenes Bett gelegt.

Das alles, ohne etwas dafür zu verlangen.

Paul hätte sich niemals so um sie gekümmert. Paul erwartete immer eine Belohnung für seine großzügigen Gesten, vom ersten Abendessen an, zu dem er sie eingeladen hatte. Meistens wollte er mit Sex belohnt werden. Außerdem hätte er sie nicht die ganze Nacht von einem Ort zum anderen tragen können – er besaß nicht Joes Körperkraft.

So toll warst du gar nicht, sagte sie in Gedanken zu Paul und setzte sich vorsichtig im Bett auf, weil sie nicht wusste, wie ihr Kopf darauf reagieren würde. Die Naht juckte, und sie hatte leichtes Kopfweh, doch ansonsten fühlte sie sich relativ normal. Jedenfalls wesentlich besser als vergangene Nacht.

Die Frage war: Konnte sie aufstehen, ohne sofort umzufallen? Sie musste dringend auf die Toilette ... Langsam stellte sie ihre Füße auf den Boden, hielt sich am Nachtschränkchen fest und stemmte sich hoch. Einen Moment lang blieb sie ruhig stehen, um zu prüfen, ob ihre Beine sie tragen würden. Dann machte sie einen kleinen Schritt nach dem anderen, bis sie das Bad erreichte. Als sie auf den Lichtschalter drückte, tat sich nichts – offenbar gab es immer noch keinen Strom.

Auf dem Fußboden lagen keine Kleidungsstücke und

Handtücher mehr herum und auch die Schmutzpfützen waren verschwunden. Zwei große saubere Badetücher hingen über der Metallstange. Alex erinnerte sich daran, wie Joe ausgesehen hatte, als er nur mit einem solchen Hüfttuch bekleidet gewesen war, und wieder gingen sexuelle Signale von ihrem Sonnengeflecht in den übrigen Körper aus.

Langsam, sehr langsam erwachte sie zu neuem Leben.

Sie zog das T-Shirt aus, in dem sie geschlafen hatte – es gehörte Joe und reichte ihr fast bis zu den Knien – und duschte, wobei sie darauf achtete, ihren Kopf nicht mit dem heißen Wasser in Berührung zu bringen. Dann wickelte sie sich in ein Handtuch, überwand ihre Skrupel, in Joes Privatsphäre einzudringen, und öffnete das Badschränkchen, weil sie auf der Suche nach Feuchtigkeitscreme und Aspirin war. Doch sie fand nur Rasierschaum, ein Rasiermesser und Rasierklingen, ein Deodorant, Zahnpasta, Mundwasser und Zahnseide, eine grüne Zahnbürste und eine billige Haarbürste aus Plastik.

Es war klar, dass ein Mann hier allein hauste. Sie griff nach der Haarbürste und versuchte ihre wirren Haare zu glätten.

»Alex?« Es war Neelys Stimme. Alex öffnete die Badtür einen Spalt weit und sah überrascht, dass ihre Schwester Jeans und einen eng anliegenden pinkfarbenen Rollkragenpullover trug – Sachen, die zweifellos ihr selbst gehörten.

»He, wo hast du denn die Klamotten her?«

»Joe hat mich nach Whistledown gefahren. Ich habe auch dir etwas zum Anziehen mitgebracht.« Neely schwenkte zum Beweis eine große Plastiktüte und legte sie aufs Bett, als Alex ins Schlafzimmer kam.

»Herrlich! Vielen Dank!« Alex wühlte in der Tüte herum.

»Wie fühlst du dich?« Neely musterte ihre Schwester

kritisch. Sie war gestern Nacht bei deren Rückkehr aus dem Krankenhaus wach gewesen, hatte mit Joes Söhnen auf dem Teppich im Wohnzimmer gesessen und im Schein einer Laterne Karten gespielt, während Jenny selig auf der Couch schlief. Die drei Teenager hatten Alex' genähte Wunde begutachten dürfen, bevor sie von Joe in ihre Betten gescheucht worden waren.

Alex hatte Neely nichts von der Gestalt erzählt, die sie auf dem Balkon von Whistledown gesehen hatte. Sie war nach wie vor überzeugt, *irgendetwas* gesehen zu haben, hätte aber nicht mehr sagen können, ob es ein Mensch, ein Gespenst oder ein Fantasiegespinst gewesen war. Wozu sollte sie Neely unnötig beunruhigen?

»Besser«, antwortete sie jetzt. »Du hast nicht zufällig ein Aspirin für mich?«

Neely schüttelte bedauernd den Kopf. »Leider nein. Soll ich Joe fragen, ob er welche hat?«

»Das kann ich selbst tun.« Aus der Plastiktüte kamen eine khakifarbene Hose, ein schwarzes Kaschmir-Twinset sowie ihre Handtasche hervor, in der sich außer einigen Kosmetikartikeln auch Aspirin befand. »Gott segne dich, Schwesterherz!« Alex eilte wieder ins Bad und schluckte zwei Tabletten mit einer Hand voll Wasser.

»Na, was hältst du von der Familie Welch?«, erkundigte Neely sich scheinbar beiläufig, als Alex ins Schlafzimmer zurückkam und ihre Unterwäsche anzog.

Alex wurde sofort hellhörig. »Sprichst du von der Familie im Allgemeinen oder von einem einzelnen Mitglied?«

Neely grinste. »Von Eli!«

»Er sieht gut aus«, kommentierte Alex erleichtert, streifte sich vorsichtig den Rollkragenpulli über den Kopf, um die genähte Wunde nicht zu berühren, und griff nach der Khakihose.

»Ich finde ihn noch geiler als Joe«, meinte Neely. »Er

ist ein bisschen schüchtern und das ist richtig süß. Vielleicht hat er noch nie mit einem Mädchen geschlafen.«

Alex verzichtete darauf, ihre Schwester zu tadeln, obwohl sie Wörter wie *geil* hasste. Sie schlüpfte in die Hose und zog den Reißverschluss hoch. »Ein Jammer, dass wir abreisen werden, bevor du das herausfinden kannst«, sagte sie trocken.

Neely grinste wieder. »Oh, ich weiß nicht ...«

»Mittagessen!«, schrie eine Jungenstimme von unten.

»Das ist Josh.« Neely schien sich bestens auszukennen. »Weil es immer noch keinen Strom gibt, hat Joe bei *Kentucky Fried Chicken* was zu essen besorgt. Komm, ich bin am Verhungern.« Sie rannte zur Tür hinaus, blieb aber plötzlich stehen und warf einen Blick zurück. »Oh ... brauchst du Hilfe auf der Treppe? Ich kann warten ... oder Joe Bescheid sagen.«

Alex schüttelte den Kopf. Es war ein verführerischer Gedanke, sich wieder von Joe tragen zu lassen, aber ... »Ich schaffe das allein.«

Neely verschwand, und Alex schminkte sich ein wenig und bürstete ihre Haare zu einem losen Pferdeschwanz, den sie im Nacken mit einer Silberspange zusammenfasste. Abgesehen von den Kopfschmerzen, gegen die das Aspirin bald helfen müsste, und einem Gefühl von Lethargie ging es ihr ganz gut. Trotzdem hielt sie sich vorsichtshalber am Geländer fest, als sie die Treppe hinabging. Es roch nach Essen, und sie stellte überrascht fest, dass sie etwas Appetit verspürte. Seit dem Tod ihres Vaters hatte sie weder Geruch noch Geschmack von Speisen wahrgenommen. Sie aß nur, weil es notwendig war, und sie musste sich jedes Mal regelrecht dazu zwingen. Ebenso war es mit dem Schlaf. Sie brauchte die Schlaftabletten, um ihren Kummer wenigstens für einige Stunden zu vergessen.

»Hallo! Guten Morgen!« Joe schaute vom Fuß der

Treppe zu ihr auf. Er trug Turnschuhe, Jeans und ein verblichenes, graublau kariertes Flanellhemd. Außerdem hatte er sich rasiert und ohne Bartstoppeln kamen seine markanten Gesichtszüge noch besser zur Geltung. Mit einem charmanten Grinsen fügte er hinzu: »Besser gesagt – guten Tag! Ich dachte, dass Sie vielleicht Hilfe benötigen.«

Alex lächelte ihm zu und staunte über die Anziehungskraft, die der Mann auf sie ausübte. Gestern um diese Zeit hatte sie ihn als Feind empfunden. Jetzt war er ein Freund. Nein, korrigierte sie sich selbst: mehr als ein Freund. Sie hatte eine Menge Freunde – oder, besser gesagt, gute Bekannte –, aber die begehrte sie nicht! »Danke, mir geht es viel besser. Jedenfalls kann ich mich wieder auf den Beinen halten. Wie spät ist es eigentlich?«

»Fast eins. Hungrig?«

»Ein wenig.« Seltsamerweise war das nicht gelogen. Als sie die unterste Stufe erreichte, war sein Kopf auf gleicher Höhe mit ihrem, was sie daran erinnerte, wie groß er war. »Danke für alles, was Sie letzte Nacht für mich getan haben.«

»Gern geschehen.« Ihre Blicke trafen sich, und Alex glaubte in seinen Augen das gleiche Verlangen zu lesen, das ihr selbst so zu schaffen machte.

»He, Dad, wenn du dich nicht beeilst, fangen wir ohne dich an!«, rief eine Jungenstimme aus der Küche.

»Wir kommen«, rief Joe zurück und fügte an Alex gewandt hinzu: »Los, sonst bleibt für uns nichts übrig.«

Er ließ ihr höflich den Vortritt und sie war sich bei jedem Schritt seiner Nähe bewusst. In der Küche herrschte reges Getriebe: Ein Mann in den Sechzigern mit weißen Haaren, groß und drahtig, in khakifarbener Hose mit perfekter Bügelfalte und blauem Hemd, stellte zwei Platten Huhn auf den Tisch. Ihm folgten Jenny mit einer großen Schüssel Kartoffelbrei und Josh mit einer Schüssel Mais.

Neely, die im Haushalt sonst keinen Finger rührte, stand am Spülbecken und warf Eiswürfel in hohe Gläser. Alex begriff den ungewöhnlichen Eifer ihrer kleinen Schwester, als sie sah, dass Eli ihr die Gläser abnahm und zum Tisch brachte. In Jeans, weißem T-Shirt und loser Trainingsjacke sah der Teenager mit seinen langen schwarzen Haaren wirklich so verführerisch aus, dass er jedes Mädchenherz schneller schlagen lassen konnte. Auch Josh und Jenny trugen Jeans, der Junge mit einem Flanellhemd, das Mädchen mit einem viel zu großen Sweater, der früher einem ihrer Brüder gehört haben musste.

»Oh, sie ist ja auf!« Der ältere Mann sah Alex als Erster auf der Schwelle stehen und ging ihr lächelnd entgegen, während die Kinder sich mit einem ›Hi!‹ begnügten. »Ich freue mich, Sie kennen zu lernen, Miss Haywood. Ich habe heute Morgen schon eine Menge über Sie gehört. Darf ich mich vorstellen – Cary Welch.«

»Mein Dad«, erklärte Joe. Alex fragte sich, was der Mann wohl gehört haben mochte und ob es Joe gewesen war, der ihn informiert hatte.

»Bitte nennen Sie mich Alex.« Sie streckte Joes Vater die Hand entgegen und er drückte sie kräftig.

»Einverstanden ... Alex, Sie haben offenbar eine aufregende Nacht in Whistledown hinter sich!« Er zwinkerte ihr vergnügt zu, und sie sah, dass er die gleichen aquamarinfarbenen Augen wie Joe und dessen Söhne hatte. Nur Jennys Augen waren hellbraun – passend zur Haarfarbe und vermutlich von ihrer Mutter geerbt.

»Es war großartig«, rief Eli, bevor Alex etwas sagen konnte. »Wir sind so lange aufgeblieben, dass wir heute Morgen nicht einmal in die Kirche zu gehen brauchten.« Er stellte das letzte Glas auf den Tisch.

Joe schob Alex in die Küche und versetzte seinem Sohn grinsend eine leichte Kopfnuss. »Hast du vergessen, dass du gern in die Kirche gehst?«

»So gern wie zum Zahnarzt«, knurrte Eli.

»Heather war bestimmt traurig, weil du nicht da warst«, zog Jenny ihren großen Bruder auf, während sie Cola-Dosen neben die Gläser stellte.

»Wer ist Heather?«, fragte Neely wie ein Unschuldsengel.

»Elis Freundin. Er ist ja-so-in-sie-ver-liebt«, erläuterte Josh mit betont gedehnten Silben.

»Halt die Klappe, du Depp!«, knurrte Eli wütend.

Joe schaltete sich rasch ein. »Kommt, wir wollen essen. Alex, dort drüben neben Ihrer Schwester ist ein Platz für Sie frei.«

Alle setzten sich an den großen Tisch. Überrascht stellte Alex fest, dass in dieser Familie ein Tischgebet gesprochen wurde. Sie hätte nicht gedacht, dass Joe großen Wert auf solche Dinge wie den sonntäglichen Kirchgang oder Tischgebete legen würde, aber offenbar nahm er seine Verantwortung als allein erziehender Vater sehr ernst. Es war Josh sichtlich peinlich, in Gegenwart von Neely fromme Worte über die Lippen bringen zu müssen. Er schnitt eine Grimasse und warf ihr einen verlegenen Blick zu, bevor er improvisierte: »Gutes Essen, gute Getränke, guter Gott, lass uns in Frieden essen. Amen.«

»Josh!«, rief Joe seinen Sohn scharf zur Ordnung.

Der Teenager bekam einen roten Kopf und schaute wieder zu Neely hinüber. »Okay, okay … *Herr, wir danken dir für alle Gaben, die wir empfangen haben. Amen.*«

»Besser«, kommentierte Joe. Platten und Schüsseln wurden herumgereicht und alle ließen es sich schmecken. Alex hatte für Fastfood normalerweise nur Verachtung übrig, doch Huhn und Beilagen waren erstaunlich gut, und zum ersten Mal seit Wochen aß sie nicht rein automatisch, sondern mit einem gewissen Genuss.

»Können wir jetzt eine Runde mit deinem Mofa drehen?«, erkundigte Neely sich nach dem Essen bei Eli.

Eli warf seinem Vater einen fragenden Blick zu.

»Klar«, antwortete Joe. »Sobald die Arbeit erledigt ist.«

»Welche Arbeit?«, wollte Neely wissen.

Eli schnitt eine Grimasse. »Geschirr spülen! Müssen wir heute leider von Hand machen, weil immer noch kein Strom da ist. Sonst läuft das bei uns so ab: Ich stelle das Geschirr in die Maschine, Josh holt es raus, Jen poliert Gläser und Besteck. Dad ist der Koch.« Grinsend fügte er hinzu: »Ruffles – unser Hund – frisst alle Reste auf. Opa darf machen, was er will.«

»Wenn du so alt bist wie ich, darfst du auch machen, was du willst«, sagte Cary Welch. »Ich seh jetzt mal nach Victory Dance. Falls du mich brauchen solltest, Joe – ich bin drüben im Stall.«

Joe nickte und schaute zu Alex hinüber. »Hätten Sie Lust zu einem kleinen Ausflug nach Whistledown?«

»Nichts dagegen.« Alex stellte staunend fest, dass ihre Schwester sich daran beteiligte, den Tisch abzuräumen. *Es gibt doch noch Wunder im Leben,* dachte sie. »Neely, wir fahren kurz nach Whistledown.«

Das Mädchen winkte ihr nur über die Schulter hinweg zu. »Viel Spaß.«

»Sie brauchen einen Mantel«, sagte Joe, schnappte sich ein Kleidungsstück von der Garderobe neben der Hintertür und legte es ihr um die Schultern. Während Alex gehorsam in die Ärmel schlüpfte, stellte sie fest, dass es eine alte grüne Armeejacke war, die von der Größe her nur ihm gehören konnte. Er selbst zog den blauen Parka an, in dem sie ihn zum ersten Mal gesehen hatte. Damals war er ihr grimmig und unfreundlich vorgekommen. Sie lächelte inwendig. *Das war erst gestern!* Kaum vorstellbar, wie viel sich in einem einzigen Tag verändern konnte …

Die Sonne strahlte vom Himmel, doch das Unwetter hatte seine Spuren hinterlassen: riesige Pfützen auf dem Hinterhof, abgerissene Zweige, eine rotbraune Schlammschicht auf dem schwarzen Asphalt der Auffahrt, platt gedrücktes Gras … Die Luft war kalt und roch nach nasser Erde.

»Haben Sie etwas dagegen, in einem Transporter zu fahren?«, fragte Joe und deutete auf ein zerbeultes blaues Vehikel, das vor seinem Vorratsschuppen stand. Weil der Geländewagen, mit dem sie letzte Nacht unterwegs gewesen waren (erst jetzt sah sie, dass es ein dunkelgrüner Chevy Blazer war), direkt daneben geparkt war, vermutete Alex, dass es einen guten Grund geben musste, weshalb er jetzt den Transporter bevorzugte.

»Warum sollte ich etwas dagegen haben?«, fragte sie. »Ich liebe Lieferwagen.«

»Tatsächlich?«, grinste Joe. »Wahrscheinlich so, wie ich Debütantinnenbälle liebe! Kommen Sie, Prinzessin! Ich möchte Futter in meinen Pferdestall bringen, bevor wir uns in Whistledown umschauen.«

17

»Ich muss Sie etwas fragen«, sagte Alex, während sie Joe in den Stall folgte. Er trug einen Hundert-Pfund-Sack Zuckermais so mühelos auf einer Schulter, als wäre es ein Laib Brot. Kein Wunder, dass es dem Mann keine Probleme bereitet hatte, sie zu tragen! Er schleppte vermutlich jeden Tag solche Lasten herum.

Joe hob die Brauen, die genauso dicht und schwarz wie seine Haare waren.

»Wo haben Sie dieses Ding her?« Sie zupfte an seinem Ärmel.

Er grinste und bekam dabei Augenfältchen. »Mein Parka? Gefällt er Ihnen etwa nicht?«

»Er ist ein bisschen … äh … grell. Ein ziemlich ausgefallenes, leuchtendes Blau.« Und das Kleidungsstück ließ seinen ohnehin schon sehr muskulösen Oberkörper noch imposanter erscheinen.

Sie hatten inzwischen den Stall betreten. Es roch nach Pferden und Heu. Ganz hinten führte Cary Welch gerade Victory Dance aus seiner Box.

»Das ist UK-Blau, wobei UK die Abkürzung für *University of Kentucky Wildcats* ist. Diese Jacke beflügelt mich.« Seine Augen funkelten amüsiert, während er die Tür einer Vorratskammer neben seinem Büro öffnete und den Sack dort abstellte. Dann brüllte er: »Mein Dad dort drüben ist leider ein Fan von UL!«

Cary Welch drehte sich nach ihnen um und winkte. »Wart das Spiel ab, dann werden wir ja sehen, wer gewinnt!«

Joe schloss lachend die Tür der Vorratskammer und verriegelte sie.

»Ich vermute, dass hier von Basketball die Rede ist«, bemerkte Alex trocken.

»University of Kentucky gegen University of Louisville. Alte Rivalen. Das große Spiel findet nächsten Samstag statt. Ich würde Ihnen ja gern raten, es sich anzuschauen, aber bis dahin sind Sie längst wieder zu Hause in Philadelphia, und ich wage zu bezweifeln, dass es im dortigen Fernsehen übertragen wird.«

»Ja …« Es versetzte Alex einen Stich, an die Rückkehr nach Philadelphia erinnert zu werden, und sie wusste auch, warum das der Fall war: Diese Sache mit Joe – das erregende Prickeln sexueller Anziehungskraft – würde ein abruptes Ende finden. Morgen würde sie im Flugzeug sitzen und ihn wahrscheinlich nie mehr sehen …

»He, Joe, komm mal kurz her!«, rief Cary. »Ich möchte, dass du dir Vickys Huf anschaust.«

Joe ging auf seinen Vater zu und Alex folgte ihm. Die

meisten Boxen waren leer, und sie vermutete, dass die Pferde bei dem schönen Wetter auf einer Koppel sein durften. Ihre hohen Absätze sanken in den dicken Teppich aus Sägemehl ein und instinktiv suchte sie Halt an Joes Arm. Er lächelte auf sie herab.

»Stöckelschuhe und Pferdeställe passen nicht zusammen«, kommentierte er trocken.

»Sie sagen es.«

Der große Hengst, über dessen Magerkeit sie sich gestern so aufgeregt hatte, war verständlicherweise über Nacht nicht schöner geworden. Er sah sie mit seinen feuchten braunen Augen an, und Alex hätte schwören können, dass er sie erkannte, denn er schnaubte leise und stupste ihren Oberarm mit dem Kopf an.

»Hier, geben Sie ihm das.« Joe reichte ihr ein Pfefferminzbonbon. Sie wickelte es aus dem Zellophan und hielt es dem Pferd auf offener Handfläche hin. Victory Dance nahm den Leckerbissen mit weichen Lippen entgegen und kaute genüsslich. Alex streichelte seinen Kopf, während Joe und Cary sich eingehend mit seinem rechten Vorderhuf beschäftigten, ihn abklopften und diskutierten, wie man ihn behandeln sollte.

»Na, was halten Sie von ihm, Alex?«, fragte Cary, nachdem sie fertig waren und Victory Dance wieder auf vier Beinen stand.

»Er sieht so aus, als könnte er ein paar zusätzliche Mahlzeiten und jede Menge Vitamine gebrauchen. Oder wenigstens Dutzende von Pfefferminzbonbons.«

Joe lachte. Cary schüttelte den Kopf. »Junge Dame, das ist ein Champion. Lach nicht, Junge! Wenn ich mich in diesem Fall irren sollte, werde ich für den Rest meines Lebens keine Prophezeiungen mehr abgeben.«

»Das Seltsame ist, dass er sich hervorragend mit Pferden auskennt und fast immer Recht behält«, sagte Joe, als Alex und er den Stall verließen und zum Lieferwagen gingen. Kies war für hohe Absätze genauso ungeeignet wie Sägemehl und sie hielt sich wieder an seinem Ellbogen fest. »Deshalb habe ich Vicky trotz seines kümmerlichen Aussehens gekauft. Er gehört übrigens mir persönlich, nicht der Whistledown Farm.«

Eine leichte Schärfe in seiner Stimme verriet Alex, dass er den bevorstehenden Verkauf der Farm noch nicht ganz verdaut hatte.

»Es tut mir wirklich Leid«, sagte sie, während er ihr die Beifahrertür öffnete. »Ich meine … dass ich Ihnen diese schlechten Neuigkeiten überbringen musste. Glauben Sie mir, die Situation ist auch für mich nicht angenehm.«

Joe entspannte sich wieder und lächelte schwach. »Das kann ich mir vorstellen.«

Alex stieg ein, er schlug die Tür zu, ging um den Wagen herum, setzte sich ans Steuer und fuhr los. »Erzählen Sie mir, wie man aufwächst, wenn der Vater ein Milliardär ist«, forderte er sie auf.

Alex lehnte ihren Kopf an das blaue Vinylpolster und schaute zu ihm hinüber. »So lustig, wie Sie es sich vermutlich vorstellen, war es gar nicht. Als ich klein war, hatte ich jede Menge Spielzeuge, und als ich älter wurde jede Menge Kleider und Unterricht in allem, was man sich nur vorstellen kann: Tennis, Golf, Skifahren, Tanzen, Klavierspielen … Wir besaßen eine Menge riesiger Häuser mit Scharen von Dienstboten, und sobald ich alt genug war, konnte ich reisen, wohin ich wollte. Eine Zeit lang macht das natürlich Spaß, aber irgendwann stellt man doch fest, dass es im Leben wichtigere Dinge als Kleider und Reisen gibt. Ich habe zwar noch nie erlebt, wie es ist, *nicht* reich zu sein, aber ich glaube nicht, dass ich es unerträglich finden werde.«

»Man gewöhnt sich daran«, lachte Joe. »Sind Sie zur Schule gegangen?«

»Natürlich. Besser gesagt – ich war in Internaten. Zuerst in Shipley, dann im *Pensionat de la Chassotte* in der Schweiz, dann in Le Rosey. Reiche Kids werden immer in Internate gesteckt, damit sie ihren Eltern nicht zur Last fallen.«

Joe warf ihr einen durchdringenden Blick zu. »Wo ist Ihre Mutter? Lebt sie noch?«

Alex nickte. »Sie hat meinen Vater sogar noch übertroffen und ist beim *siebenten* Ehemann angelangt. Lebt in Australien. Wir haben nicht viel Kontakt, obwohl sie hin und wieder anruft. Zum einen behagt es ihr nicht, eine erwachsene Tochter zu haben, weil sie sich dadurch alt fühlt. Und zum anderen kann sie Neely nicht ausstehen. Nein, das ist falsch ausgedrückt, denn sie hat Neely nie zu Gesicht bekommen. Aber sie hasst die bloße *Vorstellung,* dass es dieses Mädchen gibt.«

»Warum?«

»Meine Mutter war die zweite Frau meines Vaters, Neelys Mutter die dritte. Meine Mutter beschuldigt Neelys Mutter auch heute noch, ihr den Ehemann gestohlen zu haben. Sie scheint nicht zu begreifen, dass diese Ehe von vornherein zum Scheitern verurteilt war. Mein Vater stand auf schöne junge Frauen, und wenn sie nicht mehr so schön und jung waren, sagte er wie Heinrich VIII.: *Kopf ab!* Natürlich nur im übertragenen Sinn.«

Joe sah sie neugierig an. »Und wo haben Sie die Sommer- und Weihnachtsferien verbracht? Bei Ihrem Vater oder bei Ihrer Mutter?«.

»Mal hier, mal dort. Manchmal wurde ich zu Schulfreundinnen eingeladen. Oder ich war in einem unserer Häuser, aber meine Eltern waren selten zu Hause. Meistens hat das Personal sich um mich gekümmert.«

»Hört sich ein bisschen einsam an.«

»So schlimm war das nicht – ich war ganz gern allein. Und später habe ich alle Ferien mit Neely verbracht. Ihre

Mutter starb, als sie sechs Jahre alt war, und die folgenden Frauen meines Vaters hatten kein Interesse daran, sich mit einem kleinen Mädchen zu beschäftigen. Es waren, milde ausgedrückt, nicht gerade mütterliche Typen.«

»Ich habe Ihre letzte Stiefmutter gesehen und gebe gern zu, dass sie auf mich keinen mütterlichen Eindruck machte.«

Alex lächelte. »Nein, die Mutterrolle liegt Mercedes nicht, aber wir kommen sehr gut miteinander aus, wenn wir uns sehen. Mit Neely versteht sie sich allerdings überhaupt nicht, weil sie nicht begreift, dass dieses Mädchen einem störrischen Esel gleicht, der sich nicht von der Stelle rührt, wenn man ihn antreibt.«

»Und was haben Sie gemacht, seit Sie die Internate hinter sich hatten und erwachsen waren? Oder reisen reiche Erbinnen nur in der Welt herum und genießen das Leben?«

»Wollen Sie mich beleidigen?«

Joe lachte. »Entschuldigung – meine Erfahrung mit Töchtern von Milliardären ist ziemlich begrenzt.«

Alex warf ihm einen skeptischen Seitenblick zu. »Ich bin Fotografin – eine sehr gute Fotografin, wenn ich das von mir selbst sagen darf. Kennen Sie die großen Bildbände, die bei manchen Leuten auf Wohnzimmertischen herumliegen? Solche Aufnahmen mache ich. Das wird nicht besonders gut bezahlt, aber bis jetzt brauchte ich mich darum nie zu kümmern.«

»Und Ihr Verlobter nagte vermutlich auch nicht gerade am Hungertuch?« Joe fuhr schon die Auffahrt nach Whistledown entlang.

Alex schnaubte spöttisch. Erstaunlicherweise tat es kaum noch weh, an Paul zu denken. Sie kam schneller über den Verlust hinweg, als sie jemals für möglich gehalten hätte – und der Grund war ihr klar: die sexuelle

Anziehungskraft, die Joe auf sie ausübte. »Er ist erfolgreich in seinem Beruf, aber ein richtiges Vermögen besaß er nicht. Das hat sich jetzt natürlich geändert, denn Tara Gould – das Mädchen, das er geheiratet hat – ist die Tochter eines sehr reichen Mannes. Zumindest in dieser einen Hinsicht dürfte die Pleite meines Vaters also auch ihr Gutes haben. Es hätte mir nicht behagt, nur wegen meines Geldes geheiratet worden zu sein, wenn ich irgendwann dahinter gekommen wäre.«

Joe schenkte ihr ein schiefes Lächeln. »Warum sollten Sie sich mit so etwas begnügen? Sie sind eine schöne Frau, intelligent und charmant. Ein bisschen herrschsüchtig, aber vielleicht lag das teilweise auch an mir.«

Alex lachte. »Danke für die Komplimente und für Ihre Einsicht.«

Whistledown lag vor ihnen, und unwillkürlich schaute sie zum Balkon hinauf, während Joe vor dem Haus parkte. Ein kalter Schauer lief ihr über den Rücken. Dort oben, zwischen den beiden großen Fenstern auf der rechten Seite, hatte sie den Mann gesehen, dessen dunkle Silhouette sich von den weißen Steinen abhob. Jetzt war der Balkon leer.

»Alles okay?« Joe stieg aus, und Alex nahm ihren ganzen Mut zusammen, stieg ebenfalls aus und folgte ihm die Treppe hinauf. Bei jedem Schritt musste sie dabei gegen die Schrecken der vergangenen Nacht ankämpfen.

»Ich habe das ganze Haus gründlich durchsucht, zuerst allein, dann zusammen mit Ihrer Schwester. Soweit ich das beurteilen kann, wurde nichts gestohlen und es deutet auch nichts auf einen Brand hin«, sagte Joe beruhigend, schloss die Tür auf und wollte ihr höflich den Vortritt lassen.

Alex blieb auf der Schwelle zögernd stehen. Eine Mauer aus Angst ragte vor ihr empor und hinderte sie daran einzutreten. Doch dann schaute sie Joe an: Er war groß, stark und absolut zuverlässig. Er würde sie beschützen …

Sie betrat das Haus.

Ohne Elektrizität wirkte es dunkel und gespenstisch, aber das lag natürlich nur daran, dass die schweren Vorhänge geschlossen waren, redete Alex sich gut zu. Es herrschte eine Totenstille, so als hielte das Haus den Atem an. Hatte es auf sie gewartet? Wieder lief ihr ein kalter Schauer über den Rücken, und sie musste sich auf die Unterlippe beißen, um nicht laut dagegen zu protestieren, dass Joe die Haustür schloss.

In allen Ecken schienen Schatten zu lauern, die sich auf sie stürzen wollten.

»Sorgen wir erst einmal für etwas Licht.« Joes tiefe Stimme vertrieb die düsteren Visionen. Er ging in den Salon und öffnete die Vorhänge. Alex, die ihm dicht auf den Fersen geblieben war – sie wollte ihn nicht einmal für Sekunden aus den Augen verlieren –, atmete erleichtert auf. Sobald Sonne in den Raum flutete, änderte sich die Atmosphäre und sie fühlte sich nicht mehr so bedroht. Trotzdem wich sie nicht von Joes Seite, als er von einem Zimmer ins andere ging und die Vorhänge zurückzog.

In der Küche verweilte sie etwas länger. Die Wände waren mit hellgrün gestrichenem Holz getäfelt, die Einbauschränke von Hand bemalt, die Arbeitsplatten aus grünem Granit, die Bodenfliesen aus mattem Terracotta. Nachdem ihr Vater Whistledown gekauft hatte, war die Küche – wie das übrige Haus – nach seinen Vorstellungen neu gestaltet worden, ausgestattet mit den neuesten technischen Errungenschaften, doch mit altmodischem Flair. Alex bewunderte seinen Geschmack und musste zugeben, dass der Raum sehr gemütlich war. Aber auch hier glaubte sie eine düstere Unterströmung wahrzunehmen.

»Sind Sie bereit, nach oben zu gehen?« Joe stand neben der Küchentür, die zur schmalen Hintertreppe führte. Bei der bloßen Vorstellung, einen Fuß in den ersten Stock zu setzen, brach Alex der Angstschweiß aus, und sie musste sich wieder daran erinnern, dass ihr in Joes Begleitung nichts passieren konnte.

»Ja-a-a-a …« Widerwillig stieg sie vor ihm die Treppe hinauf.

»Wenn Sie letzte Nacht wirklich dachten, ein Fremder sei ins Haus eingedrungen, war es vielleicht nicht das Klügste, was Sie machen konnten, aus dem Bett zu springen und ihn zu verfolgen«, sagte Joe. Alex hörte leichte Kritik aus seinem Ton heraus und drehte sich auf der steilen Treppe nach ihm um. Obwohl er zwei Stufen unter ihr stand, befand sein Kopf sich auf gleicher Höhe mit ihrem Kinn und seine breiten Schultern füllten das Stiegenhaus fast aus. Die Nähe dieser imposanten Gestalt war so tröstlich, dass sie ihm sogar den Tadel an ihrem Verhalten verzieh.

»Sie haben vermutlich Recht«, gab sie zu, »aber ich … ich dachte …«

»Ja?«

»Ich dachte, es könnte … es könnte mein Vater sein.«

»Ah!« Seine Stimme klang so verständnisvoll, dass Alex ihm dankbar zulächelte, bevor sie die restlichen Stufen hinter sich brachte.

Der Korridor sah noch genauso wie am Vortag aus – cremefarbene Wände, weiß gestrichene Türrahmen, glänzende Mahagonitüren, roter Läufer auf dem dunklen Holzboden, eine Konsole, darüber ein großer Spiegel, daneben – wie Joe gesagt hatte – auf Holzpodesten zwei Bronzestatuen irgendwelcher mythischer Göttinnen. Jemand – entweder Joe oder Neely – hatte die heruntergefallene Statue wieder aufgestellt. Alex versuchte sich an die Sekunden vor ihrem Sturz zu erinnern. Sie wusste noch, dass sie gestolpert war – wahrscheinlich über den Läufer, dessen weiße Fransen fast bis zu ihrer Schlafzimmertür reichten. Sie glaubte, in letzter Sekunde nach einem Halt gegriffen und Stoff gefühlt zu haben. War das eine der Damastdecken auf den Podesten gewesen? Hatte sie dadurch die Statue umgeworfen, die auf ihrem Kopf gelandet war?

Es war gespenstisch, auf diesem Korridor zu stehen. Sie spürte den wuchtigen Schlag und sie hörte die Atemzüge des Unbekannten: ein, aus, ein, aus …

»Um Himmels willen, nicht in Panik geraten!« Joe packte sie an den Oberarmen und drehte sie zu sich herum. Erst jetzt wurde Alex bewusst, dass sie die Atemzüge des Fremden imitiert hatte. Gott sei Dank, dass Joe bei ihr war! Ohne ihn könnte sie das alles nicht ertragen. Sie schaute ihm tief in die Augen, die dunkler zu werden schienen, und er hielt sie noch etwas fester.

Ein Geräusch ließ sie beide zusammenfahren. Es war kein lautes Geräusch, nur ein dumpfer Laut, doch in einem mutmaßlich leeren Haus dürfte es überhaupt keine Geräusche geben. Ein eisiger Schauer lief Alex über den Rücken und sie grub ihre Finger ins Nylon von Joes blauem Parka. »Was war das?«, flüsterte sie entsetzt.

»Warten Sie hier.« Er ließ sie los und befreite sich sanft von ihren Händen. »Ich werde nachsehen.«

Sie sollte allein hier auf dem Korridor stehen?

»Nein!« Alex umklammerte seine große warme Hand, fest entschlossen, sie nicht loszulassen. Jemand war im Haus! Sie hatte also doch Recht gehabt.

Bumm! Das Geräusch kam eindeutig aus ihrem Schlafzimmer. Joe ging entschlossen auf die nur angelehnte Tür zu und zog sie hinter sich her.

Ihr Herz klopfte zum Zerspringen und sie rang mühsam nach Luft. »Vielleicht sollten wir schnell von hier verschwinden und die Polizei verständigen«, murmelte Alex ohne große Hoffnung, dass Joe auf sie hören würde.

»Pssst!« Er schlug gegen die Tür, die weit aufschwang. Alex sah sofort, dass das Zimmer leer war. Es gab nur zwei mögliche Verstecke: unter dem Bett und im Wandschrank.

Bumm! Sie riss die Augen weit auf. Das Geräusch wurde wirklich im Schrank verursacht. Joe riss seine Hand los, warf ihr einen strengen Blick zu, der besagte: *Bleiben Sie, wo Sie sind!* und stand mit vier großen Schritten vor dem Schrank. Ihr brach wieder kalter Angstschweiß aus. Wenn sich dort ein Mann versteckte, könnte er mit einer Pistole bewaffnet sein …

18

Wenn jetzt ein bewaffneter Einbrecher zum Vorschein kam, würde sie wegrennen. Sie würde laut schreien. Sie würde 911 anrufen.

Das Telefon funktionierte nicht, fiel ihr ein.

Joe öffnete die Schranktür, schaute hinein – und eine riesige getigerte Katze rieb sich plötzlich an seinen Beinen.

Alex und Joe starrten das Tier verblüfft an. Dann brach er in schallendes Gelächter aus, bückte sich und hob die Katze hoch, die sehr wohlgenährt aussah und annähernd zehn Kilo wiegen musste.

»Darf ich vorstellen – das ist Hannibal.« Joe streichelte das weiche Fell und wurde durch lautes Schnurren belohnt. »Ich habe keine Ahnung, wie er in den Schrank geraten ist, aber er scheint sich sehr zu freuen, uns zu sehen.«

»Hannibal?«, wiederholte Alex verwundert. »Ein seltsamer Name für eine Katze oder einen Kater!«

»Er ist ein hervorragender Mäusefänger«, erklärte Joe schmunzelnd. »Und Hannibal erinnert an *Kannibale.*«

»Lustig!«

Der Kater betrachtete Alex aus grünen Augenschlitzen, bewegte die Schwanzspitze und schnurrte. Zwischendurch holte er tief Luft, was ebenfalls deutlich zu hören war.

»Wo ist er hergekommen?« Sie erinnerte sich daran, in der vergangenen Nacht ihre Schuhe aus diesem Schrank geholt und die Tür wieder geschlossen zu haben. Hatte sie das Tier dabei ungewollt eingesperrt? Du lieber Himmel, waren es vielleicht Hannibals Atemzüge gewesen, die sie gehört hatte? Hatte sie einen *Kater* verfolgt? Und war er anschließend irgendwie in den Schrank geraten?

Auf gar keinen Fall würde sie diese Möglichkeit erwähnen. Sie wollte sich nicht unnötig lächerlich machen.

»Hannibal lebt hier in Whistledown – aber normalerweise nur in der Scheune. Er muss sich ins Haus eingeschlichen haben, als er gesehen hat, dass jemand hier ist.«

Alex streichelte den dicken Kopf des Katers, allerdings recht vorsichtig. Sie hatte als Kind nie Haustiere haben dürfen und kannte sich deshalb mit ihnen kaum aus. Dann fiel ihr Joes breites Grinsen auf, und sie ahnte sofort, dass er das Gleiche wie sie dachte.

»Für ein Gespenst ist er ziemlich kompakt, aber er würde einen hervorragenden Einbrecher abgeben – jedenfalls wenn Sie irgendwo ein Thunfischsandwich liegen lassen«, bemerkte er trocken.

»Sparen Sie sich Ihre Kommentare! Selbst wenn es der Kater gewesen sein sollte, den ich atmen hörte, erklärt das nicht die Gestalt auf dem Balkon.«

»Stimmt.« Joe bückte sich und setzte den Kater ab. Hoch erhobenen Schwanzes verließ Hannibal das

Schlafzimmer. »Kommen Sie, schauen wir uns den Balkon mal an.«

Der Balkon war leer. Es stand nichts darauf – keine Stühle, keine Hollywoodschaukel, keine Topfpflanzen. Nichts, was ein überreiztes Gehirn bei Dunkelheit für die Silhouette eines Mannes halten könnte. Von hier aus bot sich ein herrlicher Ausblick auf die Auffahrt, den Rasen, die Straße, Joes Haus und die liebliche Landschaft. Ans Geländer gelehnt, drehte Alex sich langsam um und betrachtete die Hauswand: keine Risse, keine Verfärbungen. Mit gerunzelter Stirn starrte sie auf den grau gestrichenen Holzboden hinab.

»Kein Ektoplasma?«, fragte Joe, der etwa einen Meter entfernt mit verschränkten Armen dastand und sie lächelnd beobachtete.

»Ich habe etwas gesehen«, beharrte Alex, fügte dann aber der Ehrlichkeit halber hinzu: »... glaube ich.«

»Schon gut, Honey, ich kenne das.« Trotz des Lächelns hörte seine Stimme sich mitfühlend an. »Wissen Sie, er hat oft von Ihnen gesprochen.«

»Mein Vater?«

»Ja. Wann immer er hier war. Eigentlich unterhielten wir uns hauptsächlich über Pferde und Landwirtschaft, aber er schweifte ständig ab und schwärmte mir von seiner Tochter vor. Ehrlich gesagt, hatte ich es ziemlich satt zu hören, wie schön und klug Sie sind und dass Sie eines Tages sein Unternehmen leiten würden. Im Geiste nannte ich Sie ›Prinzessin Alex‹ und hörte nur noch mit halbem Ohr hin, wenn mein Boss dieses Thema aufs Tapet brachte.«

»Oh, Daddy ...« Alex hatte Tränen in den Augen. »Er wollte, dass ich für ihn arbeite, und darüber haben wir oft gestritten ... Es tut mir so Leid, dass ich ihn im Stich gelassen habe ...« Ihre Stimme versagte.

»Keine Schuldgefühle! Ihr Vater war stolz auf Sie, weil

Sie Ihren eigenen Willen durchsetzten. Er sagte immer: ›Mein kleines Mädchen ist ein Dickkopf wie ich.‹«

Das hörte sich wirklich so nach ihrem Vater an, dass Alex lachen musste.

»Oh, Joe ...« Sie ging auf ihn zu, legte ihre Hände auf seine Oberarme und schaute flehentlich zu ihm auf. »Zeigen Sie mir, wo Sie ihn gefunden haben? Bitte! Bitte!«

Eine Viertelstunde später starrte Alex auf die Stelle, wo Joe den Leichnam ihres Vaters gefunden hatte, im Stall von Whistledown. Dort roch es nach Heu und war warm, doch ihr liefen eisige Schauer über den Rücken. Staubflocken tanzten in den Sonnenstrahlen, die durch das Glas der beiden Kuppeln einfielen. Die Pferde waren auf der Koppel, und abgesehen von einem Spatz, der auf einem Balken saß, war Alex mit Joe allein. Um sich zu wärmen, kreuzte sie die Arme vor der Brust, während er ihr widerwillig berichtete, was er damals vorgefunden hatte. Dabei beschränkte er sich absichtlich auf die wichtigsten Fakten, aber sie konnte sich die Szene trotzdem bildlich vorstellen und das verursachte ihr Übelkeit.

»Er hat nicht mehr getrunken«, murmelte sie unglücklich. »Er wusste, dass er ein Alkoholiker war, und hatte die Sucht überwunden. In den letzten zehn Jahren hat er keinen Tropfen mehr angerührt.«

»Alkoholiker werden sehr oft rückfällig«, sagte Joe, und sie erinnerte sich daran, dass er das Gleiche bei ihrem Gespräch in der Bibliothek geäußert hatte. Doch dieses Mal fuhr er fort: »Ich weiß das aus eigener Erfahrung. Auch mein Dad ist Alkoholiker. Er hat unzählige Male versprochen, das Trinken aufzugeben. Ich glaube nicht, dass er es jemals schaffen wird.«

»O Gott!« Es war tröstlich zu wissen, dass Joe ihre Gefühle verstand, aber Alex konnte sich einfach nicht mit den Tatsachen abfinden. »Ich glaube es nicht! Selbst wenn er wegen seiner geschäftlichen Probleme wieder angefangen hätte zu trinken, was ich für sehr unwahrscheinlich halte – umgebracht hätte er sich auf gar keinen Fall! Nein, er hätte niemals Selbstmord begangen!«

Sie starrte wieder auf den Boden, kniete plötzlich nieder und presste eine Hand auf die Stelle, wo er den Tod gefunden hatte. Unter ihren Fingern spürte sie nur weiche Sägespäne, sauber, trocken … Was hatte sie von ihrem Vater gewusst? Er war in ihrer Kindheit und Jugend eine überlebensgroße Gestalt gewesen, genauso allmächtig wie der Zauberer von Oz. Sie hatte ihn abgöttisch geliebt und doch später gegen ihn rebelliert, weil sie mehr sein wollte als nur die Tochter des Milliardärs Charles Haywood. Aus Protest hatte sie sich für ein College – Fordham – entschieden, das in seinen Augen nicht elitär genug war. Aus Protest war sie Fotografin geworden – ein Beruf, der in seinen Augen nur Zeitvergeudung war. Hatte sie vielleicht auch Paul hauptsächlich aus Protest heiraten wollen? Ihr Vater hatte Paul nicht gemocht …

Vor seinem Tod hatte Alex oft davon geträumt, dass sie und ihr Vater eines Tages viel Zeit miteinander verbringen würden – nicht nur Stunden oder Tage, sondern Wochen und Monate. Wenn er älter würde, hatte sie gedacht, würde er vielleicht nicht mehr ständig auf Reisen sein, nicht nur seine Geschäfte und schöne junge Frauen im Kopf haben. Wenn sie eigene Kinder hätte, würde er ihnen vielleicht ein liebevoller Großvater sein und auf diese Weise wettmachen, dass Alex selbst so wenig von ihm gehabt hatte. Es hätte ihm bestimmt gefallen, einen Enkel zu haben …

Tränen liefen Alex über die Wangen, als sie an diesen bisher nur in ihrer Fantasie vorhandenen Sohn dachte, den ihr Vater nie zu Gesicht bekommen würde. Im Sägemehl kniend, eine Hand auf der Stelle, wo sein Blut in den Boden gesickert war, weinte sie um ihn – um den Mann, der er gewesen war, um den Mann, den sie wider besseres Wissen in ihm sehen wollte, um den Mann, der vielleicht noch aus ihm geworden wäre. Trotz seiner Charakterschwächen hatte sie ihn geliebt.

Er war ihr Vater gewesen. Und jetzt war er tot.

Sie brach in wildes, völlig unkontrolliertes Schluchzen aus, das ihren ganzen Körper erschütterte.

»Kommen Sie.« Ein Arm schlang sich um ihre Taille, warm und kräftig. Blind vor Tränen, ließ Alex sich von diesem Arm hochziehen. Es war tröstlich, dass ein Mensch bei ihr war und sie festhielt. Sie lehnte sich an einen breiten Brustkorb, weinte und weinte …

Irgendwann versiegten ihre Tränen. »Entschuldigung … Tut mir Leid …«, schniefte sie beschämt, den Kopf an Joes Schulter, dicht unter seinem Kinn, beide Hände in seinen hässlichen Parka gekrallt. Er hatte seine Arme um sie gelegt und sie spürte seinen Atem an ihrem Ohr. »Bevor das passiert ist, habe ich nie geweint.«

»Weinen Sie ruhig, so viel Sie wollen«, murmelte Joe sanft. Sie war dankbar für seine Freundlichkeit, seine Stärke, seine bloße Gegenwart. In dieser Stunde der Schwäche brauchte sie jemanden, an den man sich anlehnen konnte. Bisher war immer sie die Starke gewesen, doch jetzt war sie dringend auf Hilfe angewiesen. »Jeder Mensch muss manchmal weinen«, fügte er hinzu.

»Nein, Weinen nützt nichts. Es bringt meinen Vater nicht zurück.« Alex hielt sich immer noch mit beiden Händen an seinem Parka fest.

»Das stimmt, aber vielleicht fühlen Sie sich danach etwas besser.«

Ich will mich nicht besser fühlen! Sie sagte es nicht, doch die Erkenntnis traf sie wie ein Blitz. Sich besser zu fühlen würde einem Verrat gleichkommen. Es würde bedeuten, dass sie sich mit seinem Tod abzufinden begann.

»Er war erst vierundsechzig. Selbst wenn er wusste, dass sein Unternehmen fast bankrott war, ergibt sein Selbstmord keinen Sinn. Er war eine Kämpfernatur. Ich begreife es einfach nicht! Warum? Warum?«

»Diese Frage kann ich Ihnen leider nicht beantworten.«

Alex stieß einen tiefen Seufzer aus. Ja, es war sinnlos, Fragen zu stellen, auf die es keine Antworten gab. Sie schaute zu Joe auf und wischte über die feuchten Tränenspuren auf seiner Jacke. »Danke«, flüsterte sie.

»Wofür?« Er hielt sie immer noch in den Armen. Obwohl er sich am Morgen rasiert hatte, wies sein eckiges Kinn schon erste dunkle Bartstoppeln auf. Seine Haut war sehr braun gebrannt, die Nase gerade und schmal, die Stirn hoch. Wimpern und Brauen waren genauso schwarz wie die Haare und bildeten einen reizvollen Kontrast zu den Augen, die sie an die Farbe des Ozeans in Strandnähe erinnerten. Er war attraktiv, sexy und verständnisvoll.

»Dass Sie so nett zu mir sind … zu mir und Neely … und das, nachdem ich …« Sie verstummte schuldbewusst.

»Nachdem Sie mich gefeuert haben?« In seiner Stimme schwang eine Spur von Humor mit.

Alex nickte.

»Machen Sie sich deswegen keine Sorgen. Mir wurde schon einmal gekündigt. Ich hab's überlebt, wie Sie sehen.«

»Wann war das? Und warum?« Alex fühlte sich nach dem Weinen erschöpft. Seine gedehnte südliche Sprechweise war beruhigend wie ein Wiegenlied, sein Körper herrlich warm. Sie wusste, dass es höchste Zeit war, sich aus seinen Armen zu lösen, zögerte den Augenblick aber hinaus. Sie brauchte den Trost körperlicher Nähe und wollte weiter seiner tiefen Stimme lauschen.

»Vielleicht erzähle ich es Ihnen irgendwann … Kommen Sie, kehren wir ins Haus zurück.« Er hörte sich plötzlich ein wenig heiser an, legte seine Hände um ihre Taille und schob sie von sich weg. »Alles okay?«, fragte er und meinte damit vermutlich, ob sie sich jetzt allein auf den Beinen halten konnte. Als Alex nickte, ließ er sie ganz los und vergrub seine Hände in den Taschen. Sie wischte sich mit einem Ärmel über die feuchten Augen und folgte ihm nach draußen.

Seite an Seite schlenderten sie gemächlich in Richtung der Villa. Die Luft war kalt und klar, die Spätnachmittagssonne strahlte vom Himmel. Vom Sturm der letzten Nacht war der Boden mit abgerissenen Zweigen und Blättern übersät. Über ihre Köpfe flog eine Schar Wildgänse in klassischer V-Formation hinweg. In der Ferne, hinter den Pferdekoppeln und hinter Joes Haus, waren zwischen den Bäumen zwei rote Mofas zu sehen – Eli und Neely saßen vermutlich auf dem einen Gefährt, Josh und Jenny auf dem anderen. Erstaunlich, wie gut Neely sich mit Joes Kindern verstand, obwohl ihr Hauptinteresse natürlich dem Ältesten galt! Alex konnte ihr keinen Vorwurf daraus machen – Eli war genauso sexy wie sein Vater …

»Wann reisen Sie ab?«, fragte Joe, als sie das Haus fast erreicht hatten.

Alex runzelte die Stirn. Es war ihr unangenehm, an die Abreise erinnert zu werden. Sie würde von Joe Abschied nehmen müssen, ohne herausgefunden zu haben, wie er im Bett war …

»Morgen am frühen Nachmittag. Für Neely werde ich noch ein Flugticket besorgen müssen, aber das dürfte keine Probleme bereiten.« Sie stieg die Stufen zur schmalen Veranda auf der Rückseite des Hauses hinauf.

»Ich werde Sie zum Flughafen fahren.«

»Danke.« Alex drehte sich nach ihm um. Auf seinem Parka war immer noch die feuchte Stelle von ihren Tränen zu erkennen.

»Nichts zu danken.« Seine Stimme war trocken, die Miene unergründlich.

Sie öffnete die Hintertür, durchquerte eine kleine Abstellkammer und betrat die Küche. Das Haus war so still wie zuvor, wirkte aber nicht mehr abschreckend. Oder achtete sie nur deshalb nicht auf die Atmosphäre, weil ihre ganze Aufmerksamkeit auf Joe konzentriert war?

Er blieb neben der Küchentür stehen und beobachtete sie.

»Setzen Sie sich doch.« Sie deutete auf zwei Barhocker vor der Anrichte. »Möchten Sie etwas trinken?« Alex öffnete den Kühlschrank, in dem es ohne Elektrizität dunkel war und nasskalt roch. »Der Milch traue ich nicht so recht, aber Sie können zwischen Diät-Coke und Orangensaft wählen.«

»Leitungswasser ist mir lieber.« Joe nahm auf einem der Barhocker Platz und öffnete den Reißverschluss seiner Jacke.

»Glauben Sie, dass wir bald wieder Strom haben werden?«, fragte Alex, während sie ein Glas aus dem Schrank holte und unter den Wasserhahn hielt.

Er zuckte mit den Schultern. »Wer weiß? Mit unserer Leitung werden nur wenige Haushalte versorgt, deshalb wird sie immer als Letzte repariert. Sollte das bis heute Abend nicht der Fall sein, können Sie und Ihre Schwester gern wieder bei uns übernachten.«

»Das ist sehr nett von Ihnen.« Alex gab ihm das Glas.

»Oh, *nett* ist sozusagen mein zweiter Vorname«, murmelte er mit einem Anflug von Sarkasmus, grinste selbstironisch und trank einen Schluck Wasser. Dabei schaute er sie über den Glasrand hinweg an. Ihr Puls beschleunigte sich, denn in seinen leicht verschleierten Augen stand mühsam beherrschte Leidenschaft geschrieben.

Er begehrte sie genauso wie sie ihn, aber es war ganz klar, dass er nicht beabsichtigte, etwas zu unternehmen.

Alex fasste einen mutigen Entschluss. Hieß es nicht immer, dass man am Ende des Lebens am meisten jene Dinge bereute, die man *nicht* getan hatte?

»Joe«, sagte sie heiser, näherte sich ihm, bis ihre Schenkel seine Knie berührten, und legte ihm beide Hände auf die Schultern. Sein Mund war sinnlich, mit vollen Lippen, die sie hungrig anstarrte.

»Hmmm?« Er stellte das Wasserglas ab und ballte eine Hand zur Faust. Ihre Blicke trafen sich, tauchten ineinander. Knisternde Spannung lag in der Luft. Dann beugte Alex sich vor und küsste diesen verführerischen Mund.

19

Es war ein zarter Kuss, bei dem ihre Lippen ohne jeden Druck über die seinen glitten. Sie hielt den Kopf ein wenig schräg und ihre Hände lagen auf Joes breiten Schultern.

Er stieß einen rauen Laut aus. Dann schoss seine Zunge in ihren Mund, seine Arme legten sich um ihre Taille und er zog sie zwischen seine gespreizten Beine. Seine Zunge war heiß, seine Lippen wurden hart und fordernd, als er die Führung übernahm. Alex glaubte in der Glut dieses Kusses zu zerschmelzen. Sie schlang die Arme um seinen Nacken, während er seine Hände um ihr Gesäß wölbte und sie noch enger an sich presste. Sie spürte seine Erektion an jener Stelle ihres Körpers, die am heftigsten nach ihm verlangte. Ihre Zunge ging begierig auf sein leidenschaftliches Werben ein. Er küsste sie mit wildem Hunger, eroberte ihren ganzen Mund und knetete gleichzeitig ihre Pobacken.

Mit weichen Knien riss sie sich von seinen Lippen los und holte tief Luft. Dann hauchte sie eine Reihe von Küssen auf sein unrasiertes Kinn und begann zärtlich an einem Ohrläppchen zu knabbern.

»Wart einen Moment.« Joe schob sie ein wenig von sich weg. Seine Stimme klang heiser und atemlos, seine Miene war eine seltsame Mischung aus Begierde und Misstrauen. »Was soll das werden?«

»Ein Kuss?«, schlug Alex vor und starrte wieder seinen Mund an.

»Nur ein Kuss?« Seine Finger gruben sich fast schmerzhaft in ihre Hüftknochen.

»Es kann alles werden, was du willst«, flüsterte sie und schaute ihm verheißungsvoll in die Augen. Sie war so scharf auf ihn, dass ihr Unterleib in Flammen zu stehen schien, und morgen würden sie sich trennen müssen. Warum sollte sie sich nicht nehmen, was sie wollte? Umso mehr, nachdem es eine Ewigkeit her war, dass sie überhaupt etwas gewollt hatte.

Joes Augen wurden dunkel und bekamen einen gefährlichen Glanz. Er zog scharf die Luft ein. »Ich will eine ganze Menge.«

»Ich auch.«

Langsam zog er sie wieder zwischen seine Beine und küsste ihren Mund, lockte ihre Zunge zwischen seine Lippen, saugte daran. Sein Mund war heiß und nass, die Wirkung auf Alex verheerend. Die Arme um seinen Hals geschlungen, erwiderte sie den Kuss, presste ihren Körper schamlos an seinen, rieb ihren Bauch an seiner Hose, die deutlich verriet, wie sehr er sie begehrte. Sie spürte die Hitze und Härte sogar durch die Jeans hindurch und glühte selbst vor Verlangen. Ihre Oberschenkel zitterten unkontrollierbar, während sie die warme Haut seines Hinterkopfs streichelte und mit den Fingern über das kurze schwarze Haar fuhr. Sein dicker Parka hinderte sie daran, ihm so nahe zu kommen, wie sie es sich wünschte, und auch die viel zu große Armeejacke, die sie trug, war ihr im Wege.

Um Abhilfe zu schaffen, musste sie sich von seinem Mund lösen. Er öffnete verwundert die Augen, in denen wilde Lust loderte, und beobachtete interessiert, wie sie langsam die Jacke aufknöpfte, aus den Ärmeln schlüpfte und das Kleidungsstück achtlos zu Boden fallen ließ.

»Nur weiter so«, murmelte Joe grinsend.

»Nein, jetzt bist du an der Reihe.« Alex zupfte auffordernd an seinem blauen Ärmel. Er nahm seine Hände von ihrem Gesäß und tat, wie ihm geheißen. Der Parka landete neben der Jacke auf dem Boden. Zufrieden strich sie mit den Fingern über sein Flanellhemd, ertastete die harten Muskeln unter dem weichen Stoff und presste zur selben Zeit ihren Unterleib an seine Jeans.

»Du bist wunderschön«, murmelte er heiser, packte sie bei der Taille, beugte sich vor und drückte seine Lippen auf ihre Brust. Es dauerte einige Sekunden, bis die feuchte Hitze seines Mundes durch ihren weichen Kaschmirpulli und den dünnen Seiden-BH drang, doch dann reagierte die Brustwarze, wurde sofort hart und schwoll an. Alex schnappte nach Luft, schloss die Augen, drückte seinen Kopf mit beiden Händen noch näher an sich und stand regungslos da, während er hingebungsvoll an der Brustwarze saugte und knabberte. Am liebsten hätte sie vor Genuss wie eine Katze geschnurrt. Doch als Joe seine Aufmerksamkeit der anderen Brustwarze zuwandte, stemmte sie sich von ihm ab und trat einen Schritt zurück.

»Komm zurück«, forderte er mit glühenden Augen und wollte nach ihr greifen.

Sie schüttelte den Kopf. »Warte.« Unter seinen Blicken zog sie den teuren Pullover aus und warf ihn achtlos zu den anderen Sachen auf dem Boden. Ihr BH war ein hauchdünnes weißes Gebilde aus Seide und Spitze, und die geschwollenen Brustwarzen zeichneten sich deutlich darunter ab, so als wollten sie ihrem engen Gefängnis entfliehen. Joe starrte ihre Brüste fasziniert an. Dunkle Röte schoss ihm in die Wangen und sein Atem ging schneller.

»Ein sehr reizvoller BH«, kommentierte er lächelnd. »Ziehst du ihn bitte für mich aus?«

Alex schüttelte wieder den Kopf »Diese Arbeit überlasse ich dir.«

Joe sprang so abrupt auf, dass der Barhocker umfiel, und riss sie in seine Arme. Alex schmiegte sich an den breiten Brustkorb. Sie liebte es, von diesen starken Armen gehalten zu werden. Sie liebte es, die Muskelpakete unter dem Flanell zu spüren. Sie liebte seine Größe, liebte die Art, wie er küsste und wie ihr Körper darauf reagierte ...

Sogar in den besten Zeiten mit Paul hatte sie ihn nie so begehrt wie diesen Mann, den sie kaum kannte.

Joe brach den Kuss plötzlich ab. »Fortsetzung folgt in der oberen Etage«, versprach er, hob sie hoch und trug sie aus der Küche in die Eingangshalle, die breite Treppe hinauf, durch den Korridor zu ihrem Schlafzimmer. Alex staunte wieder einmal über seine Kraft – er hatte keine einzige Schweißperle auf der Stirn. Sie hielt seinen Nacken umklammert, hauchte heiße Küsse auf seine Kinnpartie und Wange, knabberte erneut an seinem Ohrläppchen und schob ihre Zunge in die Ohrmuschel. Im Schlafzimmer angelangt, schloss Joe die Tür mit seinem Stiefel und schaute auf Alex herab.

»Ich will dich … Ich bin verrückt nach dir«, flüsterte er mit belegter Stimme.

»Dann nimm mich.«

Mit einem Laut, der sich wie eine Mischung aus Stöhnen und Knurren anhörte, legte er sie auf das Bett. Die Wäsche verströmte denselben schwachen Blumenduft wie vergangene Nacht, doch bevor Bilder jener schrecklichen Ereignisse in ihr aufsteigen konnten, warf Joe sich auf sie, voll bekleidet und schwer wie ein riesiger Sack mit nassem Zement. Ihr Körper wurde tief in die Matratze gedrückt, als er sie mit einem Hunger küsste, der ihr jeden klaren Gedanken raubte.

Das Einzige, woran sie noch denken konnte, war Joe und die Gefühle, die er in ihr weckte.

Er küsste ihren Mund, ihren Hals, ihre Schultern, ihre Ohren. Sein raues Kinn kratzte ein wenig auf ihrer zarten Haut, doch sogar das war erregend. Seine Hände wölbten sich um ihre Brüste, streichelten sie durch den BH hindurch. Seine Daumen rieben die ohnehin schon harten Brustwarzen. Dann ließ er seinen Mund den Händen folgen und saugte an den prallen Knospen.

Instinktiv spreizte Alex die Beine, die immer noch in der Khakihose steckten, und nun spürte sie seine gewaltige Erektion zwischen ihren Schenkeln, was ein schier unerträgliches Prickeln auslöste. Plötzlich befreite er sie von seinem Gewicht, legte sich neben sie und schob eine Hand unter ihren Nacken, um ihren Kopf in die richtige Position für seinen Mund zu bringen. Die andere Hand glitt liebkosend über ihre Rippen und machte sich sodann am Verschluss der Hose zu schaffen. Er öffnete den Knopf am Bund, zog den Reißverschluss auf. Das leise Geräusch, das dabei verursacht wurde, kam Alex unglaublich erotisch vor.

Ihr war schwindelig von seinen leidenschaftlichen Küssen. Seine Finger schoben sich unter den offenen

Reißverschluss, arbeiteten sich zum Spitzenslip vor, fanden das Dreieck krauser Haare, streichelten es und setzten sich wieder in Bewegung, hinab zu ihrem Lustzentrum. Sie stöhnte in seinen Mund, konnte die herrliche Folter kaum noch ertragen. Endlich – endlich! – erreichte seine Hand jene Öffnung, die förmlich nach ihm schrie. Zwei Finger glitten in die nasse Höhle, während der Daumen weiterhin ihren Kitzler rieb. Alex bebte am ganzen Leibe, dieser kundigen Hand hilflos ausgesetzt, die sich in einem langsamen Rhythmus bewegte. Sie zerrte an seinem Hemd, konnte in ihrem Sinnenrausch jedoch die Knöpfe nicht finden. Dabei wünschte sie sich nichts sehnlicher, als dass er nackt wäre und sie in Besitz nehmen würde. In ihrem ganzen Leben hatte sie sich nichts so sehr gewünscht.

Plötzlich zog Joe seine Hand aus ihrer Hose zurück und löste sich auch von ihren Lippen. Als sie frustriert die Lider öffnete, sah sie, dass er sie – auf einen Ellbogen gestützt – betrachtete. Seine Augen hatten einen fiebrigen Glanz, sein Gesicht war gerötet. Seine Blicke verweilten auf ihrem Mund, der heiß und nass von seinen Küssen war, schweiften tiefer, über ihren halb nackten Körper, der nach seinen Berührungen lechzte. Schließlich schaute er ihr tief in die Augen.

»Bitte«, wimmerte Alex. Sie zitterte vor ungestillter Begierde, konnte sich nicht daran erinnern, jemals so geglüht zu haben. Wenn er sie nicht bald nahm, würde sie bestimmt sterben …

»Was – bitte?«, fragte der Schuft scheinheilig und legte eine Hand auf ihre Brüste. Die feuchte, dünne Seide bot ihren Brustwarzen keinerlei Schutz vor seinen reibenden Fingern. Wie von allein wölbten ihre Hüften sich ihm entgegen.

»Schlaf bitte mit mir!« Sie war selbst erstaunt, diese Worte über die Lippen zu bringen. Obwohl sie weder prüde noch eine Jungfrau war, verstieß es gegen ihren Stolz, um Sex zu betteln, und das auch noch bei einem Mann, den sie erst seit einem Tag kannte. Sie hätte nie für möglich gehalten, dass ihr so etwas passieren könnte.

»Zuerst musst du deinen BH ausziehen«, verlangte Joe.

Alex gehorchte, setzte sich auf und fummelte mit zittrigen Fingern am Verschluss herum, wie hypnotisiert von dem Wissen, dass er jede Bewegung beobachtete. Als die Träger von ihren Schultern glitten, schaute sie an sich herab und versuchte ihre nackten Brüste mit seinen Augen zu sehen. Sie hatten die Größe von Orangen, waren rund und straff, mit seidiger weißer Haut und rosigen Warzen, die jetzt prall abstanden.

Joe betrachtete ihre Brüste, berührte sie jedoch nicht. Er sprang aus dem Bett und ragte wie ein Turm über ihr empor. Ohne sie aus den Augen zu lassen, warf er die zerknüllten Decken auf den Boden. »Zieh jetzt die Hose aus!«

»Joe ...«, flehte Alex. Sie wollte ihn so sehr und er ließ sie warten.

»Tu's!«

Sie musste zuerst die Stiefel ausziehen. Dann zerrte sie an den Hosenbeinen. Das Wissen, dass er sie beobachtete, dass er ihr Befehle erteilte, war so erotisch, dass Alex wie Espenlaub zitterte. Sie ließ die Hose neben die Stiefel auf den Boden fallen, schaute auf und sah, dass er ihren Körper mit hungrigen Blicken verschlang. Außer einem winzigen weißen Bikinislip hatte sie nichts mehr am Leibe.

»Den auch noch«, kommandierte Joe unerbittlich.

Sie rang nach Atem, während ihre Finger die dünne Spitze von den Hüftknochen nach unten schoben. Die krausen aschbraunen Haare kamen zum Vorschein, die er zwar schon gestreichelt, aber bisher nicht gesehen hatte. Langsam streifte sie den Slip vollends ab.

Splitternackt saß sie in der Mitte des Bettes und sah

erwartungsvoll zu ihm auf. Er zog sich jetzt auch aus, hastig, mit ruckartigen Bewegungen, die Augen dunkel vor Leidenschaft. Ohne sein Hemd aufzuknöpfen, zog er es sich über den Kopf, und Alex konnte den nackten Oberkörper mit der dichten schwarzen Brustbehaarung und den breiten Schultern bewundern, während er seine Stiefel auszog, den Jeansreißverschluss öffnete und die Hose zusammen mit schlichten weißen Jockeyshorts ablegte. Er war nackt noch attraktiver als in bekleidetem Zustand – atemberaubend attraktiv! Viel schwarze Haare, viele harte Muskeln, gebräunte Haut – und ein riesiger Speer, der rechtwinklig vom Körper abstand und beredtes Zeugnis von Joes Begierde ablegte.

Er stieg zu ihr ins Bett, und sie streckte sich zitternd aus und schloss die Augen, als er sich auf sie legte. Er war heiß, schwer, und Alex genoss die Reibung und den Druck, den sein Körper auf ihre Brüste, ihren Bauch und ihre Schenkel ausübte. Sofort spreizte sie weit die Beine und wölbte sich ihm entgegen, eine eindeutige Aufforderung, sie endlich in Besitz zu nehmen. Sie brauchte ihn so sehr …

Doch Joe spannte sie weiter auf die Folter. Er packte ihre Handgelenke, zog ihr die Arme über den Kopf und hielt sie dort fest. Dann senkte er den Kopf, und sein Mund schloss sich um eine steinharte Brustwarze, saugte daran, rieb sie mit seiner rauen Zunge.

Alex stöhnte. Er ließ der anderen Brustwarze die gleiche Behandlung zukommen. Sie stöhnte wieder.

Sein Körper lastete schwer auf ihr. Seine Beine fühlten sich zwischen ihren bebenden Schenkeln sehr hart und heiß an. Genauso hart und heiß waren seine Brust und der flache Bauch. Sie spürte ihn mit allen Nervenenden, die sie besaß, spürte ihn überall – nur nicht dort, wo sie ihn am meisten brauchte! Sein mächtiges Glied kam immer noch nicht zum Einsatz.

Das macht er absichtlich, dachte sie erbittert. Er spielte mit ihr, steigerte ihre Erregung ins Unerträgliche, hielt sie hin … Der Schuft weidete sich wohl an ihren Qualen!

Wieder wölbte sie ihm ihre Hüften entgegen – ein stummes Flehen, ihr die Befriedigung nicht länger zu versagen.

Er hob den Kopf. »Alex, sieh mich an!«

Sie öffnete gehorsam die Augen.

»Sag mir, was du willst!«

»Dich!«, flüsterte sie.

Seine Augen waren so dunkel wie Gebirgsseen. Sein Mund war leicht geöffnet. Er atmete schwer, laut. Winzige Schweißperlen traten ihm auf die Stirn. »Mich? Wo?«

Sein heißer Speer pulsierte zwischen ihren Schenkeln, berührte die feuchten Falten ihres Lustzentrums, setzte sie in Brand, ohne die Glut zu löschen.

»Wo willst du mich haben?«, beharrte Joe.

»In … in mir!«, keuchte Alex.

»Ah!« Er hatte endlich Erbarmen und schob sein Glied in ihre nasse Grotte, langsam, ganz langsam, unerträglich langsam … Es war sehr groß, sehr dick, sehr steif. Sie nahm es begierig auf und spannte ihre Muskeln an, um es noch intensiver zu spüren. Endlich füllte es ihre Höhle vollständig aus, bewegte sich darin.

Alex stieß einen gebrochenen Schrei aus.

20

Später, *viel* später bewegte Alex sich schlaftrunken. Sie lag auf der Seite, den Rücken an einen warmen Männerkörper geschmiegt. Ein harter Arm war besitzergreifend um ihre Taille geschlungen. Sie spürte, wie ein breiter Brustkorb sich hob und senkte, hörte dicht an ihrem Ohr gleichmäßige Atemzüge. Sie fühlte sich leicht benommen, hatte schwere Glieder. Ihr Geist war noch nicht richtig wach, aber ihr Körper machte ihr klar, dass er angenehm müde und völlig zufrieden war. Vage Erinnerungen stellten sich ein: Sie hatte einen herrlichen Fick hinter sich …

Ihre Bewegung musste den Mann geweckt haben, denn die schwere Hand, die soeben noch auf ihrem Bauch gelegen hatte, glitt in die Höhe und wölbte sich um eine Brust.

Alex lächelte, ohne die Augen zu öffnen. »Oh, Paul«, murmelte sie heiser. »Paul, Darling, das war sooo gut!«

Die Hand auf ihrer Brust stellte abrupt alle Liebkosungen ein. Der Arm auf ihren Rippen erstarrte. Der Männerkörper hinter ihr versteifte sich merklich.

Alex begriff schlagartig, was sie angerichtet hatte, und riss entsetzt die Augen auf. »O Gott!« Sie rollte auf den Rücken. Der Mann setzte sich schon auf. Für einen Moment trafen sich ihre Blicke. Große erschrockene blaue Augen schauten in schmale aquamarinfarbene Augenschlitze.

»Den falschen Namen erwischt«, knurrte er und sprang aus dem Bett.

Sie setzte sich auf. »Oh, Joe, es tut mir Leid! Es war doch nur, weil … ich habe noch halb geschlafen und …«

»Kein Problem. Freut mich, dass ich einspringen konnte.«

Sein Ton war hart, kalt. Er kleidete sich rasch an.

Sie beobachtete, wie er in Unterhose und Jeans schlüpfte, und versuchte zu retten, was noch zu retten war. »Joe, ich schwöre dir, dass es sich nur um einen dummen Versprecher handelte«, stammelte sie verlegen. »Ich bin so daran gewöhnt gewesen, mit Paul zu schlafen … Als ich neben einem Mann wach wurde, nahm ich natürlich an, es sei Paul … Aber, wie schon gesagt, es war sooo gut … Der Sex, meine ich … Ich fühle mich jetzt sehr viel besser …«

Joe zog sich das Flanellhemd über den Kopf, schob seine Arme in die Ärmel, bückte sich, um seine Stiefel anzuziehen, und schaute zu ihr hinüber. Seine Augen funkelten vor Wut, seine Lippen bildeten eine schmale gerade Linie.

»Honey, wenn dir das nächste Mal nach einer kleinen Sextherapie zu Mute ist, lass mich dabei bitte aus dem Spiel, okay?«

»Jo-oe«, schrie Alex verzweifelt, als er ihr den Rücken zukehrte und mit großen Schritten zur Tür ging.

»Ich warte in der Küche auf dich«, rief er über die Schulter hinweg und verließ das Zimmer.

Alex blieb wie gelähmt auf dem Bett sitzen, während die Ereignisse der letzten Stunden wie ein Film vor ihrem geistigen Auge abliefen. Sie hatten dreimal miteinander geschlafen! Nachdem Joe ihr einen ersten atemberaubenden Orgasmus beschert hatte, war ihr kaum Zeit zur Erholung geblieben, denn schon nach wenigen Minuten hatte er sich auf den Rücken gerollt und sie zu einem Ritt herausgefordert, während er mit ihren Brüsten gespielt und sie nicht aus den Augen gelassen hatte. Sie glaubte anfangs nicht, dass sie so schnell nach dem ersten Höhepunkt wieder kommen würde, aber er hatte es meisterhaft verstanden, sie an den richtigen Stellen zu stimulieren, und sie war gekommen und danach erschöpft auf seine Brust gesunken. Als sie etwas später auf dem Bauch lag und fast am Einschlafen war, hatte Joe einen Arm unter ihre Taille geschoben und sie angehoben, bis sie auf dem Bett kniete und sich mit den Händen auf der Matratze abstützte. Dann war er von hinten in sie eingedrungen, mit langsamen, kraftvollen Stößen. Zwischendurch küsste er ihren Nacken, fuhr mit der Zunge an ihrer Wirbelsäule entlang und knetete ihre Pobacken. Sie hatte einen dritten fantastischen Orgasmus erlebt, der ihr die letzten Kräfte geraubt hatte, und danach wie eine Tote geschlafen. Wie lange dieser tiefe Schlaf gedauert hatte, wusste sie nicht, aber seine Auswirkungen waren katastrophal … Kein Wunder, dass ein Mann zutiefst verletzt war, wenn seine Liebesgespielin beim Aufwachen den Namen eines anderen Mannes murmelte!

Dabei war es wirklich der beste Sex ihres Lebens gewesen. Das musste sie Joe unbedingt sagen. Vielleicht würde er ihr dann verzeihen.

Mit einer Grimasse stand Alex auf und sammelte ihre Kleidungsstücke zusammen. Ihr fiel ein, dass der Kaschmirpulli in der Küche zurückgeblieben war, und eine leichte Schamröte schoss ihr in die Wangen. Sie stopfte Slip, BH und Khakihose in einen Sack für Schmutzwäsche und ging ins Bad. Es war schwierig, im Dunkeln zu hantieren, aber sie verspürte das dringende Bedürfnis nach einer Dusche, weil ihre Haut sich verschwitzt anfühlte und nach einer Mischung aus Schweiß, Sperma und ihren eigenen Körpersäften roch. Das Wasser war ziemlich kalt, weil der große Boiler mit Strom betrieben wurde. Sie wusch sich fröstelnd in einer Rekordzeit von drei Minuten, und nicht viel länger brauchte sie, um frische Kleidungsstücke aus ihrem Koffer zu nehmen und anzuziehen – einen weißen Sweater und eine hellgraue Kordsamthose. Dann schlüpfte sie in ihre Stiefel und bürstete ihre Haare mit größter Vorsicht, um die Wunde nicht zu berühren. Zuletzt trug sie mit einer Fingerspitze etwas Lipgloss auf, bevor sie den schweren Weg nach Canossa antrat.

Joe wartete wie versprochen in der Küche. Er lehnte an der Anrichte, trank Diät-Coke aus der Dose und sah jetzt eher nachdenklich als verärgert aus. Alex näherte sich ihm mit einem reuigen Lächeln auf den Lippen und küsste ihn auf die Wange. Er ließ es zu, reagierte aber nicht darauf, und sein Blick verriet, dass noch viel Arbeit vor ihr lag, um den entstandenen Schaden zu reparieren.

Sie legte ihm eine Hand auf den Arm. »Joe, es tut mir wahnsinnig Leid.«

»Du brauchst dich nicht zu entschuldigen.« Seine Stimme war tonlos, die Miene unergründlich. Er entfernte sich von ihr und goss einen Rest Coke in den Abfluss. Seine Augen hatten einen erschreckend kalten Glanz.

Alex versuchte ihr Glück mit einem leisen Lachen. »Weißt du, dein Benehmen ist wirklich lächerlich, Joe. Ich habe dir doch erklärt, wie es dazu kam, dass ich Pauls Namen gesagt habe.«

»Natürlich. So ein Irrtum kann jedem passieren«, sagte er trocken und zerdrückte die leere Dose mit einer Hand.

»Aber außer dem Namen stimmte alles, was ich gesagt habe.« Sie schenkte ihm ein verführerisches Lächeln. »Der Sex war ganz toll. Fantastisch. Der beste Sex meines Lebens.«

»Ja, ich fand ihn auch gut.« Joe warf die Dose in den Mülleimer. »Komm, ich bringe dich jetzt in mein Haus zurück. In einer Stunde wird es dunkel sein und auf mich wartet noch sehr viel Arbeit.«

»Wenn du so grantig bist, begleite ich dich nicht«, drohte sie halb scherzhaft.

»Wie du willst. Dann bleibst du eben allein in diesem dunklen Haus. Solltest du wieder Gespenster sehen, kannst du ja immer noch schreiend den Hügel hinabrennen.«

Alex runzelte die Stirn. »Das war wirklich keine sehr nette Bemerkung.«

»He, Prinzessin, die Wahrheit tut manchmal eben weh.«

Allmählich geriet Alex in Wut. »Wenn du dich über

Wahrheiten unterhalten möchtest, sollten wir vielleicht auf einen Mann zu sprechen kommen, der krankhaft empfindlich ist und einen unschuldigen Versprecher total überbewertet.«

Joe lächelte, aber ohne eine Spur von Humor. »Wir könnten auch auf eine Frau zu sprechen kommen, die so viele Liebhaber hat, dass sie sich ihre Namen nicht merken kann.«

Alex knirschte mit den Zähnen. »Ich bleibe hier.«

»Wie schon gesagt – ich habe nichts dagegen.« Er ging auf die Tür zu, blieb stehen und drehte sich nach Alex um. »Du hast ja nicht einmal eine Taschenlampe. Such zusammen, was du und deine Schwester für die Nacht braucht, aber beeil dich bitte. Ich lasse dich nicht hier zurück.«

Sie funkelte ihn zornig an. »Ich weiß nicht, wie du auf die Idee kommst, mir Befehle erteilen zu können.«

»Vorhin hat es dir ganz gut gefallen, Befehle zu erhalten«, sagte er anzüglich, und Alex bekam einen hochroten Kopf, als sie an jene Befehle dachte. *Zieh deinen BH aus! Zieh deine Hose aus! Zieh den Slip aus!*

»Verschwinde aus meinem Haus!«, fauchte sie.

»Such deine Sachen zusammen!«

»Den Teufel werde ich tun.«

»Wie du willst.« Er kam mit grimmiger Miene auf sie zu, und sie erriet, was er vorhatte: sie wie ein Möbelstück aus dem Haus zu tragen und in seinen Wagen zu verfrachten. Sie wirbelte auf dem Absatz herum und flüchtete. Alle Schlafzimmertüren hatten Schlösser …

Joe war ihr dicht auf den Fersen, als sie die Eingangshalle erreichte, aber sie schlug einen Haken und konnte ihm auf die Treppe entkommen. Als sie auf halber Höhe war, flog die Haustür plötzlich ohne jede Vorwarnung auf. Joe stand noch am Fuß der Treppe und drehte sich schnell um. Auch Alex blieb stehen und stieß einen erleichterten Seufzer aus, als Neely die Halle betrat, gefolgt von Eli.

»Da seid ihr ja!«, rief Neely und schaute neugierig zu Alex hinauf. Eli streifte sie hingegen nur mit einem flüchtigen Blick und wandte sich dann an seinen Vater.

»Als du nicht rechtzeitig zurück warst, um die Pferde zu versorgen, hielt ich es für geraten, dich zu suchen«, erklärte Eli.

Joe lächelte seinem Sohn zu. »Dachtest du, ich sei verloren gegangen? Miss Haywood wollte gerade ein paar Sachen holen, damit sie und Neely wieder bei uns übernachten können, denn es sieht nicht danach aus, als würde die Stromversorgung heute Abend wieder funktionieren.«

»Au ja!« Neely sah Eli mit leuchtenden Augen an.

»Nein, wir werden in einem Hotel übernachten.« Alex kam die Treppe hinunter und bedachte Joe mit einem scheinheiligen Lächeln. »Ich möchte Ihre Gastfreundschaft nicht ein zweites Mal in Anspruch nehmen, so nett ich das Angebot auch finde.« In Gegenwart der beiden Teenager zog sie es vor, ihn wieder zu siezen.

»In einem Hotel?« Joe hörte sich so an, als würde er jeden Moment in höhnisches Gelächter ausbrechen. »Ich befürchte, dass wir hier keine Vier- oder Fünf-Sterne-Hotels haben.«

»Auf der Fahrt ins Krankenhaus habe ich gestern Nacht ein Hotel gesehen«, beharrte Alex auf ihrem Willen, nur um ihn zu ärgern.

»Wie bitte?« Einen Augenblick lang starrte er sie verblüfft an. Dann begannen seine Augen belustigt zu funkeln. »Oh, Sie meinen vermutlich das *Dixie Inn.*«

»Stimmt, so hieß es.«

»Nun, wenn Sie nicht von unserer Gastfreundschaft Gebrauch machen wollen, werden Sie wirklich dort übernachten müssen.«

»Aber, Dad ...«, protestierte Eli leise.

»Alex, ich will nicht in ein Hotel!« Neelys Stimme war wesentlich lauter.

»Pech für dich, meine Liebe! Wir werden uns trotzdem dort einquartieren.«

»Je länger ich darüber nachdenke, desto vernünftiger kommt Ihre Idee mir vor«, warf Joe ein. »Im *Dixie Inn* gibt es Strom – und du hast morgen Schule, mein Sohn, und solltest nicht so spät wie gestern zu Bett gehen.«

»Dad!«, stöhnte Eli.

»Alex ...«, flehte Neely.

»Ende der Debatte!«, rief Joe. Es wunderte Alex nicht, dass der Junge keinen Widerspruch mehr wagte. Schließlich war er daran gewöhnt, von seinem Vater herumkommandiert zu werden. Umso erstaunlicher fand sie es, dass auch ihre aufsässige kleine Schwester verstummte, nachdem sie zuerst Alex und dann Joe nachdenklich angesehen hatte.

Eine Stunde später fuhren Alex und Neely mit dem weißen Mercedes auf der U.S. 60 in Richtung Shelbyville. Die Dunkelheit war schon hereingebrochen und ihnen kam unterwegs nur ein einziges Auto entgegen. Alex blendete die Scheinwerfer auf, um in der Finsternis eine bessere Sicht zu haben. Ein Glück, dass es wenigstens nicht regnete.

»Na, wie war er?«, fragte Neely, während sie im Autoradio nach einem Sender suchte, der ihr zusagte.

Alex warf ihr einen misstrauischen Seitenblick zu. »Was?«

Neely grinste. »Ich habe gefragt, wie er war.«

Alex hoffte, dass es ihr halbwegs gelang, eine verständnislose Miene aufzusetzen. »Ich habe keine Ahnung, was du meinst.«

»Na komm, Schwesterherz. Ich meine natürlich sexy

Daddy. Du hast es mit ihm getrieben, das weiß ich genau.«

»Neely ...« Alex stieß einen verzweifelten Seufzer über die Ausdrucksweise ihrer Schwester aus. »Ich habe nicht die geringste Ahnung, wovon du sprichst«, wiederholte sie energisch.

»Also, gut. Du brauchst es mir natürlich nicht zu erzählen, aber dann erfährst du von mir auch nichts über Eli.«

Alex sah sie entsetzt an. »Neely, du hast doch nicht ...«

Das Mädchen lachte nur.

Während Alex noch überlegte, ob ihre boshafte Schwester ihr nur einen Schreck einjagen wollte – sie befürchtete, dass das nicht der Fall war –, erreichten sie das *Dixie Inn*. Es war ein einstöckiges Gebäude, eher ein Motel als ein Hotel, wie Alex auf den ersten Blick feststellte. U-förmig umgaben die langen, niedrigen Bauten einen rechteckigen Hof, der als Parkplatz diente. Alex erinnerte sich an Joes Belustigung, als sie gesagt hatte, dass sie hier übernachten wolle, und machte sich auf eine primitive Ausstattung gefasst. An einem Ende war ein verglastes Restaurant zu sehen, das offenbar auch als Rezeption diente. Darauf steuerten die Schwestern zu, nachdem Alex den Mercedes geparkt hatte. Die Zimmer wurden noch geputzt. Eine Mexikanerin in schmutziger grauer Uniform schob einen Wäschekarren von einer Tür zur anderen und ein Mann fegte die Räume mit einem großen Besen aus.

»An deiner Stelle würde ich die Haare lose ins Gesicht fallen lassen, bevor wir hineingehen«, riet Neely ernst.

»Warum?«, fragte Alex verwundert. Durch die dicke Glastür konnte sie einen Mann in weißem Hemd hinter dem Empfangspult sitzen sehen.

»Weil du einen Knutschfleck hast.« Neely berührte eine Stelle dicht unter Alex' Ohr. »Genau hier.«

Entsetzt griff Alex sich an den Hals und bedeckte den Fleck mit ihrer Hand, eine rein instinktive Reaktion, denn Neely hatte ihn ja schon gesehen …

Neely brach in schallendes Gelächter aus. »Reingefallen, Schwesterherz! Du hast es also doch mit sexy Daddy getrieben! Ich wusste es ja.«

Alex ließ ihre Hand sinken. Es gab gar keinen Knutschfleck! »Neely, du bist ein Satansbraten«, sagte sie ziemlich giftig und zog die Tür auf.

Neely lachte immer noch, als sie das Motel betraten.

21

Es war fast Mitternacht. Joe saß an seinem Küchentisch und füllte beim Schein einer Laterne Rechnungsformulare aus. Er war zur gewohnten Zeit ins Bett gegangen, hatte aber nicht einschlafen können, obwohl er sehr müde war – so müde, dass seine Augen brannten.

Natürlich kannte er den Grund für seine Schlaflosigkeit: Alexandra Haywood. Charles Haywoods kleine Prinzessin war wirklich so bezaubernd, wie er sie immer geschildert hatte. Und dabei kannte er als Vater natürlich längst nicht *alle* Talente seiner Tochter.

Der Sex mit ihr war atemberaubend gewesen. Auch für sie. Das hatte er gewusst, noch bevor sie es ihm gesagt hatte. *Der beste Sex meines Lebens.* Er hatte ihre Stimme noch im Ohr, und die Erinnerung an ihre Worte genügte, um sein Glied anschwellen zu lassen.

Verdammt! Verdammt!

Aber was war eigentlich sein Problem? Das fragte Joe sich an diesem Abend schon zum dutzendsten Mal. Er hatte fantastischen Sex gehabt, mit einer der begehrenswertesten Frauen, die ihm je über den Weg gelaufen waren. Warum sollte es ihm viel ausmachen, dass sie ihn beim Aufwachen mit dem Namen ihres Exverlobten angeredet hatte? Nein, so kindisch konnte er doch gar nicht sein! Auch nicht so eifersüchtig.

Aber es *machte* ihm sehr zu schaffen, so absurd das auch sein mochte. Er war gereizt zu seinen Kindern gewesen, was ihm selten passierte. Er hatte keine Geduld mit den Pferden gehabt, was ihm genauso selten passierte. Er hatte seinen Vater grob angefahren. Und er hatte nicht einschlafen können.

Und an all dem trug Alex die Schuld! Joe gestand es sich nur sehr ungern ein, aber er kannte auch den Grund für seine heftige Reaktion.

Er hatte sich in Alex verknallt!

Als er sie beim Begräbnis ihres Vaters zum ersten Mal gesehen hatte, war er sofort beeindruckt von ihrer Schönheit gewesen. Dann war sie unerwartet in seinem Stall aufgetaucht und er hatte sie für ein kaltschnäuziges Luder gehalten. Später, in der Bibliothek von Whistledown, hatte sie ihm Leid getan.

Wenn es damit geendet hätte, wäre alles in Ordnung gewesen. Dass eine schöne, bisher vom Schicksal verwöhnte Frau, die zurzeit viel Schlimmes durchmachen musste, in Männern den Beschützereffekt weckte, war schließlich ganz normal. Er hätte trotzdem sehr schnell keinen Gedanken mehr an sie verloren.

Doch dann hatte sie mitten in der Nacht bei ihm Hilfe gesucht und von Einbrechern und Gespenstern fantasiert und von da an waren die Ereignisse seiner Kontrolle entglitten.

Die gemeinsame heiße Dusche war vielleicht sein größter Fehler gewesen. Von diesem Moment an hatte er sie leidenschaftlich begehrt und gespürt, dass es ihr genauso ging. Aber er hatte sich heldenhaft beherrscht, ebenso wie heute im Pferdestall von Whistledown, als sie verzweifelt in seinen Armen geschluchzt hatte. Für diese Selbstbeherrschung hätte er eigentlich eine Medaille verdient! Er wusste, dass es auf lange Sicht vernünftiger war, die Hände von Alex zu lassen, und er hatte sich geschworen, ihrer Anziehungskraft nicht zu erliegen. Doch dann hatte sie in der Küche die Initiative ergriffen und ihn geküsst und ihre heißen, weichen Lippen hatten ihn alle guten Vorsätze vergessen lassen.

Gab es nicht ein Sprichwort: *Liebe geht durch den Magen?* Nun, wer auch immer das behauptet hatte, war einem gewaltigen Irrtum erlegen. Liebe führte bei Männern durch ihren Schwanz, und wer das nicht begriff, hatte keine Ahnung vom angeblich starken Geschlecht!

Alex war schön auf eine Weise, die ihm besonders gefiel – schlank, mit straffen Brüsten, die weder zu klein noch zu groß waren. Er liebte Blondinen und ihr Haar hatte einen silbrigen Schimmer. Vielleicht hatte ein guter Friseur dabei etwas nachgeholfen, doch die aschfarbenen Schamhaare bewiesen, dass es sich allenfalls um eine Tönung handelte. Er liebte auch kühne Frauen, die keine Angst davor hatten, ihm in die Augen zu schauen, während sie sagten, dass er sich zum Teufel scheren müsse.

Am allermeisten liebte er Frauen, die Männer liebten und das im Bett zeigten.

In dieser Beziehung war Alex einsame Spitze!

Er war so scharf auf sie gewesen, dass er sie dreimal in Besitz genommen hatte und es ein viertes Mal getan hätte, wenn ihr nicht der Name ihres letzten Liebhabers entschlüpft wäre.

Sogar jetzt konnte er sich nicht auf seine Arbeit konzentrieren, weil er ständig ihren nackten Körper vor Augen hatte.

Nackt und bettelnd.

Wo willst du mich haben?

In … in mir …

Verdammte Scheiße! Seine Erektion bereitete ihm mittlerweile körperliches Unbehagen. Trotzdem konnte er sich das Weib nicht aus dem Kopf schlagen.

Nackt.

Sie hatte sich unter ihm gewunden wie ein Fisch am Angelhaken, bis er ihr stummes Flehen endlich erhört hatte.

Hör damit auf, befahl er sich streng. Wenn er nicht sehr aufpasste, würde er wie ein Schoßhündchen mit hängender Zunge hinter Prinzessin Alex herlaufen, und das lag nicht in seiner Absicht. Er wollte nie wieder so verrückt nach einer Frau sein – am allerwenigsten nach einer Frau, die ihn benutzt hatte, um über den Verlust ihres Verlobten hinwegzukommen, die sich nur kurze Zeit hier aufhielt, die zu allem anderen Übel auch noch sein Boss war – jedenfalls während der dreißig Tage Kündigungsfrist, die sie ihm großmütig eingeräumt hatte!

Als heißblütiger Teenager war er einmal so verrückt nach einem Mädchen gewesen, so verliebt, dass er alle Ratschläge in den Wind geschlagen und es geheiratet hatte. Seine Ehe wurde ein einziger Albtraum. Laura war seine erste große Liebe gewesen, die Mutter seiner Kinder – aber sie hatte ihn nach Strich und Faden betrogen, mit jedem halbwegs ansehnlichen Mann geschlafen, der ihr zufällig über den Weg gelaufen war. Dem nicht genug – sie hatte getrunken, Drogen genommen und sich auf Partys amüsiert und das alles war ihr wichtiger gewesen als ihr Mann und ihre kleinen Kinder. Schließlich hatte sie sich einfach aus dem Staub gemacht und ihre Familie im Stich gelassen.

Seit diesen Erfahrungen mit Laura hatte Joe eine hohe Mauer um sein Herz errichtet und sich geschworen, dass keine Frau diese Schutzmauer jemals niederreißen würde.

Das bedeutete nicht, dass er zum Weiberfeind geworden war und auf Sex verzichtete. Aber die Frauen, mit denen er sich einließ, wussten genau, dass es bei einer unverbindlichen Liaison bleiben würde. Ihm gefiel dieses Leben – seine Kinder und die Pferde standen im Mittelpunkt, Sex und Frauen spielten eine Nebenrolle.

Seine schlechte Laune war folglich seine eigene Schuld. Er hatte der Versuchung nicht widerstehen können, er hatte sich genommen, was er wollte, und jetzt musste er einen hohen Preis dafür bezahlen.

Ein Glück, dass Alex morgen abreiste und er sie vermutlich nie wieder sehen würde! Er weigerte sich darüber nachzudenken, warum die bloße Vorstellung einer endgültigen Trennung ihm so zuwider war.

»Dad?«

Joe zuckte schuldbewusst zusammen und drehte sich um, obwohl die Stimme ihm so vertraut wie seine eigene war: Eli. Sein ältester Sohn stand barfuß auf der Schwelle, trat dann aber zögernd näher. Dabei rieb er sich die Augen mit beiden Fäusten – eine Angewohnheit, die er schon als Kleinkind gehabt hatte, wenn er aufgewacht war.

Ein schwaches Lächeln huschte über Joes Gesicht, aber er zwang sich, seine Stimme streng klingen zu lassen. »Warum bist du nicht im Bett? Es ist nach Mitternacht und morgen hast du Schule.« Er war immer noch ein bisschen sauer auf Eli, der das schmutzige Mofa nach seiner Spritztour mit Neely einfach im Schuppen abgestellt hatte, aber ihm war auch klar, dass er unter normalen Umständen nur *Putz es morgen gründlich!* befohlen hätte. Stattdessen hatte er Eli angebrüllt.

»Ist alles okay?« Der Teenager legte Joe eine Hand auf die Schulter und warf einen besorgten Blick auf das

Scheckbuch und die diversen Rechnungen, die über den Küchentisch verstreut waren. Dabei fielen ihm seine langen Haare ins Gesicht und er schob sie ungeduldig hinter die Ohren.

Joe schaute mit gerunzelter Stirn zu Eli auf, der ihm so verblüffend ähnlich sah. Aus dem Jungen wurde sehr schnell ein Mann, dachte er unwillkürlich. »Was soll diese Frage? Natürlich ist alles okay.« Er hoffte von ganzem Herzen, dass Eli nicht bemerkt hatte, wie scharf er auf Alex war. Ein Kind – selbst wenn es fast schon ein Mann war – brauchte über das Sexualleben des Vaters nicht Bescheid zu wissen.

»Neely hat mir erzählt, dass du deinen Job verlierst. Sie sagte, ihre Schwester sei hergekommen, um es dir persönlich mitzuteilen.«

»Oh ...« Joe wusste nicht so recht, was er darauf erwidern sollte. »Nun ja ... Miss Haywood hat tatsächlich so etwas angekündigt.«

»Wenn es mit unseren Finanzen kritisch wird, könnte ich mir einen Job besorgen. Mit sechzehn bin ich alt genug.«

»Eli ...« Joe war gerührt und hätte seinen Ältesten am liebsten umarmt, aber er wusste aus eigener Erfahrung, dass Teenager solche Gesten nicht schätzten. Deshalb tätschelte er nur die Hand, die auf seiner Schulter lag. »Du brauchst dir keinen Job zu besorgen. Zwar werde ich höchstwahrscheinlich meinen Arbeitsplatz verlieren, weil auch die Haywoods große finanzielle Probleme haben, aber das geht nicht von einem Tag auf den anderen, weil ich einen Vertrag habe, der bis zum nächsten Dezember läuft. In der Zwischenzeit werde ich dafür sorgen, dass wir auch in Zukunft nicht am Hungertuch nagen. Glaub mir – du brauchst dir keine Sorgen zu machen. Und jetzt gehst du wieder zu Bett.«

»Und du? Gehst du auch schlafen?«, fragte Eli grinsend. »Weißt du, alte Männer brauchen besonders viel Schlaf und du bist nicht mehr der Jüngste!«

Joe gab ein Geräusch von sich, das wie eine Mischung aus Schnauben und Lachen klang. »Eli, wenn ich mir eine Glucke im eigenen Haus wünschte, könnte ich deinen Großvater hier einziehen lassen. Ja, mein Sohn, ich geh zu Bett, sobald ich hier fertig bin. Glaub mir – alles ist in bester Ordnung. Ab ins Bett mit dir!«

Eli verschwand, aber Joe saß noch lange am Tisch, ohne zu arbeiten. Seine Gedanken kreisten um Alex, die ihn angefleht hatte, sie in Besitz zu nehmen …

22

Als er Gelächter hörte, spitzte der Jäger die Ohren. Er sah sich um und entdeckte vor der Tür gleich zwei schöne Blondinen, die sich anschickten, das Motel zu betreten.

Er konnte sein Glück kaum fassen. Zwei schöne Blondinen hier, auf seinem eigenen Grund und Boden! Gott schien ihm hold zu sein.

Vielleicht – wenn Gott besonders gute Laune hatte, die Sterne für den Jäger günstig standen und all solcher Blödsinn –, vielleicht könnte er dann eine der Blondinen oder auch beide bei sich behalten. Cassandra hatte er ohnehin langsam satt. Sie lachte nicht mehr. Sie weinte nicht mehr. Sie schien sich nicht einmal mehr zu fürchten. Fast glich sie jetzt einer jener aufblasbaren lebensgroßen Puppen mit Vagina, die er in seiner Jugend ausprobiert hatte, die ihm aber keine Befriedigung verschaffen konnten. Ja, es war an der Zeit, Cassandra zu ersetzen.

Vielleicht könnte er das sogar noch heute Nacht tun, wenn die beiden hübschen Blondinen seinen Vorstellungen entsprachen. Er würde seine neuen Gespielinnen zuschauen lassen, wie Cassandra in Rauch und Flammen aufging, so wie sie zugeschaut hatte, wie ihr Freund Eric bei lebendigem Leibe verbrannte. Man musste den Mädchen von Anfang an zeigen, was sie erwartete, wenn sie nicht brav waren. Nach einer solchen Demonstration hatte er nie Schwierigkeiten mit ihnen. Meistens überschlugen sie sich sogar vor Eifer, um alles zu tun, was er befahl.

Doch Gott schien ihm heute Abend doch nicht so gewogen zu sein, wie er geglaubt hatte. Das wurde dem Jäger klar, als die beiden Blondinen ihre Namen auf die Formulare schrieben: Alexandra und Cornelia Haywood. Gott erlaubte sich auf seine Kosten einen Spaß von kosmischen Ausmaßen. Vergangene Nacht war der Jäger im Haus der Blondinen gewesen. Nach dem netten kleinen Intermezzo mit dem Hund hatte er Cassandra beglückt und war danach aus seiner geheimen unterirdischen Welt nach oben gestiegen, um sich rasch zu duschen. Er hatte keine Ahnung gehabt, dass sich jemand in Whistledown aufhielt, bis er eine Damenhandtasche in der Küche hatte liegen sehen. Das hatte seine Neugier geweckt und er hatte sich auf die Suche nach der Frau gemacht, der die Tasche gehörte.

Der Jäger war ein Opportunist. Wenn Gott ihm schon eine Frau auf dem Präsentierteller darbot, würde er das Geschenk natürlich nicht verschmähen …

Gleich im ersten Schlafzimmer, das er leise betrat, hatte er Erfolg gehabt: Als er kurz die kleine Taschenlampe einschaltete, die er immer bei sich trug, sah er eine junge Frau im Bett liegen. Sie schlief in Seitenlage, das Gesicht in einem Kissen vergraben, die Decken fast bis zum Kinn hochgezogen. Dem Jäger gefiel das Wenige, was er sah: blonde Haare und eine Wange mit zarter cremefarbener Haut. Er konnte der Versuchung nicht widerstehen, diese Wange zu berühren, um festzustellen, ob die Haut sich wirklich so herrlich weich anfühlte, wie er glaubte. Das war zwar der Fall, aber sein Leichtsinn wäre ihm fast zum Verhängnis geworden: Sie wurde wach, als er sie berührte – das merkte er daran, dass sie nicht mehr gleichmäßig atmete, sondern die Luft anhielt. Ihm blieb gerade noch Zeit, die Taschenlampe auszuknipsen und ans Fußende des Bettes zu treten.

Am liebsten hätte er sie mit seinem Taser außer Gefecht gesetzt und nach unten zu Cassandra gebracht, doch das wäre viel zu riskant gewesen. Er wusste zwar nicht, wer sie war, aber wenn sie sich in Whistledown aufhielt, musste sie eine Verwandte der Haywoods sein, und das bedeutete, dass sie sehr reich war und über ausgezeichnete Beziehungen verfügte. Wenn eine solche Person plötzlich spurlos verschwand, würde die Polizei besonderen Eifer an den Tag legen und das ganze Haus gründlich durchsuchen. Nein, nicht einfach durchsuchen, sondern förmlich auf den Kopf stellen!

Gut geschulte Spezialkräfte könnten möglicherweise sogar die Geheimtür entdecken, von der bisher niemand etwas ahnte. Und dann würden sie auch sein unterirdisches Spielzimmer entdecken, das er selbst gern als *Herz der Finsternis* bezeichnete. Es wäre töricht, dieses Risiko einzugehen. Und er war alles andere als töricht.

Deshalb hatte er widerwillig beschlossen, die junge Frau in Ruhe zu lassen. Dieser Verzicht war ihm sehr schwer gefallen, aber er hatte sich gerade leise entfernen wollen, als sie sich im Bett aufgesetzt und die Nachttischlampe einzuschalten versucht hatte.

Klick. Er hatte es deutlich gehört. *Klick. Klick.*

Gut für sie, dass Stromausfall herrschte, denn wenn sie ihn gesehen hätte, wäre ihm gar nichts anderes übrig geblieben, als sie mitzunehmen.

Fast bedauerte er den Stromausfall, denn wenn sie ihn

gesehen hätte, wäre das aus seiner Sicht ein Zeichen des Himmels gewesen, dass sie seine Beute werden sollte.

Er hatte ihr Schlafzimmer rasch und – wie er glaubte – lautlos verlassen. Aber sie hatte ihn verfolgt. So viel Mut! So viel Dummheit! Sie hatte ihn verfolgt und um ein Haar geschnappt, als er sich auf dem Korridor an die Wand gepresst hatte, um sie passieren zu lassen.

Aber sie war über den Läufer gestolpert und hatte instinktiv die Arme ausgestreckt, um irgendeinen Halt zu finden. Dieser Halt war sein Hemd gewesen, das ihre Finger umklammert hatten! Und er hatte genauso instinktiv die Bronzestatue neben ihm gepackt und damit zugeschlagen. Natürlich wäre es vernünftiger gewesen, das Elektroschockgerät einzusetzen, doch der Taser hatte sich in seiner hinteren – zugeknöpften – Hosentasche befunden und er hatte im Bruchteil von Sekunden handeln müssen.

Als die Blondine bewusstlos auf dem Boden gelegen hatte, hatte er das Haus verlassen, sich aber geschworen, in einigen Tagen nachzuschauen, ob sie immer noch da war.

Nicht um sie zu erbeuten.

Nur um sie zu betrachten.

Menschen zu beobachten machte fast genauso viel Spaß, wie sie zu jagen. Was er im Laufe der Jahre nicht alles gesehen hatte! Wenn er jemals ein Buch darüber schriebe – es würde ein Bestseller werden! Er könnte es *Einsichten eines Bösewichts* oder so ähnlich nennen.

Und jetzt war die hübsche Blondine hier bei ihm, und er wusste, wer sie war.

Es kam nicht infrage, sie in seine unterirdische Welt zu entführen. Wenn Haywoods Tochter so kurz nach dessen Tod verschwand, würde es in der ganzen Gegend von Polizisten wimmeln und das konnte er nicht gebrauchen. Er würde sich damit begnügen müssen, sie zu beobachten.

Auch das machte Spaß.

Alexandra und Cornelia Haywood boten einen sehr reizvollen Anblick.

Er hatte ihnen das beste Zimmer des Motels gegeben.

Er hatte ihnen zugeschaut, als sie sich ausgezogen, geduscht, hübsche Nachthemden angezogen und in ihre Betten gelegt hatten. Dann hatten sie leider die Lampen ausgeschaltet, sodass er nichts mehr hatte sehen können.

Dieses private Fernsehen war so erregend gewesen, dass er Cassandra einen Besuch abgestattet hatte, um sich abzureagieren.

23

Am nächsten Morgen wurde Alex im Motelzimmer von lautem Klopfen an die Tür überrascht. Es war kurz vor neun und sie hatte gerade geduscht und sich angezogen. Jetzt war sie dabei, ihre Haare zu föhnen, die sie vorsichtig gewaschen hatte – entgegen der Empfehlung des Arztes, die genähte Wunde mindestens drei Tage nicht mit Wasser in Berührung zu bringen. Aber drei Tage waren eine Ewigkeit für jemanden, der sich normalerweise jeden Tag die Haare wusch, und Alex hatte es einfach nicht länger ausgehalten.

Neely war noch im Bad, deshalb blieb Alex nichts anderes übrig, als Föhn und Bürste auf den schäbigen Toilettentisch zu legen und selbst die Tür zu öffnen.

Es war Joe, der auf der Schwelle stand.

Sie schauten einander schweigend an.

Alex sah einen schwarzhaarigen Riesen, dessen Schultern fast so breit wie der Türrahmen waren und der ein rotes Flanellhemd und Jeans trug.

Joe sah eine schlanke Gestalt in eng anliegendem marineblauem Rollkragenpullover und grauer Hose, mit langen blonden Haaren und großen blauen Augen.

Im ersten Moment war Alex so glücklich, ihn zu sehen, dass ihr Puls zu rasen begann.

Dann fiel ihr ein, warum sie nicht glücklich sein konnte, ihn zu sehen, und sie runzelte die Stirn.

Joe warf einen Blick in das muffige kleine Zimmer mit Möbeln in Weiß und Gold – einer billigen Imitation des französischen Landhausstils – und lächelte ironisch.

»Na, zufrieden mit der Unterbringung, Prinzessin?«

»Hau ab!«, fauchte Alex wütend und wollte die Tür zuschlagen.

»Sei nicht kindisch.« Joe legte seine große Hand auf die dünne Holztür und hielt sie mühelos offen, obwohl Alex sich mit aller Kraft dagegenstemmte. Sein ironisches Lächeln verwandelte sich in ein unverschämtes Grinsen, was in Alex den Wunsch weckte, ihm einen Tritt gegen das Schienbein zu verpassen. Aber sie hatte noch keine Schuhe an und ihre Zehen würden vermutlich mehr Schaden nehmen als seine harten Knochen.

»Wenn hier schon von *kindisch* die Rede ist, kenne ich jemanden, der ...« Alex wurde von Neelys Stimme aus dem Bad unterbrochen.

»Kann ich deinen Föhn haben, Schwesterherz?«

Bevor Alex antworten konnte, trat Neely schon ins Zimmer. Zum Glück hatte sie wenigstens ein Handtuch um sich gewickelt, aber es war ein ziemlich kleines weißes Hotelhandtuch, das von den Achselhöhlen nur knapp bis zu den Oberschenkeln reichte.

»Oh, hallo, Joe!«, rief sie, als sie ihn auf der Schwelle stehen sah. Anstatt sich schleunigst wieder ins Bad zu flüchten, ging Neely gänzlich ungeniert auf ihn zu. Alex sah, dass er ihre Schwester kurz musterte und eine grimmige Miene aufsetzte.

»Hallo, Neely.« Seine Stimme hörte sich alles andere als freundlich an.

Neely ließ sich davon nicht beeindrucken. »Ist Eli auch hier?«, fragte sie und schaute an Joe vorbei auf den Parkplatz, der erstaunlicherweise ziemlich voll war.

»Eli ist in der Schule.« Sein Ton verriet, dass er am liebsten hinzugefügt hätte, dass auch Neely jetzt eigentlich in der Schule sein müsste.

»Oh, das ist wirklich jammerschade.« Neely schnitt eine Grimasse. »Na, dann will ich euch beide nicht länger stören.« Sie lächelte Alex scheinheilig zu. »Ich bin im Bad, falls du mich brauchen solltest ... was ich nicht glaube ...«

Sie schnappte sich den Föhn vom Toilettentisch, winkte fröhlich und zog sich zurück, wobei ihre langen schlanken Beine fast bis zu den Pobacken zu sehen waren.

»Sittsamkeit gehört wohl nicht zu den Stärken deiner Schwester«, kommentierte Joe missbilligend, nachdem die Badtür zugefallen war. »Du solltest ihr erklären, dass es nicht gerade vernünftig ist, sich fremden Männern halb nackt zu präsentieren.«

Alex seufzte. »Neely zu sagen, dass sie etwas nicht tun soll, hat die gleiche Wirkung wie das sprichwörtliche rote Tuch für den Stier. Wahrscheinlich würde sie dann beim nächsten Mal splitternackt herumlaufen.«

Joe runzelte wieder die Stirn. »Du hast sie also nicht unter Kontrolle?«

»Nein«, gab Alex zu. »Aber das ist nicht *deine* Angelegenheit.«

»Du hast Recht. Gott sei Dank trage ich für dieses Mädchen keine Verantwortung.« Er griff in seine Hemdtasche und zog einen gefalteten Briefumschlag hervor. »Federal Express hat das heute früh abgeliefert. Ich wusste nicht, ob du vor dem Abflug noch einmal nach

Whistledown kommen würdest, deshalb habe ich es dir gebracht.«

»Oh, danke.« Sie griff nach dem Umschlag und runzelte die Stirn. »Der ist ja geöffnet worden!«

Joe zuckte mit den Schultern. »Sue – sie arbeitet halbtags im Büro – sagt, es sei zusammen mit einigen Paketen für die Farm abgeliefert worden, und sie hat zu spät bemerkt, dass es an dich adressiert ist. Deine Anwältin teilt dir mit, dass du sie unbedingt anrufen sollst, bevor du nach Philadelphia zurückfliegst.«

»Du hast es gelesen!«, rief Alex vorwurfsvoll.

»Ja, nachdem Sue es gelesen und festgestellt hatte, dass es für dich bestimmt ist.«

»Warum sollte Andrea …« Sie beendete den Satz nicht. Andrea Scoppolone gehörte zu der Schar von Anwälten, die sich mit der katastrophalen Situation nach dem Tod ihres Vaters beschäftigten. Alex kannte sie seit Jahren und war mit ihr befreundet. »Oh, natürlich, das Telefon funktioniert ja nicht.«

»So ist es. Leider sind die Leitungen bei uns draußen immer noch unterbrochen. Deshalb solltest du sie von hier aus anrufen.«

»Ja.« Wenn Andrea ihr extra eine Express-Nachricht zukommen ließ, hatte das bestimmt nichts Gutes zu bedeuten. Sie warf einen Blick auf die geschlossene Badtür. »Ich möchte nicht, dass Neely mithört.«

Joe nickte verständnisvoll. »Homer – ihm gehört dieses Motel – hat ein Telefon in seinem Büro. Er wird es dich bestimmt benutzen lassen. Sag deiner Schwester, wir gingen zum Frühstück ins Restaurant.«

»Okay.« Alex atmete tief durch und klopfte an die Badtür. »Neely, Joe und ich gehen ins Restaurant. Komm nach, wenn du fertig bist.«

»Viel Spaß«, rief Neely anzüglich.

Es waren nur wenige Schritte von ihrem Zimmer zum

Büro, das sich innerhalb des Restaurants befand. Angenehme Essensdüfte schlugen ihnen entgegen, doch Alex verspürte nicht den geringsten Appetit. Auf der Empfangstheke stand eine altmodische Registrierkasse, daneben eine Plastikschale mit Pfefferminzbonbons. An der Vorderseite der Holztheke hing ein Schild: WILLKOMMEN IM DIXIE INN. Aufkleber verrieten, welche Kreditkarten hier akzeptiert wurden. Die Rezeption war nicht besetzt, obwohl Stimmen und Gelächter aus dem angrenzenden Restaurant darauf hindeuteten, dass es gut besucht war.

Joe drückte auf eine kleine Silberglocke. Das schrille *Dong* ließ Alex zusammenzucken, zeigte aber sofort Wirkung. Eine plumpe grauhaarige Frau in pinkfarbener Uniform tauchte auf.

»Joe!«, rief sie begeistert und eilte auf ihn zu. »Willst du bei uns frühstücken?«

»Gleich«, antwortete er freundlich. »Dürfte die Dame vorher das Telefon in Homers Büro benutzen? Unseres funktioniert nicht.«

»Was, immer noch nicht?« Die Frau sah Alex neugierig an.

Joe stellte vor. »Alex, das ist Mabel Waters. Mabel, das ist Alexandra Haywood.«

»Oh, eine Haywood von Whistledown? Und ich dachte im ersten Moment, du hättest eine neue Freundin, Joe«, grinste Mabel und fügte an Alex gewandt hinzu: »Natürlich können Sie im Büro telefonieren. Joe wird Ihnen zeigen, wo es ist.«

»Danke, Mabel.« Joe umrundete die Theke und öffnete die Tür zu einem kleinen Raum mit Holztäfelung. Alex hatte nur Augen für das schwarze Telefon auf dem Schreibtisch. Je länger sie über über den Expressbrief von Andrea nachdachte, desto nervöser wurde sie. Das konnte nichts Gutes zu bedeuten haben.

»Gott sei Dank!«, rief Andrea, sobald Alex sich gemeldet hatte. »Ich habe von Pauls Hochzeit gehört. Dieser Schuft! Diese Laus! Diese falsche Schlange Tara Gould! Bist du am Boden zerstört? Sag bitte, dass das nicht der Fall ist.«

»Nein, ich bin nicht am Boden zerstört«, versicherte Alex und seltsamerweise stimmte das. Sie schaute zu Joe hinüber, der neben der Tür an der Wand lehnte, während sie selbst am Schreibtisch saß. Er hatte gefragt, ob er sie allein lassen solle, aber sie hatte den Kopf geschüttelt. Falls es irgendeine neue Krise gab, würde sie eventuell moralische Unterstützung benötigen, und trotz ihres Streits wusste sie, dass er ihr nach besten Kräften helfen würde. Auf Joe war Verlass, das hatte er zur Genüge bewiesen. Und er war auch der Hauptgrund, weshalb Pauls Verrat kaum noch schmerzte.

Sex mit Paul war bestenfalls guter Durchschnitt gewesen, nicht zu vergleichen mit dem fantastischen Sex von gestern!

»Das freut mich, Alex. Leider habe ich weitere schlechte Neuigkeiten.«

»Das dachte ich mir schon«, murmelte Alex resigniert. »Was ist passiert?«

»Wir wurden von einem Zeitungsreporter angerufen. Sie wollen in den nächsten Wochen eine Serie mit dem Titel *Der Einsturz des Hauses Haywood* veröffentlichen. Alles über deinen Vater und seine Geschäfte … und natürlich über seinen Tod. Das Schlimmste kommt aber noch: Sie behaupten, er hätte hohe Beamte in mehreren Staaten bestochen, um Genehmigungen zu erhalten, dort Geschäfte betreiben zu dürfen. Unser Informant sagte, die Staatsanwaltschaft hätte Ermittlungen eingeleitet, und das wurde uns dort auch bestätigt.«

»O nein!« Alex' Magen krampfte sich zusammen. »Andrea, das stimmt doch nicht, oder?«

»Das weiß ich nicht. Ich weiß nur, dass die Zeitung diese Story auswalzen will und dass die Staatsanwaltschaft die Sache offenbar ernst nimmt. Alex, du solltest nicht hier sein, wenn die Bombe platzt. Unsere Kanzlei hat heute früh schon fünf Anrufe von Reportern bekommen, die Stellungnahmen von uns haben wollten, und dabei ist die Story ja noch nicht einmal veröffentlicht. Sie werden auch die menschliche Seite des Dramas ausschlachten. Wie wird die schöne Tochter des Milliardärs mit der Situation fertig? Etwas in dieser Art … Fotografen belagern das Haus deines Vaters. Wir haben Mercedes schon gewarnt, und sie packt ihre Koffer, um zu Freunden nach London zu fliegen. Mein Vorschlag wäre, dass du vorerst bleibst, wo du bist. In Whistledown wirst du deine Ruhe haben.«

In Whistledown bleiben? Unwillkürlich schaute Alex wieder zu Joe hinüber.

»Wie lang, was meinst du?«

»Ein paar Wochen, würde ich sagen«, antwortete Andrea. »Die Serie wird am Mittwoch beginnen und soll etwa eine Woche fortgesetzt werden. Spätestens am 1. Dezember müsstest du für die Medien also Schnee von gestern sein, schätze ich. Die Ermittlungen der Staatsanwaltschaft werden natürlich viel länger dauern, aber sie werden ja unter Ausschluss der Öffentlichkeit durchgeführt, sodass du deine Ruhe haben wirst. Falls es zum Prozess gegen irgendwelche Leute kommen sollte und die Presse neues Interesse an dir zeigt, kannst du wieder irgendwo untertauchen.«

Drei Wochen … Was sollte sie in diesen drei Wochen machen? Vielleicht einfach Abstand von allen Katastrophen gewinnen und versuchen, den Verlust ihres Vaters zu verarbeiten, an dem Ort, wo er gestorben war. Eventuell auch die Beziehung zu Joe intensivieren?

Letzteres gab den Ausschlag, obwohl sie es nicht einmal sich selbst eingestehen wollte. »Ja, du hast Recht, ich könnte mich eine Weile hier verstecken.«

»Hör zu, so Leid es mir tut – ich habe weitere schlechte Nachrichten auf Lager. Falls dieser Bestechungsverdacht sich erhärtet, könnten hohe Geldstrafen den Nachlass deines Vaters weiter schrumpfen lassen.«

»O Gott!« Sie sah Joe verzweifelt an, der die Stirn gerunzelt hatte. Offensichtlich war ihm klar, dass es katastrophale Neuigkeiten waren.

»Na ja, im allerschlimmsten Fall bleibt dir und Neely wenigstens das Treuhandvermögen«, sagte Andrea tröstend. »Du kommst zwar erst mit vierzig an das Geld heran, aber es ist dir sicher. Und vorläufig werden natürlich all deine Ausgaben weiter aus dem Nachlass bezahlt. Ach, übrigens – hast du dem Burschen gekündigt? Diesem Verwalter, meine ich.«

Alex hatte fast vergessen, dass sie vor zwei Tagen extra nach Whistledown gekommen war, um dem Verwalter persönlich zu kündigen. Sie schaute wieder zu *dem Burschen* hinüber. Sie hatte sich die Sache so einfach vorgestellt: ein kurzes, unerfreuliches Gespräch, und dann konnte sie nach Philadelphia zurückfliegen.

Womit sie nicht gerechnet hatte, war Joes Charakter.

»Ehrlich gesagt, der Mann ist ein bisschen schwierig. Er sagt, er habe einen Vertrag.«

Joes Augen verengten sich zu schmalen Schlitzen. Er stemmte sich von der Wand ab und ging auf den Schreibtisch zu. »Ganz recht, ich mache Schwierigkeiten«, knurrte er und wollte Alex den Hörer aus der Hand nehmen. »Dürfte ich selbst mit …«

»O Gott, steht er etwa neben dir?«, fragte Andrea. »Na ja, für Verträge ist Mark zuständig.«

Alex gab die Information rasch an Joe weiter, damit er ihr nicht einfach den Hörer entriss, was ihm durchaus zuzutrauen war. »Joe, dein Ansprechpartner ist Mark

Hanigan. Andrea, sag Mark Bescheid, dass Joe Welch bald Kontakt mit ihm aufnehmen wird.«

Joe schob seine Hände in die Jeanstaschen. Andrea gab am Telefon einen Freudenlaut von sich.

»Joe? Und du duzt ihn? Sieht er gut aus? Muss wohl so sein, sonst ...«

Alex fiel ihr ins Wort. »Andrea, ich habe eine große Bitte. Als ich den Autopsiebericht gelesen habe, erinnere ich mich nicht, dass darin von Alkohol im Blut meines Vaters die Rede war. Das wäre mir mit Sicherheit aufgefallen. Könntest du bitte nachsehen und mir Bescheid geben?«

»Natürlich.« Andreas Stimme klang teilnahmsvoll. Sie wusste, wie schwer es Alex fiel, den Selbstmord zu akzeptieren. »Wird gleich erledigt.«

»Danke.« Alex lächelte, obwohl Andrea das natürlich nicht sehen konnte. »Wenn du keine weiteren Hiobsbotschaften für mich hast, mache ich jetzt Schluss. Dies ist nämlich ein fremdes Telefon.«

»Nein, das war alles. Tut mir Leid, dass es so schlechte Neuigkeiten sind. Ich geb dir jedenfalls Bescheid, sobald ich den Autopsiebericht gründlich gelesen habe.«

Sie verabschiedeten sich voneinander und Alex legte den Hörer auf.

Joe hob fragend die Augenbrauen.

Alex stieß einen schweren Seufzer aus. Ihr Ärger auf ihn war vergessen. »Drücken wir es mal so aus – du solltest dich sofort nach einem neuen Job umsehen.«

»Steht es so schlimm? Komm, jetzt lade ich dich erst mal zum Frühstück ein. Dabei kannst du mir dann erzählen, was sie gesagt hat.«

24

»Alex, das ist Homer Gibson, Eigentümer und Küchenchef in einer Person. Homer macht die besten Würste und Brötchen, die du je gegessen hast. Aber wenn dir Eier lieber sind – seine Eierspeisen können sich ebenfalls sehen lassen. Jedes hohe Tier, das durch diese Gegend kommt, macht im *Dixie Inn* Halt, um hier zu frühstücken.«

Alex war nicht nach Essen zu Mute, am allerwenigsten nach so grässlichen Dingen wie Würsten oder Brötchen, aber sie hatte sich von Joe zu einem Frühstück überreden lassen, weil er zu Recht darauf hingewiesen hatte, dass sie in Whistledown ohne Elektrizität nichts zubereiten konnte, nicht einmal Kaffee. Sie lächelte höflich und schüttelte Gibson die Hand. Er war einen halben Kopf kleiner als Joe, dick und kahlköpfig, hatte ein rosiges rundes Gesicht und ein gewinnendes Lächeln. Um seine breite Taille war eine weiße Küchenschürze gebunden. Darunter trug er ein weißes Hemd und eine schwarze Hose. Er ließ es sich nicht nehmen, Joe und sie persönlich zu einem Tisch zu führen. Es gab insgesamt vier kleine Speisezimmer, deren Verbindungstüren weit geöffnet waren. Das Restaurant war gut besucht und alle Leute schienen Joe zu kennen und winkten ihm zu oder riefen etwas.

»Hallo, alter Junge!«

»Du kommst doch am Samstag zum großen Spiel? UK gewinnt, kann ich dir versprechen!«

»Ich hab Eli letzte Woche beim Training zugeschaut. Sag dem Jungen, dass er echt gut ist.«

»Hat Sue meine Rechnung schon fertig?«

Joe erwiderte die Grüße und ging lachend auf die Bemerkungen ein, blieb aber an keinem der Tische stehen. Alex vermutete, dass man in einer Kleinstadt sehr schnell lernte, wie viel Zeit verloren ging, wenn man sich mit jedem Bekannten auf einen Plausch einließ.

Als sie ihren Tisch erreichten, rückte Homer für Alex einen Stuhl zurecht und legte eine Speisekarte auf ihren Platz. Sie dankte lächelnd und setzte sich. Der Tisch stand an einem großen Fenster und bot Aussicht auf ein Stück Garten mit einer kahlen Ulme und einem leeren Vogelbad aus Beton.

»Ich habe gehört, dass Sie nur für dieses eine Wochenende nach Whistledown gekommen sind?«, sagte Homer in fragendem Ton. Alex war erstaunt, dass er über ihr Kommen und Gehen Bescheid wusste, und ihr Gesicht spiegelte diese Verblüffung offenbar wider, denn Joe kicherte, während er ihr gegenüber Platz nahm.

»Hier draußen weiß jeder alles über jeden«, erklärte er. »Nichts bleibt verborgen, das kannst du mir glauben.«

»Stimmt«, grinste Homer. »Wir stecken unsere Nasen in alles, ob es uns etwas angeht oder nicht.«

Mabel stellte zwei Glas Wasser auf die durchsichtige Plastikfolie über der weißen Stoffdecke und blieb mit gezücktem Bleistift und Notizblock neben dem Tisch stehen.

»Wir – meine Schwester und ich – bleiben jetzt doch etwas länger hier, eine Woche, vielleicht auch zwei.«

»Schade, dass Sie in der regnerischen Zeit hier sind«, sagte Homer. »Sie müssten diese Gegend im Frühling oder Sommer sehen – sie ist wunderschön, glauben Sie mir!«

»Ich bin im Sommer hier gewesen. Sie haben Recht – die Landschaft ist sehr reizvoll.« Damals war es zu dem Streit mit ihrem Vater gekommen, dachte Alex niedergeschlagen.

»Nun, ich muss zurück an meine Arbeit. Freut mich, Ihre Bekanntschaft gemacht zu haben, Miss Haywood.

Mabel wird Ihre Bestellung aufnehmen. Joe, ich koche heute die Bohnensuppe, die du so gern isst, und backe Maisbrot. Vielleicht solltest du zum Mittagessen wieder herkommen.« Homer winkte zum Abschied und entfernte sich in Richtung Küche.

»Hört sich gut an«, rief Joe ihm nach. »Wenn es bei uns immer noch keinen Strom gibt, bleibt mir wohl gar nichts anderes übrig.«

»Wollt ihr schon bestellen, Joe, oder soll ich euch noch etwas Zeit lassen?«, fragte Mabel.

Joe schaute Alex an. Sie hatte die Speisekarte überflogen, während Joe und Homer sich unterhielten. »Für mich bitte Kaffee und Toast.«

Joes Miene war anzusehen, dass er sich nur mühsam eines Kommentars zu ihrer dürftigen Bestellung enthielt.

»Für dich das Übliche, Joe?«

»Ja, danke, Mabel.«

Mabel eilte davon. Joe trank einen Schluck Wasser. »Hast du Lust, mir alles zu erzählen?«

Alex lächelte trocken. »Bist du mein Beichtvater?«

»So was Ähnliches.«

Sie erzählte ihm alles, was Andrea ihr gesagt hatte. Als sie fertig war, stand ihr Essen schon auf dem Tisch. Joe machte sich mit einem Heißhunger über Rühreier, Würste in Sauce und Toast her. Alex beobachtete ihn fasziniert. Sogar für einen so großen Mann war es eine gewaltige Portion.

»Er soll also hohe Beamte bestochen haben?«, fragte er zwischen zwei Bissen.

Alex nickte. Der Knoten in ihrem Magen, der sich gebildet hatte, als sie von dem neuesten Skandal im Hause Haywood hörte, begann sich zu lösen. Sie wusste nicht, ob das an der Scheibe Toast mit Marmelade lag, von der sie einige Male abgebissen hatte, oder daran, dass sie sich Joe anvertraut hatte. Vermutlich war es Letzteres, dachte sie.

»Ob er es nun getan hat oder nicht – du hast nichts damit zu schaffen.«

Alex sah ihn überrascht an. »Natürlich habe ich das! Er ist mein Vater.«

»Er ist tot, Alex«, sagte Joe sanft. »Du musst allmählich anfangen, dich von ihm zu lösen.«

Sie legte die angebissene Toastscheibe auf den Teller zurück. »Du hast leicht reden.«

»Ich weiß genau, wie schwer es in die Tat umzusetzen ist, aber du musst es tun, Alex. Schau dich doch an: Du hast seit seinem Tod mindestens zehn Pfund abgenommen.« Als sie ihn verwundert ansah, erklärte er: »Ich habe dich beim Begräbnis gesehen, oder hast du das vergessen?« Joe warf einen missbilligenden Blick auf ihre Toastscheibe. »Du isst nicht! Schläfst du wenigstens?«

Nach kurzem Zögern gestand Alex: »Mit Hilfe von Schlaftabletten.«

Joe schnitt eine Grimasse. »Glaubst du, dein Vater würde wollen, dass du so um ihn trauerst? Er hat dich geliebt, Alex! Ich bin sicher, er würde sich wünschen, dass du stark bist, deine Gesundheit nicht aufs Spiel setzt und ein schönes Leben hast.«

Sie hatte plötzlich einen Kloß im Hals. »Das weiß ich, aber …«

Er deutete auf ihren Teller. »Mach einen Anfang, indem du diesen verdammten Toast aufisst. Es macht mich verrückt zu sehen, dass du dich von Portionen ernährst, die allenfalls eine Maus satt machen würden.«

Alex musste unwillkürlich lächeln. »Wenn ich so viel esse wie du, platze ich bald aus allen Nähten.«

»Honey, es dürfte sehr lange dauern, bis du dir Sorgen um deine Figur machen musst.«

Das *Honey* rief Erinnerungen wach, die ihr im Moment nicht willkommen waren. An seinen Augen ließ sich ablesen, dass er die gleichen Erinnerungen hatte.

»Noch Kaffee, Joe?« Mabel stand mit einer großen Kanne in der Hand neben dem Tisch. Joe nickte, sie füllte beide Tassen und zog sich wieder zurück.

»Wie geht es übrigens deinem Kopf?«, fragte Joe.

»Ganz gut, wenn ich Aspirin nehme. Die Naht ziept ein wenig, aber richtige Schmerzen habe ich nicht mehr.«

»Wann wird die Naht entfernt?«

»Am Freitag. Ich wollte das zu Hause von meinem Arzt machen lassen, aber jetzt ...«

»Dann gehst du eben hier zum Arzt. Carl Allen ist ein guter Arzt.«

»Ist er ein Freund von dir?«

»Ja.«

»Du scheinst mit allen Leuten hier befreundet zu sein.«

»Ich bin hier geboren und aufgewachsen, habe die hiesige High School besucht. Dann war ich zwar neun Jahre in Kalifornien, bin aber vor etwa zehn Jahren zurückgekommen. Natürlich kenne ich jeden.«

Alex schaute ihn neugierig an. »Was hast du in Kalifornien gemacht?«

»Ich war Assistent bei einem Pferdetrainer namens Ted Gray. Schon mal was von ihm gehört?« Alex schüttelte den Kopf. »Er ist einer der besten Trainer im ganzen Land. Ich habe sehr viel von ihm gelernt.«

»Warum hast du ihn dann verlassen?«

Joe lächelte schwach. »Erinnerst du dich, dass ich dir gesagt habe, mir sei schon einmal gekündigt worden? Nun, es war Ted Gray, der mich damals gefeuert hat.«

»Warum?« Alex konnte sich beim besten Willen nicht vorstellen, dass Joe schlechte Arbeit geleistet hatte. Zugegeben, sie kannte ihn erst wenige Tage, aber er machte auf sie einen äußerst gewissenhaften und kompetenten

Eindruck, war intelligent und verantwortungsbewusst. Ein Mann, auf den man sich hundertprozentig verlassen konnte.

Joe schnitt eine Grimasse. »Wir – Grays Team – waren in Santa Anita, als ich von einer häuslichen Notlage erfuhr. Am nächsten Tag sollte das Santa Anita Derby stattfinden, und wir betreuten acht Pferde, steckten bis zum Hals in Arbeit. Als ich Gray sagte, ich müsse nach Hause, erwiderte er, wenn ich ihn vor dem Rennen im Stich ließe, würde er mich fristlos feuern. Ich reiste trotzdem sofort ab – na ja, und er hat seine Drohung wahr gemacht.«

»Was war denn bei dir zu Hause passiert?«

Joe zögerte mit der Antwort, entschloss sich dann aber doch, es ihr zu erzählen. »Laura – meine Frau – war verschwunden und hatte die Kinder allein gelassen, länger als einen Tag. Eli war vier, Josh zwei! Eine Freundin von Laura, die sie besuchen wollte, stellte fest, dass die Kinder allein waren, und hat mich angerufen, weil Laura unauffindbar war.«

»O Gott!« Alex war schockiert. »War ihr irgendetwas zugestoßen?«

Er schüttelte den Kopf. Seine Augen bekamen einen kalten, harten Ausdruck. »Nein«, sagte er bitter. »Sie war auf einer Party. Es gab für sie nichts Wichtigeres im Leben als Partys. Dafür ließ sie alles liegen und stehen.«

»Hast du dich danach von ihr scheiden lassen?« Alex erinnerte sich daran, dass Inez ihr erzählt hatte, Joes Frau hätte ihn mit drei Kindern sitzen gelassen. Er hatte jetzt aber nur zwei – Eli und Josh – erwähnt.

Er lächelte reuig. »Nein. Damals kam sie nach drei Wochen zu mir und den Kindern zurück. Sie machte sich immer wieder auf und davon, aber zur Scheidung kam es erst nach Jennys Geburt, als wir schon wieder hier am Ort lebten.«

»Warst du nur dieses eine Mal verheiratet?«

»Das hat mir vollauf gereicht!« Er trank einen Schluck Kaffee. »Okay, jetzt bist du an der Reihe. Erzähl mir, wie du auf die Idee kamst, Fotografin zu werden. Gehört das zum Lehrplan der vornehmen Internate?«

Ganz offenkundig wollte Joe das Thema wechseln und Alex konnte es ihm nicht verübeln. Es war wirklich keine schöne Geschichte, die er erzählt hatte.

»Ich war ein Teenager, als ich mich für das Fotografieren zu interessieren begann. Das war im Sommer, und als Dad es erfuhr, heuerte er sofort die besten Profis an, die mir Unterricht geben sollten. Später beschloss ich, dieses Hobby zu meinem Beruf zu machen, und seit dem Collegeabschluss werde ich für meine Arbeit bezahlt. Zugegeben, viel verdiene ich nicht, aber immerhin etwas. Und du – hast du auch ein College besucht?«

Joe grinste. »Ja, die UK – University of Kentucky.«

»Was war dein Hauptfach?«

»Management. Und deines?«

»Klassische Studien.«

»Oh, ein sehr praxisbezogenes Fach!«, spottete Joe.

Alex runzelte die Stirn. »Hast du vergessen, dass ich nie darauf angewiesen war, meinen Lebensunterhalt selbst zu verdienen?«

Bevor er etwas erwidern konnte, tauchte Neely in Jeansjacke und Minirock aus Denim auf und ließ sich auf einen Stuhl fallen. »Ihr habt ohne mich angefangen!«, sagte sie vorwurfsvoll.

»Kann ich dir etwas bringen?« Mabel warf einen missbilligenden Blick auf den Diamanten in Neelys Nase. Joe stellte das Mädchen vor und Neely gab ihre Bestellung auf.

Alex wartete, bis die Kellnerin außer Hörweite war, bevor sie ihrer Schwester in groben Zügen berichtete, was Andrea gesagt hatte.

»Heißt das wirklich, dass wir ein paar Wochen hier

bleiben müssen?« Neely klang begeistert und Alex kannte den Grund: Eli. Sie konnte nur hoffen, dass Joe das nicht ebenfalls erriet, denn sie war sich nicht sicher, wie er reagieren würde, wenn er wüsste, dass Neely seinen Sohn verführen wollte – oder es schon getan hatte.

»Es heißt, dass ich einige Wochen hier verbringen werde. Für dich müssen wir irgendein Internat finden.«

Neely schaute sie trotzig an. »Ich lasse dich hier nicht allein. Wenn du bleibst, bleibe ich auch.«

»Neely, das geht nicht. Du musst schnellstens wieder zur Schule gehen, andernfalls wirst du nicht in die nächste Klasse versetzt.«

Mabel brachte das Käseomelette, das Neely bestellt hatte. Sie aß einen Bissen und schaute zu Joe hinüber. »Wo geht Eli zur Schule?«

»Shelby County High School, gleich hier um die Ecke.«

Neely warf Alex einen triumphierenden Blick zu. »Die könnte ich doch auch besuchen.«

»Zwei oder drei Wochen? Neely, kehr in die Realität zurück!«

Neely machte ein eigensinniges Gesicht. »Du kannst mich nicht in irgendeine Schule schicken, die mir nicht gefällt. Wenn du mich gegen meinen Willen in ein Internat steckst, laufe ich dort wieder weg«, drohte sie.

»Neely ...« Alex fühlte sich sehr hilflos, und es war ihr peinlich, dass Joe zuhörte. Sie kannte ihre Schwester gut genug, um zu wissen, dass Neely keine leeren Drohungen ausstieß.

»Du bist nicht meine Mutter, Alex, nur meine Schwester. Versuch also bitte nicht, über mich zu bestimmen, okay?«

Joe trank einen Schluck Kaffee. Seine Miene war unergründlich.

»Neely!« Alex war entsetzt, dass Neely in Joes Gegenwart ein solches Benehmen an den Tag legte. Sie selbst war längst an die Ungezogenheiten ihrer kleinen Schwester gewöhnt, die ihren Willen meist durchzusetzen wusste.

»Du willst mich nur los sein, weiter nichts! Seit ich auf der Welt bin, wollten alle nur eines: mich los sein! Ab ins Internat, ab ins Ferienlager, ab, nur ab! Es wundert mich, dass meine Mutter keine Abtreibung vornehmen ließ, als ich unterwegs war!«

Sie warf klirrend ihre Gabel auf den Teller, sprang vom Tisch auf und rannte aus dem Restaurant.

Mabel und die Hälfte der Gäste verfolgten interessiert diesen überstürzten Abgang.

25

Als Alex aufstehen und Neely folgen wollte, hielt Joe sie am Handgelenk fest.

»Bleib hier und trink in Ruhe deinen Kaffee aus. Wenn du ihr nachläufst, nachdem sie eine solche Show abgezogen hat, bildet sie sich ein, dies sei die richtige Methode, um deine Aufmerksamkeit zu erregen«, sagte er ruhig.

»Was weißt denn du davon?« Alex war wütend auf Neely, aber gleichzeitig tat sie ihr Leid. Es war etwas Wahres an ihrer Beschuldigung, zeit ihres Lebens hätten alle sie loswerden wollen. Allerdings entschuldigte das nicht die Szene in aller Öffentlichkeit.

»Hast du vergessen, dass ich drei Kinder habe, darunter zwei Teenager? Da lernt man notgedrungen ein bisschen was von Erziehung.«

»Ach ja? Dann sag mir bitte, wie du auf dieses Benehmen reagieren würdest.«

Joe sah sie nachdenklich an. »Ich würde ihr sagen, wenn sie so was noch einmal macht, versohle ich ihr so den Hintern, dass sie nicht mehr sitzen kann.«

Er grinste über ihre entsetzte Miene. »Zugegeben, in die Tat umsetzen würde ich das wohl nicht, aber die Drohung würde ich ausstoßen, darauf kannst du dich hundertprozentig verlassen.«

»Bei dir wäre es vermutlich eine wirksame Drohung, bei mir allerdings weniger. Ich sehe nicht so einschüchternd aus wie du. Hast du andere Vorschläge auf Lager, bei denen keine Gewaltanwendung nötig ist?«

»Bleib einfach hier und trink deinen Kaffee. Unmögliches Benehmen zu ignorieren kostet Nerven, zahlt sich aber auf Dauer aus.« Er trank selbst einen Schluck. »Übrigens solltest du dir vielleicht doch noch einmal überlegen, ob sie nicht bei dir bleiben könnte. Wie wirst du dich fühlen, wenn du ganz allein in Whistledown bist?«

Daran hatte Alex nicht gedacht. Bis jetzt hatte sie immer, wenn sie das riesige Haus betrat, eine Gänsehaut bekommen.

»Ich will Neely nicht bei mir behalten, nur weil mir nach etwas Gesellschaft zu Mute ist. Das wäre egoistisch und unfair ihr gegenüber. Ich werde auch allein gut zurechtkommen«, behauptete sie, obwohl ihr bei der bloßen Vorstellung ein eisiger Schauer über den Rücken lief.

Er grinste. »Du kannst ja immer, wenn du Angst bekommst, den Hügel hinabrennen.«

Ihre Blicke trafen sich, und Alex spürte die mächtige sexuelle Anziehungskraft, die zwischen ihnen bestand. Als sie neulich bei ihm Zuflucht gesucht hatte, war sie mit ihm zusammen unter der Dusche und später allein in seinem Bett gelandet. Das würde jetzt anders ablaufen. Sie würde ihre Hände bestimmt nicht mehr im Zaume halten – und er vermutlich auch nicht.

»Noch Kaffee, Joe?« Mabel vermied es, Alex anzusehen, die natürlich den Grund erriet: Neelys peinlicher Auftritt.

»Nein, Mabel, die Rechnung bitte.« Er bezahlte und verließ hinter Alex das Restaurant.

Neely stand neben einer öffentlichen Telefonzelle auf der anderen Seite des Parkplatzes. In der Sonne schimmerte ihr Haar wie Gold. Sie unterhielt sich mit einem stämmigen Mann, der einen großen Besen in der Hand hatte. Alex ging auf sie zu und war alles andere als glücklich, dass Joe ihr folgte. Diese eine Angelegenheit hätte sie lieber allein erledigt.

Neelys Miene verdüsterte sich, als sie ihre Schwester und Joe näher kommen sah. Das fiel ihrem Gesprächspartner auf, er drehte sich um, erkannte Joe und winkte ihm zu.

»Hallo, Benny!«

»Hallo, Joe. Ist diese junge Dame in deiner Begleitung hier? Ich dachte, sie könnte vielleicht Hilfe brauchen.«

»Ich bin *nicht* in seiner Begleitung hier«, sagte Neely eisig.

Alex stöhnte inwendig. Benny besaß genug Taktgefühl, um nicht Zeuge einer Auseinandersetzung werden zu wollen.

»Äh, nichts für ungut. Ich wollt nur helfen. Mach's gut, Joe.« Er machte sich schnell aus dem Staub.

»Wen hast du angerufen?«, fragte Alex besorgt. Neely war zu allem fähig, wenn sie einen ihrer Wutausbrüche hatte.

»Die Shelby County High School. Ich habe gefragt, was man tun müsse, um dort aufgenommen zu werden.«

Jetzt stöhnte Alex laut.

»Sie haben mir gesagt, die einzige Voraussetzung sei, dass man in diesem Distrikt wohne. Also kann ich diese Schule besuchen.«

»Neely …« Alex fühlte sich wieder hilflos.

»Wenn du mich auf eine Schule schickst, in die ich nicht gehen will, sorge ich dafür, dass man mich nach kürzester Zeit rausschmeißt! Und du kannst nichts dagegen machen.«

Joes Miene war anzusehen, dass er sich sehr beherrschen musste, um den ersten Rat, den er Alex im Restaurant gegeben hatte, nicht sofort eigenhändig in die Tat umzusetzen. Den Tränen nahe, starrte Neely ihre Schwester an.

Alex kapitulierte. »Also gut, dann geh eben hier zur Schule. Wenn du dadurch nächstes Jahr die Klasse wiederholen musst, trägst du selbst die Schuld daran. Und jetzt hol deine Sachen aus dem Zimmer und mach, dass du in den Wagen kommst, damit wir dich gleich anmelden können. Okay?«

Sie ignorierte den missbilligenden Blick, den Joe ihr zuwarf, weil sie wieder nachgegeben hatte.

Sie kam erst am Spätnachmittag nach Whistledown zurück – allein. Neely und sie waren gerade aus dem Mercedes gestiegen, als Joes blauer Lieferwagen mit Eli am Steuer und anderen Kids auf dem Rücksitz an ihrer Auffahrt vorbei in Richtung von Joes Haus fuhr. Eli hatte Neely aus dem Fenster zugebrüllt, sie solle rüberkommen. Ohne Alex um Erlaubnis zu fragen, rannte Neely begeistert den Hügel hinab. Es schien ihr offenbar gar nicht in den Sinn zu kommen, dass Joe nach der Szene im Restaurant vielleicht nicht entzückt sein würde, sie in seinem Haus zu begrüßen.

Sie hatten sich in dem Motel voneinander verabschiedet. Auf Alex' Bitte hin war er in seinem Auto vor ihnen hergefahren, um ihnen den Weg zur High School zu zeigen, bevor er seinen eigenen Geschäften nachging. Es blieb Alex überlassen, Neely in der Schule anzumelden.

Das erwies sich als ziemlich einfach: nach einigen Telefonaten und Faxen war alles erledigt. Neely würde ab morgen die High School besuchen. Zu Alex' großer Erleichterung hatte ihre Schwester sich bei der Anmeldung musterhaft benommen – sobald sie ihren Willen durchgesetzt hatte, war sie fast immer der reinste Unschuldsengel. Trotzdem fühlte Alex sich nach diesem unerfreulichen Tag erschöpft, als sie das Haus betrat. Drei Wochen in Whistledown bleiben zu müssen – der Gedanke jagte ihr einen kalten Schauer über den Rücken. Das Einzige, was diese Vorstellung erträglich machte, war Joe.

Es war noch keine vierundzwanzig Stunden her, seit sie mit ihm im Bett gewesen war, und sie konnte es kaum erwarten, die herrliche Erfahrung zu wiederholen. Bestimmt hatte er ihr den Versprecher inzwischen verziehen. Im Restaurant war er jedenfalls sehr nett und hilfsbereit gewesen …

Es machte sie nervös, die Haustür zu öffnen und über die Schwelle zu treten. Zu ihrer enormen Erleichterung brannte der große Kronleuchter in der Eingangshalle. Es gab also wieder Strom! Sie ließ ihn eingeschaltet und machte auch in den anderen Räumen die Lampen an, obwohl es draußen noch ganz hell war. Es gab nichts, wovor sie Angst haben müsste, redete sie sich selbst gut zu. Vorletzte Nacht waren verschiedene unglückselige Umstände zusammengekommen: Sturm, Stromausfall, Blitz und Donner, eine laut atmende Katze … Das würde sich bestimmt nicht wiederholen.

Als sie in Richtung Küche ging, tauchte Hannibal aus der Bibliothek auf. Alex trug eine große Tüte mit Lebensmitteln, die sie in Shelbyville eingekauft hatte, und vermutlich hatte das leise Rascheln des braunen Papiers den Kater angelockt. Sie machte einen weiten Bogen um ihn herum und öffnete die Schwingtür. Er folgte ihr in die Küche, erstaunlich lautlos für ein so großes Tier.

Konnte es wirklich dieser Kater gewesen sein, den sie atmen gehört und im Dunkeln verfolgt hatte? Es schien die einleuchtendste Erklärung zu sein.

»Hau ab«, sagte sie zu Hannibal. Er ignorierte diesen Befehl, sprang auf die Anrichte und von dort auf den Kühlschrank. Dort ließ er sich nieder und schaute zu, wie sie ihre Stiefel auszog und die Lebensmittel auszupacken begann. Es war ihr unheimlich, dass der Kater sie nicht aus den Augen ließ. Sie spielte flüchtig mit dem Gedanken, ihn hochzuheben und aus der Küche zu werfen, aber seine Größe schüchterte sie ein. Er sah so aus, als könnte er sehr ungemütlich werden, wenn ihm etwas nicht passte.

»Na, hat die Einschulung geklappt?« Alex sprang vor Schreck in die Luft und hätte um ein Haar die Eier fallen gelassen, die sie gerade in der Hand hatte. Dann erkannte sie die Stimme, atmete erleichtert auf, brachte die Eier im Kühlschrank unter und ging in die kleine Abstellkammer, aus der die Stimme allem Anschein nach gekommen war.

Immer noch in seinem roten Flanellhemd und Jeans, kauerte Joe auf dem Boden, damit beschäftigt, ein Stück Kabel von einer Rolle abzuschneiden.

»Was machst du?«, fragte sie mit verschränkten Armen. Es war eine Überraschung, dass er sich im Haus aufhielt – offenbar hatte er einen Schlüssel –, aber es war eine sehr freudige Überraschung. Der letzte Rest von Nervosität löste sich auf.

Er warf ihr über die Schulter hinweg einen flüchtigen Blick zu. »Ich installiere eine Sicherheitsanlage.« Er griff nach dem Bohrer, der neben ihm lag, und setzte ihn am Türrahmen in Betrieb. Um den Lärm zu übertönen, musste er schreien. »Jedes Fenster und jede Außentür ist daran angeschlossen. Nur noch diese Hintertür, dann bin ich fertig. Du wirst dir keine Sorgen mehr machen müssen, dass irgendein realer, lebendiger Mensch ins Haus eingedrungen sein könnte.«

Alex fiel ein Stein vom Herzen. Erst jetzt wurde ihr bewusst, dass sie irgendwo im Hinterkopf davon überzeugt war, auf dem Korridor einen realen, lebendigen Menschen berührt zu haben. Unter dem Stoff, an dem sie sich hatte festhalten wollen, hatte sie etwas Warmes und Weiches gespürt, etwas, das sich wie ein menschlicher Körper angefühlt hatte. Ein eisiger Schauer lief ihr über den Rücken, als ihr das einfiel.

»Joe!«, brüllte sie gegen den Lärm des Bohrers an. Er drehte sich um. »Vielen Dank.«

Er grinste ihr zu und setzte seine Arbeit fort. Alex kehrte in die Küche zurück und verstaute gerade die letzten Lebensmittel im Kühlschrank – Plastikbehälter mit gezupftem Salat und frischen Pilzen –, als der Lärm verstummte und Joe die Küche betrat.

»Einkäufe gemacht?«, fragte er, während sie den Kühlschrank schloss und die braune Papiertüte glättete und faltete.

»Wir müssen schließlich etwas essen.«

»Kannst du überhaupt kochen?« Er legte den Bohrer und die Kabelrolle auf die Anrichte.

»Selbstverständlich kann ich kochen«, sagte sie empört. Dann fügte sie mit dem Anflug eines Lächelns ehrlich hinzu: »Na ja, ein bisschen … Omelettes, hart gekochte Eier und Thunfischsalat, solche Sachen.«

»Ich könnte wetten, dass du auch Sandwiches mit Erdnussbutter hinkriegst«, sagte er trocken, mit ganz ernster Miene.

»Stimmt.«

»Soll ich Inez anrufen und ihr sagen, dass sie jeden Tag kommen soll, während du hier bist?«

Alex sah ihn nachdenklich an. »Weißt du, ganz hilflos bin ich nicht. Ich kann mit Staubsauger und Geschirrspüler umgehen und auch Möbel abstauben. Wenn nötig, kann ich sogar selbst waschen. Ob du es glaubst oder nicht – ich weiß tatsächlich, dass man die Kleidungsstücke in die Trommel legen, Waschmittel verwenden und den Deckel schließen muss, bevor man das Gerät in Betrieb nimmt.«

Joe lachte. »Habe ich dich wieder beleidigt? Tut mir Leid, aber ich habe keine Ahnung, wie Töchter von Milliardären leben.«

»In der realen Welt so wie alle anderen Leute«, behauptete Alex kühn. Wenn er so wie jetzt grinste und seine Augen belustigt funkelten, sah er einfach umwerfend aus! Er stand in der Nähe der Barhocker, was sie daran erinnerte, dass er gestern auf einem dieser Hocker gesessen hatte, während sie sich geküsst hatten und sie ihren Pulli für ihn ausgezogen hatte …

Sie hatte drei Wochen Zeit … Drei Wochen, die sie mit Joe verbringen konnte … Und sie wollte keinen einzigen kostbaren Tag vergeuden.

»Joe …« Alex ging auf ihn zu, blieb dicht vor ihm stehen und schaute ihm lächelnd in die Augen. »Ich bin dir unsagbar dankbar, dass du diese Sicherheitsanlage installiert hast. Ab jetzt brauche ich keine Angst mehr zu haben.«

»Denk daran – gegen Katzen und Gespenster hilft sie nicht«, warnte er grinsend.

»Mit Katzen und Gespenstern werde ich fertig. Ich fürchte mich nur vor Einbrechern. Danke.« Alex legte ihm eine Hand auf die Brust, stellte sich auf die Zehenspitzen und küsste ihn auf den Mund. Seine Augen wurden dunkler, seine Lippen härter, aber als sie den Kuss beendete, versuchte er nicht, sie festzuhalten.

Er grollte ihr also doch noch … Nun, wenn sie all die Beleidigungen, die er ihr nach dem Zwischenfall an den Kopf geworfen hatte, vergessen und verzeihen konnte, müsste auch er über seinen Schatten springen können. Sie war fest entschlossen, ihn dazu zu bringen …

»Ich weiß auch sehr zu schätzen, dass du mir Andreas Nachricht ins Motel gebracht hast. Danke.« Sie legte ihm die Hände auf die Schultern und küsste ihn wieder. Dieses Mal brachte sie auch ihre Zunge mit ins Spiel. Mit Genugtuung nahm sie zur Kenntnis, dass er seine Hände um ihre Taille legte und den Kuss erwiderte – allerdings nur für Sekunden. Dann riss er seine Lippen von ihren los und hob den Kopf.

»Gern geschehen«, murmelte er mit leicht belegter Stimme. Seine Finger gruben sich in ihre Taille. Alex ließ ihre Hände auf seinen breiten Schultern liegen, lächelte zu ihm auf und beugte sich etwas vor, sodass ihre Brüste sein Hemd berührten.

»Und es war sehr nett von dir, dass du dir heute Morgen meine Sorgen angehört hast. Ich weiß, dass diese ganze Sache auch dich vor Probleme stellt. Also – danke.«

Als sie sich dieses Mal auf die Zehenspitzen stellte, schlang sie ihre Arme um seinen Hals und küsste ihn so provozierend, wie sie nur konnte.

26

Einen Moment lang reagierte Joe nicht, ließ sich zwar küssen, tat selbst aber nichts dazu. Doch dann stieß er einen kehligen Laut aus und küsste sie wie rasend, so als sei er völlig ausgehungert nach ihrem Mund und könne nie genug davon bekommen. Seine Lippen waren hart und fordernd, seine Zunge war heiß und nass. Er schlang seine Arme um Alex und zog sie eng an sich heran. Sie spürte seine Erektion und ihr Herz schlug schneller. Sie wollte ihn so sehr …

Joe machte mit ihr so etwas Ähnliches wie einen Tanzschritt, presste ihren Rücken gegen die Anrichte und wölbte seine Hände um ihr Gesäß. Er streichelte es, drückte es, knetete es ... Alex klammerte sich stöhnend an ihn, die Brüste an seinem breiten Brustkorb, und erinnerte sich daran, wie er beim letzten Mal ihre Pobacken mit Küssen übersät hatte.

Er hob sie hoch und setzte sie auf die Anrichte. Seine Hände glitten an ihren Oberschenkeln entlang, er spreizte ihre Beine und stellte sich dazwischen. Heißes Verlangen durchflutete sie, als Joe sein steifes Glied an ihre empfindsamste Stelle presste, die schon feucht war, mehr als bereit, ihn aufzunehmen. Ein einziger Gedanke kreiste in ihrem benebelten Gehirn: Was hatte dieser Mann an sich, dass sie so verrückt nach ihm war?

»Joe ...«, stöhnte sie in seinen Mund hinein. Nie wieder könnte es ihr passieren, ihn mit dem falschen Namen anzureden, denn kein anderer Mann hatte jemals solche Empfindungen in ihr geweckt, dass sie jedes Schamgefühl vergaß.

Sie wollte, dass er sie gleich hier und jetzt nahm, auf der Anrichte, im grellen Licht einer Leuchtstoffröhre. Sie schlang ihre Beine um seine Taille. Sie wollte, er würde sie mit seinem Speer durchbohren und ihr grenzenlose Lust bescheren ...

O Gott, wie sie ihn begehrte!

Ohne jede Vorwarnung brach Joe den Kuss ab, löste sich von ihren Lippen, griff hinter seinen Rücken und befreite sich von ihren Beinen, indem er sie bei den Knöcheln packte. Dann trat er einen Schritt zurück und befreite sich auf gleiche Weise von den um seinen Hals geschlungenen Armen. Er hielt ihre Handgelenke fest, schwer atmend, mit Augen, die vor Leidenschaft glühten.

»Joe!«, protestierte Alex frustriert. Doch anstatt ihr

Flehen zu erhören, ließ er nun auch ihre Handgelenke los, wich zurück und lehnte sich an die Einbauschränke. Sein Mund verhärtete sich zu einer schmalen Linie, seine Augen verengten sich zu Schlitzen.

»Joe!« Alex streckte bittend die Arme nach ihm aus.

»Alex.« Seine Stimme war rau, kehlig. Er fuhr sich mit den Fingern durch die kurzen schwarzen Haare und ballte die Hände dann zu Fäusten. »Alex, hör zu. Du bist eine schöne und sexy Frau. Ich begehre dich so sehr, dass es schmerzt. Aber ich bin nicht bereit, für dich drei Wochen den Hengst zu spielen, nur um dir zu helfen, deinen Exverlobten zu vergessen. Eher will ich in der Hölle schmoren!«

Alex' Unterkiefer klappte herunter. Sie konnte nicht glauben, was sie hörte. »Was?«

»Du hast mich genau verstanden.«

»Das ist doch lächerlich!« Sie saß immer noch auf der Anrichte, zog ihre Knie bis zur Brust hoch und umschlang sie mit den Armen. »Das hat überhaupt nichts mit Paul zu tun.«

»Honey, das hat *alles* mit Paul zu tun! Du leidest unter dem Verlust und suchst nach irgendeinem Mittel, um den Schmerz zu lindern. Ich kenne diesen Zustand aus eigener Erfahrung. Das Bedürfnis, sich nach einer schlimmen Trennung mit anderen Partnern zu vergnügen, scheint ein natürlicher Instinkt zu sein. Aber ich stehe als Heiler nicht zur Verfügung.«

»Joe …« Alex verstummte, als ihr klar wurde, dass sie diesen Mann buchstäblich anflehte, mit ihr zu schlafen. Wo war ihr Stolz geblieben? Bei jedem anderen Mann, den sie je gekannt hatte, war immer sie es gewesen, die sich bitten und umwerben ließ, bevor sie ein Rendezvous gewährte oder gar eine Beziehung einging. Sogar Paul hatte es nicht leicht gehabt, sie in sein Bett zu bekommen. Er hatte ihr lange den Hof gemacht, mit Blumen, Einladungen zum Abendessen, lustigen Briefen und unzähligen Anrufen …

Es war sehr peinlich, sich eingestehen zu müssen, dass es mit Joe von Anfang an umgekehrt gewesen war: Sie hatte versucht, ihn zu verführen, ihn zu erobern.

Diese Erkenntnis brachte Alex schlagartig zur Vernunft. Sie warf den Kopf zurück und reckte ihr Kinn.

»Vielleicht hast du Recht«, sagte sie kalt. »Vielleicht aber auch nicht. Wir werden es jetzt nie herausfinden, denn eher wird die Hölle zu Eis gefrieren, als dass ich wieder mit dir schlafe.«

Joe betrachtete sie einen Moment lang schweigend und hob sodann seine Werkzeuge auf. »Die Codenummer für die Sicherheitsanlage hat die Ziffern: drei-sieben-drei-null. Wie die ersten vier Ziffern deiner Telefonnummer. Die Box steht in der Abstellkammer. Vergiss nicht, sie einzuschalten, bevor du zu Bett gehst. Soll ich dir zeigen, wie man das macht?«

Alex schüttelte den Kopf. Ihre Augen funkelten vor Zorn. »Ich kenne mich mit solchen Anlagen aus.«

»Okay. Solltest du etwas brauchen, ruf mich an. Ich werde hier sein, bevor du den Hörer aufgelegt hast.«

Neely kam nach Hause, als Alex schon dachte, sie müsste bei Joe anrufen, damit er ihr ausrichtete, sie solle sofort kommen. Trotz der Sicherheitsanlage war ihr der Gedanke zuwider, nach Einbruch der Dunkelheit allein im Haus zu sein, und die Sonne ging schon unter. Doch genauso zuwider war es ihr, bei Joe anzurufen. Deshalb war sie grenzenlos erleichtert, als Neely die Hintertür aufriss, während die letzten Sonnenstrahlen am Horizont versanken. Da Alex in der Küche vor dem offenen Kühlschrank stand und überlegte, was sie essen könnten – Kochen gehörte wirklich nicht zu ihren Stärken und außerdem hatte sie keinen Hunger –, brauchte sie nur den Kopf zu drehen, um zu sehen, wie ihre Schwester durch die Abstellkammer polterte.

»Alex, ich bin wieder da!«, rief sie, was eigentlich völlig überflüssig war. Dann sagte sie über die Schulter hinweg etwas zu Eli und zwei anderen Teenagern – einem Jungen und einem Mädchen –, die ihr in die Küche folgten. Alex musste sofort an Joe denken, als sie Eli erblickte, und sie wollte nicht an ihn denken, nicht jetzt und nie wieder.

»Hi, Miss Haywood«, begrüßte Eli sie höflich.

Weil es sinnlos und ungerecht wäre, ihre Wut auf den Vater am Sohn auszulassen, lächelte Alex ihm zu, während sie die Kühlschranktür schloss.

»Hi, Eli«, sagte sie und fügte sogar hinzu: »Du kannst mich ruhig Alex nennen. So alt bin ich nun auch wieder nicht.«

»Nun ja, wissen Sie, Dad hält sehr viel von guten Umgangsformen«, berichtete der Junge. »Er wird mir den Kopf abreißen, wenn er hört, dass ich Sie Alex nenne.«

Es ist dein Vater, dem man den Kopf abreißen müsste, dachte Alex, sagte aber nur: »Sag ihm einfach, ich hätte es dir erlaubt.«

»Eli wird mich zur Schule fahren«, erzählte Neely. Erst jetzt fiel Alex auf, dass ihre Kleidung und Schuhe vor getrocknetem Schlamm starrten und ihre vom Wind zerzausten Haare wirr vom Kopf abstanden. Die anderen Teenager sahen nicht viel besser aus. Ein Glück, dachte Alex, dass der Küchenboden leicht zu putzen war.

»Du lieber Himmel, was habt ihr gemacht? Lehmkuchen gebacken?«

»Mofa gefahren«, erklärte Eli. Seine Stimme erinnerte sie wieder an Joe.

»Es war super«, berichtete Neely. »Wir sind durch das

Flüsschen gebraust. Oh, das sind übrigens Heather Isaacson und David Saunders.«

»Hi.«,

»Oh, cool, eine Katze! Wo kommt die denn her?« Neely hatte Hannibal erspäht, der Milch schleckte, die Alex ihm in einer kleinen Schüssel auf dem Boden serviert hatte. Neely kniete nieder und streichelte das dichte Fell. Hannibal wölbte zufrieden seinen Rücken, ohne das Trinken zu unterbrechen.

»Sein Name ist Hannibal. Offenbar gehört er zum Haus.« Dann wandte Alex ihre Aufmerksamkeit den beiden Teenagern zu. Sie wusste aus Erfahrung, dass es besser war, Neelys Freunde zu kennen. Auf diese Weise erlebte man weniger Überraschungen.

»Geht ihr auch in die Shelby County High School?«

»Ja.«

Sie wechselte ein paar Worte mit ihnen, aber sowohl die beiden als auch Eli hatten es eilig, nach Hause zu kommen.

»Wir sehen uns morgen in der Schule«, sagte Heather im Gehen zu Neely und hängte sich demonstrativ bei Eli ein, dem das sichtlich peinlich war. Alex fiel plötzlich ein, dass eine Heather als Elis Freundin erwähnt worden war. Das musste sie sein, und sie wollte Neely zeigen, dass sie ältere Ansprüche hatte. Zum Glück schien Neely das gelassen hinzunehmen.

»Ja, bis dann«, sagte sie lächelnd.

Die Besucher gingen zur Tür.

»Oh, Dad hat gesagt, dass ich Ihnen das hier geben soll.« Eli drehte sich um und überreichte Alex eine Plastiktüte, die er in der Hand gehabt hatte. »Es sind die Sachen, die Sie neulich nachts anhatten, und ein Walkie-Talkie, wie wir sie benutzen, um in Kontakt zu bleiben, wenn wir auf der Farm arbeiten. Ich soll Ihnen von Dad ausrichten, wenn Sie es ins Schlafzimmer mitnehmen, können Sie nachts notfalls mit ihm Kontakt aufnehmen, wenn das Telefon wieder nicht funktionieren sollte.«

»Danke, Eli.« Alex lächelte ihm zu und legte die Tüte auf eine Arbeitsplatte. Joe konnte lange darauf warten, dass sie Kontakt mit ihm aufnahm! Eli erwiderte ihr Lächeln und es war ein umwerfend charmantes Lächeln – genau wie das Lächeln seines verdammten Vaters! Er winkte zum Abschied und wandte sich wieder zur Tür.

»Also, Neely, ich hol dich um zwanzig nach sieben ab. Auf Wiedersehen, Miss Haywood … äh … Alex.«

»Ist er nicht der tollste Kerl, den du je gesehen hast?«, fragte Neely, nachdem ihre neuen Freunde gegangen waren.

Nicht ganz, dachte Alex, wütend auf sich selbst, weil sie bei der Ausnahme natürlich wieder an Joe gedacht hatte.

»Eli scheint aber schon eine Freundin zu haben«, sagte sie, ohne die Frage ihrer Schwester direkt zu beantworten.

»Meinst du Heather?« Neely holte sich eine Dose Coke aus dem Kühlschrank. »Die ist keine Konkurrenz für mich. Ich könnte wetten, dass sie noch nie gebumst hat.«

»Neely!« Alex war entsetzt. »Du bist erst fünfzehn, Eli nicht viel älter. Du treibst doch nicht wirklich etwas mit ihm? Sag bitte die Wahrheit!«

Lachend öffnete Neely die Dose. »Die sag ich dir, wenn du mir die Wahrheit über sexy Dad sagst. Und jetzt muss ich mich waschen. Bis gleich.«

Alex war sich nicht sicher, welche Einstellung Joe zu eventuellen ersten sexuellen Erfahrungen seines Sohnes hatte. Sie wusste nur, dass sie nicht in der Nähe sein wollte, falls er Eli jemals beim Sex mit *Neely* ertappen sollte.

»Oh, übrigens«, rief Neely von irgendwoher. »Ich

überlege, ob ich mir die Zunge piercen soll. Ich habe gehört, dass man beim oralen Sex unglaubliche Effekte erzielen kann, wenn man so ein Metallding in der Zunge hat!«

In der Hoffnung, dass Neely sie nur schockieren wollte, gab Alex keine Antwort. Einfach überhören, hatte Joe geraten.

Draußen war es jetzt ganz dunkel, aber die Küche war warm und hell beleuchtet. Mit Hannibal, der schnurrend auf der Anrichte lag, nachdem sie vergeblich versucht hatte, ihn zu verscheuchen, hatte die Atmosphäre sogar etwas Gemütliches an sich. Als Neely in die Küche zurückkam, wollte Alex weitere Gespräche über Eli oder Zungenpiercings vermeiden, indem sie sofort fragte, was sie essen wolle.

»Thunfischsandwiches oder Omelette?«

»Deine Omelettes fallen immer in sich zusammen«, sagte Neely, nahm auf einem der Barhocker Platz, stützte ihr Kinn auf die Hand und streichelte Hannibal, der daraufhin noch lauter schnurrte. »Warum bestellen wir nicht einfach Pizza?«

»Gibt es hier draußen denn einen Homeservice?« Alex drehte sich überrascht um und runzelte die Stirn, als sie sah, dass der unverschämte Kater von ihrer Schwester auch noch verwöhnt wurde. Sie hatte den Eindruck, als würde er grinsen.

»Eli hat gesagt, dass es bei ihnen heute Abend auch Pizza gibt, weil sein Vater schlechte Laune hat und nicht kochen möchte.«

Joe hatte also schlechte Laune? Das war eine interessante Neuigkeit!

»Gut, dann also Pizza.« Alex holte ein Telefonbuch, fand nach einigem Suchen die Nummer des Homeservice und gab ihre Bestellung auf. Als sie den Hörer auflegte, sah sie, dass Neely sie nachdenklich beobachtete, eine Hand auf Hannibals Fell, die andere als Stütze für ihr Kinn.

27

»Was ist los?«, fragte Alex, die an der Miene ihrer Schwester ablesen konnte, dass sie etwas auf dem Herzen hatte.

»Alex, glaubst du, dass Daddy etwas gespürt hat? Ich meine, als er sich erschoss. Glaubst du, dass es wehgetan hat?«

Alex zuckte zusammen und ihr Magen verkrampfte sich. »O Gott, Neely, ich weiß es nicht, aber ich kann es mir nicht vorstellen. Er muss sofort tot gewesen sein, viel zu schnell, um noch Schmerzen zu empfinden.«

»In der Nacht, als er starb, hatte ich diesen seltsamen Traum ...«

»Was für einen Traum?«

»Mir träumte, er hätte mich im Internat angerufen und gesagt, dass er mich liebt. Ich konnte ihn nicht sehen, aber ich hörte seine Stimme am Telefon. Es war so real, Alex! Als man mich weckte und mir mitteilte, er sei tot, konnte ich es zuerst gar nicht glauben. Ich sagte, er könne nicht tot sein, weil ich gerade noch mit ihm telefoniert hätte.«

Alex starrte ihre Schwester an und ein eisiger Schauer lief ihr über den Rücken. Nur mühsam fand sie die Sprache wieder. »Auch ich habe von einem Telefonat mit ihm geträumt – als wir bei Joe übernachtet haben. Aber ich konnte nicht verstehen, was er mir sagen wollte.«

Die beiden Schwestern sahen einander schweigend an.

»Willst du wissen, was noch unheimlicher war?«, fragte Neely.

Alex war nicht sicher, ob sie es wirklich wissen wollte. Ihr Magen krampfte sich noch mehr zusammen. Trotzdem murmelte sie: »Was?«

»In der Nacht nach seinem Tod, nachdem ich nach Hause geflogen war, klingelte bei mir im Zimmer dauernd das Telefon. In Wirklichkeit, meine ich, denn ich fand keinen Schlaf. Wenn ich den Hörer abnahm, meldete sich niemand. Das wiederholte sich vier oder fünf Mal. Dann habe ich einfach den Stecker rausgezogen, aber ich bin nicht mehr zu Bett gegangen.«

»Wahrscheinlich war es irgendein Verrückter«, schlug Alex vor. »Jemand, der wusste, dass Daddy gestorben war.«

»Hältst du es für möglich, dass er versucht, mit uns Kontakt aufzunehmen?« Neelys Stimme war kaum zu hören. »Aus dem Jenseits oder wo immer er jetzt auch sein mag.«

Alex bekam eine Gänsehaut, wollte es sich aber nicht anmerken lassen. »Neely, du siehst zu viele Horrorfilme!« Dabei hatte sie selbst ähnliche Ideen gehabt. Doch natürlich waren die Träume, die Neely und sie hatten, nur ein Ausdruck ihrer Trauer, gesteuert vom Unterbewusstsein. Joe hatte gesagt, er hätte nach dem Verlust seiner Mutter und Schwester ähnliche Träume gehabt …

Ohne Joe zu erwähnen, versuchte sie Neely von dieser rationalen Erklärung zu überzeugen, was ihr nicht ganz gelang.

»Vielleicht wollte Daddy mir wenigstens nach seinem Tod sagen, dass er mich doch geliebt hat … Als er am Leben war, hat er das kein einziges Mal gesagt.«

Vor Mitleid mit ihrer Schwester brach Alex fast das Herz. Natürlich war das die Ursache für Neelys unmögliches Benehmen. Das Mädchen hatte nie elterliche Liebe gespürt.

»Er hat dich geliebt«, sagte sie. »Er konnte es nur nicht zeigen.«

»Dir hat er es aber gezeigt!« Neelys Stimme bekam einen scharfen Unterton. »Er machte nie ein Geheimnis daraus, dass er dich für ein Gottesgeschenk ans ganze Universum hielt. Mich wollte er nicht einmal um sich haben!«

»Neely ...« Es stimmte, was ihre Schwester sagte, aber Alex hatte immer gehofft, dass es Neely nicht auffallen würde.

»Oh, mach dir keine Sorgen, es war nicht deine Schuld.« Neely hörte sich plötzlich gelangweilt an und sprang vom Barhocker hinunter. »Du bist wundervoll, das weiß jeder! Nicht um das Thema zu wechseln – aber was meinst du, was ich morgen in die Schule anziehen soll? Ich habe nicht viel mitgebracht. Das Internat wird meine Sachen packen und nach Whistledown schicken müssen.«

»Neely, du bist auch wundervoll«, sagte Alex leidenschaftlich.

»Na klar!« Neely winkte ab und verließ die Küche.

Tränen brannten in Alex' Augen, während sie ihrer Schwester nachschaute. Sie hatte ihren Vater geliebt, aber es ließ sich nicht leugnen, dass er als Vater ein Versager gewesen war, und für seine jüngere Tochter hatte er wirklich nie das geringste Interesse gezeigt und ihr dadurch schlimme Wunden zugefügt. Auch Alex hatte ihn selten zu Gesicht bekommen und sich als Kind unerwünscht gefühlt, doch als sie älter wurde, hatte sie begriffen, dass er sie auf seine spezielle Weise liebte.

Sie wusste, dass es sinnlos wäre, Neely nachzulaufen und das heikle Thema wieder aufs Tapet zu bringen. Ihre Schwester hatte sich wieder ins Schneckenhaus zurückgezogen, nachdem sie immerhin erstaunlich viel von ihren Gefühlen preisgegeben hatte.

Ein Klingeln an der Haustür sorgte für willkommene Ablenkung von ihren trüben Gedanken. Das musste der Pizza-Lieferant sein. Hannibal folgte ihr in die Halle und beobachtete, wie sie bezahlte, die warme Schachtel entgegennahm und in das gemütliche kleine Fernsehzimmer trug. Der Bildschirm war riesig, und die Schwestern sahen fern, während sie die Pizza verspeisten – Neely mit herzhaftem Appetit, Alex nur automatisch kauend und schluckend, ohne den Geschmack wahrzunehmen.

Sie blieben lange auf. Ohne dass ein Wort darüber verloren wurde, wusste Alex, dass Neely sich genauso wie sie selbst davor fürchtete, in der ersten Etage allein zu sein. Schließlich konnten sie es aber nicht mehr hinausschieben. Die Elf-Uhr-Nachrichten waren zu Ende und sie gähnten ständig.

»Na, weißt du inzwischen, was du morgen tragen wirst?«, fragte Alex auf der Treppe. Neely trug Hannibal, der in ihren Armen zufrieden schnurrte. Offenbar wollte sie den riesigen Kater bei sich schlafen lassen. Alex war nahe daran, ihre Schwester zu beneiden, die in diesem unheimlichen alten Haus immerhin mit einem lebendigen Kuscheltier zu Bett gehen konnte.

Neely zuckte mit den Schultern. »Jeans, mein lila T-Shirt und die Jeansjacke. Ich überlege nur noch, ob ich den Diamanten in meiner Nase durch einen der Ohrringe mit lila Federn ersetzen soll, die so gut zum Top passen. Was meinst du? Modisch auf der Höhe oder lieber dezent?«

Alex erschauderte bei der Vorstellung, dass Neely in einer neuen Kleinstadtschule mit einer lila Feder in der Nase auftauchen könnte. »Auf jeden Fall dezent«, sagte sie energisch. Etwas zögernd erkundigte sie sich auf dem

Korridor im ersten Stock: »Bist du nervös wegen der neuen Schule?«

Neely schüttelte den Kopf »Ich kenne jetzt ja schon ein paar Kids und bin mit dem heißesten Typen der Schule gut befreundet. Da müsste eigentlich alles gut gehen.«

»Woher willst du denn wissen, dass Eli der heißeste Typ der Schule ist?«

Neely grinste. »Heather hat es mir erzählt. Er ist der beste Baseballspieler und sieht einfach super aus. Sie hat mir auch gesagt, er gehöre ihr und ich solle ihn in Ruhe lassen. Ich glaube, wir werden gute Freundinnen sein – jedenfalls nach außen hin …«

»Oh, Neely«, stöhnte Alex, halb amüsiert, halb verzweifelt. Wusste der arme Eli überhaupt, worauf er sich da eingelassen hatte? Zwei Mädchen, die mit Samtpfoten und ausgefahrenen Krallen um ihn kämpfen würden … Für einen Außenseiter war es komisch, für die Beteiligten könnte es tragisch werden.

»Nacht«, sagte Neely, ging in ihr Zimmer und schloss die Tür ab – der beste Beweis für Alex, dass auch ihre Schwester nervös war.

Während sie die wenigen Schritte zu ihrem eigenen Schlafzimmer zurücklegte, wünschte Alex sich von ganzem Herzen, zu Hause in Philadelphia zu sein, in ihren eigenen vier Wänden, in dem hübschen Stadthaus, wo Angst für sie ein Fremdwort gewesen war. Dann fiel ihr ein, dass sie auch dort allein wäre. Paul, mit dem sie sich das Haus geteilt hatte, lebte jetzt anderswo und Neely wäre im Internat. Natürlich würden ihre Freundinnen sie besuchen und sogar bei ihr übernachten, wenn sie das Gefühl hätten, sie trösten zu müssen – aber alle hatten ihre eigenen Probleme, führten ihr eigenes Leben … Und vor ihrer Haustür würden Reporter und Fotografen lauern …

Und es gäbe keinen arroganten, tyrannischen, unglaublich sexy Mann am Fuße eines Hügels …

Aber sie wollte ja nie wieder an Joe denken!

Und das Zuhause in Philadelphia gab es auch nicht mehr. Nur in ihrem Gedächtnis lebte es weiter – ein gemütliches Haus, das sie erst vergangenes Jahr gekauft hatte. Damals war sie sorglos und glücklich gewesen, hatte fotografiert und ihre Bilder entwickelt, war zum Mittagessen mit Freundinnen ausgegangen und hatte die Abende und Nächte mit Paul verbracht.

Dieses gemütliche Heim gehörte der Vergangenheit an. Wenn sie nach Philadelphia zurückkehrte, würde das Haus immer noch ihr gehören, doch sie würde sich aus den Trümmern ihrer alten Welt eine ganz neue aufbauen müssen: eine Welt ohne ihren Vater, ohne Paul, ohne Vermögen.

Vorerst musste sie sich aber hier in Whistledown vor den Reportern verstecken, ob sie wollte oder nicht.

Seufzend betrat Alex ihr Schlafzimmer und schaute sich ängstlich um. Sie war am Spätnachmittag, während sie auf Neely gewartet hatte, schon einmal hier gewesen, weil ihr eingefallen war, dass das Bett nach ihren Liebesspielen mit Joe ziemlich zerwühlt aussehen musste. Doch es war korrekt gemacht, und sie vermutete, dass er hier Ordnung geschaffen hatte, nachdem sie mit Neely ins Motel gefahren war.

Bei hellem Tageslicht war es ein sehr komfortables Gästezimmer mit angrenzendem Bad. Doch jetzt wirkte es auf Alex genauso gespenstisch wie das totenstille Haus. Links und rechts vom Bett waren lange Fenster, deren uralte Verglasung die funkelnden Sterne und den Mond am schwarzen Himmel so verzerrte, dass auch sie bedrohlich wirkten. Alex durchquerte rasch das Zimmer und schloss die Vorhänge, um sie nicht mehr sehen zu müssen.

O Gott, sie hatte Angst! Ihre Gedanken kreisten immer wieder um die Atemzüge, die sie neulich geweckt hatten. Aber jetzt hatte sie ja die Sicherheitsanlage, redete sie sich selbst Mut zu – und sie hatte ihre Schlaftabletten ...

Sie ging ins Bad und nahm eine der Pillen ein, duschte und putzte sich die Zähne. Im Nachthemd kehrte sie ins Schlafzimmer zurück, schlug die Decken zurück und wollte sich in das frisch bezogene Bett legen.

Fast wünschte sie, der verdammte Kater wäre hier. Neely hatte immerhin ein Lebewesen um sich.

Viel lieber als Hannibal hätte sie allerdings Joe bei sich ...

Erst jetzt fiel ihr das Walkie-Talkie in der Plastiktüte ein, die sie achtlos in der Küche liegen gelassen hatte. Ihr graute davor, noch einmal durch das leere Haus nach unten zu gehen, doch noch mehr graute ihr davor, nachts aufzuwachen und wieder so hilflos wie neulich zu sein.

Alex atmete tief durch und ging in die Küche, wobei sie sämtliche Lichtschalter betätigte. Sie schnappte sich die Tüte und hastete in ihr Schlafzimmer zurück, ohne die Lampen auszuschalten. Natürlich war es lächerlich, aber sie setzte Licht mit Sicherheit gleich. Wenn es dunkel war, schien das ganze Haus laut zu atmen ...

Zitternd stand sie in ihrem Schlafzimmer und schloss die Tür ab. Ihr konnte nichts passieren, sagte sie sich. Die Alarmanlage war eingeschaltet, die Zimmertür verschlossen, das Haus hell beleuchtet. Auch hier spendeten die beiden Nachttischlampen ein warmes Licht. Ihr konnte nichts passieren ...

Sie legte die Plastiktüte auf den Toilettentisch und wühlte darin herum, bis sie das Walkie-Talkie zwischen ihren geputzten Schuhen fand. Es war etwas größer als ihre Hand, aus gelbem Plastik, mit abgerundeten Ecken.

»Alex?«

Sie zuckte erschrocken zusammen, als das Gerät plötzlich zum Leben erwachte.

»Joe?«

»Habt ihr irgendwelche Probleme?«

Alex starrte das komische Ding in ihrer Hand an, das wie ein Spielzeug aussah. »N-nein. Wie kommst du auf die Idee?«

»Das Haus ist so hell beleuchtet wie ein Weihnachtsbaum. Vor wenigen Minuten war es noch dunkel.«

»Woher weißt du das?«

»Ich kann es durch das Fenster sehen.«

»Ja?« Das war beruhigend.

»Ja. Also – was ist los?«

»Ich bin nach unten gegangen, um etwas zu holen, und habe Licht gemacht.«

»Bist du jetzt im Erdgeschoss?«

»Nein, in meinem Zimmer«, gab Alex impulsiv zu. Viel zu spät fiel ihr ein, dass sie hätte schwindeln sollen. Joe konnte zwar das Haus sehen, aber nicht, wo sie sich aufhielt.

»Du hast das Licht nicht ausgeschaltet.«

»Ich weiß.«

»Oh …« Und nach kurzer Pause: »Fürchtest du dich?«

»Nein,« log sie und schnitt eine Grimasse, als aus dem Walkie-Talkie ein leises Lachen zu hören war.

»Hast du die Sicherheitsanlage eingeschaltet?«

Als ob sie so etwas vergessen würde! »Ja.«

»Und die Türen abgeschlossen?«

»Ja.« Hielt er sie eigentlich für eine Vollidiotin?

»Dann seid ihr dort oben so sicher wie das Gold in Fort Knox.«

Ein Jammer, dass sie sich trotzdem nicht sicher fühlte! »Wie funktioniert dieses Ding eigentlich?«, fragte Alex und drehte das Walkie-Talkie hin und her.

»Ganz einfach. Beide Geräte sind eingeschaltet, sonst könnten wir uns jetzt nicht unterhalten. Solltest du mich brauchen, musst du nur rufen oder schreien – vorausgesetzt, das Walkie-Talkie ist in deiner Nähe.«

»Wo bist du jetzt eigentlich?«

»In meinem Bett. Das Walkie-Talkie liegt auf meinem Nachttisch, damit ich dich auf jeden Fall höre, falls du Hilfe benötigen solltest.«

Alex lächelte. »Das ist ja fast wie ein Baby-Monitor!«

»Du sagst es.«

»Und ich bin das Baby.«

»Das hast du gesagt, Prinzessin, nicht ich! Willst du die Lampen die ganze Nacht brennen lassen?«

»Warum willst du das wissen?«

»Damit ich, wenn ich wieder aus dem Fenster schaue, weiß, was los ist. Dunkles Haus – alles in Ordnung. Hell beleuchtetes Haus – ich muss nach dem Rechten sehen. Oder umgekehrt.«

»Ich lasse das Licht an«, gestand Alex verlegen, aber Joe hatte Recht: Auch auf diese Weise konnte man sich verständigen.

Er kicherte. »Es ist deine Stromrechnung! Also dann – gute Nacht!«

»Gute Nacht«, flüsterte Alex, legte das Walkie-Talkie auf den Nachttisch, stieg ins Bett und streckte sich unter den Decken aus, ohne das Licht auszuschalten. Die Schlaftablette wirkte – sie fühlte sich leicht benommen und wusste aus Erfahrung, dass sie in wenigen Minuten einschlafen würde.

Sie fürchtete sich nicht mehr und das war ein herrliches Gefühl. Mit Joe reden zu können war fast so schön, als wäre er hier bei ihr.

Fast, aber nicht ganz.

»Joe?« Sie wollte sich eigentlich nur vergewissern, dass das Gerät immer noch funktionierte.

»Hmm?«

»Gute Nacht.«

»Gute Nacht.«

Alex fühlte sich erstaunlich warm und geborgen. Erst als ihr die Lider zufielen, erinnerte sie sich daran, dass sie eigentlich wütend auf Joe war. Nicht nur wütend – so sauer, dass sie ihn nie wieder sehen wollte!

Na ja, war ihr letzter Gedanke vor dem Einschlafen, bei hellem Tageslicht konnte sie ihm wieder grollen. Bei Nacht brauchte sie seinen Beistand …

28

Joe drehte sich auf den Bauch, schob das Kissen über seinen Kopf, drückte die weichen Enden mit beiden Armen an seine Ohren, konnte trotzdem nicht einschlafen und gab diese unbequeme Lage seufzend wieder auf.

Er konnte die leisen Geräusche hören, die sie im Schlaf von sich gab.

Ihre gleichmäßigen Atemzüge. Das Knistern der Laken, wenn sie sich bewegte. Und vor Sekunden einen Laut, der sich wie ein Aufstöhnen anhörte.

Hatte jemals zuvor ein Mann solche Qualen durchlitten? Und er hatte sie sich auch noch selbst angetan!

Wie war so etwas nur möglich?

Joe versuchte seinen Zustand ins Lächerliche zu ziehen, um sich abzulenken: steif wie ein Brett, geil wie ein Ziegenbock, scharf wie Peperoni … Und das alles müsste nicht sein! In der Küche von Whistledown hätte er sie haben können. Verdammt, sie hatte sich ihm ja sozusagen an den Hals geworfen, ihn geküsst und auf jede erdenkliche Weise provoziert! Und er hatte das genossen …

Im Salon eine Dame, im Schlafzimmer eine Nutte – von einer solchen Frau hatte er sein Leben lang geträumt.

Dieser Gedanke war ihm durch den Kopf geschossen, als sie ihre schönen langen Beine um seine Taille hatte schlingen wollen, und eben dieser Gedanke hatte ihn veranlasst, das herrlich erregende Vorspiel abrupt abzubrechen.

Wenn er drei Wochen lang mit ihr schlief, würde er sie nicht mehr gehen lassen können. Das wusste er genau, so wie er wusste, dass die Sonne jeden Morgen aufging.

Aber sie *würde* gehen. Sie würde in ihre Welt zurückkehren und ihn hier in seiner Welt zurücklassen.

Sie hätte bis dahin ihren Liebeskummer überwunden – mit seiner Hilfe, in seinen Armen. Doch *sein* Liebeskummer würde sehr lange währen.

Sie seufzte im Schlaf. Er hörte es so deutlich, als würde sie neben ihm liegen. Sein Körper reagierte sofort in katastrophaler Weise.

Verflucht, das war ja kaum auszuhalten! Ihm erging es schlimmer als einem Teenager, der von seiner ersten großen Liebe träumt! Er – ein erwachsener Mann von 37 Jahren – bekam einen riesigen Ständer, nur weil er den Atemzügen einer Frau lauschte!

Wenn er ihr noch länger zuhörte, würde er alle weisen Ratschläge vergessen, die er sich selbst gegeben hatte. Er würde den Hügel hinaufrennen, die Tür mit seinem Schlüssel öffnen, die Alarmanlage ausschalten und in ihr Bett kriechen.

Sie würde ihn willkommen heißen, das wusste er.

Bei der Vorstellung, was sich dann abspielen würde, knirschte er mit den Zähnen und sprang aus dem Bett. Er hatte die Fenstervorhänge absichtlich nicht geschlossen und konnte im Stehen sofort die hell beleuchtete Villa sehen.

Sie hatte behauptet, keine Angst zu haben.

Er könnte ja auch behaupten, keinen Ständer zu haben!

Zu 99,9 Prozent war er überzeugt gewesen, dass sie in Whistledown genauso sicher war wie er hier in seinem eigenen Haus. Die Alarmanlage diente dazu, das Restrisiko von 0,1 Prozent auszuschalten.

Er zog seine Jeans an und ging in die Küche hinunter. Ohne Licht zu machen, goss er sich ein Glas Milch ein und trank es im Dunkeln. Angeblich half Milch ja beim Einschlafen.

Alex hatte gebeichtet, dass sie Schlaftabletten nahm.

Kein Wunder, dass sie sofort eingeschlafen war. Er wünschte nur, ihm wäre dieses Glück auch beschieden.

Er leerte das Glas, stellte es auf die Anrichte – und hörte, wie ein Schlüssel in seine Hintertür geschoben wurde.

Es war ein leises Geräusch. Das Klicken des Schlosses war nicht viel lauter. Dann öffnete sich die Tür.

Joe lehnte sich an die Spüle, verschränkte die Arme und wartete ab.

Im Gegensatz zu Alex hatte er keine Angst vor einem Einbrecher. In Paradise County gab es diese Art von Verbrechen so gut wie gar nicht. Außerdem glaubte er zu wissen, wer sich mitten in der Nacht in seine Küche schlich.

Die Tür wurde leise geschlossen. Joe streckte einen langen Arm aus und drückte auf den Lichtschalter.

Eli stand vor ihm und blinzelte verdutzt.

»Hallo, Sohn«, sagte Joe betont freundlich. Er sah auf einen Blick, dass Eli voll bekleidet war: Jeans, Turnschuhe, Armeejacke. So zog man sich nicht an, wenn man nur kurz auf der Veranda frische Luft schnappen wollte. Als er seinen Sohn zuletzt gesehen hatte, vor etwa zwei Stunden, war Eli gerade im Pyjama vom Bad in sein Zimmer gegangen.

»Hallo, Dad.« Elis verlegenes Lächeln bewies, dass er sich sehr unwohl in seiner Haut fühlte.

»Dürfte ich wissen, wo du gewesen bist?«

Eli zuckte mit den Schultern und öffnete den Reißverschluss der Jacke. »Draußen.«

»Stell dir vor, das habe ich mir fast schon gedacht! Wo draußen?«

Eli schaute ihn an. »Einfach draußen.«

Es hörte sich trotzig an, was bei Eli selten vorkam. Joe ging auf seinen Sohn zu und staunte über dessen breite Schultern. In wenigen Jahren würde der Junge auch so groß wie er selbst sein.

Als Joe dicht vor Eli stand, schnupperte er – unauffällig, wie er glaubte.

Eli bemerkte es trotzdem und runzelte die Stirn. »Ich habe nicht getrunken. Dir wird also bestimmt keine Alkoholfahne in die Nase steigen. Und ich habe auch kein Hasch geraucht.«

»Freut mich.« Joe entspannte sich ein wenig und konnte nur mühsam ein Lächeln unterdrücken. Es gab nur drei Dinge, die einen Sechzehnjährigen mitten in der Nacht aus dem Bett treiben konnten. Alkohol und Drogen waren soeben ausgeschlossen worden.

Und wenn Eli mit dem Auto zu seinem Rendezvous unterwegs gewesen wäre, hätte Joe das gehört. Folglich kam nur eine Person als Komplizin infrage.

»Bist du reingegangen oder ist sie rausgekommen?«, fragte er liebenswürdig.

Eli riss die Augen weit auf. »Wer?«

»Tu nicht so scheinheilig, Junge.« Joe setzte sich auf eine Tischkante. »Du weißt genau, wer: Neely Haywood.«

Eli starrte ihn so verblüfft an, dass er fast gelacht hätte. *Woher weißt du das?* stand so deutlich in seinem Gesicht geschrieben, als hätte er die Frage laut gestellt.

»Sie ist rausgekommen«, gab Eli widerwillig zu und bekam dabei einen hochroten Kopf. Um einen Vorwand zu haben, den Blick seines Vaters zu meiden, zog er seine Jacke aus und hängte sie an einen Garderobenhaken. »Wir haben uns nur unterhalten« beteuerte er dabei.

Na klar, was denn sonst?, hätte Joe am liebsten ironisch gesagt, hielt aber den Mund.

»Neely sagt, dass du mit ihrer Schwester schläfst.«

Aha, Eli kannte das Sprichwort: Angriff ist die beste Verteidigung. Aber Joe hatte nicht die Absicht, sich vor seinem Sohn für sein Sexualleben zu rechtfertigen. »Du weißt genau, dass du an Schultagen um zehn zu Hause sein – und bleiben – musst.«

Eli warf ihm einen gequälten Blick zu. Ein Verstoß gegen diese Regel zog normalerweise ein totales Ausgangsverbot für mindestens eine Woche nach sich, wie er aus schmerzlicher Erfahrung wusste. »Dad, ich war doch nur ganz kurz oben auf dem Hügel.«

Joe sah ihn lange an und hatte Erbarmen. »Also gut, geh ins Bett und schleich dich nie wieder mitten in der Nacht heimlich aus dem Haus, verstanden? Sollte ich dich noch einmal dabei erwischen, bekommst du ein paar Wochen Hausarrest, das kann ich dir schriftlich geben.«

»Okay.« Erleichtert ging Eli zur Tür, drehte sich aber auf der Schwelle grinsend um. »He, Dad, was Miss Haywood betrifft: Die ist echt 'ne Wucht!«

Er machte sich aus dem Staub, bevor Joe etwas erwidern oder ihn für seine Ausdrucksweise tadeln konnte.

Seufzend folgte Joe seinem Sohn die Treppe hinauf. Als er wieder in seinem Schlafzimmer stand, stellte er fest, dass in der Villa immer noch alle Lichter brannten. Hatte diese verfluchte kleine Hexe von Neely wenigstens die Alarmanlage wieder eingeschaltet, als sie von ihrem nächtlichen Rendezvous mit seinem Sohn zurückgekommen war? Er hatte keine Möglichkeit, das zu überprüfen. Wahrscheinlich war es Zeitvergeudung, Alex aufzuklären, dass ihre frühreife Schwester sich nachts draußen herumtrieb, denn er hatte ja im Motel erlebt, dass sie das aufsässige Mädchen nicht unter Kontrolle hatte. Trotzdem würde er ihr Bericht erstatten. Was Eli betraf, so machte Joe sich keine großen Sorgen. Der Bursche war fast siebzehn, er hatte mit ihm schon vor Jahren über *Safe Sex* gesprochen und zum Glück war Ausgehverbot immer noch eine wirksame Drohung.

Joe zog seine Jeans aus, warf sich ins Bett und lauschte den Geräuschen im Walkie-Talkie. Alex war aufgestanden! Er hörte leise Schritte, dann das Knarren einer Tür. Wahrscheinlich musste sie auf die Toilette. Er drehte sich auf den Bauch und wühlte seinen Kopf ins Kissen. Gleich darauf hörte er sie seufzen und erriet, dass sie wieder im Bett lag.

Er war heftig versucht, mit ihr zu reden, doch das würde seine Selbstbeherrschung auf eine weitere harte Bewährungsprobe stellen, der er sich lieber nicht unterziehen wollte.

Außerdem deuteten gleichmäßige Atemzüge darauf hin, dass sie schon wieder eingeschlafen war.

Und diese gleichmäßigen Atemzüge übten auf ihn dieselbe verheerende Wirkung wie zuvor aus.

Joe rollte sich auf den Rücken, warf sein Kissen auf den Boden, verschränkte die Hände unter seinem Kopf und starrte frustriert an die Decke. Wenn er vernünftig wäre, würde er das verdammte Walkie-Talkie einfach ausschalten. *Hello, Mr. Sandman.* Aber das konnte er nicht machen. Vielleicht würde Alex aufwachen und Angst haben. Vielleicht würde sie nach ihm rufen. Sie verließ sich darauf, dass er für sie da war. Und er würde sie nicht enttäuschen.

Für andere Menschen da zu sein gehörte schließlich zu seinen festen Gewohnheiten.

Sein Pech, dass er nie davon profitierte – ganz im Gegenteil. Letzten Endes war er immer der Dumme …

29

Die Nacht gehörte den Jägern, den Raubtieren und Raubvögeln. So war es immer gewesen und so würde es immer sein. Eulen schwebten mit weit ausgestreckten Flügeln über den Feldern, sichteten im Mondschein unvorsichtige Mäuse und schnappten sie sich. Kojoten schlichen durch die dunklen Wälder unten am Fluss, bis sie irgendwo ein Kalb, eine Ziege oder ein junges Reh fanden, auf das sie sich dann mit freudigem Geheul stürzten.

Jäger hatten etwas mit Gott gemeinsam – sie gaben und nahmen. Sie entschieden, welche Kreaturen lebten und welche starben. Sie wählten unter möglichen Opfern jene aus, die ihnen die größte Befriedigung verschafften, aber sie behielten dabei auch ihre eigene Verletzlichkeit im Auge und griffen niemanden an, der ihre Sicherheit gefährden könnte.

Alexandra Haywood zu erbeuten würde ihn in Gefahr bringen, das rief der Jäger sich ständig ins Gedächtnis, als er in ihrem Schlafzimmer stand und sie betrachtete. Sie war wunderschön, so blond und frisch, und sie hatte das Licht brennen lassen, sodass er sie von den silbrigen Haaren bis zu den leicht gekrümmten Zehen bewundern konnte.

Er hatte vorsichtig – sehr, sehr vorsichtig – die Decke zurückgezogen, um sie besser sehen zu können.

Sie lag auf dem Bauch, die Arme unter dem Kissen,

das Gesicht dem Nachttisch zugewandt. Ihr Haar war wie ein Heiligenschein aus Platin auf dem hellblauen Kissenbezug ausgebreitet, ihr Körper von einem hübschen geblümten Nachthemd verhüllt, das wie Seide aussah. Ein langes schlankes Bein war angezogen, das andere ausgestreckt.

Ihr Hintern war klein, aber wohlgeformt, und vermutlich würde er sich straff anfühlen.

Doch der Jäger war heute Nacht nicht hier, um sie zu berühren. Er war eine Art Schaufensterbummler. Schauen, aber nicht kaufen. Jedenfalls nicht in dieser Nacht.

Er wusste, was seinen Blicken entzogen war, und das machte es sowohl erregender als auch schwieriger, sich auf das Schauen zu beschränken. Seit er sie vergangene Nacht ganz nackt gesehen hatte, quälte ihn ein nagender Hunger nach ihr. Die jüngere Schwester war auch appetitlich, aber noch nicht ganz ausgereift. Er wollte *dieses* saftige Stück Fleisch!

Aber er konnte es nicht haben. *Nein, nein, schlimmer Junge,* halt dich zurück.

Wenn er sie heute Nacht entführte, würde man morgen nach ihr suchen. Und es würde eine Großfahndung sein, bei der die Polizei möglicherweise sogar sein unterirdisches Spielzimmer entdecken könnte.

Trotzdem konnte er der Versuchung, sie mitzunehmen, kaum widerstehen. Schauen war schön und gut, aber es genügte nicht. Es wäre so leicht, sie zu erbeuten. Er müsste sie nur mit seinem Taser berühren und dann wegschleppen.

Dann würde sie ihm gehören.

Und ihm wäre ein doppeltes Vergnügen beschert – er hätte eine neue Beute und könnte Cassandra gehen lassen – besser gesagt, in Flammen aufgehen lassen.

Er lächelte über sein gelungenes Wortspiel. Wenn er

sie endgültig satt hatte – und das würde sehr bald der Fall sein –, würde er zu ihr sagen: *Komm raus aus dem Käfig, Darling. Ich lasse dich jetzt gehen.*

Und erst wenn Cassandra an der Wand angekettet und mit Kerosin übergossen war, würde er seinen Satz etwas abändern in: *Ich lasse dich jetzt in Flammen aufgehen.*

Aber sie war mittlerweile so stinklangweilig, dass sie diesen Scherz vermutlich gar nicht begreifen würde.

Es wäre interessant zu sehen, wie Alexandra – ah, er nannte sie schon Alexandra, so gern hatte er sie! – darauf reagierte, wenn sie sah, wie ihre Vorgängerin vor ihren Augen lebendig verbrannt wurde.

Sie seufzte im Schlaf und öffnete leicht die Lippen. Ihre Lider bewegten sich, so als träumte sie. Wusste sie im Unterbewusstsein, dass er hier war?

Er hoffte es.

Seine Hand schwebte dicht über ihrer Wange. Ihre Haut hatte sich so weich angefühlt. Er wollte sie wieder fühlen.

Wenn er sie mitnähme, könnte er jeden Zentimeter ihrer Haut abtasten.

Er könnte jetzt ihre Wange streicheln. Das wäre ein Test. Als er sie neulich berührt hatte, war sie aufgewacht. Sollte sie dieses Mal aufwachen, wäre das ein Zeichen, dass er sie erbeuten sollte.

Ein Zeichen, dass er ihr Schicksal war.

Oder dass sie *sein* Schicksal war.

Der Jäger runzelte die Stirn und zog seine Hand zurück. Er war nicht so gierig, seine Leidenschaften waren nicht so unkontrolliert, dass er sich zu unüberlegten Handlungen hinreißen lassen würde.

Oder doch?

Die Versuchung war schier unwiderstehlich, doch letztendlich deckte er Alexandra wieder zu und kehrte ihr den Rücken zu. Er beglückwünschte sich zu seiner Willensstärke, die den Sieg über seine Begierde davongetragen hatte. Jedenfalls in dieser Nacht.

30

Hannibal saß am Fußende von Alex' Bett, als sie die Augen öffnete, und betrachtete sie mit dem starren Blick einer Eule. Seine Haltung glich der einer ägyptischen Katzenstatue. Es sah fast so aus, als würde er nicht seit Stunden, sondern seit Jahrhunderten oder Jahrtausenden so dasitzen.

»Schsch!«, machte Alex und schüttelte die Decken, um ihn zu vertreiben. Er rührte sich nicht vom Fleck, blinzelte nur und zuckte mit der Schwanzspitze.

Sie war viel zu müde, um energischere Maßnahmen zu ergreifen. Ihr Bett war in helles Licht getaucht, und Alex fiel ein, dass sie beim Zubettgehen die Lampe eingeschaltet gelassen hatte. Kein Wunder, dass sie mitten in der Nacht aufgewacht war! Sie würde dieses Licht jetzt löschen und dann wieder einschlafen …

Der Wecker auf dem Nachttisch schrillte. Vor Schreck hätte Alex fast die Lampe umgeworfen, als sie nach dem lästigen Ding griff und es abstellte. Stöhnend stellte sie fest, dass es 6.45 Uhr war. Dabei hatte sie das Gefühl, höchstens zwei Stunden geschlafen zu haben. Ihr Kopf dröhnte und ihr Mund fühlte sich pelzig an. Sie hatte nur einen Wunsch: sich die Decke über den Kopf zu ziehen und nichts von der Welt zu wissen.

Sie hatte wieder von ihrem Vater geträumt. Alex erinnerte sich daran, dass sie auf einer Wiese in der Sonne stand und er auf sie zukam. Sie war glücklich, ihn zu sehen, und lächelte ihm zu, aber plötzlich rannte er los, schrie und schwenkte die Arme, und sie begriff, dass er jemanden zu vertreiben versuchte, der sie von hinten bedrohte. Aber sie hatte zu viel Angst, um sich umzudrehen und diese Gefahr zu sehen …

»Alex?« Die Stimme aus dem Walkie-Talkie hörte sich mürrisch an.

»Guten Morgen, Joe«, antwortete Alex. Die Nacht war vorüber und sie konnte sich einen frostigen Ton leisten.

»Deine Schwester hat sich gegen zwei Uhr mit meinem Sohn getroffen. Ich dachte, dass du das wissen solltest.«

»O Gott! Woher weißt du das?«

»Ich war zufällig in der Küche, als Eli sich ins Haus schlich.«

»Und – hast du ihm tüchtig den Hintern versohlt?«, fragte sie spöttisch.

»Ich habe ihm empfohlen, es nicht wieder zu tun.«

»Oha, das ist wirklich eine strenge Disziplinarmaßnahme! Zwischen Theorie und Praxis scheint bei dir ein tiefer Abgrund zu klaffen.«

»Es ist deine Schwester, der etwas Disziplin gut täte. Mein Sohn weiß sich zu benehmen.«

»Aber er hat sich doch mit Neely getroffen!«

»Du weißt genau, dass ich nicht nur von letzter Nacht rede. Übrigens hat sie Eli erzählt, dass ich mit dir schlafe. Hast du ihr alles haarklein erzählt?«

»Nein, natürlich nicht … Weißt du was – dein Ton gefällt mir nicht.«

»Oh, das bringt mich fast zum Weinen.«

»So was brauche ich mir nicht anzuhören.« Mit einer gewissen Genugtuung schaltete Alex das Walkie-Talkie aus.

Genauso verdrossen, wie Joe sich angehört hatte, duschte sie schnell, zog ihre schwarze Lederhose und ein weißes T-Shirt mit langen Ärmeln an – sie musste Andrea unbedingt bitten, ihr Kleidung zu schicken, wenn sie drei Wochen hier verbringen sollte – und hämmerte an Neelys Tür, bevor sie nach unten in die Küche ging. Hannibal folgte ihr dicht auf den Fersen. Erst als sie den Kühlschrank öffnete, um dem energisch maunzenden Kater etwas Milch zu geben, fragte sie sich, wie er überhaupt in ihr Zimmer gekommen war.

Ihre Tür war verschlossen gewesen. Beim Zubettgehen hatte Neely das Tier zu sich mitgenommen, das wusste Alex genau. Sie hatte die Szene ganz deutlich vor Augen.

Später war Neely zu ihrem Rendezvous aus dem Haus geschlichen. Dabei könnte Hannibal ihr Zimmer verlassen haben. Aber das erklärte noch nicht, wie er in Alex' Zimmer geraten war.

»Bist du gestern Nacht weggegangen, um Eli zu treffen, nachdem ich schon im Bett war?«, fragte sie sofort, als ihre Schwester in die Küche kam, so gekleidet, wie sie vorgehabt hatte, doch zum Glück ohne die lila Feder in der Nase. Alex hätte nie gedacht, dass sie sich einmal über den dezenten kleinen Diamanten freuen würde.

»Und wenn?« Gähnend goss Neely sich ein Glas Orangensaft ein. Sie sah ziemlich müde aus. »Woher weißt du es überhaupt?«

»Joe hat mich angerufen. Er hat auch gesagt, du hättest Eli erzählt, dass ich mit ihm schlafe.«

Neely trank einen Schluck Saft und verzog das Gesicht. »Tut mir Leid, ich wusste nicht, dass das ein Staatsgeheimnis ist.«

»Verdammt, Neely!« Alex knirschte mit den Zähnen. »Du hattest kein Recht, nachts das Haus zu verlassen, und du hattest kein Recht, dich mit Eli über mein Sexualleben zu unterhalten, zumal du nur wilde Vermutungen darüber anstellst.«

»Als ob es nicht stimmen würde!«

Alex bedachte ihre Schwester mit einem mörderischen Blick, zog es aber vor, das Thema nicht weiter zu verfolgen. Außerdem brannte ihr eine andere Frage auf der Seele.

»Weißt du, wie Hannibal in mein Zimmer geraten ist?«

»Woher soll ich das wissen?« Neely schien überrascht zu sein. »Ich dachte eigentlich, er hätte bei mir geschlafen.«

»Er saß auf meinem Bett, als ich aufwachte.«

»Wirklich? Ich frage mich, wie er das geschafft hat.« Neely trank wieder einen Schluck Saft.

»Das frage ich mich eben auch. Er war jedenfalls da.«

»Cool! Eine Katze, die sich in Luft auflösen und an einem Ort wieder Gestalt annehmen kann!«

Von der Auffahrt war gedämpftes Hupen zu hören.

»Scheiße, das ist schon Eli! Ich muss los.« Sie trank einen letzten Schluck und stellte das Glas ab. »Übrigens habe ich beschlossen, auf das Zungenpiercing zu verzichten. Eli meint, ich hätte keine Hilfsmittel nötig.«

»O Gott!«, stöhnte Alex, während Neely aus der Küche rannte und laut die Haustür zuschmetterte. Musste das Mädchen sich ausgerechnet mit Joes Sohn vergnügen? Das würde garantiert Ärger geben. Sie schnitt eine Grimasse, schaltete die Kaffeemaschine ein und dachte wieder über die rätselhafte Anwesenheit des Katers in ihrem Zimmer nach. Hannibal beobachtete sie schnurrend. Ein Jammer, dass er nicht sprechen konnte!

Konnte er sich ins Zimmer geschlichen haben, während sie das Walkie-Talkie geholt hatte? Aber dann müsste Neely ihn vorher herausgelassen haben … Vielleicht hatte sie aus irgendeinem Grund ihre Tür kurz geöffnet, und er war entwischt, ohne dass sie es bemerkt hatte. Ja, so musste es sich abgespielt haben, entschied Alex. Schließlich konnten Katzen nicht durch Wände gehen, und eine Grinsekatze, die sich nach Belieben unsichtbar machen konnte, gab es nur in *Alice im Wunderland*.

Die nächsten Tage vergingen sehr schnell. Besucher kamen vorbei, hauptsächlich Bekannte ihres Vaters, die zufällig gehört hatten, dass sie und Neely sich in Whistledown aufhielten, aber auch neugierige Nachbarn. Alex fuhr viel in der Gegend herum, erkundete das winzige Simpsonville, das größere Shelbyville und entdeckte glücklich, dass auch die Großstadt Louisville mit dem Auto in einer halben Stunde zu erreichen war. Dort gab es Einkaufszentren und Boutiquen, die keine Wünsche offen ließen.

Sie telefonierte jeden Tag mit Andrea, bat die Freundin, ihr Kleidung zu schicken, und wurde von ihr ausgiebig informiert, wie Freunde und Bekannte auf die überraschende Hochzeit von Tara Gould und Paul reagierten. Andrea hielt sie auch über den Zirkus – so bezeichnete sie das Geschehen – auf dem Laufenden, den die Zeitungsartikel mit sich brachten. Sie schickte Kopien, die Alex angewidert überflog. Die Schlagzeilen waren sensationslüstern, die Texte beleidigend. Nicht nur die Geschäftsmethoden ihres Vaters wurden angeprangert, auch sein Privatleben wurde ans Licht der Öffentlichkeit gezerrt und genüsslich ausgeschlachtet. Fotos seiner sechs Ehefrauen und seiner beiden Töchter durften natürlich nicht fehlen. Die ganze Aufmachung der Serie glich einer Seifenoper im Fernsehen. Ob den Reportern eigentlich nicht klar sei, dass sie über echte Menschen mit echten Gefühlen schrieben, tobte Alex am Telefon. Andreas Antwort: Das sei ihnen scheißegal, ihnen gehe es nur um eine gute Story.

Andrea hatte wie versprochen den Autopsiebericht gelesen und Alex' Überzeugung bestätigt, dass ihr Vater zum

Zeitpunkt seines Todes nicht betrunken gewesen war. Dass sein Leichnam trotzdem nach Alkohol gestunken hatte, konnte Andrea sich genauso wenig wie Alex erklären.

»Ich kapiere nicht, warum das bei den Ermittlungen nie zur Sprache kam. Irgendjemandem müsste es doch aufgefallen sein, wenn nicht der Ortspolizei, so doch bestimmt dem FBI, das ja auch eingeschaltet wurde.« Zweifelnd fügte Andrea hinzu: »Bist du ganz sicher, dass der Typ, der dir das berichtet hat, kein Märchenerzähler oder Wichtigtuer ist?«

Beide Beschreibungen passten so wenig auf Joe, dass Alex lächeln musste. »Ja, da bin ich mir hundertprozentig sicher. Er ist absolut zuverlässig. Wenn er sagt, dass es nach Alkohol gestunken hat, dann war es so.«

»Soll ich einen unserer Privatdetektive darauf ansetzen? Er könnte mit deinem Informanten Kontakt aufnehmen und danach ein bisschen in der Sache herumstochern.«

»Das wäre großartig«, sagte Alex dankbar.

»Alex ... ich weiß ja, dass du Probleme hast, den ... den Freitod deines Vaters zu akzeptieren, aber bei den Ermittlungen wurde die Möglichkeit eines Mordes ausgeschlossen. Die Tatwaffe lag neben ihm und auf seiner rechten Hand fand man Spuren eines abgegebenen Schusses.«

»Das weiß ich alles, Andrea, aber dieser Alkoholgeruch beunruhigt mich. Warum sollte Daddy nach Alkohol stinken, wenn er nicht getrunken hatte?«

»Und du bist sicher, dass dein Informant dir keinen Bären aufgebunden hat ... Okay, ich beauftrage jemanden, sich der Sache anzunehmen. Hör mal – ist das zufällig der Bursche, der bei dir war, als du mich am Montag angerufen hast? Dieser Joe Sowieso? Der Verwalter?«

»So ist es.«

»Oho! Mark hat mit ihm geredet und hinterher berichtet, dass der Kerl sehr energisch ist.«

Das hörte sich so an, als hätte Mark Probleme mit Joe gehabt. »Ja, an Durchsetzungsvermögen fehlt es ihm wirklich nicht. Was kam bei dem Telefonat heraus?«

»Der Bursche droht mit einer Klage, wenn sein Vertrag nicht eingehalten wird. Gültig ist der Vertrag, das hat Mark überprüft. Jetzt liegt es an David Rowe und an der Gruppe zu entscheiden, ob man diesem störrischen Verwalter eine Abfindung anbieten oder ihn weiterarbeiten lassen soll, bis sein Vertrag ausläuft.«

Die Gruppe – das waren all die Anwälte, die sich mit der komplizierten Situation nach dem Tod ihres Vaters beschäftigten – mehr als ein halbes Dutzend.

»Ich bezweifle, dass er einer Abfindung zustimmen wird«, sagte Alex. »Ihm geht es vor allem darum, die Pferde gut unterzubringen, und das dürfte einige Zeit in Anspruch nehmen.«

»Das klingt so, als würde diese Sache auch dir am Herzen liegen«, kommentierte Andrea leicht amüsiert. »Sieht der Bursche eigentlich sehr gut aus?«

»Wie kommst du auf diese Idee?«

»Ich kenne dich, Mädchen! Du bist über Pauls Verrat längst nicht so verstört, wie du sein müsstest. Und du hast wegen des Verkaufs von Whistledown wesentlich mehr Skrupel als wegen all der anderen Besitztümer deines Vaters. Natürlich frage ich mich da: warum? Und die einzige Erklärung lautet: Da ist ein sexy Mann im Spiel.«

Alex musste lachen. »Okay – er ist attraktiv.«

»Und gut im Bett? Oder weißt du das noch nicht? Doch, ich bin fast sicher, dass du ihn schon getestet hast.«

»Andrea!«

»Na komm, leg eine Beichte ab! Welche Ziffer bekommt er auf einer Skala von eins bis zehn?«

»Elf!«, lachte Alex. »Mehr brauchst du nicht zu wissen.«

»Oho, ich glaube, ich werde dich besuchen«, gurrte Andrea. »Oder, noch besser, ich warte, bis du wieder zu Hause bist, und erfinde dann irgendeinen Vorwand, der meine Anwesenheit in Whistledown unbedingt erforderlich macht.«

Alex lachte wieder, ein wenig gezwungen, denn die Vorstellung, dass Andrea versuchen könnte, Joe zu verführen, störte sie erheblich.

Das war natürlich lächerlich, denn der Mann gehörte nicht ihr, wie sie sich jeden Tag ins Gedächtnis rief. Ihre Beziehung war auf absichtliche Kühle ihrerseits und höfliche Nüchternheit seinerseits reduziert, außer bei Nacht am Walkie-Talkie, wenn seine tiefe Stimme auf sie eine ähnliche Wirkung wie ein einlullendes Wiegenlied ausübte. Trotz der Tabletten schlief sie schlecht und träumte fast jede Nacht von ihrem Vater. Die Gewissheit, Joe jederzeit erreichen zu können, war ihr einziger Trost.

Aus rein beruflichen Gründen verbrachte sie sehr viel Zeit mit Joe. Sie hatte ihren Verleger angerufen und den Auftrag erhalten, die Fotos für einen geplanten Bildband über Pferdefarmen zu liefern. Whistledown war dafür der ideale Aufenthaltsort und deshalb hielt Alex sich oft in den Ställen oder auf den Koppeln auf und fotografierte alles Mögliche – Joe (worüber er nicht erfreut war), die Stallknechte, Trainingsjockeys, Tierärzte und natürlich die Pferde und die Farm. Es freute sie sehr, während dieses erzwungenen Aufenthalts unerwartet Geld verdienen zu können. Im näheren Umkreis gab es weitere Pferdefarmen und sie fotografierte auch dort. Zum Glück hatte sie ihre Lieblingskamera aus Gewohnheit nach Whistledown mitgenommen, und nachdem sie eine unbenutzte Gästesuite in ein Fotoatelier umgewandelt hatte – mit dem Bad als Dunkelkammer –, konnte sie hier gut arbeiten.

Inez kam zweimal pro Woche zum Putzen. Zwischendurch mussten Alex und Neely (Letztere sehr widerwillig) selbst den Staubsauger oder die Waschmaschine betätigen. Alex hatte sich sogar ein Kochbuch gekauft, um schmackhafte und zugleich kalorienarme Gerichte zubereiten zu können. Bis jetzt ließen die Resultate allerdings zu wünschen übrig, so dass Neely und sie jeden Abend Pizza bestellten. Ihre Schwester bettelte jeden Tag, bei der Familie Welch essen zu dürfen, weil Joe angeblich ein guter Koch war, doch Alex ließ sich nicht erweichen. Zu ihrer Verwunderung schien Joe zwar nichts gegen Neelys häufige Besuche einzuwenden zu haben, aber sie wollte nicht abhängiger als unbedingt notwendig von ihm werden.

Eines Abends, etwa eine Woche nach ihrer Ankunft, beäugte Alex misstrauisch zwei Hühnerbrüste, die sie soeben aus dem Backofen geholt hatte. Das Fleisch sah noch verdächtig rosa aus, obwohl sie sicher war, sich genau an das Rezept und die Zubereitungszeit gehalten zu haben. Während sie das Huhn mit gerunzelter Stirn betrachtete, klingelte das Telefon und sie nahm den Hörer ab.

»Alex?« Es war Joe. Sie hatte ihn zuletzt vor zwei Stunden im Stall gesehen, wo er einem potenziellen Käufer mehrere Pferde gezeigt hatte – mit ziemlich grimmiger Miene. Dass sie die Szene auch noch fotografiert hatte, war seiner Stimmung nicht gerade förderlich gewesen, obwohl er keine Einwände erhoben hatte, weil ihr Blick deutlich besagt hatte, dass die Farm nicht ihm, sondern vorläufig noch *ihr* gehörte. Auch Alex, die inzwischen jedes Pferd kannte, war die Vorstellung zuwider, sich von ihnen trennen zu müssen, doch es gab einfach keine andere Möglichkeit, das hatte sogar Joe eingesehen. Ihm ging es jetzt nur darum, möglichst gute neue Besitzer zu finden, womit sie völlig einverstanden war.

»Ja?«

»Eure Pizza ist unterwegs«, sagte Joe trocken.

Alex runzelte wieder die Stirn. »Woher weißt du das?«

»Der Lieferant ist ein Freund von Eli und hat unterwegs das Algebraheft abgegeben, das er sich von ihm geborgt hatte. Er hat berichtet, dass ihr seit einer Woche jeden Abend Pizza bestellt.«

»Herrgott, hat man hier denn überhaupt kein Privatleben?«, rief Alex empört.

»Nicht viel, das habe ich dir neulich schon gesagt. Alex, sag mal, habt ihr Pizza nicht langsam satt?«

»Ich *liebe* Pizza«, behauptete Alex. »Außerdem habe ich heute Abend gar keine bestellt. Bei uns gibt es nämlich Hühnerbrust mit Reis.« Der Stolz, mit dem sie das von sich gab, stand zwar in krassem Widerspruch zu dem unappetitlichen Zeug, das sie vor Augen hatte, doch zum Glück konnte Joe es ja nicht sehen.

»Ja, ich habe schon von deinen Kochabenteuern gehört ... Hör zu, ich habe einen Braten mit Kartoffeln und Karotten im Rohr, der fast fertig ist. Wollt ihr nicht zum Abendessen zu uns kommen?«

Alex' Magen knurrte ein wenig. Konnte es sein, dass sie Hunger hatte? In letzter Zeit hatte sie so wenig gegessen, dass sie kaum noch wusste, was das Wort ›Appetit‹ bedeutete. Ein Braten mit Beilagen ... unwillkürlich lief ihr das Wasser im Munde zusammen.

Es klingelte an der Haustür.

»Ich mach auf!«, rief Neely aus dem Fernsehzimmer, wo sie angeblich Hausaufgaben machte und gleichzeitig in die Glotze schaute.

»Das dürfte eure Pizza sein.« Joes Stimme hörte sich noch trockener als zuvor an. »Alex, kommt zum Abendessen. Bitte! Sieh es, wenn du willst, als Geschäftsessen an. Ich habe Angebote für einige Pferde bekommen und darüber müssen wir sowieso sprechen.«

»Wirklich?«

In Jeans und einem hautengen orangefarbenen T-Shirt, das sie auch in der Schule angehabt hatte, betrat Neely die Küche und stellte mit einer Grimasse die Pizzaschachtel auf den Tisch.

»Ich hätte es nie für möglich gehalten, aber allmählich kann ich keine Pizza mehr sehen«, stöhnte sie.

»*Du* hast sie bestellt«, erwiderte Alex, ohne die Hörmuschel abgedeckt zu haben. »Ich dachte, wir würden Hühnerbrust mit Reis essen.«

»Ja, ich habe deine Hühnerbrust mit Reis gesehen. Deshalb habe ich ja die Pizza bestellt.«

Alex glaubte, am anderen Ende der Leitung ein Lachen zu hören.

31

»Lachst du mich etwa aus?«, fragte Alex empört.

»Nein, Madam, das käme mir nie in den Sinn«, versicherte Joe ernsthaft.

»Ist das Joe?« Neely öffnete den Deckel der Pizzaschachtel. Ein Geruch nach Tomatensauce und Knoblauch stieg Alex in die Nase und ließ sie erschaudern.

»Alex, komm mit Neely zum Abendessen!« Es klang halb wie eine Bitte, halb wie ein Befehl.

Sie drohte schwach zu werden. Bei der bloßen Vorstellung, wieder Pizza zu essen, drehte sich ihr der Magen um. Dann noch lieber ihr Huhn mit Reis, obwohl es alles andere als appetitlich aussah.

Hinzu kam die Versuchung, Joe zu sehen …

»Nein, danke«, sagte sie würdevoll. Schließlich konnten sie immer noch Thunfischsandwiches essen.

»Was will er denn?«, erkundigte sich Neely, die beim Anblick des geschmolzenen Käses auf der Pizza eine Grimasse nach der anderen schnitt.

»Alex, stell dich doch nicht so idiotisch an!« Joes Stimme hatte einen zärtlichen Unterton und das gab ihr den Rest.

»Er möchte, dass wir bei ihm essen«, erklärte sie ihrer Schwester.

»Hurra!« Neely schwenkte triumphierend eine Faust.

»Ich hab's gehört«, sagte Joe.

»Also gut«, kapitulierte Alex ohne echtes Bedauern. »Wir sind in wenigen Minuten bei euch. Danke für die Einladung.«

»Gern geschehen.« Er legte den Hörer auf

»Dem Himmel sei Dank!« Neely knallte den Deckel zu, rümpfte die Nase, als müsste sie stinkenden Müll transportieren, und warf die Schachtel in den Abfalleimer. »Pizza ade!«

Alex warf ihr einen flehenden Blick zu. »Neely, bitte benimm dich ordentlich, während wir unten sind.«

Neely grinste. »Keine Sorge, Schwesterherz. Ich bin doch nicht dumm. Eli sagt, dass sein sexy Daddy ganz schön streng sein kann, und ich möchte nicht, dass er meinetwegen Hausarrest bekommt, denn dann langweile ich mich hier ja zu Tode. Folglich werde ich der reinste Unschuldsengel sein – wenn Joe in der Nähe ist.«

Alex konnte sich bessere Begründungen für anständiges Benehmen vorstellen, gab sich aber seufzend mit diesem Versprechen ihrer Schwester zufrieden. Immerhin war es besser als nichts …

Fünf Minuten später parkte sie den Mercedes in Joes Auffahrt. Es war erst kurz nach sechs, aber schon dunkel. Mit hochgestellten Kragen und eingezogenen Köpfen – es nieselte schon den ganzen Tag – eilten Alex und Neely zum Haus. Josh öffnete ihnen die Tür in ausgebeulten Jeans und einem offenen Flanellhemd über einem weißen T-Shirt.

»Eli ist später mit Heather verabredet«, teilte er Neely sofort anzüglich mit. Alex wartete etwas ängstlich auf die Reaktion ihrer Schwester.

»Na und? Glaubst du, das macht mir was aus?« Neely zuckte mit den Achseln, während sie die gemütliche Küche betraten, und Alex atmete erleichtert auf.

»Eli, was hältst du davon?« Jenny drehte in einem unvorteilhaften blauen Kleid mit weißem Spitzenkragen eine Pirouette vor ihrem großen Bruder.

In Jeans und weißem Sweatshirt mit der Aufschrift *Rockets* war Eli damit beschäftigt, Salatblätter in eine große Glasschüssel zu werfen. Er streifte Jenny mit einem flüchtigen Blick. »Sieht ganz okay aus, finde ich.«

»Aber ich will nicht nur okay aussehen!« Jenny schien den Tränen nahe. »Ich will *heiß* aussehen. Daddy, dieses Kleid ist nichts für mich!«

»Ich hab dir doch schon gesagt, dass du wie *Die kleine Waise Annie* aussiehst«, kommentierte Josh ungalant. Jennys Unterlippe bebte.

Alex gab dem Jungen insgeheim Recht. Das Kleid passte nicht zu dem schmalen Mädchen mit den kurzen Haaren – es war viel zu groß und viel zu matronenhaft, so als hätte jemand es einer armen Waise geschenkt.

»Halt die Klappe, Josh!«, knurrte Joe. Er stand am Herd und rührte in einem Topf herum, grinste Alex aber über die Schulter hinweg zu. Es war ein entwaffnendes Lächeln, das sie gegen ihren Willen erwiderte. Es wäre unhöflich, einen Mann, der sie und ihre Schwester zum Essen eingeladen hatte, kühl und distanziert zu behandeln, rechtfertigte sie ihre instinktive Reaktion.

»Wenn es dir nicht gefällt, können wir es umtauschen«, beruhigte er Jenny. »Kein Grund zur Hysterie.« Joe trug Jeans und ein altes graues Sweatshirt, und er sah sehr groß und sehr attraktiv aus, fand Alex.

»Das wird auch nichts nützen! Du verstehst einfach nichts von Mädchenkleidern, Daddy!«, rief Jenny verzweifelt, mit geballten Fäusten und hochrotem Kopf. »Und ich brauche es schon morgen Abend!«

»Verdammt, Jen, du stehst doch nur in einer großen Gruppe und singst.« Eli stellte die Salatschüssel auf den Tisch. »Da fällt keinem Menschen auf, was du anhast.«

»Doch! Wir werden sogar fotografiert. Alle anderen Mädchen werden toll aussehen, nur ich nicht!«

»Honigkuchen, du siehst immer bezaubernd aus«, warf Cary Welch ein, während er ein Backblech mit Brötchen aus der Mikrowelle holte.

»Oh, Opa, du hast doch auch keine Ahnung!«

»Okay, fragen wir eine Expertin«, sagte Joe begütigend, nahm den Topf vom Herd und goss den Inhalt – braune Sauce – in eine Schüssel. »Alex, was hältst du von Jennys Kleid?«

Sie zögerte mit der Antwort. »Zu welchem Anlass willst du es denn tragen?«, fragte sie, um Zeit zu gewinnen.

»Meine Gesangsgruppe tritt morgen Abend beim Fest auf.«

Jenny sah nicht Alex, sondern Neely an. »Ich muss wie alle Mädchen ein blaues Kleid tragen, aber in dem hier sehe ich wie eine Vogelscheuche aus, das weiß ich genau!«

»Ja, du hast Recht«, sagte Neely, während Alex noch nach einer taktvollen Antwort suchte. »Es sieht echt schlimm aus. Du brauchst etwas Flottes.«

»Da hörst du's, Daddy!«, rief Jenny.

Alex warf ihrer vorlauten Schwester einen vorwurfsvollen Blick zu.

»Es ist besser, ihr die Wahrheit zu sagen«, verteidigte Neely sich. »Sonst sieht sie morgen wirklich wie eine Vogelscheuche aus.«

»Alex, was meinst du?« Joe erhoffte sich offenbar Unterstützung, doch sie sah Jennys flehende Augen und entschloss sich zur Wahrheit. »Sie braucht etwas Flotteres, Joe.«

Sein Blick besagte: *Verräterin.*

»Daddy, ich hab's dir gesagt! Du hast keine Ahnung von Mädchenkleidern!«

»Wir bringen es morgen zurück und du suchst dir ein anderes Kleid aus.« Joe hörte sich etwas entnervt an.

»Aber ich weiß nicht, was *heiß* aussieht«, jammerte Jenny. »Und du weißt es auch nicht, weil du ein Mann bist.«

»Wie wär's, wenn du morgen mit mir und Neely einkaufen fahren würdest?«, schlug Alex vor. »Ich brauche sowieso verschiedene Dinge, und es würde Spaß machen, das richtige Kleid für dich zu finden. Und Neely weiß genau, was heiß aussieht, das kannst du mir glauben.«

Sie grinste, als sie den beunruhigten Blick sah, den Joe ihrer Schwester zuwarf.

»Das wäre super!«, rief Jenny begeistert, bevor sie etwas schüchtern hinzufügte: »Wenn es Ihnen nicht zu viel Mühe macht.«

Alex konnte gut verstehen, dass Neely in den Augen des Mädchens ein modisches Vorbild war.

»Wir werden viel Spaß haben«, versicherte Neely. Jenny strahlte, Alex lächelte den beiden Mädchen zu und Joe sah sehr erleichtert aus.

»Danke, meine Damen!«, sagte er. »Ihr habt eine Krise abgewendet. Jen, zieh dich schnell um, damit wir essen können.«

Als Jenny zurückkam, nahmen alle am großen Küchentisch Platz und sie sprach das Tischgebet. Dann wurden die Schüsseln herumgereicht, und Alex stellte überrascht fest, dass sie Appetit verspürte. Sie saß zwischen Joe und Josh und war ganz entspannt. Heute Abend kam es ihr fast so vor, als wäre Joe ein alter Freund, den sie ihr ganzes Leben lang kannte. Gleichzeitig war sie jedoch wie elektrisiert, wenn ihre Blicke sich trafen, wenn er lächelte oder zufällig ihre Hand berührte. Alex betrachtete dieses markante Gesicht mit den meerblauen Augen und fragte sich immer wieder, warum dieser Mann eine nie gekannte Anziehungskraft auf sie ausübte.

Es wurde über alle möglichen Themen geplaudert: Joe berichtete von den Angeboten, die er für zwei Pferde erhalten hatte (eine halbe Million Dollar für jede der beiden Stuten, die Fohlen von Storm Cat erwarteten); Jenny erklärte ihr wissenschaftliches Schulexperiment (sie brachte Mäusen bei, sich in einem Labyrinth zurechtzufinden); Eli und Neely beschwerten sich über einen ›gemeinen‹ Mathematiklehrer (sie besuchten zwar verschiedene Klassen, hatten aber denselben Lehrer, der angeblich viel zu schwierige Fragen stellte und viel zu schlechte Noten gab); und Josh schätzte seine Chancen, beim Schülerball kurz vor Weihnachten eine Partnerin zu haben, als sehr gering ein (es herrschte Damenwahl!).

»Wenn du dich gelegentlich mit den Mädchen in deiner Klasse unterhalten würdest, hättest du damit keine Probleme«, riet Eli seinem jüngeren Bruder. »Mädchen fordern natürlich keine Jungen auf, die sie nie eines Blickes würdigen.«

»Du redest nicht mit Mädchen, Josh?«, fragte Jenny neugierig. »Warum denn nicht?«

»Er ist schüchtern«, sagte Eli.

Josh bekam einen hochroten Kopf und warf seinem

Bruder einen wütenden Blick zu. »Mädchen sind blöd«, knurrte er. »Besonders Fünftklässlerinnen.«

»Mädchen sind nicht blöd!«, riefen Neely und Jenny wie aus einem Munde.

»Doch!«, beharrte Josh.

»Okay, Kinder, wir wollen beim Essen keinen Streit«, mischte Joe sich ein. »Josh, Opa hat erzählt, dass du ihm heute mit Victory Dance ausgeholfen hast. Was hältst du von dem Pferd?«

»Er ist echt schnell.« Joshs Miene hellte sich auf und er hörte sich begeistert an. »Natürlich ist er sehr mager, aber Opa sagt, dass manche der besten Rennpferde so aussehen.«

»Der Junge gäbe einen guten Jockey ab«, lobte Cary seinen Enkel. »Er hat das richtige Gespür für Pferde.«

Josh strahlte vor Stolz.

Alex sah sich ebenfalls zu einem Kompliment veranlasst. »Joe, das Essen ist ausgezeichnet. Ich bin beeindruckt.«

Seine Augen funkelten vergnügt. »Du kochst ja neuerdings auch, wie ich gehört habe.«

»Sie *versucht zu* kochen«, korrigierte Neely frech. »Das Kochbuch, das sie gekauft hat, hat offenbar den Titel *Aller Anfang ist schwer!* Essbar war bisher jedenfalls noch nichts.«

Alex warf ihrer Schwester einen vernichtenden Blick zu, während alle anderen grinsten oder kicherten.

»Opa, kommst du morgen Abend zum Fest?«, fragte Jenny.

»Na klar«, antwortete Cary fröhlich. »Glaubst du, ich lasse mir deinen Gesangsauftritt entgehen, Honigkuchen?«

»Er hat sogar eine Verabredung – mit Mrs. Shelley!«, schnaubte Josh.

»Mrs. Shelley?«, rief Neely entsetzt.

Eli nickte traurig. »Ja, die Studienberaterin an unserer High School. Kannst du dir das vorstellen?«

»Grauenhaft«, murmelte Neely teilnahmsvoll und die beiden Jungen nickten einmütig.

»Wenn sie irgendwas anstellen, teilt Mrs. Shelley es mir sofort mit«, klärte Cary Alex grinsend auf. »Das hält die Bengel auf dem rechten Weg.«

»Könntest du dir nicht eine andere Freundin suchen, Opa?«, stöhnte Josh. »Sie erzählt ihm sogar unsere Noten, noch bevor wir sie wissen! Und Opa erzählt es Dad und dann sind wir geliefert!«

»Nur wenn es schlechte Noten sind«, warf Joe ruhig ein. »Vielleicht solltet ihr euch einfach ein bisschen mehr anstrengen, dann braucht ihr Mrs. Shelley nicht zu fürchten.«

Nach dem Essen bestand er darauf, Alex und Neely in ihrem Mercedes nach Whistledown zu fahren. »Ich muss sowieso noch nach den Pferden schauen«, hatte er erklärt und ließ es sich nicht nehmen, sie ins Haus zu begleiten.

Neely murmelte ein *Danke fürs Essen, Joe,* rannte ins Fernsehzimmer und schaltete sofort das Gerät ein.

Alex und Joe standen in der Eingangshalle unter dem großen Kronleuchter. »Du kannst nicht zu Fuß nach Hause laufen«, sagte sie. »Es regnet doch.«

»Honey, ich bin nicht aus Zucker!«, erwiderte Joe lächelnd. Die Wassertropfen in seinen schwarzen Haaren funkelten wie Diamanten. Die grüne Armeejacke ließ seine Schultern besonders breit erscheinen, und Alex musste den Kopf in den Nacken legen, um ihm in die Augen schauen zu können. Doch am meisten faszinierte sie sein sinnlicher Mund.

Er griff nach ihrer Hand, hielt sie einen Moment lang fest und führte sie dann an seine Lippen, die warm und feucht waren. Alex spürte seinen heißen Atem auf ihrer

Haut. Ihr Herzschlag stockte, als er ihre Hand umdrehte und auch die Innenseite küsste.

»Danke, dass du bereit bist, Jenny zu helfen«, sagte Joe.

Sie beugte sich mit weichen Knien etwas vor. Warum presste er seine Lippen nicht endlich auf ihren Mund?

»Alex«, rief Neely aus dem Fernsehzimmer. »Glaubst du, dass wir irgendwo einen Schlafsack auftreiben können? Morgen nach dem Fest übernachten alle in der Turnhalle.«

Joe ließ ihre Hand los und trat einen Schritt zurück. »Gute Nacht«, sagte er.

Die Tür fiel hinter ihm zu.

Alex verwünschte ihre Schwester, die den Zauber gebrochen hatte.

32

»Dad, hast du in letzter Zeit irgendwas angestellt, von dem ich noch nichts weiß?«

Es war gegen zehn am nächsten Morgen und Joe hatte gerade mit Tommy telefoniert. Der Sheriff hatte angerufen und ihn gebeten, so schnell wie möglich in sein Büro zu kommen. Worum es ging, hatte Tommy nicht gesagt, aber sein Ton war alarmierend geschäftsmäßig gewesen. Joe hatte versprochen, um Viertel vor elf bei ihm zu sein. Entweder hatte einer seiner Söhne etwas ausgefressen oder aber sein Vater … Die Jungen konnte er nicht fragen, weil sie in der Schule waren, deshalb hatte er sich auf die Suche nach seinem Vater gemacht.

»Joe, stell dir vor, diese Kanone hat gerade eine Dreiviertelmeile in 1:10 geschafft!«, rief Cary ihm begeistert zu. Er lehnte mit einer Stoppuhr in der Hand am offenen

Tor des Trainingsgeländes. Lon Macleod, ein ehemaliger Jockey, der ihnen hin und wieder aushalf, war soeben auf Victory Dance am Tor vorbeigaloppiert, sodass Joe sofort wusste, welches Pferd seinen Vater in solche Aufregung versetzte.

»Hör zu, Dad, Tommy will mich in seinem Büro sprechen und ...«

Weiter kam Joe nicht. Cary drehte sich um und packte ihn am Arm. »Joey, Joey, du hast nicht zugehört! Das ist er! Das ist unser Trumpfass!«

Joe stieß einen schweren Seufzer aus. »Dad, ich habe im Augenblick wichtigere Dinge im Kopf als diesen wertlosen Gaul, für den ich auf deinen Rat hin 30 000 Dollar hingeblättert habe! Tommy hat mich angerufen und gesagt, ich solle so schnell wie möglich in sein Büro kommen. Sag mir also bitte die Wahrheit: Hast du irgendwas angestellt, wovon ich noch nichts weiß?«

Cary warf ihm einen wütenden Blick zu. »Nein, verdammt! Warum glaubst du immer sofort, dass schlechte Nachrichten etwas mit mir zu tun haben müssen? Schließlich hast du drei Kinder ...«

»Das weiß ich, aber sie sind zurzeit in der Schule, deshalb frage ich dich zuerst.«

»Auf die Idee, dass es um dich selbst gehen könnte, kommst du natürlich erst gar nicht! Ach, wenn wir doch alle so vollkommen wären wie du!«

»Dad ...«

»Hör zu, Joey, Tommy ist mir scheißegal! Dieses Pferd hier hat das Zeug zum Champion. Es kann fliegen! Es kann buchstäblich fliegen!«

»Und du schwörst, dass du nichts ausgefressen hast?«

»Joey, du hörst mir nicht zu!«

»Verdammt, du hörst *mir* nicht zu!«

Vater und Sohn starrten einander erbittert an, bis Cary plötzlich mit Tränen in den Augen den Blick abwandte.

»Du bist das Ebenbild deiner Mutter, wenn du in Wut gerätst ... Das kam bei Louisa selten vor, aber wenn ... du lieber Himmel!«

»Ach, Dad!« Joes Ärger verflog schlagartig und er legte seinem Vater einen Arm um die Schultern. Obwohl der Tod seiner Frau und Tochter so lange zurücklag, war Cary nie ganz darüber hinweggekommen.

»Ich vermisse deine Mutter, Joey ... und deine Schwester«, murmelte er mit belegter Stimme. »Manchmal vermisse ich sie wahnsinnig.«

»Mir geht es genauso, Dad.« Joe drückte seinen Vater kurz an sich, ließ seinen Arm dann aber verlegen sinken, weil solche Gefühlsäußerungen zwischen ihnen selten vorkamen. »Du behauptest also, dieses Knochengerüst hätte eine Dreiviertelmeile in 1:10 geschafft?«, versuchte er die Atmosphäre aufzulockern. »Du solltest dir eine neue Stoppuhr anschaffen. Die hier ist älter als ich.«

»Sie funktioniert so gut wie am allerersten Tag. Victory Dance ist unser Trumpfass, Junge, ich schwör's dir!«

»Du kannst mir später mehr darüber erzählen«, sagte Joe. »Ich muss jetzt zu Tommy, und um eins treffe ich mich mit einigen Bankern, die uns die Finanzierung eines öffentlichen Rennstalls ermöglichen sollen. Kümmerst du dich um Jen, wenn ich nicht rechtzeitig zurück bin?«

»Ja, ja, mach ich.« Cary winkte Macleod heran, der Victory Dance nach dem Training im Schritt gehen ließ, damit der Hengst sich langsam abkühlte. »Lon, sag meinem Sohn, dass ich noch nicht senil bin, dass dieses Pferd wirklich rennen kann.«

»Ja, Joe, es ist ein gutes Rennpferd«, bestätigte der Jockey. »Freut mich«, knurrte Joe und entfernte sich kopfschüttelnd. Sein Vater glaubte von ganzem Herzen an das eine großartige Pferd, das ihrer aller Leben zum

Besseren verändern würde. Er selbst verließ sich lieber nicht auf Wunder, sondern auf harte Arbeit und Eigeninitiative.

Tommys Büro befand sich in Simpsonville, das außer einem Restaurant, einem bescheidenen Einkaufszentrum und einigen Tante-Emma-Läden nur die Baptistenkirche aufzubieten hatte, deren Turm das Städtchen mit lauter einstöckigen Häusern überragte. Joe brauchte etwa zehn Minuten, um dorthin zu gelangen. Im Einkaufszentrum zwischen einem Schuster und einem Computerladen eingezwängt, war Tommys Arbeitsplatz nur an einem großen Schild auf der Glastür kenntlich: SHERIFF'S OFFICE. Im Vorzimmer saß ein Schutzmann in brauner Uniform am Schreibtisch und füllte irgendwelche Formulare aus.

»Hallo, Joe!« Billy Craddock schaute lächelnd von seiner Arbeit auf. Er war Anfang der sechzig, ziemlich dick und kahlköpfig und Schutzmann seit einer Ewigkeit. Als Joe noch ein wilder Teenager gewesen war, hatte Billy hier gelegentlich ein ernstes Wort mit ihm geredet.

»Hallo, Billy! Ist Tommy da?«

»In seinem Büro.« Billy deutete mit dem Kopf nach hinten und Joe begab sich sofort dorthin. Gegenüber vom Büro gab es eine kleine vergitterte Zelle, die fast immer leer stand. Allenfalls hielt sich ein betrunkener Rowdie oder ein besonders aufsässiger Teenager für einige Stunden hier auf. Wenn irgendein Übeltäter ins Gefängnis nach Shelbyville überführt werden musste, durfte er bei Tommy im Büro warten, bis er von dortigen Beamten abgeholt wurde, oder aber Tommy fuhr ihn selbst hin. Simpsonville war ein friedlicher Ort und an ein schweres Verbrechen konnte kein Mensch sich erinnern.

Das Büro des Sheriffs hatte Holzwände, die eierschalenfarben gestrichen waren. Tommy lag gemütlich in seinem Sessel, die Arme hinter dem Kopf verschränkt, die Füße auf dem Schreibtisch, und unterhielt sich mit Rob Mayhew, der auf dem unbequemen Plastikstuhl vor dem Schreibtisch saß. Auf dem schwarzen Brett hinter Tommy hingen Flugblätter und Plakate mit Fotos von Verbrechern, nach denen das FBI fahndete. Der Sheriff träumte immer davon, dass ein Krimineller dieses Kalibers sich nach Simpsonville verirren und er den Kerl dingfest machen würde. Es gab auch Fotos und Beschreibungen vermisster Personen. Eines dieser Poster fiel Joe ins Auge, weil es ziemlich neu war: Gesucht wurden eine hübsche Blondine und ein junger Mann, beide im College-Alter.

»Na, was gibt's, Tommy?«, fragte Joe und nickte dem anderen Mann – einem Anwalt, mit dem er ebenfalls seit der Schulzeit befreundet war – zu. »Hallo, Rob!«

Beide Männer betrachteten ihn schweigend. Dann nahm Tommy seine Füße vom Schreibtisch und setzte sich aufrecht hin. »Würdest du bitte die Tür schließen, Joe?«

Joe machte große Augen und warf die Tür zu. »He, Tommy, was soll das? Spuck's aus, bevor ich vor Angst einen Herzinfarkt bekomme!«

»Ich bin als dein Anwalt hier, Joe.« Rob stand auf und legte ihm eine Hand auf die Schulter. »Und ich sage dir, dass du Tommy keine Auskünfte zu geben brauchst. Ich würde dir dringend raten, kein Wort zu sagen.«

»Was?« Joe starrte von Tommy zu Rob.

»Ich habe Rob herbestellt, Joe«, erklärte der Sheriff. »Ich hätte es für unfair gehalten, mit dir zu sprechen, ohne dass ein Anwalt dabei ist. Das wäre mir so vorgekommen, als wollte ich unsere Freundschaft zu meinem Vorteil ausnutzen.«

Joe schaute ihn so entgeistert an, als hätte der Sheriff

plötzlich eine zweite Nase im Gesicht. »Verdammt, wovon redest du eigentlich, Tommy?«

»Bist du bereit, mit mir zu sprechen?«

»Ja, ja, natürlich bin ich dazu bereit. Ich wüsste nur gern, worüber.«

»Ich möchte dir einige Fragen stellen und unser Gespräch auf Tonband aufnehmen, wenn du nichts dagegen hast.« Er deutete auf einen kleinen Recorder, der auf seinem Schreibtisch stand und Joe bisher nicht aufgefallen war.

»Ist das dein Ernst?«

»Du brauchst nicht zuzustimmen, Joe.« Robs Hand lag immer noch auf der Schulter seines Freundes. »Und ich rate dir, es nicht zu tun.«

»Ja, es ist mein voller Ernst«, beantwortete der Sheriff Joes Frage. »Vielleicht solltest du auf deinen Anwalt hören. Das rate ich dir jetzt als Freund, nicht als Sheriff.«

»Herrgott, Tommy, würdest du endlich zur Sache kommen? Von mir aus kannst du jedes Wort aufnehmen, das ich von heute bis Sonntag sage! Und du, Rob, halt den Mund. Ich weiß selbst, dass ich nichts sagen muss.«

»Du erlaubst mir also die Aufzeichnung?«

»Ja, verdammt! Ja!«

Tommy schaltete den Recorder ein. »Ich spreche mit Joe Welch am 17. November, 11 Uhr, in Anwesenheit seines Anwalts.« Er sah Joe an. »Ich möchte dir etwas zeigen.«

»Wenn ich dir sage, dass du den Mund halten sollst, Joe, tu es bitte sofort«, riet Rob ihm eindringlich, aber er winkte nur ungeduldig ab.

Tommy öffnete die Schreibtischschublade, zog ein Paar dünne weiße Chirurgenhandschuhe an, hob einen schwarzen Plastikmüllsack vom Boden neben seinem Stuhl auf und legte ihn auf den Schreibtisch. Er öffnete ihn und holte einen zweiten schwarzen Müllsack hervor, der schmutzig, an mehreren Stellen eingerissen und allem Anschein nach wesentlich älter als der andere war. Ein modriger Geruch ging von ihm aus. Tommy zog eine Damenhandtasche aus dem Sack, und der Modergestank wurde so stark, dass Joe eine Grimasse schnitt. Die Tasche war einst mittelbraun gewesen, wies aber etliche schwarze Flecken auf, war an anderen Stellen angeschimmelt und insgesamt so verbeult und platt, als wäre sie unter die Räder eines Lastwagens geraten.

»Erkennst du sie?«, fragte Tommy, den Blick intensiv auf Joes Gesicht gerichtet.

Joe schaute zuerst die Tasche und dann seinen Freund an. »Meine ist es jedenfalls nicht.«

Rob grinste und entspannte sich ein wenig. Tommy blieb sehr ernst, was Joe allmählich erheblich auf die Nerven ging.

»Würdest du mir jetzt endlich verraten, was das alles soll?«, knurrte er ungeduldig.

»In dieser Tasche befindet sich außer Schminkzubehör und einer Haarbürste auch eine Brieftasche mit Dokumenten. Weißt du, auf wessen Namen sie ausgestellt sind?«

»Nein, Tom, das weiß ich nicht, aber ich hoffe, dass du es mir spätestens morgen verraten wirst.«

»Auf Laura – deine Frau.«

»*Was?*« Joe wollte nach der Handtasche greifen, doch Tommy brachte sie rasch außer Reichweite. »Lass mich das sehen!«, verlangte Joe aufgebracht.

Der Sheriff öffnete die Handtasche, holte eine Brieftasche heraus, klappte sie auf und zeigte Joe einen Führerschein hinter einer Schutzfolie aus Plastik. Daneben steckten in einem Schlitz zwei Kreditkarten. Blitzschnell riss Joe das Ding an sich.

»He!«, protestierte Tommy. »Du bringst ja lauter Fingerabdrücke drauf!«

»Das spielt doch keine Rolle«, wurde er von Rob beruhigt. »Du hast mir gesagt, alles sei schon auf Fingerabdrücke untersucht worden. Sollte eine weitere Untersuchung notwendig sein, können wir ja bezeugen, wie diese neuen Abdrücke entstanden sind.«

Joe starrte das Foto auf dem Führerschein an. Seine Exfrau schien ihm zuzulächeln.

»Ja, es ist Lauras Führerschein«, bestätigte er und gab Tommy die Brieftasche zurück. »Aber was hat das mit mir zu tun?«

»Was das mit dir zu tun hat?« Tommy sah ihn an, als wäre er geistig behindert. »Joe, wo ist Laura?«

»Woher, zum Teufel, soll ich das wissen? Wir sind geschieden, wie dir sattsam bekannt ist. Ich habe seit Jahren nichts von ihr gesehen oder gehört.«

»Hast du sie jemals als vermisst gemeldet?«

»Warum hätte ich das tun sollen? Ich dachte immer, sie macht sich irgendwo ein schönes Leben, in Mexiko oder an einem anderen exotischen Ort – davon hat sie immer geträumt. Und mir lag gar nichts daran, sie zu finden. Die Kinder und ich führen ohne sie ein wesentlich besseres Leben und ...«

»Okay, Joe, halt jetzt den Mund!«, fiel Rob ihm energisch ins Wort.

»Was? Habt ihr beide eigentlich völlig den Verstand verloren? Irgendjemand hat eine alte Handtasche von Laura gefunden – na und?«

Rob sah Tommy an. »Hör mal, es ist doch sonnenklar, dass er keine Ahnung hat. Als Schauspieler taugt er nicht viel, wie du weißt. Denk an *Cinderella*.«

Cinderella war eine Aufführung der sechsten Klasse gewesen, und weil Joe damals als einziger Junge größer als die weibliche Hauptdarstellerin war, sollte er den Prinzen spielen. Bei den Proben klappte das halbwegs, doch als sich dann der Vorhang hob und er das erwartungsvolle Publikum sah, vergaß er vor Lampenfieber seinen mühsam auswendig gelernten Text und stand stocksteif auf der Bühne. Cinderella – gespielt von Cindy Webber (jetzt Harrison) – musste ihm jede Zeile soufflieren, die er zu sagen hatte, und ihn hin und her zerren.

Es war Joes erster und letzter Bühnenauftritt gewesen, der seinen Freunden, früheren Klassenkameraden und Mitbürgern unvergesslich blieb. Bei Klassentreffen wurde er unweigerlich damit gehänselt.

»Zum Teufel mit dir!«, brummte er jetzt.

Tommy schaute von Rob zu Joe und nickte. »Du hast Recht. Er ist kein guter Schauspieler und könnte sich niemals so verstellen. Okay, Joe, setz dich und lass dir erzählen, was passiert ist.«

»Ich will mich nicht setzen!« Joe war auf seinen alten Freund im Moment nicht gut zu sprechen.

»Wie du willst … Hör zu – dieser Müllsack mit Lauras Handtasche und einem Paar hochhackiger Schuhe, Größe 8 – das war doch Lauras Schuhgröße? – wurde heute Morgen auf Bob Tolers Farm gefunden. Der Fluss muss ihn angeschwemmt haben. Bobs untere Felder waren bei den starken Regenfällen vom letzten Samstag überflutet worden, und heute hat er nachgesehen, welche Schäden entstanden sind. Dabei hat er den Sack entdeckt und dann mich angerufen.«

»Woher weißt du, welche Schuhgröße meine Exfrau hat?«, fragte Joe mit schmalen Augen.

»Verdammt, ich bin schließlich auch mit ihr ausgegangen, wie fast alle Jungs an der Shelby County High. Das habe ich dir erzählt, bevor du sie geheiratet hast.«

»Okay, Freunde, das ist Schnee von vorgestern«, mischte Rob sich hastig ein. »Tommy, erzähl ihm auch den Rest.«

»Etwas weiter unten auf demselben Feld fand Bob Toler einen zweiten Plastiksack, der möglicherweise menschliche Überreste enthält – Knochen, Haare, all so was. Jenen Sack habe ich schon ins Untersuchungslabor geschickt. Und diesen hier mit der Handtasche und den Schuhen werde ich auch hinschicken. Bei den schwarzen Flecken auf der Tasche könnte es sich um Blut handeln.«

Ganz langsam dämmerte Joe, was das alles zu bedeuten hatte, und er bekam weiche Knie. »Ich glaub, ich werde mich doch setzen«, murmelte er, ließ sich auf den Stuhl fallen und atmete tief durch. »Du … du glaubst, es könnte sich um Lauras sterbliche Überreste handeln?«

»Ich halte es für ziemlich wahrscheinlich. Joe, in der Handtasche haben wir auch Geld gefunden – 132 Dollar. Und ein unbenutztes Flugticket nach Kalifornien, für einen Flug im Juni 1991. Kaum vorstellbar, dass sie diese Handtasche und die Schuhe einfach in einen Müllsack gesteckt und weggeworfen hat. Wann hast du Laura zuletzt gesehen?«

»Antworte nicht auf diese Frage!«, rief Rob.

»Mein Gott, Tommy, du stellst mir all diese Fragen, weil du glaubst, dass ich sie umgebracht habe!« Joe sprang wütend auf.

»Halt lieber den Mund, Joe«, riet Rob ihm wieder, dieses Mal noch eindringlicher.

»Hör mit deinen ständigen Warnungen auf, Rob«, knurrte der Sheriff ungnädig. »Nein, Joe, ich glaube nicht, dass du Laura umgebracht hast. Zugegeben, anfangs hielt ich es für möglich. Schließlich kenne ich die Geschichte eurer Ehe und weiß genau, was sie dir und den Kindern alles angetan hat. Himmel, wenn ich mit ihr verheiratet gewesen wäre, hätte ich sie vielleicht auch umgebracht! Aber inzwischen ist mir klar, dass du nichts damit zu tun hast. Ich verdächtige dich nicht mehr, ich möchte von dir nur einige Informationen haben, damit wir bessere Chancen haben, den Täter zu finden.«

»*Wenn* es überhaupt einen Täter gibt«, sagte Rob. »Tommy, bis jetzt hast du nur eine alte Handtasche mit dunklen Flecken und ein Paar Schuhe. Laura könnte die Sachen aus irgendeinem Grund selbst weggeworfen haben, so unwahrscheinlich das auch sein mag. Und was das Zeug im anderen Sack angeht – wir wissen bis jetzt noch nicht, ob es sich wirklich um menschliche Überreste handelt. Selbst wenn das der Fall sein sollte, braucht es sich nicht um *Lauras* sterbliche Überreste zu handeln.«

»Stimmt alles«, gab Tommy zu und sah wieder Joe an. »Trotzdem – wann hast du Laura zuletzt gesehen?«

33

»Wisst ihr, es ist echt schlimm, keine Mutter zu haben«, klagte Jenny auf der Rückfahrt nach Simpsonville. Sie saß neben Neelys Freundin Samantha Lewis – einem großen dünnen Mädchen mit langen karamellfarbenen Haaren – im Fond des Mercedes, Neely auf dem Beifahrersitz, Alex natürlich am Steuer. Es war ein sonniger Herbsttag, warm genug, um auf Jacken verzichten zu können. Der Einkaufsbummel in Louisville war erfolgreich gewesen und hatte allen Spaß gemacht. Im Kofferraum lagen eine Menge Tüten, darunter auch eine mit Jennys neuem Kleid. Es war himmelblau, hatte lange enge Ärmel, ein gerafftes Oberteil und einen kurzen weiten Rock. Jetzt war es fast fünf und auf der U.S. 60 herrschte überraschend dichter Verkehr. Alex konnte im Rückspiegel sehen, dass Jennys hellbraune Augen leuchteten und ihre Wangen leicht gerötet waren. Sie sah viel hübscher als sonst aus. Einkäufe ließen eben jedes weibliche Wesen aufblühen, dachte Alex amüsiert.

»Wem sagst du das!« Neely drehte sich seitwärts, um

leichter mit den Personen auf dem Rücksitz reden zu können.

Jenny runzelte verwirrt die Stirn. »Hast du auch keine Mutter?«

Neely schüttelte den Kopf. »Sie ist gestorben, als ich klein war. Ich kann mich kaum an sie erinnern.«

»Ich kann mich an meine Mutter *gar* nicht erinnern«, sagte Jenny.

»Ist sie auch tot?«, wollte Samantha wissen, die eine gute, fürsorgliche Mutter hatte. Das wusste Alex, weil sie mit der Frau telefoniert hatte, um sich zu vergewissern, dass alle Schüler – Jungen und Mädchen – nach dem Fest in der Turnhalle übernachteten. Zu ihrer großen Beruhigung hatte sie von Mrs. Lewis erfahren, dass das jedes Jahr so gemacht wurde, selbstverständlich unter der Aufsicht von Lehrern.

Nicht dass Alex ihrer Schwester misstraute, aber ein bisschen Kontrolle konnte nichts schaden …

»Nein, ich glaube nicht, dass sie tot ist«, berichtete Jenny nüchtern. »Sie ist einfach vor Jahren abgehauen und hat uns mit Dad allein gelassen. Sie sind geschieden. Ich finde Scheidungen grässlich.«

»Meine Eltern waren auch geschieden«, warf Alex ein. »Ich weiß, wie hart das ist.«

»Bei wem sind Sie gelandet – bei Ihrem Vater oder bei Ihrer Mutter?«, fragte Jenny neugierig.

»Weder – noch. Ich bin in Internaten gelandet und blieb dort, bis ich erwachsen war.«

»Internate sind Scheiße!«, kommentierte Neely und drehte sich wieder nach Jenny um. »Eigentlich kannst du noch von Glück reden – immerhin hast du deinen Vater, der sich um dich kümmert.«

Es versetzte Alex einen Stich, das zu hören, aber über dieses Thema wollte sie mit Neely nicht in Gegenwart der anderen Mädchen sprechen.

Samantha und Jenny kamen mit nach Whistledown. Alex überließ die Kids sich selbst, ging nach oben, um zu duschen und in ihrer provisorischen Dunkelkammer nach einem Film zu sehen, der im Fixierbad lag, und begab sich dann wieder nach unten, in die Bibliothek, wo sie den Anrufbeantworter abhörte. Hannibal folgte ihr von Ort zu Ort, wartete geduldig vor der Dunkelkammer, sprang in der Bibliothek auf den Kaminsims, setzte sich zwischen die beiden bunten Porzellanpapageien und ließ Alex nicht aus den Augen.

»Schsch!«, versuchte sie den Kater zu vertreiben, der sich natürlich nicht von der Stelle rührte. Sie hätte schwören können, dass er höhnisch grinste.

Andrea hatte eine Nachricht auf dem Anrufbeantworter hinterlassen und Alex setzte sich an den Schreibtisch und wählte ihre Nummer. Während sie darauf wartete, dass ihre Freundin sich meldete, schaute sie sich im Zimmer um. Sie hatte nicht nur den Schreibtisch, sondern auch die Bücherregale abgesucht, in der Hoffnung, irgendetwas zu finden, das einen Hinweis auf die Verfassung ihres Vaters in den Tagen und Stunden vor seinem Tod liefern würde. Es fiel ihr immer noch schwer zu glauben, dass er Selbstmord begangen hatte, aber sie schloss die Möglichkeit nicht mehr völlig aus. Wenn er tatsächlich hohe Regierungsbeamte bestochen und kürzlich erfahren hatte, dass die Sache aufgeflogen war, hatte er vielleicht keinen anderen Ausweg gesehen, weil er den Gedanken an einen Prozess und eine eventuelle Gefängnisstrafe nicht ertragen konnte. Doch in diesem Fall hätte er wenigstens einen Abschiedsbrief hinterlassen – für sie, Neely, Mercedes oder für seine Geschäftspartner. Aber man hatte keinen Abschiedsbrief gefunden. Alex konnte sich einfach nicht vorstellen, dass er aus dem Leben geschieden war, ohne seine Familie über seine Motive aufzuklären.

Falls irgendeine solche Botschaft existierte, müsste sie sich hier in der Bibliothek befinden, davon war Alex überzeugt, denn in diesem Raum hatte er immer die meiste Zeit verbracht. Aber wo könnte er einen Brief versteckt haben? Wo?

Andreas Stimme riss sie aus ihren Gedanken. »Geht's dir gut?«

»Ja«, antwortete Alex und seltsamerweise entsprach das der Wahrheit. Sie fühlte sich mit jedem Tag kräftiger.

»Gestern Abend habe ich Paul und Tara auf einer Party gesehen«, berichtete Andrea. »Er machte gar keinen glücklichen Eindruck. Tara hing wie eine Klette an ihm, und er suchte ständig nach Vorwänden, um ihr zu entfliehen.« Andrea kicherte. »Ich glaube, so oft wie er hat noch nie ein Mann die Toilette aufgesucht!«

»Weißt du, ich denke kaum noch an Paul. Von mir aus kann er ruhig glücklich sein. Ich will zwar nicht behaupten, dass ich ihm dieses Glück direkt *wünsche*, aber es bringt mich nicht um, falls er es sein sollte.«

Beide lachten.

»Ausnahmsweise habe ich gute Nachrichten«, fuhr Andrea fort. »Die Serie über die Haywoods wurde heute beendet. Und der Bürgermeister hat den Polizeichef gefeuert, sodass es einen neuen Skandal gibt. In spätestens einer Woche müsstest du nach Hause kommen können.«

»Großartig«, sagte Alex automatisch, doch nachdem sie sich von Andrea verabschiedet und den Hörer aufgelegt hatte, wurde ihr klar, dass sie Whistledown noch nicht verlassen wollte. Das lag natürlich an Joe. Zwischen ihnen stimmte die Chemie, wie es so schön hieß – besonders die *sexuelle* Chemie! Und dabei hatten sie nur die ersten Experimente gemacht …

Sie dachte an den letzten Abend. Ein simpler Handkuss hatte genügt, um ihr Blut in Wallung zu bringen. Und sogar die kühnsten sexuellen Fantasien, die sie jemals gehabt hatte, blieben weit hinter der Realität zurück, die sie mit Joe im Bett erlebt hatte.

Noch nie hatte sie einen Mann dermaßen begehrt. Eine so mächtige körperliche Anziehungskraft dürfte sehr selten sein. Vielleicht würde ihr das kein zweites Mal im Leben widerfahren.

Sie fand ihn auch sehr sympathisch und respektierte ihn. Mehr noch – er gab ihr ein Gefühl von Sicherheit, von Geborgenheit.

Sollte sie einfach in ein Flugzeug steigen und das alles zurücklassen? Nein!

Tief in Gedanken versunken, ging sie in die Küche, wieder mit Hannibal im Gefolge. Neely saß auf einem der Barhocker, die Ellbogen auf die Anrichte gestützt, einen angebissenen Apfel vor sich. Samantha stand hinter ihr, drehte dünne Strähnen von Neelys blonden Haaren zu langen Spiralen und besprühte sie mit pinkfarbenem Haarlack. Hannibal sprang sofort auf die Anrichte und stieß Neelys Arm mit dem Kopf an. Sie begriff, dass er gestreichelt werden wollte, und tat ihm den Gefallen. Sein Schnurren hörte sich fast so laut wie eine Kreissäge an.

»Wo ist Jenny?«, fragte Alex, während sie mit einer gewissen Faszination die Haare ihrer Schwester betrachtete.

»Nach Hause gegangen.«

»Und was treibt ihr zwei?« Alex ließ sich keine Missbilligung anhören, denn andernfalls würde Neely aus Oppositionsgeist möglicherweise alle Haare pink färben.

»Siehst du doch – Samantha macht mir Strähnchen.« Neely rieb Hannibals Ohren und sein Schnurren erreichte die Lautstärke eines startenden Flugzeugs.

»Sie sind pink«, sagte Alex, so als wäre das Neely vielleicht entgangen.

»Pink ist *heiß*«, grinste Neely. »Du fährst uns doch nachher zur Schule?«

»Von mir aus. Aber was hat es eigentlich mit diesem Fest auf sich?«

»Es findet zu Ehren des Basketballteams statt«, erklärte Samantha, ohne ihre Arbeit zu unterbrechen. »Am Samstag ist ein wichtiges Spiel. Die ganze Stadt nimmt daran teil.«

»Du solltest auch mitkommen«, meinte Neely und fügte raffiniert hinzu: »Joe wird auch da sein. Eli hat gesagt, dass er immer mit von der Partie ist. Und Jenny wird singen.«

»Ich möchte mir Jennys Gesangsauftritt im neuen Kleid auf keinen Fall entgehen lassen«, sagte Alex aufrichtig, verschwieg den Teenagern aber wohlweislich die andere – wichtigere – Hälfte: Sie wollte sich auf keinen Fall eine Gelegenheit entgehen lassen, Joe zu sehen.

Der Parkplatz der High School war schon ziemlich voll, als sie ankamen. Alex ließ die beiden Mädchen mit ihren Schlafsäcken vor der Turnhalle aussteigen und fuhr herum, bis sie eine freie Stelle fand. Als sie ausstieg, stellte sie fest, dass es ein idealer Abend für ein Fest im Freien war: klar und nicht allzu kalt, mit einer leichten Brise, die sanft durch ihre offenen Haare strich. Sie hatte eine schwarze Hose, schwarze Stiefel, einen beigen Kaschmirpulli und einen gleichfarbigen Kaschmirblazer an, sodass ihr angenehm warm war. Über ihr wölbte sich ein dunkler Himmel, übersät mit Sternen, die wie kleine Silbermünzen funkelten, während die Mondsichel ein weiches weißes Licht verströmte. Aus der Turnhalle war laute Musik zu hören. Dann flogen plötzlich die Türen auf und eine riesige Menschenmenge – Schüler und Erwachsene – strömte auf den Parkplatz und rannte in Richtung der Sportplätze.

Alex presste sich erschrocken an eine Stoßstange, um nicht von dieser Flutwelle mitgerissen zu werden.

»Alex! Alex! Komm mit!«, schrie Neely, die inmitten einer Horde von Teenagern galoppierte. Sie packte Alex bei der Hand und zog sie einfach mit sich.

»Was, zum Teufel …?«, japste Alex lachend. Sie hatte Mühe, nicht zu stolpern, denn ihre hohen Absätze waren zum Rennen denkbar ungeeignet. Aber sie liebte diese Stiefel, weil sie ihre Beine länger aussehen ließen.

»Wir wollen auf den ersten Wagen, zum Team!«

»Was?« Alex hatte keine Ahnung, was ihre Schwester meinte, bis sie hinter dem Parkplatz eine lange Reihe von Heuwagen sah, befestigt an Traktoren verschiedener Größen und Farben. Manche schienen schon halb voll zu sein und wurden von Nachzüglern erstürmt.

»Nach vorne! Nach vorne!«

Neelys Gruppe bahnte sich rücksichtslos einen Weg durch die Menge und steuerte auf den ersten Wagen zu.

»Der ist schon voll!«, stöhnte jemand, als sie ihn erreichten.

»Nichts wie rein in die gute Stube!«, brüllte eine Stimme vom Wagen und die Kids ließen sich das nicht zweimal sagen. Sie kletterten in den Wagen und ließen sich irgendwo ins Heu fallen.

»Neely! Hierher!«

Neely ließ Alex' Hand los, als sie auf den Wagen gezogen wurde. Alex stand da und wusste nicht, was sie tun sollte. Im Wagen schien es wirklich keinen freien Platz mehr zu geben.

»Meine Schwester! Meine Schwester muss auch mit!«, schrie Neely.

Hände streckten sich Alex entgegen und irgendwie landete sie auf dem mit Heu bestreuten Wagen. Einen Sitzplatz konnte sie freilich nicht entdecken. Die Teenager hockten dicht beieinander, Neely zwischen Samantha und einem Jungen. Alex konnte im Dunkeln nicht erkennen, ob es Eli war.

»Auf geht's!«, rief der Traktorfahrer und ließ den Motor an. Der Heuwagen ruckte, Alex verlor auf ihren hohen Absätzen das Gleichgewicht und landete unsanft auf dem Schoß eines anderen Fahrgasts.

»Uff!« Ein harter Arm schlang sich um ihre Taille. »Du bist schwerer, als du aussiehst!«

Alex erkannte die Stimme. »Joe!«

Sie fühlte sich auf dem überfüllten Heuwagen plötzlich sehr wohl.

34

»Wart einen Augenblick, dann bring ich dich unter.« Joes warmer Atem streifte ihr Ohr und ein Geruch nach Popcorn stieg ihr in die Nase. Er bewegte sich unter ihr einige Zentimeter nach hinten, sie rutschte nach unten und landete zwischen seinen angewinkelten Beinen im Heu auf dem Wagenboden. Ihr Rücken lehnte an seiner Brust und er hatte seine Arme lose um ihre Taille geschlungen. Auch Alex musste ihre Knie anwinkeln, denn dicht vor ihr saß ein Teenager, und links und rechts war ebenfalls kein Platz frei, um die Beine auszustrecken. Immerhin bot ihr das einen willkommenen Vorwand, sich eng an Joe zu schmiegen, ohne dass jemand Anstoß daran nehmen konnte!

Der Wagen schaukelte, als sie um eine Ecke bogen und die Straße vor der Schule hinabfuhren. Im gelblichen Licht der schmiedeeisernen Straßenlaternen am Ende jedes Blocks konnte Alex die Häuser und Läden aus der Bürgerkriegszeit sehen, die für Shelbyville typisch waren. Und sie konnte auch erkennen, dass außer

Joe und ihr zwei weitere Erwachsene im Wagen saßen. Die anderen Insassen – etwa 25 – waren Teenager. Das Basketballteam trug dunkle Sweatshirts mit der weißen Aufschrift *Rockets.* Alex erspähte Eli, eingezwängt zwischen Heather und Neely, und schmunzelte unwillkürlich. *Armer Junge!*, dachte sie.

»Sitzt du bequem?«, fragte Joe.

Alex nickte. Sie konnte sich keinen Ort auf Erden vorstellen, wo sie lieber wäre. Ein flüchtiger Blick in die Runde zeigte ihr, dass niemand ihnen Beachtung schenkte. Die Kids waren völlig mit sich selbst beschäftigt, plauderten und lachten, die beiden Erwachsenen – vermutlich ein Ehepaar – waren in ein Gespräch vertieft. Entspannt lehnte sie ihren Kopf an Joes Schulter. Dabei berührte ihre Wange sein Kinn, das sich warm und rau anfühlte.

Nicht sicher, dass er ihr Nicken gesehen hatte, drehte sie ihr Gesicht in seine Richtung, damit er sie trotz des Traktormotors und des Stimmengewirrs verstehen konnte, und sagte: »Ja.« Seine Haut roch schwach nach Seife: Irish Spring? In der nächsten Kurve glitt sie auf dem Heu ein wenig nach vorne. Joes Arme legten sich fester um ihre Taille und zogen sie zwischen seine Oberschenkel zurück.

Alex hatte das Gefühl, eine Starkstromleitung angefasst zu haben, und hielt den Atem an. Der Druck der harten Muskeln an ihrem Gesäß war ungeheuer erregend!

»Kann dich doch nicht wegrutschen lassen«, murmelte Joe dicht an ihrem Ohr. Seine Stimme klang ganz nüchtern. War es möglich, dass er nicht dasselbe wie sie empfand?

Sie bemerkte erst jetzt, dass er seinen geliebten blauen Parka trug, der offen stand, sodass die Seitenteile sie umhüllten. Darunter hatte er ein schwarzes oder dunkelblaues Sweatshirt über einem weißen T-Shirt an. Jeans und braune Schnürstiefel vervollständigten seine Garderobe.

»Wohin fahren wir eigentlich?«, fragte Alex, weniger aus echtem Interesse als aus dem Wunsch heraus, sich von der elektrisierenden Wirkung abzulenken, die seine Nähe auf sie ausübte.

»Hast du so was noch nie mitgemacht?« Beim Sprechen streiften seine Lippen ihr Ohr, das sofort lichterloh zu brennen schien.

Sie schüttelte den Kopf. »Nein.«

»Na ja, in Nobelinternaten sind Traktoren und Heuwagen wohl keine standesgemäßen Transportmittel«, spöttelte Joe, aber seine Stimme hörte sich jetzt ein wenig heiser an. »Das ist eine Heufahrt, Prinzessin. Am Ziel erwartet uns ein riesiges Lagerfeuer. Wir werden das gegnerische Team symbolisch verbrennen, das Kampflied der Schule singen, Hot Dogs braten und viel Spaß haben. Und morgen Abend wird dann Basketball gespielt.«

Er bewegte sich etwas, und seine Schenkel zwängten ihre Arme ein, die sie um die Knie geschlungen hatte. Heiße Flammen setzten ihren ganzen Körper in Brand, so als wäre sie zu dicht an das Feuer geraten, von dem er gesprochen hatte. Und vor ihrem geistigen Auge tauchte das Bild dieser muskulösen Schenkel auf – nackt, von der Sonne gebräunt, mit dunklen Haaren bewachsen …

»Warum sind Männer eigentlich so verrückt auf Basketball?«, fragte sie, nur um irgendetwas zu sagen. »Ich muss zugeben, dass ich diesem Spiel keinen Reiz abgewinnen kann.«

Joe lachte, wodurch sein Brustkorb bebte, wie Alex im Rücken spürte. Ihre Haut prickelte, als würden Kolonnen roter Ameisen auf ihr herumkrabbeln. »Genauso gut könnte ich fragen, warum Frauen so verrückt auf Einkaufsbummel sind. Übrigens – vielen Dank, dass du Jenny mitgenommen hast.«

»Gern geschehen.«

»Sie ist von dem neuen Kleid hellauf begeistert, und selbst ich sehe, dass es *echt heiß* ist.«

Neckte Joe sie absichtlich, weil auch er sich irgendwie von der knisternden Atmosphäre ablenken musste? Bei diesem Gedanken schlug Alex' Herz schneller. Umschlangen seine Arme sie nicht fester als unbedingt notwendig? Sie spürte seine Körperwärme sogar durch alle Kleidungsstücke hindurch.

»Jenny ist ein Schatz«, sagte sie aufrichtig.

»Das finde ich auch.«

»Wir hatten alle viel Spaß: Jenny, Samantha, Neely und ich.«

»Apropos Neely ... mit deiner Schwester habe ich noch ein Hühnchen zu rupfen!«

»Oh?« Sie hatten die Stadt hinter sich gelassen. Zu beiden Seiten der Straße erstreckten sich weite dunkle Felder und darüber wölbte sich der Sternenhimmel. Die anderen Insassen des Wagens waren nur noch vage Silhouetten, die allerdings nach wie vor einen Höllenlärm machten. Es roch nach Heu, Benzin und – für Alex in Joes Armen – nach Mann. Sie fühlte sich wie im Paradies. »Was hat sie angestellt?«

»Die Haare meiner Tochter mit pinkfarbenen Streifen verziert!«

Darauf hätte sie eigentlich selbst kommen können, dachte Alex und kicherte. »O Gott!«

»Ganz richtig – o Gott! Wahrscheinlich haben deine liebe Schwester und ihre Freundin sich zur Feier des Tages solche Streifen ins Haar gemalt und dann wollte Jenny natürlich auch welche haben.«

Alex grinste. »Und was hast du gemacht? Ihr einen

Vortrag über die Gefahren des Haarefärbens gehalten und befohlen, dass sie das Zeug sofort herauswäscht?«

»Ich habe es viel zu spät gesehen. Sie wurde von ihrer Gesangsgruppe mit einem Bus abgeholt und war schon halb zur Tür hinaus, als sie sich mir in dem neuen Kleid und mit den Streifen im Haar präsentierte. Der Anblick hat mir die Sprache verschlagen, muss ich zugeben. Aber vermutlich gelten pinkfarbene Streifen als *heiß*.«

»Nur zu deiner Information – das sind keine Streifen, sondern Strähnchen.« Alex lächelte in den Nachthimmel empor, und die funkelnden Sterne schien zu zwinkern, so als teilten sie ihre Belustigung. »Und, ja – sie gelten als *heiß*.«

»Das Schlimmste hast du aber noch gar nicht gehört. Weißt du, was deine kleine Schwester sonst noch gemacht hat?«

»Was?«, fragte Alex besorgt, denn sein Ton beschwor grässliche Visionen von Piercings oder Tattoos herauf.

Joe schob ihre Haare zur Seite, und sein Mund berührte ihr Ohr, so als dürfe niemand hören, was Neely seiner unschuldigen Tochter angetan hatte. Seine Lippen waren heiß und feucht und lösten einen neuen Flächenbrand in ihrem Körper aus. Sie musste die Zähne zusammenbeißen, um sich halbwegs auf seine Worte konzentrieren zu können.

»Sie hat Jen eingeredet, wenn sie *wirklich heiß* aussehen wolle, brauche sie unbedingt einen gepolsterten BH!«

Das war harmlos. Joe hatte offenbar keine Ahnung, welche Ideen Neely normalerweise auf Lager hatte. »Ist das alles?«

»Ob das alles ist? Es ist mehr als genug, das kannst du mir glauben! Weißt du, was meine Tochter jetzt will? Ich soll am Wochenende mit ihr nach Louisville fahren, um einen solchen BH zu kaufen!«

Bei der Vorstellung, wie Joe auf der Suche nach einem gepolsterten BH durch das Einkaufszentrum irrte, musste Alex wieder grinsen. »Bei *Victoria's Secret* gibt es sehr hübsche Unterwäsche«, beriet sie ihn scheinheilig.

»*Victoria's Secret?* Für Jenny? O Gott! ... Hör auf zu lachen, das ist gar nicht komisch!«

»Doch, du bist komisch! Sie ist ein Mädchen und früher oder später wird sie BHs tragen müssen.«

»Ja, aber jetzt noch nicht und gepolsterte schon gar nicht! Herrgott, sie ist erst elf und flach wie ein Brett. Ein kleines Mädchen. Und ich möchte, dass das noch eine Weile so bleibt.«

Alex schaute zu ihm auf und sah, dass er die Stirn gerunzelt hatte. Seine Lippen berührten wieder ihr Ohr und sie spürte ein heftiges Prickeln zwischen den Beinen.

»Joe, kleine Mädchen werden irgendwann groß.«

»Weißt du, es wird immer schwieriger«, murmelte Joe. »Jen allein aufzuziehen, meine ich. Mit Jungen kenne ich mich aus, aber ein Mädchen ...«

»Ich finde, dass du deine Sache großartig machst.« Alex ließ ihre Knie los und legte ihre Hände auf seine Arme. »Bei allen drei Kindern.« Es war ehrlich gemeint.

»Ja, ich bin ein richtiges Muttertier!« Sein bitterer Unterton veranlasste sie, ihn wieder anzusehen. Im Profil, mit dem Sternenhimmel als Hintergrund, war er geradezu sündhaft attraktiv, dachte sie sehnsüchtig. Die hohe Stirn, die schmale Nase, das eckige Kinn, die dichten schwarzen Wimpern ... Und der sinnliche Mund, zu einem selbstironischen Lächeln verzogen ...

»Joe, was ist los?«

»Nichts ...« Er zog sie noch etwas fester an sich. »Erzähl mir, was du heute gemacht hast.«

Er wollte offenkundig das Thema wechseln. Irgendetwas bedrückte ihn, da war Alex sich ziemlich sicher, aber vielleicht hatte er Recht: Umringt von Menschen, die zufällig mithören könnten, sollte man nicht über wichtige Themen sprechen.

»Das weißt du doch – ich habe deine Tochter einer gefährlichen Welt ausgesetzt, in der es pinkfarbene Haarsträhnen und gepolsterte BHs gibt.« Sie war um einen leichten Ton bemüht und konnte einen Erfolg verbuchen: Joe lächelte breit, wobei strahlend weiße Zähne zum Vorschein kamen.

»Und was sonst noch?«

»Ich habe mit Andrea telefoniert.« Der enge Körperkontakt – das Heben und Senken seiner Brust, das Kratzen seines Kinns an ihrer Wange, die um ihre Taille liegenden Arme, die muskulösen Oberschenkel – löste bei Alex eine Schwäche in allen Gliedern aus.

»Und was hatte Andrea zu berichten?«

»Dass die Zeitungsserie heute beendet wurde. Sie meint, in einer Woche könnten wir nach Hause fahren, wenn wir wollen.«

Die Arme um ihre Taille schienen härter und schwerer zu werden. »Das sind gute Neuigkeiten«, murmelte er nach kurzem Schweigen.

»Findest du?«

»Du etwa nicht?«

Ihr Atem ging viel zu schnell, bemerkte sie, und natürlich musste das auch Joe auffallen. Wenn sie den Kopf noch ein wenig zur Seite drehte, könnte sie ihre Lippen auf sein Kinn pressen … Nur unter Aufbietung aller Willenskraft konnte sie dieser Versuchung widerstehen.

»Das hängt davon ab …«

»Wovon?«

»Von dir«, gab Alex zu.

Er erwiderte nichts darauf. So eng an ihn geschmiegt, fühlte sie sich fast glücklich. Nach den letzten schrecklichen Wochen kam ihr das so erstaunlich vor, dass sie es kaum glauben konnte. Wie war das nur möglich? Hier saß sie auf einem Heuwagen, atmete klare kühle Herbstluft ein, blickte in einen wolkenlosen Nachthimmel mit funkelnden Sternen und weichem Mondschein empor, umhüllt von Joes hässlichem Parka und seinen starken Armen.

Umhüllt von seinen starken Armen ... Das war die Erklärung für ihr Glücksgefühl! Seine Arme hatten ihr geholfen, über den tiefsten Schmerz hinwegzukommen, seine Arme hatten alles besser gemacht. Sie wollte sich nicht von diesen Armen trennen. Sie wollte nicht wegfliegen!

»Andrea hat mir auch von Paul erzählt.«

»Ach ja?« Sein Ton klang viel versprechend angespannt, sein Rücken versteifte sich, und er hob den Kopf, sodass sein Kinn ihre Wange nicht mehr berührte.

»Sie sagte, er mache keinen sehr glücklichen Eindruck.«

»Hmmm ...« Noch vielversprechender! Die gedehnte Silbe hörte sich fast wie ein Knurren an.

»Und ich sagte ihr, es sei mir egal, ob er glücklich oder unglücklich ist, weil Paul mir nichts mehr bedeutet.«

Joe schwieg und sie schmiegte sich enger an ihn. Ihre Stimme wurde weich, lockend. »Ich sagte, es gebe einen neuen Mann in meinem Leben.«

»Ach ja?« Er holte tief Luft, und sie ließ ihre Finger über seine Parkaärmel gleiten, bis sie seine warmen Hände erreichte und sanft berührte.

»Ja.« Alex schaute zu ihm auf und ihre Blicke trafen sich. Seine Augen hatten im Mondlicht einen silbrigen Schimmer, doch es war viel zu dunkel, um in ihnen lesen zu können. »Wenn dieser Mann mich will.«

»Alex?«

»Ja?«

»Könntest du mir einen großen Gefallen erweisen?« Seine Stimme klang seltsam tonlos.

»Welchen?«

»Bitte sitz ganz ruhig da und beweg dich nicht.«

Sie schaute immer noch zu ihm auf, den Kopf an seiner Schulter, ihre Lippen dicht unter seinem Kinn. Seine Arme und Schenkel fühlten sich härter als zuvor an, so als hätte er alle Muskeln angespannt. Bevor sie ihn fragen konnte, warum sie sich nicht bewegen durfte, erriet sie den Grund, denn seine Arme begannen leicht zu zittern.

»Joe?«, flüsterte Alex. Er fuhr sich mit der Zunge über die Lippen und knirschte mit den Zähnen, während er sie fast flehend ansah.

»Gib mir eine Minute Zeit«, bat er.

Alex lächelte glücklich. Joe wurde durch ihre Nähe genauso erregt wie sie durch die seine!

»Okay, Leute, gut festhalten!«, rief der Traktorfahrer, bog von der Straße ab und fuhr durch ein offenes Gatter auf ein Feld. Der Heuwagen schwankte bedrohlich, und Alex klammerte sich mit beiden Händen an Joes Armen fest, die aufgehört hatten zu zittern und sie festhielten.

In einiger Entfernung war der Himmel rot verfärbt. Das Lagerfeuer, erriet Alex. Die Luft roch immer stärker nach Rauch, je näher sie kamen, und jetzt hörte man auch das Knistern und Prasseln der Flammen.

»Darf ich mich wieder bewegen?«, fragte sie, während der Wagen rumpelnd einen Hügel erklomm.

»Nur wenn du bereit bist, die Konsequenzen zu tragen«, flüsterte Joe ihr ins Ohr.

Der Wagen kam mit einem letzten Ruck zum Stehen.

»Oh, das bin ich«, versicherte Alex lächelnd.

Der Traktorfahrer drehte sich um. »Alles aussteigen! Wir sind am Ziel.«

35

Die Kids benötigten keine zweite Einladung. Sie sprangen aus dem Wagen und rannten auf das Feuer zu, das mitten auf einem weiten Feld brannte, in einem kleinen Tal, auf drei Seiten von Hügeln eingerahmt, auf der vierten von einem Wäldchen. Es war ein beeindruckendes Feuer – eine riesige Holzpyramide von der Höhe eines zweistöckigen Hauses stand in Flammen, die in den Himmel emporschossen und die ganze Landschaft in rötliches Licht tauchten.

»Na, das hat doch Spaß gemacht, oder?«, fragte eine angenehme Stimme aus der Dunkelheit heraus. Sie gehörte der Frau, die mit ihnen gefahren war. Alex zuckte erschrocken zusammen. Ihr kam plötzlich zu Bewusstsein, dass sie immer noch eng an Joe geschmiegt im Heu saß, und sie zerrte an seinen Parkaärmeln – eine stumme Aufforderung, sie rasch loszulassen. Die Frau war aufgestanden und klopfte sich Heu von den Kleidern. Ihr Mann – wenn es denn ihr Mann war – folgte ihrem Beispiel, doch ihn konnte Alex nur als vage Silhouette erkennen.

»O ja, es hat viel Spaß gemacht.« Sie konnte nur hoffen, dass ihre Stimme sich halbwegs natürlich anhörte. Irgendwie kam sie auf die Beine, geschoben von Joes Händen um ihre Taille. Es war ihr schrecklich peinlich, dass die Frau sie beobachtete, weil sie das Gefühl hatte, als könnte man ihr die mühsam beherrschte Wollust am Gesicht ablesen.

»Alex, darf ich dich mit Patsy Whelan bekannt machen?« Joe war ebenfalls aufgestanden und schien im Gegensatz zu ihr ganz ungezwungen zu sein. »Patsy, das ist Alex Haywood.«

»Das dachte ich mir schon«, sagte Patsy, während sie Alex die Hand schüttelte. Sie war klein und rundlich, hatte kurze dunkle Locken und trug Jeans, eine glänzende Baseballjacke und Turnschuhe. Alex fragte sich gerade, was diese Bemerkung wohl bedeutete, als Patsy erklärte: »In unsere Gegend kommen nicht viele Fremde.«

»Patsy ist die Mutter unseres Mittelstürmers Terry. Wie ich, so waren auch sie und Bill« – er deutete auf den Mann hinter Patsy, der ebenfalls Jeans und eine Baseballjacke anhatte, aber sehr schlank war – »als Aufsichtspersonen für die Heufahrt eingeteilt. Das ist Bill Whelan.«

»Freut mich, Alex.« Er hatte einen kräftigen Händedruck. »Terry hat uns von Ihrer hübschen kleinen Schwester erzählt. Sieht ganz so aus, als würde sie allen Jungs den Kopf verdrehen.«

»Bill!« Patsy versetzte ihrem Mann einen Rippenstoß. »Komm jetzt, sonst essen die Kids uns alles weg!«

»Du hast Recht.« Bill sprang vom Wagen. Patsy setzte sich auf die Kante und plumpste wenig elegant auf den Boden. »Kommt ihr, Joe?«

»Ja.« Auch Joe sprang behände hinunter. Alex blieb am Rand zögernd stehen. Der Wagen war ziemlich hoch und mit ihren hohen Absätzen traute sie sich einen Sprung nicht zu. Andererseits wollte sie aber auch nicht Patsys Beispiel folgen – nicht vor Joes Augen.

Er bemerkte ihr Dilemma und breitete die Arme aus. Alex blickte auf die große, breitschultrige Gestalt hinab, auf das attraktive Gesicht, das jetzt wie alles ringsum einen rötlichen Schimmer hatte, und sie wünschte, die Whelans würden sich in Luft auflösen. Doch diesen Gefallen taten sie ihr natürlich nicht. Sie standen da und schauten neugierig zu, wie sie sich vorbeugte und ihre Hände auf Joes Schultern legte. Er packte sie um die Taille und hob sie mühelos vom Wagen. Als sie sicher auf der Erde stand, trafen sich ihre Blicke, und Alex ließ ihre Hände eine Sekunde länger als notwendig auf seinen Schultern ruhen, bevor sie einen Schritt zurücktrat.

»Was glaubst du, wer morgen gewinnen wird – die Rockets oder die Bruins?«, fragte Bill Whelan. Das Ehepaar hielt es offenbar für selbstverständlich, dass sie zu viert den Hügel hinab zum Festplatz gehen würden. Alex ergab sich in ihr Schicksal und stolperte neben Joe her. Erst nach mehreren Schritten fiel ihr auf, dass sie seine Hand umklammerte.

»Wir werden die Bruins in Grund und Boden stampfen«, antwortete Joe im Brustton der Überzeugung.

Alex verdrehte die Augen. Hatten Männer denn nichts anderes als Basketball im Kopf? Sie hörte nur mit halbem Ohr zu, wie über jedes Spiel in der Vergangenheit und Zukunft diskutiert wurde. Auch Patsy war gut informiert und beteiligte sich lebhaft am Gespräch. Alex kam sich ausgeschlossen vor. Ihr einziger Trost war, dass Joe ihre Hand hielt …

Hinter ihnen waren weitere Wagen angekommen. Schreiend und lachend stürmten Teenager den Hügel hinab, vorbei an den vier Erwachsenen, die es weniger eilig hatten. Das Gute daran war, dass Joe und Alex im Getümmel von den Whelans getrennt wurden. Der brüllenden Menge konnten sie allerdings nicht entkommen.

»Ruft alle *R!*«

»R!«

»Ruft alle *O!*«

»O!«

»Und jetzt *C!*«

»C!«

Die Kids waren außer Rand und Band und veranstalteten einen Höllenlärm. Erst am Fuße des Hügels gelang es Joe, Alex etwas zur Seite zu ziehen. In einiger Entfernung vom Feuer, um das sich immer mehr Menschen scharten, waren lange Tische aufgestellt. Auf weißen Papierdecken standen riesige Schüsseln mit rohen Hot Dogs, die darauf warteten, aufgespießt und am Feuer gebraten zu werden. Es gab auch alkoholfreie Getränke, Eis und Gebäck. Erwachsene arbeiteten hinter diesen Tischen, größtenteils Frauen, aber auch einige Männer. Am äußersten Rand des Feldes waren PKW, Transporter und LKW geparkt, was erklärte, warum diese fleißigen Helfer vor dem ersten Heuwagen am Ziel gewesen waren. »Hunger?«, fragte Joe. Alex hatte nicht zu Abend gegessen, doch ihr Hunger galt nicht irgendwelchen Speisen, sondern dem Mann neben ihr!

»Nein.«

»Ich auch nicht.«

Sie gingen langsam weiter. Alex stolperte zum x-ten Mal über ein Grasbüschel und wäre gestürzt, wenn Joe sie nicht festgehalten hätte. »Prinzessin, besitzt du eigentlich auch Tennisschuhe?«

Sie wusste natürlich, dass er auf ihre hohen Absätze anspielte, und schenkte ihm ein honigsüßes Lächeln. »Natürlich, und wenn ich Tennis spiele, trage ich sie sogar.«

»Wie wär's, wenn du sie auch zu ländlichen Festen anziehen würdest?«

»Wenn ich geahnt hätte, dass ich über Kuhweiden stapfen muss, hätte ich es getan oder mir vielleicht sogar Kampfstiefel besorgt. Glaubst du, dass du etwas langsamer gehen könntest? Dann wären die hohen Absätze kein Problem.«

Joe lachte und ging etwas langsamer. »Entschuldigung, ich wollte nur verhindern, dass die ganze Stadt uns sichtet und einen Schwatz halten will.«

Das entsprach so sehr Alex' eigenen Wünschen, dass sie bereit gewesen wäre, sogar zu rennen. »Dann darfst du ruhig ein ordentliches Tempo vorlegen.«

»Eli erhält heute Abend eine Auszeichnung, und Jenny wird singen, wie du ja weißt. Das möchte ich sehen. Danach …«

»Danach?«

»Danach können wir tun, was wir wollen.« Sie hatten eine Stelle am Waldrand erreicht, wo die Schatten hoher Bäume für etwas Abgeschiedenheit sorgten, obwohl der helle Feuerschein bis hierher reichte. Einige Leute hielten sich in der Nähe auf, doch die große Menge tummelte sich entweder am Feuer oder an den Tischen.

»Und was wäre das?« Alex lächelte zu ihm empor.

»Keine Ahnung ... Vielleicht schnappen wir uns ein paar Hot Dogs.« Grinsend führte er ihre Hand an seine Lippen und sie schmolz sofort dahin. Doch dann wurde seine Aufmerksamkeit abgelenkt, weil ein Mann vor das Feuer getreten war und etwas brüllte, das Alex nicht verstehen konnte.

Ihre Finger brannten von seinem Kuss. Ein heißer Schauer lief ihr über den Rücken, den Joe jedoch falsch deutete.

»Frierst du?« Er musterte ihren sehr teuren, sehr eleganten Blazer und den dazu passenden Pullover. Seine Miene verriet deutlich, dass er diese Kleidungsstücke genauso missbilligte wie ihre hohen Stiefel.

Sie fror nicht, obwohl es ziemlich kalt geworden war. Im Gegenteil – sie glühte vor Leidenschaft. Aber das brauchte er nicht zu wissen – *noch* nicht.

»Ein wenig«, schwindelte sie deshalb.

»Hier.« Joe ließ ihre Hand los, schlüpfte aus seinem Parka und warf ihn ihr über die Schultern, schaute jedoch sofort wieder zum Feuer hinüber, wo jetzt Stoffpuppen in die Flammen geworfen wurden.

Alex wusste nicht, ob sie lachen oder weinen sollte. Hier stand sie in ihrem eleganten Outfit von Jil Sander, die Absätze ihrer Stiefel Marke Manolo Blahnik versanken in der feuchten Erde einer Kuhweide, sie war in die hässlichste Jacke gehüllt, die sie je gesehen hatte, und beobachtete ein bizarres Ritual, das fast wie eine mittelalterliche Ketzerverbrennung anmutete.

Und das Schlimmste an der ganzen Sache war – sie fühlte sich glücklich.

Mit Joe an ihrer Seite wollte sie an keinem anderen Ort der Welt sein.

Sie hielt den Parka fest, damit er ihr nicht von den Schultern glitt. Das Kleidungsstück war noch warm von Joes Körper und roch nach ihm. Sie sog diesen Geruch begierig ein, obwohl sie wusste, wie albern das war.

»Los, Eli!«, schrie Joe, die Hände wie einen Trichter vor dem Mund. Alex tauchte aus ihrer Versunkenheit auf und sah, dass Eli vor der jubelnden Menge stand und etwas überreicht bekam, das aussah wie ... wie ein großer Schinken. Das ergab für sie nicht den geringsten Sinn, aber sie musste zugeben, dass sie von der Ansprache des Zeremonienmeisters kein Wort mitbekommen hatte. Trotzdem klatschte sie wie alle anderen, als Eli den Schinken – oder was auch immer es sein mochte – wie eine Trophäe in die Höhe hielt. Im nächsten Moment fuhr sie erschrocken zusammen, weil dicht an ihrem Ohr ein schriller Pfiff ertönte.

Sie stieß ihren Begleiter mit dem Ellbogen an. »Sag mal – habe ich richtig gesehen? Bekam Eli soeben wirklich einen Schinken überreicht?«

»Du hast nicht aufgepasst«, tadelte Joe gutmütig.

»War es nun ein Schinken oder nicht?«

»Ja, das ist die alljährliche Belohnung für hervorragende Leistungen im Basketball. Sie bedeutet, dass Eli quasi das beste Stück des Teams ist.«

»Aha«, murmelte Alex. »Du bist bestimmt sehr stolz auf ihn.«

Joe grinste.

Die Menge jubelte noch, als jemand Alex auf die Schulter klopfte. Sie drehte sich überrascht um.

»Sind Sie inzwischen auch ein Fan der Rockets?« Es war der Zahnarzt, den sie bei ihrer denkwürdigen ersten Begegnung mit Joe im Pferdestall gesehen hatte. Neben ihm stand eine dünne brünette Frau in den Dreißigern, die Alex zulächelte.

»Sieht fast so aus«, sagte Alex und erwiderte das Lächeln.

»Hallo, Ben, dieses Jahr hauen wir die Bruins doch bestimmt in die Pfanne, glaubst du nicht auch?«, begrüßte Joe seinen Freund.

»Na klar!«

»Alex, du erinnerst dich doch noch an Ben? Und das ist seine Frau Tracy. Ihr Sohn Steve ist unser sechster Mann.«

Sie lächelte wieder, obwohl sie keine Ahnung hatte, was ein sechster Mann war. Wenn sie den Kerl an ihrer Seite nicht so rasend begehrt hätte, wäre sie versucht gewesen, ihm irgendwas über den Schädel zu schlagen. Während sie bis zu den Knöcheln in Kuhfladen versank, unterhielt er sich seelenruhig über Basketball!

»Tracy, das ist Miss Haywood«, sagte Ben zu seiner Frau, die interessiert Joes Parka betrachtete, in dem Alex fast ertrank.

»Das dachte ich mir schon.«

Eine ähnliche Bemerkung hatte auch Patsy Whelan gemacht. Alex fragte sich, ob sie zurzeit das Ortsgespräch von Shelbyville und Umgebung war. Aber sie wollte lieber nicht wissen, was alles geredet wurde …

Sie schüttelte Tracy die Hand, und gleich darauf wandte sich die Aufmerksamkeit zum Glück wieder dem Lagerfeuer zu, vor dem etwa dreißig Mädchen Aufstellung genommen hatten. Alex begriff, dass das Jennys Gesangsauftritt war, und mit einiger Mühe entdeckte sie Joes Tochter in der mittleren Reihe, als Dritte von links. Im Feuerschein waren ihre pinkfarbenen Haarsträhnen nicht zu sehen und auch ihr *heißes* Kleid kam kaum zur Geltung.

»Verstehst du jetzt, warum ich mir so wenig Sorgen wegen des Kleides machte?«, flüsterte Joe ihr ins Ohr, bevor er laut zu klatschen begann, als die Mädchen *America the Beautiful* beendeten und *My Old Kentucky Home* anstimmten.

Nach ihrem Auftritt, der viel Applaus erntete, liefen die Mädchen kichernd auseinander.

»Dad, kann ich fünf Dollar haben?« Es war Josh, der plötzlich mit einigen Freunden vor Joe stand. Alex hatte ihn bisher nicht gesehen – er musste auf einem anderen Heuwagen gewesen sein. Zur Feier des Tages hatte er eine Skimütze tief über die Ohren gezogen und um seinen Hals baumelte eine schwere Goldkette. Alex war gespannt, wie Joe auf dieses Punk-Outfit seines jüngeren Sohnes reagieren würde, doch er ignorierte es total und gab Josh einen Geldschein. Die Jungen verschwanden.

»Alex, du hast doch bestimmt Hunger?«, fragte Joe. »Tracy, Ben ... ich glaube, wir holen uns jetzt was zu essen.«

Ohne ihre Antwort abzuwarten, packte er Alex am Ellbogen und schleppte sie auf die Tische zu.

»Bis später!«

»Schönen Abend noch!«

Als sie außer Hörweite seiner Freunde waren, blieb Joe stehen und schaute Alex an. »Vielleicht hast du ja inzwischen wirklich Hunger.«

»Nein.«

»Gut!« Er griff nach ihrer Hand und zog sie in den Wald hinein.

36

Bis vor einer Dreiviertelstunde hatte dieser Tag mit Sicherheit zu den zehn schlimmsten in seinem ganzen Leben gehört, dachte Joe. Es hatte eine ganze Weile gedauert, bis ihm die volle Tragweite von Tommys Bericht richtig zu Bewusstsein kam. Danach wurde ihm so übel, dass er auf dem Weg zu seiner nächsten Verabredung in einer Apotheke Halt machen und Kautabletten kaufen musste, um seinen rebellierenden Magen zu beruhigen. Lauras Schuhe und Handtasche waren in einem Müllsack gefunden worden und bei den dunklen Flecken auf der Tasche handelte es sich möglicherweise um menschliches Blut ... Und da war noch ein zweiter Müllsack mit Knochen, Haaren und Asche – Lauras sterbliche Überreste? Nein, unmöglich! Vor seinem geistigen Auge tauchte ständig Lauras Gesicht auf – jung, rosig, lachend, so wie sie ausgesehen hatte, als er sie kennen gelernt hatte. Herrgott, als junger Mann hatte er sie rasend geliebt! Alle hatten ihn davor gewarnt, sie zu heiraten – seine Freunde, seine Eltern, seine Schwester Carol. Alle hatten gesagt, sie sei ein *Partygirl*, und natürlich hatten sie Recht gehabt. Doch er war felsenfest überzeugt gewesen, ihn und Laura verbinde eine einmalige Liebe, und deshalb hatte er alle Warnungen in den Wind geschlagen und sie geheiratet. Er hatte geerntet, was er gesät hatte ... Als er endlich die Scheidung eingereicht hatte, hatte er sie gehasst. Später erlosch dieser Hass, so wie Jahre zuvor seine Liebe erloschen war. Er dachte kaum noch an Laura, weder im Guten noch im Bösen. Dieses Kapitel seines Lebens schien endgültig abgeschlossen zu sein. Doch heute hatte die Vergangenheit ihn eingeholt ... Lauras Asche in einem Müllsack? Ihm drehte sich der Magen um.

Falls es wirklich Laura sein sollte, musste jemand sie

umgebracht und die Leiche verbrannt haben. Ein vor Jahren begangener Mord, hier in Paradise County? Nein, solche Verbrechen gab es in ihrem ländlichen Idyll nicht!

Er hatte sie jedenfalls nicht umgebracht, obwohl Rob ihn gewarnt hatte, der Ehemann sei immer der Hauptverdächtige. Dass seine Ehe eine einzige Katastrophe gewesen war, wussten alle im weiten Umkreis, doch zum Glück kannten ihn auch alle sehr gut und würden ihm einen Mord bestimmt nicht zutrauen. Zu einem Mordprozess gegen ihn würde es nicht kommen, dessen war Joe sich fast sicher.

Was ihn viel mehr bekümmerte, war die Frage: *Wer* hatte Laura ermordet – wenn sich herausstellen sollte, dass sie wirklich ermordet worden war, woran er immer noch nicht so recht glauben wollte. Im Geist ließ er alle Nachbarn, Mitbürger und Freunde Revue passieren und schloss sie als mögliche Täter sofort wieder aus.

Laura war unvernünftig und wild gewesen, hatte Drogen konsumiert und mit fremden Männern hemmungslos geflirtet.

Vielleicht war ihr das zum Verhängnis geworden. Vielleicht war sie ihrem Mörder auf irgendeiner der unzähligen Partys begegnet, die sie so geliebt hatte, einem Dealer oder Triebtäter …

O Gott, nur das nicht! Immerhin war Laura die Mutter seiner Kinder, selbst wenn sie sich nie um sie gekümmert hatte. Falls sich herausstellen sollte, dass es sich um ihre Asche handelte, würde er es den Kids sagen müssen!

Wart erst mal ab, hatte er sich streng zur Ordnung gerufen. Bis jetzt waren nur ein Paar Schuhe und eine Handtasche von Laura in einem Müllsack gefunden worden, und auf demselben Feld hatte man einen zweiten Müllsack mit Knochen und Haaren entdeckt. Nicht einmal

Tommy wusste bisher, ob es sich um menschliche Überreste handelte – geschweige denn um *Lauras* Überreste.

Er durfte nicht in Panik geraten. Er musste Ruhe bewahren und abwarten, bis endgültige Resultate vorlagen.

Es war Joe tatsächlich gelungen, alle Gedanken an Laura weitgehend zu verdrängen, als er anderthalb Stunden später in Louisville in einem Konferenzraum saß und Bankiers seinen Plan darlegte, einige von Whistledowns Zuchtpferden zu kaufen und seinen eigenen Rennstall zu gründen. Sie hatten höflich zugehört und ihm zugestimmt, dass es ein aussichtsreicher Plan sei, an dessen Realisierung sie sich gern beteiligen würden – unter der Voraussetzung, dass er sich am Risiko beteilige. Im Klartext hieß das: Er müsse ein Eigenkapital von einer Viertelmillion Dollar beisteuern.

Das war so, als würde man jemandem sagen: Na klar, du kannst den Prinzen heiraten – wenn du deinen Fuß Größe elf in diesen Glasschuh Größe drei zwängst.

Eine Viertelmillion Cash! Selbst wenn er alles verkaufte, was er besaß, konnte er eine solche Summe nicht aufbringen. Außerdem mussten er und die Kinder ja auch von irgendetwas leben, bis der Rennstall sich – vielleicht – rentieren würde.

Als er von dieser Besprechung nach Hause kam, blieb ihm gerade noch Zeit, sich um die Pferde zu kümmern und zu duschen, bevor er mit Josh zum Fest fuhr.

Nach Feiern war ihm wirklich nicht zu Mute gewesen, als er mit dem Basketballteam auf dem Heuwagen Platz nahm. Er hatte sich selten im Leben so deprimiert gefühlt.

Und dann war Alex ihm auf den Schoß gefallen!

Ein Silberstreifen am dunklen Horizont …

Sie in den Armen zu halten wirkte besser als jede Medizin, die er jemals eingenommen hatte. Am Ende der Heufahrt waren seine Sorgen zwar nicht ganz vergessen, doch weitgehend in den Hintergrund geraten.

Und als er sie jetzt in den Wald zog, dachte er nur noch an Alex. Den dunklen Pfad kannte er aus vergangenen Zeiten so gut, dass er sich sogar mit verbundenen Augen zurechtgefunden hätte. Als Teenager hatte er jedes Jahr irgendein Mädchen vom Lagerfeuer hierher entführt. Harmlose Jugendsünden ...

Die heutigen Teenager machten es nicht anders: Sie zogen sich zum Schmusen in den Wald zurück. Unter vielen Bäumen links und rechts vom Pfad waren schattenhafte Gestalten zu sehen.

Und er, mit seinen 37 Jahren, führte sich genauso schlimm wie die Kids auf! Nein, noch schlimmer, denn er wollte mit Alex nicht nur ein bisschen schmusen, sondern aufs Ganze gehen!

»He, du da! Wo ist denn das Feuer abgeblieben?« Alex hörte sich amüsiert und etwas atemlos an. Ihre leise Stimme mit dem schwachen nördlichen Akzent wirkte auf Joe wie ein Liebestrank.

»Ich weiß nicht, wie es dir geht«, antwortete er über die Schulter hinweg, »aber ich will verhindern, dass jemand uns sieht und beschließt, zusammen mit uns einen kleinen Spaziergang zu machen.«

Trotzdem ging Joe mit Rücksicht auf ihre hohen Absätze etwas langsamer. Er musste zugeben, dass ihre Stiefel zwar unpraktisch, aber verdammt sexy waren – wie alles, was sie anhatte. Die enge schwarze Hose ließ ihre Beine unglaublich lang erscheinen, und der Kaschmirpullover klebte wie eine zweite Haut an ihren Brüsten und war so weich, dass er während der Fahrt nur unter Aufbietung aller Willenskraft seine Hände von ihr hatte lassen können. *Und führe uns nicht in Versuchung,* hätte das Motto dieser Heufahrt sein können. Himmel und Hölle zugleich ... Seit seinem siebzehnten Lebensjahr hatten seine Arme nicht mehr so gezittert!

Er hatte begriffen, dass es sinnlos war, Alex Haywood

entrinnen zu wollen. Sein Schutzpanzer war von ihr längst durchlöchert worden.

Der Waldpfad war so schmal, dass sie hinter ihm gehen musste, aber er hielt ihre Hand. Sie war schmal und weich, die Finger lang, mit perfekt manikürten Nägeln. Wenn er sich daran erinnerte, wie diese Hände sich auf seiner nackten Haut angefühlt hatten …

»Oh, wir machen also nur einen kleinen Spaziergang?«, fragte Alex scheinheilig.

»Natürlich.«

»Verstehe … Gehst du oft bei Nacht im Wald spazieren?«

»Nein, nicht sehr oft.« Zuletzt hatte er mit achtzehn Jahren ein Mädchen in diesen Wald gezogen. Danach hatten Liebesspiele meistens in mehr oder weniger bequemen Betten stattgefunden …

»Aber du weißt, wohin wir gehen, oder? Ich möchte mich nicht unbedingt verirren oder in eine Felsschlucht stürzen.« Alex klang ein wenig besorgt und Joe schmunzelte über ihre lebhafte Fantasie. Hier gab es gar keine Felsschluchten!

»Ich weiß genau, wohin wir gehen«, beruhigte er sie.

»Joe, ich glaube, ich habe dort drüben unter den Bäumen jemanden gesehen!«, flüsterte sie gleich darauf ängstlich.

»Hmmm.«

»Ganz bestimmt!«

»Das sind nur Kids.«

»Weshalb sollten Kids hier im Wald sein? Die amüsieren sich doch drüben am Feuer … Oh!«

Dieses *Oh!* verriet, dass sie begriffen hatte, warum Teenager das Fest vorübergehend verlassen könnten, und Joe schmunzelte wieder.

Er fand die Abzweigung, an die er sich von früher erinnerte. Ein Brombeergestrüpp legte die Vermutung nahe, dass dieser Ort fast in Vergessenheit geraten war. Vorsichtig führte er Alex um das Hindernis herum und sie standen vor einer kleinen Grotte mit einem Picknicktisch, zwei Holzbänken und der Betonstatue eines Hundes mit einem Blumenkorb im Maul.

Zufrieden stellte er fest, dass sie hier allein waren. Es wäre mehr als ärgerlich gewesen, auf liebeshungrige Kids zu stoßen!

»Joe ...«

Bevor Alex sagen konnte, was sie auf dem Herzen hatte, schwenkte er sie herum und presste ihren Rücken an den Stamm der alten Ulme, deren ausladende Äste dafür sorgten, dass es hier sogar an den heißesten Sommertagen kühl und schattig war. Er schob seine Hände unter den Parka, den er ihr geliehen hatte. Ihm selbst war seit der gemeinsamen Heufahrt auch ohne dieses Kleidungsstück so heiß, dass es eines Eimers Eiswasser bedurft hätte, um seine Normaltemperatur wiederherzustellen.

Alex schaute zu ihm auf. Durch die kahlen Äste der Ulme fiel genug Mondlicht, um ihr Gesicht sehen zu können. Zarte Knochen, große blaue Augen und unglaublich verführerische volle Lippen, das alles umrahmt von langen blonden Haaren. Joe hob eine Hand und streichelte mit dem Daumen ihre seidige Wange.

Sie erschauderte.

»Erinnerst du dich noch, worüber wir uns auf dem Wagen zuletzt unterhalten haben?« Seine Stimme war rau, und am liebsten hätte er ganz auf Worte verzichtet, aber es gab etwas, das er ihr unbedingt sagen musste.

»Über Paul?« Alex grinste frech.

»Über einen neuen Mann in deinem Leben ... Honey, ich stelle mich freiwillig zur Verfügung.«

Er küsste sie. Ihre Lippen bebten und teilten sich sofort, und sie schlang ihre Arme um seinen Hals, wobei sein Parka von ihren Schultern glitt und auf die Erde fiel.

Ihr Mund war warm, nass und unvorstellbar süß. Seit ihrem ersten Kuss hatte Joe bei Tag und Nacht vom Geschmack dieses Mundes geträumt!

Ganz zu schweigen vom Geschmack und Geruch anderer – intimerer – Stellen ihres Körpers …

37

Alex erbebte, als er seine Hände unter ihren Blazer schob und sie so fest an sich drückte, dass sie kaum Luft bekam. Ihre Brüste wurden an seinem breiten, muskulösen Brustkorb platt gedrückt, und dann glitt eine Hand an ihrem Rücken entlang, wölbte sich um ihr Gesäß und presste ihren Unterleib an seine Jeans.

Sie stöhnte, als sie sein steifes Glied spürte, und rieb sich schamlos daran. Sie wollte, er wäre nackt und würde sie in Besitz nehmen. Sie wollte ihn tief in sich spüren … und sie wollte nicht lange darauf warten …

Die harten Arme, die sie festhielten, begannen zu zittern. Joe brach den Kuss ab, hob den Kopf und atmete tief durch.

»Siehst du, was du mir antust? So haben meine Arme nicht mehr gezittert, seit ich ein Teenager war.« Seine leise Stimme klang heiser und unglaublich sexy.

»Ich liebe es, wenn deine Arme zittern.«

»Ach ja?«

»Ja.«

Sie stellte sich auf die Zehenspitzen und presste ihre Lippen hungrig auf die warme stoppelige Haut direkt unter seinem Kinn. Joe hielt den Atem an. Im nächsten Moment legte er beide Hände auf ihr Gesäß und hob sie hoch.

»Joe …«

»Schsch!«

Er erstickte eventuelle Proteste mit einem Kuss und seine Hände glitten zu ihren Oberschenkeln hinab. Sie begriff, was er wollte, und schlang ihre Beine bereitwillig um seine Taille.

Joe riss sich von ihren Lippen los.

»Erinnerst du dich daran, wie du in der Küche auf der Anrichte saßest und die Beine um meine Taille schlingen wolltest?«

»Mmmm ...« Er trug sie irgendwohin. An ihn geklammert, küsste sie seinen Hals.

»Es hat mich fast umgebracht, jenes Spiel abzubrechen.«

»*Deine* Schuld!«

Er suchte wieder ihren Mund, während er sie auf dem Picknicktisch absetzte und sich über sie beugte, bis ihr Rücken auf dem harten kalten Holz lag. Ihre Arme und Beine waren immer noch um ihn geschlungen und zwischen ihren weit gespreizten Schenkeln spürte sie den mächtigen Druck seiner Erektion. Alex grub ihre Nägel in seinen Nacken und wölbte sich ihm hungrig entgegen, vor Leidenschaft halb von Sinnen. Sie musste den Kuss beenden, um Luft zu schnappen. Seine heißen Lippen glitten daraufhin über ihre Wange, über ihren Hals ...

»Was würdest du davon halten, wenn wir das in der Küche begonnene Werk jetzt zu Ende führen?«, murmelte Joe ihr ins Ohr.

»O Gott, Joe ...« Mehr brachte sie nicht heraus. Musste er sie so auf die Folter spannen? Sein Mund war jetzt bei ihren Brüsten angelangt, die er nur flüchtig durch die Wolle hindurch küsste. Dann schob er ihren Pullover zusammen mit dem BH hoch und begann an einer prallen Brustwarze zu knabbern. Gleichzeitig machten seine Finger sich an ihrem Hosenknopf zu schaffen ...

»Lass mich mal daran ziehen!«

Die Stimme drang durch den Nebel in Alex' Gehirn, weil sie ihr bekannt vorkam. Auch Joe musste sie gehört haben, denn er hob ruckartig den Kopf.

»Ich hätte nicht gedacht, dass du Gras rauchst.« Die zweite Stimme war höher, kokett – und Alex noch vertrauter. *Schrecklich* vertraut.

»So kann der Mensch sich irren!« Das war wieder die erste Stimme.

Ein lautes Kichern folgte.

»Was, zum Teufel …«, murmelte Joe, stemmte sich vom Tisch ab und zerrte hastig Alex' BH und Pullover zurecht. Sie fühlte sich noch leicht benommen, begriff jedoch den Ernst der Situation und glitt von dem Tisch hinab, gerade noch rechtzeitig, denn im nächsten Augenblick umrundete eine große Gestalt – Eli – das Brombeergestrüpp. Neely war dicht hinter ihm und er hielt ihre Hand. Mit der anderen Hand führte er gerade eine Zigarette an seine Lippen und zog kräftig daran, wie man an der roten Glut sehen konnte. Der unverkennbare süßliche Geruch von Marihuana stieg Alex in die Nase.

»Was, zur Hölle …!«, schrie Joe und starrte seinen Sohn fassungslos an. Eli blieb wie angewurzelt stehen. Die Zigarette entglitt seinen Fingern und fiel auf die Erde.

»Oh, Scheiße!«, fluchte Neely und ließ ebenfalls etwas fallen – eine Dose, die ein Stück über die kleine Lichtung rollte. Biergeruch vermischte sich mit dem Marihuanageruch …

»Dad!«, krächzte Eli, trat die Kippe aus und ließ Neelys Hand los.

Erwachsene und Teenager starrten einander einen Moment lang schweigend an. Dann ergriff Joe das Wort.

»Was machst du da?«, fragte er seinen Sohn, so als könne er nicht glauben, was er soeben gesehen hatte. »Verdammt, was treibst du?«

»Dad …« Elis Stimme klang flehend.

»Es war *mein* Stoff«, kam Neely ihm zu Hilfe. »Eli hat nur ein einziges Mal an der Zigarette gezogen. Und das Bier gehörte auch mir.«

»Daran zweifle ich nicht.« Joe würdigte Neely kaum eines Blickes. Seine ganze Aufmerksamkeit galt Eli.

»Neely!«, stöhnte Alex entsetzt.

»Dad!« Das war eine neue Stimme und sie kam noch aus einiger Entfernung: Josh.

»Okay, her mit dem Stoff!« Joe streckte gebieterisch die Hand aus. »Alles, was ihr dabeihabt. Und ein bisschen dalli, wenn ich bitten darf!«

»Dad!«, rief Josh wieder, jetzt schon näher.

»Dad, es tut mir Leid«, murmelte Eli.

»Her mit dem Zeug!«, befahl Joe unerbittlich.

»Dad!«, schrie Josh aufgeregt von irgendwoher.

»Hier.« Neely holte etwas aus ihrer Umhängetasche und schleuderte es Joe in die Hand – einen kleinen Beutel. »Ich hab doch schon gesagt, dass der Stoff nicht Eli, sondern mir gehört.«

»Oh, Neely!« Andere Worte fand Alex vorläufig nicht.

»Also, marsch, zurück aufs Feld! Alle beide!«, kommandierte Joe. »Verdammt, Eli, ich hätte nie geglaubt … Ich sagte – marsch! Josh würde mich nicht suchen, wenn es nicht dringend wäre.«

Er stopfte den Beutel mit Marihuana in seine Tasche, nahm Alex bei der Hand und scheuchte die beiden schweigenden Teenager vor sich her. In letzter Sekunde erinnerte Alex sich an seinen Parka, der unter der Ulme lag, und hob ihn rasch auf.

Sie umrundeten das Brombeergestrüpp und traten auf den Pfad hinaus.

»Josh!«, rief Joe. »Hier bin ich!«

»Dad!«

»Bleib, wo du bist! Ich komme gleich.«

Sie trafen den Jungen am Waldrand. Er warf Neely und Eli einen flüchtigen verwunderten Blick zu, bevor er seinen Vater mit weit aufgerissenen Augen ansah.

»Was ist los?«, fragte Joe scharf. Joshs erschrockene Miene verriet, dass etwas Schlimmes passiert sein musste.

»Es ist Opa … Dad, er ist total betrunken und will trotzdem Auto fahren … und der Sheriff versucht ihn daran zu hindern … und …«

»Verdammt!«, fiel Joe ihm mit verbitterter Stimme ins Wort. »Wo ist er?«

»Drüben, wo die Autos geparkt sind.«

»Komm! Eli, du bleibst bei mir.«

»Und du bleibst auch bei mir«, sagte Alex zu Neely.

Josh rannte voraus. Auch Joe ging so schnell, dass Alex Mühe hatte, mit ihm Schritt zu halten. Die beiden Teenager eilten neben ihnen her, Eli leichenblass, Neely mit störrischem Gesicht.

Eine kleine Menschenmenge – vielleicht drei Dutzend Personen – scharte sich um einen schwarzen Lieferwagen, der Cary gehörte, wie Alex wusste.

Joe ließ ihre Hand los und bahnte sich einen Weg durch die Menge. Alle machten ihm bereitwillig Platz, sobald sie ihn erkannten, und sie ließen auch Alex, Eli und Neely durch.

Alex machte große Augen, als sie in der ersten Zuschauerreihe stand. Cary – in Khakihose und schwarzer Lederjacke – lag auf dem Bauch im Gras, trat wild um sich und fluchte, was das Zeug hielt. Er trug Handschellen und der Sheriff hockte auf ihm.

Mit versteinerter Miene ging Joe auf die beiden zu. »Was, zum Teufel, ist hier los?« Cary bäumte sich auf und brüllte noch lauter. Der Sheriff hatte alle Mühe, ihn am Boden zu halten. »Verdammt, Tommy, steh auf!«

»Er hat mir seine Faust ins Gesicht geschlagen, Joe!« Der Sheriff schaute bekümmert zu seinem Freund auf.

Er hatte einen großen roten Fleck auf der Wange und aus seinem Mundwinkel sickerte Blut. »Stockbesoffen ist er und in diesem Zustand wollte er in seinen Wagen steigen und nach Hause fahren. Ich hab ihm die Schlüssel abgenommen.« Tommy überreichte Joe einen Schlüsselbund, den dieser in seine Jeanstasche schob – zu dem Beutel mit Marihuana.

»Himmel und Hölle, Tommy, du brauchst nicht auf ihm zu hocken! Ich werde mich um ihn kümmern.«

»Ich sollte ihn festnehmen!«

»Ja, ich weiß. Komm, steh auf. Morgen früh wird ihm alles Leid tun.«

»Mach ihm klar, dass ich ihn verhaften werde, wenn er mich jemals wieder schlägt. Dann nützt es ihm auch nichts mehr, dass er dein Vater ist.« Der Sheriff stand widerwillig auf. Cary rollte sofort auf die Seite und stemmte sich auf die Knie hoch.

»Du kannst mir nicht verbieten, mit meinem eigenen Wagen zu fahren, du armseliger kleiner Wicht! Ich hab dich schon gekannt, als du noch in die Windeln geschissen hast und …«

Joe packte seinen Vater an der Lederjacke und zog ihn auf die Beine. Cary verstummte für einen Augenblick, als er den Gesichtsausdruck seines Sohnes sah, fuhr dann aber fort, den Sheriff wüst zu beschimpfen, mit Ausdrücken, die Alex zum größten Teil noch nie gehört hatte.

»Halt den Mund, Dad!« Joe schüttelte ihn kräftig. »Halt endlich den Mund! Tommy, nimm ihm die Handschellen ab!«

»Aber, Joe …«

»Tu's bitte! Ich werde ihn nach Hause bringen.«

»Verdammt, ich sollte ihn in die Ausnüchterungszelle sperren!« Der Sheriff nahm Cary die Handschellen ab und sprang rasch zurück. Das war sein Glück, denn der Betrunkene holte sofort mit geballter Faust zum Schlag aus. Joe packte ihn von hinten, presste ihm die Arme an die Brust und schob ihn auf den Lieferwagen zu.

»Lass mich los!«, tobte Cary. »Du bist nicht mehr mein Sohn! Du bist ein …«

»Joe, du schaffst es nicht, ihn allein nach Hause zu bringen«, sagte der Sheriff. »Ich werde fahren, und du hältst den Kerl fest, damit er nicht wieder gewalttätig wird.« Er folgte seinem Freund, und Alex, Josh, Eli und Neely schlossen sich ihm an. Eli sah immer noch völlig niedergeschmettert aus, Neely trotzig.

»Wenn du es wagst, einen Fuß in meinen Wagen zu setzen, du schleimiger Bastard von Sheriff, schlag ich dir alle Zähne aus!«, brüllte Cary.

»Dad, vielleicht sollte lieber ich fahren«, schlug Eli schüchtern vor.

Ohne den eisernen Griff um seinen Vater zu lockern, schaute Joe seinen Sohn über die Schulter hinweg an und schüttelte den Kopf »Nein, Eli, das kommt nicht infrage. Du steigst jetzt sofort in *deinen* Wagen und machst, dass du nach Hause kommst.«

»Dad, ich kann nicht …«

»Was soll das heißen – du kannst nicht?« Joes Stimme bebte vor Zorn. »Wenn du weißt, was gut für dich ist, wirst du vor mir zu Hause sein.«

»Mein Wagen steht auf dem Schulparkplatz, und du weißt doch, dass die Heuwagen erst gegen drei Uhr nachts dorthin zurückfahren. Dad, wenn ich nicht in der Turnhalle übernachte, wird der Trainer wissen wollen, warum ich nicht da war – und wenn ich ihm die Wahrheit sage, schmeißt er mich aus dem Team raus!«

»Himmel, Arsch und Zwirn, Joey, lass mich los!« Cary trat wütend gegen seinen Wagen und versuchte sich zu befreien.

»Also gut, Eli«, sagte Joe ruhig. »Du kannst in der Turnhalle übernachten. Aber morgen Vormittag erwarte ich dich zu Hause. Und für die nächste Zeit kannst du getrost sämtliche Pläne für irgendwelche Vergnügungen vergessen.«

»Dad, es tut mir wahnsinnig Leid ...«

Josh, der dicht neben seinem Bruder stand, runzelte verwirrt die Stirn, weil er als Einziger nicht wusste, was Eli ausgefressen hatte.

»Wir unterhalten uns morgen, mein Sohn«, fiel Joe seinem zerknirschten Ältesten ins Wort.

»Lass mich fahren, Joe«, schlug Alex vor, während er die Wagentür öffnete und seinen Vater unsanft auf den Beifahrersitz beförderte. Es war klar, dass er Cary nicht allein nach Hause bringen konnte, und wenn der Sheriff sich ans Steuer setzte, würde der Betrunkene eventuell einen Tobsuchtsanfall bekommen.

»Einverstanden. Danke.« Joe gab ihr die Autoschlüssel und drehte sich noch einmal kurz nach Eli um. »Du hast verstanden, was ich gesagt habe – morgen Vormittag, so früh wie möglich!«

Eli nickte kläglich.

Alex schaute ihre Schwester an. »Auch wir werden uns morgen unterhalten, meine Liebe! Und solltest du heute Nacht weiteren Ärger verursachen, bist du spätestens morgen Abend unterwegs in ein Internat, das schwöre ich dir!«

38

Der Jäger pfiff bei der Arbeit vergnügt vor sich hin. Heute war ein guter Tag. Letzte Nacht hatte er eine Eingebung gehabt. Anstatt höchstens zehn Minuten in Alexandras Schlafzimmer verbringen zu können, um sie zu bewundern, würde ihm dieses Vergnügen in Zukunft rund um die Uhr vergönnt sein, ohne dass er das Risiko eingehen musste, sie in sein unterirdisches Reich zu entführen.

Er war jetzt in Whistledown, in ihrem Schlafzimmer, und installierte winzige Videokameras in der Decke über ihrem Bett. Im Bad hatte er das schon gemacht. Bald würde er seinen ganz privaten Fernsehsender haben, der ihm ausschließlich Bilder von Alexandra lieferte.

Sie und ihre Schwester waren beim großen Lagerfeuer in Shelbyville und das Fest würde sich bis in die frühen Morgenstunden hinziehen. Er hatte sie mit eigenen Augen gesehen, als er selbst kurz dort gewesen war. Die ganze Stadt tummelte sich auf dem Feld, wie jedes Jahr. Natürlich durfte auch Joe Welch mit seinen Kindern nicht fehlen.

Jetzt war es erst zehn, und es bestand nicht die geringste Gefahr, bei der Arbeit überrascht zu werden.

Außer dem verdammten Kater hielt sich niemand im Haus auf.

Vorhin hatte er das Gefühl gehabt, von hinten beobachtet zu werden, und dieses Gefühl war so stark und so unheimlich gewesen, dass er sich blitzschnell umgedreht hatte.

Und wen hatte er gesehen? Dieses riesige Mistvieh, das auf der Türschwelle saß und ihn anstarrte, aus Augen, die denen einer Eule glichen.

Er hasste den Kater, den er schon oft hier im Haus gesehen hatte. Das Biest tauchte immer völlig unvermutet irgendwo auf und folgte ihm dann auf Schritt und Tritt. Und es gelang ihm nie, es zu fangen.

Der Jäger unternahm einen neuen Versuch, mit dem einzigen Resultat, dass er völlig außer Atem geriet, während der Kater unter Alexandras Bett Zuflucht gesucht hatte.

Eines Tages, schwor er sich, eines Tages würde er das

Mistvieh doch noch erwischen und mit ganz besonderer Wonne in Flammen aufgehen lassen!

In der Zwischenzeit würde er es genießen, Alexandra zu beobachten. *Every move you make, every breath you take …* Dieses Lied pfiff er vor sich hin, während er den letzten winzigen Bestandteil in das letzte winzige Loch einfügte, das er gebohrt hatte.

Mit einem breiten Grinsen betrachtete er sein Werk und war so zufrieden wie Gott nach dem sechsten Schöpfungstag. Alexandra würde die winzigen Videokameras an den Decken ihres Schlafzimmers und Bades niemals entdecken, würde niemals auf die Idee kommen, dass er sie beim Duschen, beim Umziehen und Schlafen beobachtete …

Diese Vorstellung erregte ihn so, dass er beschloss, Cassandra von hier aus einen Besuch abzustatten.

Nicht dass ihr Körper noch irgendeinen Reiz auf ihn ausgeübt hätte … So sehr er sich auch abmühte – sie reagierte auf nichts mehr, war völlig apathisch. Wenn er sich hingegen Alexandra vorstellte … Aber die konnte er nun einmal nicht haben, rief er sich zur Ordnung. Und Cassandra war immerhin besser als gar nichts …

39

»Es tut mir echt Leid«, sagte Neely zerknirscht. Sie fuhren in Elis Transporter auf der dunklen U.S. 60 in Richtung Whistledown. Etwa eine Viertelstunde war vergangen, seit Elis Vater und Alex aufgebrochen waren, um Elis betrunkenen Großvater nach Hause zu bringen. Wenn sie und Eli sich beeilten, dachte Neely, könnte sie es noch schaffen, die Drogenvorräte aus ihrem Zimmer zu schaffen, bevor jemand sie dort fand. Denn natürlich würden sie danach suchen – das kannte sie vom Internat her. Wenn man beim Haschen oder Trinken erwischt wurde, folgte unweigerlich eine Durchsuchung des Zimmers. In Whistledown hatte sie nicht nur Gras, sondern auch Hasch, Ecstasy und andere Aufputschmittel versteckt, und wenn Alex das ganze Zeug fand, würde sie Gift und Galle spucken. Vielleicht würde sie sogar ihre Drohung wahr machen und absichtlich ein besonders strenges Internat aussuchen, wo es wie beim Militär zuging. Noch schlimmer wäre es, wenn Elis Dad ihre Vorräte entdeckte – sie traute dem Kerl durchaus zu, dass er die Bullen anrufen würde! Ihre einzige Chance bestand darin, ihnen zuvorzukommen und alles schleunigst verschwinden zu lassen.

Dazu brauchte sie höchstens fünf Minuten, hatte sie Eli hoch und heilig versprochen, als sie ihm erklärte, was für sie auf dem Spiel stand, und ihn anflehte, sie so schnell wie möglich nach Whistledown zu fahren. Er war bereit, ihr zu helfen, doch das Problem bestand darin, dass sein Wagen auf dem Schulparkplatz stand. Wie sollten sie dorthin kommen? Zum Glück sah Neely zufällig, wie Cinda Hawkins aus ihrer Klasse ins Auto eines älteren Schülers stieg, der am Feldrand geparkt hatte. Neely rannte hin und fragte, ob sie und Eli bis zur Schule mitfahren dürften. Klar, sagte Cinda, die wohl vermutete, dass die beiden sich ebenso wie sie selbst vor der Übernachtung in der Turnhalle drücken wollten.

Eli hatte während der kurzen Fahrt zur High School kein Wort gesagt, und Neely vermutete, dass er Angst vor dem angekündigten morgigen Gespräch mit seinem Vater hatte. Sie verspürte leichte Gewissensbisse, weil sie das Marihuana mitgebracht hatte. Er rauchte gelegentlich, aber nur normale Zigaretten, und er trank keinen Alkohol. Das konnte sie verstehen, seit sie seinen total besoffenen Großvater gesehen hatte.

Alkoholismus war vererbbar, hatte sie irgendwo gelesen. Auch Neelys Vater hatte vor Jahren an dieser Sucht gelitten, jedoch den schwierigen Absprung geschafft. Sie selbst konnte sich nicht daran erinnern, ihn jemals betrunken gesehen zu haben – sie war ja so gut wie nie bei ihm gewesen –, aber die Dienstboten hatten darüber getuschelt.

Vielleicht trank sie deshalb so gern Bier, dachte Neely oft. Vielleicht würde auch sie zur Alkoholikerin werden, weil das einfach in ihrer Familie lag. Als ihr Vater noch lebte, hatte sie sogar manchmal gehofft, dass das passieren würde, denn dann würde er sich ausnahmsweise um die unerwünschte Tochter kümmern müssen, der er seine Krankheit vererbt hatte.

Jetzt war er tot, und sie würde nie mehr erfahren, ob er sich wirklich um sie gekümmert hätte oder ob es ihm egal gewesen wäre, was aus ihr wurde …

»Ich halte das für keine gute Idee, Neely«, murmelte Eli unglücklich, als sie nicht mehr weit von Whistledown entfernt waren. »Mein Vater ist schon wütend genug. Falls er uns hier erwischen sollte … mein Gott, ich glaube, das würde ich nicht überleben!«

»Er wird uns nicht erwischen«, versprach Neely. »Du schaltest die Scheinwerfer aus, wenn wir da sind, und ich schwöre dir, dass ich mich beeilen werde. Eli, wenn ich den Stoff nicht schnell aus meinem Zimmer hole, wird Alex ihn finden, oder dein Dad wird ihn finden, oder sie werden die Bullen zu Hilfe rufen und die werden ihn mit Sicherheit finden. Dann lande ich möglicherweise sogar im Gefängnis!«

»Dafür bist du zu jung«, knurrte Eli. »Dir würde allenfalls die Jugendstrafanstalt drohen.«

»Wo ist da der Unterschied?«

»Und wenn sie nun im Haus sind? Mein Gott, ich möchte meinem Dad nicht wieder in die Arme laufen! Er wird mir schon die andere Sache nicht so schnell verzeihen.«

»Wir werden ihm nicht in die Arme laufen. Er und Alex müssen doch deinen Großvater nach Hause bringen, und sie werden bei ihm bleiben, bis er einschläft, nehme ich an. Wir haben also etwas Zeit.«

»Scheiße, Neely, ich kann nicht glauben, dass ich so was mache.« Eli hörte sich so unglücklich an, dass Neely ihn neugierig musterte.

»Wird dein Dad dich verprügeln?« Nachdem ihr eigener Vater sich nie um sie gekümmert hatte, wusste Neely nicht, wie normale fürsorgliche Väter auf solche Dinge wie Haschen reagierten. Doch Joes Miene hatte nichts Gutes verheißen. Er würde Eli bestimmt streng bestrafen.

»Nein, Prügel habe ich nicht zu befürchten. Aber vermutlich bekomme ich Ausgehverbot für den Rest meines Lebens oder so, und er wird mir die Wagenschlüssel abnehmen und mich wie einen Irren schuften lassen. Und er wird sagen, wie sehr ich ihn enttäuscht habe. Damit hat er völlig Recht. Dad hat immer befürchtet, dass Josh so etwas tun könnte. Mir vertraut er – besser gesagt, er *hat* mir vertraut«, korrigierte Eli sich traurig.

»Es tut mir wahnsinnig Leid«, wiederholte Neely und rutschte zum Trost etwas näher an ihn heran. »Aber wer hätte sich vorstellen können, dass wir ihn ausgerechnet im Wald treffen würden?«

»Ja …«

»Wahrscheinlich wollte er ungestört mit meiner Schwester rumknutschen.«

»Ja.«

»O Gott, Eli, da war die Abzweigung – du hast sie verpasst!«, rief Neely aufgeregt und schaute nach hinten.

»Glaubst du, ich bin so blöd und fahr eure Auffahrt rauf? Sie könnten die Scheinwerfer sehen! Nein, wir müssen hinten herum, über die Felder. Halt dich gut fest.«

Sekunden später bog Eli von der Straße ab und schaltete als weitere Vorsichtsmaßnahme die Scheinwerfer aus. Der Wagen rumpelte im Dunkeln querfeldein.

»Kannst du überhaupt was sehen?« Neely klammerte sich mit beiden Händen ans Armaturenbrett.

»Ich sehe Whistledown, das genügt. Keine Angst, ich weiß, was ich tu.«

Das große Haus auf dem Hügel konnte auch Neely sehen, weil Licht durch die Fenster fiel. Sie und Alex ließen seit jener ersten schlimmen Nacht immer die Lampen brennen, wenn sie abends unterwegs waren. Hingegen war das Haus der Familie Welch am Fuße des Hügels dunkel.

»Sie müssen noch bei Opa sein«, murmelte Eli sichtlich erleichtert.

»Hab ich dir doch gesagt.«

Eli hielt unweit der Hintertür von Whistledown an. Neely wühlte in ihrer Handtasche nach dem Schlüssel.

»Ich warte hier und halte Ausschau, ob sie kommen. Geh rein und hol das verdammte Zeug!«, knurrte Eli. »Und bitte – *beeil dich!*«

Neely versprach es hoch und heilig und sprang aus dem Wagen.

40

Der Jäger befand sich schon im Keller von Whistledown, auf dem Weg zu Cassandra, als ihm plötzlich einfiel, dass er seinen Bohrer auf Alexandras Bett vergessen hatte. Das Gerät würde ihr natürlich sofort ins Auge fallen, wenn sie ihr Schlafzimmer betrat.

Aber sie hatte keine Ahnung, wie das Ding dorthin gekommen war ... Es wäre ganz amüsant, mit Hilfe der neu installierten Videokameras ihre Reaktion zu beobachten.

Nein, ermahnte er sich zur Vorsicht. Alexandra könnte die Polizei rufen. Auf dem Bohrer waren seine Fingerabdrücke. *Wenn* die Polizei kam, *wenn* die Beamten neugierig wurden, *wenn* sie anfingen, Fingerabdrücke zu vergleichen, könnten sie ihm auf die Spur kommen.

So war das Leben nun einmal: eine Serie von *Wenns*. Ein erfolgreicher Mann musste immer alle *Wenns* in Betracht ziehen.

Seufzend machte der Jäger sich auf den Weg nach oben, um seinen Bohrer zu holen. Er ging die Hintertreppen hinauf, ziemlich schnell für seine Leibesfülle, weil er es eilig hatte, Cassandra einen kurzen Besuch abzustatten und dann nach Hause zu kommen. Er brauchte dringend etwas Schlaf – die nächtlichen Aktivitäten der letzten Zeit waren ein bisschen anstrengend gewesen.

Vielleicht sollte er anfangen, *Geritol* einzunehmen. Der Jäger schmunzelte bei diesem Gedanken. Er schmunzelte immer noch, als er auf dem Korridor im ersten Stock Schritte hörte, die sich näherten.

Seine Augen weiteten sich vor Schreck. Er war schon im oberen Drittel der Treppe – für eine Flucht blieb ihm keine Zeit mehr. Und die glatten Wände des schmalen Treppenhauses boten keinerlei Verstecke. Die Vorstellung, dass er erwischt werden könnte, ließ seinen Adrenalinspiegel in die Höhe schnellen. In gewisser Hinsicht hatte Angst auf den Körper ähnliche Auswirkungen wie Sex – sie wirkte ungemein belebend! Hatte er das Cassandra und den anderen Mädchen nicht schon immer gesagt?

Der Jäger griff an seine Gesäßtasche, fummelte am Knopf herum und zog seinen Taser heraus ...

Alexandras kleine Schwester Cornelia tauchte am oberen Treppenende auf.

41

Für Alex war die Fahrt mit Joe und Cary ein Albtraum. Der Betrunkene fluchte unablässig, während er vergeblich versuchte, sich aus dem stählernen Griff seines Sohnes zu befreien. Joe sagte nicht viel, nur gelegentlich ein »Halt die Klappe, Dad!«. Alex schwieg und konzentrierte sich nur aufs Fahren. Der Alkoholgestank war Übelkeit erregend, sodass sie schließlich ein Autofenster öffnete. Als sie sich der Auffahrt nach Whistledown näherten, verstummte Cary von einer Sekunde zur anderen. Alex schaute überrascht zur Seite: Cary lehnte schlapp an der Schulter seines Sohnes.

»Er hat das Bewusstsein verloren«, erklärte Joe grimmig. Sie fuhren jetzt an Whistledown vorüber und Alex warf einen kurzen Blick zu der alten Villa auf dem Hügel hinüber. Mit dem hellen Licht, das durch die Fenster fiel, weil sie es wie immer angelassen hatte, wirkte das Haus einladend, so als warte es auf ihre Rückkehr. Doch im nächsten Moment schnappte sie entsetzt nach Luft. Auf dem Balkon im ersten Stock stand ein Mann, genau an derselben Stelle wie neulich! Die Gestalt hob sich ganz deutlich vom hellen Fenster dahinter ab …

»Um Gottes willen, Alex, achte auf die Straße!«, schrie Joe.

Alex stellte fest, dass sie um ein Haar im Straßengraben gelandet wären, und riss das Steuer herum, doch sobald die Gefahr gebannt war, schaute sie wieder zum Haus empor. Der Mann war verschwunden.

Niemand stand auf dem Balkon.

»Joe«, flüsterte sie verstört. »Der Mann auf dem Balkon – gerade habe ich ihn wieder gesehen!«

»O Gott, nicht heute Abend, bitte!«, stöhnte Joe. Sie hatten Whistledown bereits hinter sich gelassen, und er verrenkte sich fast den Hals, um einen Blick darauf werfen zu können. Natürlich gab es nichts Ungewöhnliches zu sehen. Auf dem Balkon war niemand, das stellte auch Alex fest, als sie noch einmal zurückschaute.

»Aber, Joe, ich habe ihn …«

»Honey, lass mich bitte erst die eine Krise bewältigen! Zwei auf einen Schlag packe ich nicht.« Joe hörte sich so erschöpft an, dass Alex beschloss, ihn in Ruhe zu lassen. Außerdem hatte er natürlich Recht: Das Wichtigste war im Augenblick, seinen Vater nach Hause zu bringen. Was auch immer sie gesehen haben mochte – sie konnte sich später den Kopf darüber zerbrechen. Vielleicht hatte ihre Fantasie ihr wieder einen Streich gespielt …

Aber sie glaubte das nicht.

Der Kiesweg zu Carys Haus begann bei Joes Auffahrt, führte um den Pferdestall herum und zum Wald empor.

»Würdest du bitte die Tür öffnen?«, bat Joe, als sie am Ziel waren, und lud sich seinen Vater wie einen Mehlsack auf eine Schulter. Alex nickte, ging vor ihm die zwei Holzstufen zur schmalen Veranda hinauf, schloss die Tür auf und öffnete sie weit. Joe schleppte seine Last an ihr vorbei ins Haus.

Alex folgte ihm, schloss die Tür und tastete nach einem Lichtschalter, während Joe sich auch im Dunkeln zurechtfand und schon um eine Ecke bog. Als sie den Schalter fand und darauf drückte, stellte sie im hellen Schein einer Lampe fest, dass sie im Wohnzimmer stand. Zu ihrer Linken, hinter einer niedrigen Ziegelmauer, auf der ein graues Telefon stand, konnte sie eine kleine Küche mit einfachen Einbauschränken und einem runden Esstisch sehen. Eine Tür führte auf den Flur hinaus, wo

Joe mit seinem Vater über der Schulter verschwunden war. Vermutlich gelangte man von dort zu den Schlafzimmern.

Alex schaute sich in dem kleinen Wohnzimmer um. Weiß getünchte Wände, eine bequem aussehende Couch mit rotem Kordsamtbezug, in rechten Winkeln dazu ein goldfarbener Sessel und ein Schaukelstuhl. Die weiße Keramiklampe, die sie mit einem Druck auf den Lichtschalter eingeschaltet hatte, stand auf einem Beistelltisch neben der Couch. Am anderen Ende der Couch gab es einen zweiten solchen Tisch aus Fichte, mit einer zweiten Keramiklampe, die jedoch nicht brannte. Vor der Couch stand ein länglicher niedriger Marmortisch, an der Wand gegenüber ein großes Fernsehgerät, auf dem viele gerahmte Fotos aufgestellt waren. Alex trat näher heran und schaute sich die Bilder an. Auf mehreren waren Joe und Cary – beide viel jünger als jetzt – mit einer Frau und einem Mädchen zu sehen. Das mussten Joes verstorbene Mutter und Schwester sein. Es gab Schulfotos von Carys drei Enkeln sowie eine offizielle Aufnahme von Joe am Tag seiner Examensfeier – in schwarzem Talar, das obligatorische schwarze Barett auf dem Kopf. Doch es war ein anderes Familienfoto, das Alex besonders interessierte: Joe in einem marineblauen Anzug mit weißem Hemd und roter Krawatte, zwei kleine Jungen und eine Frau. Eli und Josh saßen auf Joes Knien, die Frau stand hinter ihnen. Die Erwachsenen und ein etwa dreijähriger Eli lächelten in die Kamera, während das Baby Josh sein Gesicht verzog, so als würde es gleich losbrüllen. Alex nahm den Fotorahmen in die Hand und schaute sich Joes Exfrau genau an. Ihre Hand lag besitzergreifend auf seiner Schulter. Sie war sehr hübsch und sehr jung – höchstens Anfang zwanzig –, mit goldblonden Haaren fast bis zur Taille und mit einem runden, rosigen Gesicht.

Elis, Joshs und Jennys Mutter … Joes Frau, die ihm und den Kindern so übel mitgespielt hatte … Laura hieß sie, hatte Joe einmal erwähnt …

Sie starrte das Foto immer noch nachdenklich an, als Joe den Raum betrat. Mit seinen breiten Schultern und schmalen Hüften sah er in Jeans und Sweatshirt so attraktiv aus, dass ihr Herz sofort schneller schlug. Doch etwas anderes kam hinzu – bei seinem bloßen Anblick fühlte sie sich sofort sicher und geborgen, obwohl er im Augenblick einen ziemlich erschöpften Eindruck machte. Sein Blick fiel auf das Foto, das sie in der Hand hatte, und er fuhr sich mit den Fingern durch die kurzen Haare. Alex stellte das Gruppenbild schnell auf den Fernseher zurück und ging auf ihn zu.

»Na, hast du deinen Vater zu Bett gebracht?«

»Ja. Er wird nicht vor morgen Mittag aufwachen und für den Rest des Tages einen grässlichen Kater haben.« Joe schnitt eine Grimasse. »Mein Gott, das war wirklich ein höllischer Tag!«

»Es tut mir Leid, was Neely angestellt hat.«

Er gab einen Laut von sich, der ein Mittelding zwischen Lachen und Schnauben war, griff nach ihrer Hand, führte sie an seine Lippen und küsste die Innenfläche. Ihre Haut begann sofort zu prickeln.

»Du bist nicht die Hüterin deiner Schwester«, spielte er mit einem leichten Lächeln auf die berühmte Bibelstelle von Kain und Abel an, ließ sich auf die Couch fallen und zog Alex mit sich. Als sie dicht neben ihm saß, schlang er einen Arm um ihre Schultern, legte seine Füße auf den Tisch und lehnte seinen Kopf an die Rückenpolster. »Mir ist klar, dass du Neely nicht unter Kontrolle hast … genauso wenig, wie ich Eli unter Kontrolle habe. Wenn Kinder ein bestimmtes Alter erreichen, müssen sie selbst Entscheidungen treffen. Man kann nur hoffen, dass sie vernünftig sind – sicher sein kann man sich nie. Ich mache deine Schwester nicht für das verantwortlich, was Eli angestellt hat. Er hätte es besser wissen müssen …«

»Was wirst du jetzt mit ihm machen?«

»Ausgehverbot bis zum Abschluss der High School … Harte Arbeit auf der Farm, bis er viel zu müde ist, um Unsinn zu treiben …«, sagte er grimmig. Dann atmete er tief durch und blickte zur Decke empor. »Ich hätte bei meinem Leben geschworen, dass Eli so etwas nie tun würde …«

»Joe, er ist trotzdem ein großartiger Junge.«

Er schnitt wieder eine Grimasse. »Aber man fragt sich unwillkürlich, was die Kids sonst noch alles hinter unserem Rücken anstellen.« Joe schaute Alex an. »Und was wirst du mit deiner Schwester machen?«

Sie zuckte hilflos mit den Schultern. »Mit ihr reden … Sie auf irgendein Internat schicken … Mehr kann ich nicht tun. Neely ist nicht wirklich verdorben, sie fühlt sich nur zu Recht vernachlässigt. An materiellen Dingen bekamen wir immer alles, was wir wollten, aber Neely wollte mehr – sie wollte Liebe und die bekam sie nicht.«

»Du liebst sie doch.«

»Ja, aber ich bin nur ihre Schwester – genauer gesagt ihre Halbschwester. Sie hätte die Liebe unseres Vaters gebraucht und die hat sie nie gespürt.«

»Ich frage mich manchmal, ob Vaterliebe ausreicht. Vielleicht brauchen Kinder in erster Linie ihre Mutter. Ich kann für Jenny nicht die richtigen Kleider aussuchen, Josh scheint ständig schlechte Laune zu haben und jetzt raucht Eli auch noch Marihuana!« Joe stieß einen schweren Seufzer aus. Ich habe mir wirklich verdammte Mühe mit der Erziehung der Kids gegeben, aber vielleicht ist das nicht genug.«

»Du liebst sie jedenfalls und das wissen sie.«

»Ja, ich liebe sie.«

»Joe?«

»Hmmm?«

Ihr Kopf lehnte an seinem dunkelblauen Sweatshirt. Er roch angenehm – nach frischer Luft, warmer Haut und Rauch vom Lagerfeuer, nur beeinträchtigt durch einen schwachen Alkoholgestank, den vermutlich auch ihre Kleider angenommen hatten, weil Carys Wagen damit verpestet gewesen war.

»Erzähl mir von deinem Vater. Hat er schon getrunken, als du ein Kind warst, oder …« Sie beendete ihren Satz nicht.

Seine Mundwinkel zuckten und er starrte wieder an die Decke. Alex schlang ihre Arme um seine Taille.

»Ich glaube, Dad hat schon getrunken, bevor ich geboren wurde, aber als ich ein kleiner Junge war, hielt seine Sucht sich noch in Grenzen. Er betrank sich nur alle paar Monate und wir konnten es geheim halten. Er hatte damals einen tollen Job als Pferdetrainer in Churchill Downs – betreute einen ganzen Stall bester Rennpferde. Eines Abends besoff er sich jedoch derart, dass er im Stall das Bewusstsein verlor – so wie heute im Wagen –, und als er wieder zu sich kam, lag Vince Atkinsons Zwölf-Millionen-Dollar-Hengst mit einem gebrochenen Bein in der Box – ein so komplizierter Bruch, dass das Pferd getötet werden musste. Atkinson kassierte die Versicherungssumme, und kurz darauf kursierten Gerüchte, das Ganze sei ein abgekartetes Spiel zwischen ihm und meinem Vater gewesen. Atkinson machte drei Monate später trotzdem Bankrott und Dad kam nie wieder an ein erstklassiges Pferd heran. Mit seiner Karriere als Trainer ging es steil bergab. Die Pferde wurden immer schlechter, die Jockeys und Rennbahnen ebenfalls. Schließlich war es dann ganz aus – er stand ohne Job da und musste sich sogar seine Lebensversicherung auszahlen lassen, natürlich mit hohen Verlusten. Damals begann er noch mehr zu trinken und ganz schlimm wurde es nach dem

Tod meiner Mutter und Schwester. Mittlerweile ist er etwa die Hälfte der Zeit betrunken. Deshalb lebt er in diesem Haus und nicht bei mir. Ich wollte nicht, dass die Kinder ihn in diesem Zustand erleben. Hier sieht ihn normalerweise niemand, bis er seinen Rausch ausgeschlafen hat und wieder ein sehr netter Opa ist, der seine Enkel abgöttisch liebt, besonders Jenny. Aber alle paar Monate führt er sich in der Öffentlichkeit so schlimm wie heute auf und das habe ich gründlich satt. Hast du auf dem Feld Elis und Joshs Gesichter gesehen? Den Kindern sind solche Szenen natürlich unsagbar peinlich und er gibt ein verdammt miserables Vorbild für sie ab. So kann es einfach nicht mehr weitergehen!«

»Und was willst du dagegen machen?« Alex' Stimme war leise, teilnahmsvoll. Sie streichelte seine breite Brust, aber er schien es nicht einmal zu bemerken, so sehr war er in düstere Gedanken versunken. Nach einer Weile zuckte er resigniert mit den Schultern.

»Ich weiß es nicht. Irgendwas werde ich mir einfallen lassen müssen ...« Joe schaute auf sie herab und sein Gesicht wurde weicher. Er nahm ihre Hand von seiner Brust und führte sie an seine Lippen. »Du bist wunderschön.«

Alex lächelte und wollte ihn küssen, aber er hinderte sie daran, indem er einen Finger auf ihren Mund legte.

»Warte – ich muss dir noch etwas erzählen und dann hast du vielleicht keine Lust mehr auf Liebesspiele mit mir.«

Sie starrte ihn mit großen Augen an. *»Was?«*

»Tommy hat mich heute Morgen in sein Büro bestellt«, berichtete Joe. »Dort wartete auch ein Anwalt auf mich – Rob Mayhew, ein guter Freund. Tommy fragte mich, ob er unser Gespräch auf Tonband festhalten dürfe, und dann zeigte er mir eine Damenhandtasche und Damenschuhe, die in einem Müllsack gefunden wurden.

In einem zweiten Müllsack wurden Knochen, Haare und Asche gefunden – möglicherweise die Überreste eines Menschen.« Er schaute Alex in die Augen. »Tasche und Schuhe gehörten Laura. Tommy glaubt, dass das Zeug im anderen Sack alles sein könnte, was von Laura übrig geblieben ist.«

Alex setzte sich auf der Couch kerzengerade hin, als sie begriff, was das zu bedeuten hatte. »O mein Gott! Der Sheriff glaubt, deine Exfrau sei *ermordet* worden? Die Mutter von Eli, Josh und Jenny?« Sie dachte an die hübsche junge Blondine auf dem Familienfoto und ein kalter Schauer lief ihr über den Rücken.

Joe nickte. »Ja.«

»Hier in Shelby County?«, fragte sie ungläubig.

»Sieht so aus. Natürlich ist immer noch möglich, dass es keine menschlichen Überreste sind, und wenn doch, dass es sich nicht um Laura handelt. Das hoffe ich von ganzem Herzen. Den Kindern sage ich nichts, bis wir absolute Gewissheit haben. Tommy hat mir versprochen, die Sache vertraulich zu behandeln und mich zu informieren, sobald er die Laborergebnisse erhält.«

Alex runzelte die Stirn. »Schreckliche Geschichte … Aber warum sollte ich deshalb meine Meinung über … über uns ändern?«

Er schenkte ihr ein unwiderstehliches Lächeln, das ihren Puls beschleunigte. »*Uns?* Hmm, das hört sich gut an.« Dann verschwand das Lächeln wieder. »Falls Laura identifiziert werden sollte, bedeutet das, dass sie ermordet wurde, hier in unserer idyllischen Gegend. Vor etwa acht Jahren, offenbar im Juni, darauf deutet ein unbenutztes Flugticket hin.« Joe holte tief Luft. »Um diese Zeit habe ich Laura zum letzten Mal gesehen. Sie hat den Kindern einen kurzen Besuch abgestattet. Seitdem haben wir von ihr nie wieder etwas gesehen oder gehört, worüber ich sehr froh war. Doch Tommy hielt es anfangs für möglich, dass ich Laura umgebracht habe, und das werden auch viele andere Leute glauben, wenn es tatsächlich ihre sterblichen Überreste sind.«

Alex starrte ihn an. »Das gibt's doch nicht!«

Joe verzog das Gesicht. »Ich kenne Tommy seit dem Kindergarten und trotzdem hat er unser Gespräch auf Band festgehalten – für den Fall, dass ich ein Geständnis ablegen würde!«

»Das ist doch absolut lächerlich!«, rief Alex empört.

Joe lächelte ihr wieder zu. »Du hast mich noch gar nicht gefragt, ob ich es getan habe.«

»Das brauche ich nicht zu fragen.«

»Blinder Glaube?«

»Ich weiß, was für ein Mensch du bist. Arrogant und unausstehlich – ja, manchmal. Grob und tyrannisch – ja, manchmal. Aber ein Frauenmörder? Nein, bestimmt nicht.«

Joe grinste. »Danke für diese glänzende Beurteilung meines Charakters!««

»Die Wahrheit kann mitunter schmerzhaft sein. Das hast du selbst vor gar nicht langer Zeit zu mir gesagt«, lächelte Alex.

Er führte wieder ihre Hand an seine Lippen, küsste jeden Knöchel, dann die Innenfläche. Sie spürte seine Zunge auf ihrer Haut und ein heißer Schauer jagte über ihren Rücken. Ihre Lider flatterten, ihre Lippen teilten sich ein wenig.

»Du glaubst doch nicht wirklich, dass ich – wie war das noch gleich? – arrogant, unausstehlich, grob und tyrannisch bin, oder?« Sein Mund glitt zu ihrem Handgelenk, und ihr war klar, dass er ihren schnellen Puls spürte. Aber das spielte keine große Rolle, denn bestimmt konnte er ihre Gefühle auch an den Augen ablesen.

»Bei unseren ersten Begegnungen habe ich dich durchaus so eingeschätzt.«

»Seltsam ... Sogar als du mich gefeuert hast, ging mir dauernd durch den Kopf: *Was für eine Frau!*«

»Lügner!«, murmelte Alex zerstreut. Sie war fasziniert von dem Kontrast zwischen ihren schmalen, zarten Fingern und seiner großen, kräftigen gebräunten Hand. Und ihr Körper musste irgendwie einen trockenen Mund, einen beschleunigten Atem und eine akute Muskelschwäche bewältigen.

»Ich sage die Wahrheit, das schwöre ich dir.« Joe grinste schelmisch. »Du glaubst doch nicht etwa, dass ich so etwas erfinden würde, nur um unter deine Hose zu gelangen?«

Sie schaute ihm tief in die Augen. »Nein?«

Er schüttelte den Kopf. »Ich gehe viel direkter vor.«

»Tatsächlich?«

»Mmm ... Falls das mein Ziel wäre, würde ich dich auf diese Couch legen, etwa so« – er schob einen Arm unter ihre Knie und hob ihre Beine auf seinen Schoß – »und dann würde ich mich über dich beugen« – er ließ seinen Worten die Tat folgen –»und dich küssen.«

Alex schlang begierig die Arme um seinen Hals.

42

Es war ein sanfter, langsamer, zärtlicher Kuss. Seine Wangen und sein Kinn fühlten sich auf ihrer Haut so rau wie Sandpapier an, aber sie genoss dieses Kratzen der Bartstoppeln. Seine Zunge erforschte ihren Mund, ohne fordernd zu sein, so als hätte er alle Zeit der Welt. Bei der ersten Berührung seiner Lippen glühte Alex vor Leidenschaft. Sie wollte alle Vorstufen überspringen und sofort jenen Punkt erreichen, an dem sie im Wald unterbrochen worden waren. Ihre Zunge verwickelte die seine in einen wilden Kampf. Sie zog an seinen Schultern, bis auch er auf der Couch lag, halb auf ihr, halb neben ihr. Sie begehrte ihn so sehr …

Es machte sie fast verrückt, dass Joe es so gar nicht eilig hatte. Sie schob ihre Hände unter sein Shirt und streichelte seinen muskulösen Rücken. Seine nackte Haut war warm und glatt. Er legte eine Hand auf ihre Brust und als Reaktion grub sie ihre Fingernägel in seine Schultern. Sein Daumen rieb durch Kaschmir und Seide hindurch eine Brustwarze. Alex wimmerte in seinen Mund hinein, presste ihre Brust in seine Hand. Als er sich weiter damit begnügte, sanft an den Brustwarzen zu zupfen, biss sie frustriert in sein Ohrläppchen und schob ihren Unterleib an seinen heran. Doch dieser Kontakt mit seinem steifen Glied unter den Jeans machte sie nur noch verrückter. Sie küsste seinen Hals, stieß ihn mit den Hüften an, zeigte ihm ohne Worte, was sie wollte …

Aber der verdammte Kerl ließ sich nicht zur Eile provozieren! Er wölbte eine Hand um ihr Kinn und küsste sie leidenschaftlich. Er streichelte ihre Brüste, bis sie das Gefühl hatte, die Brustwarzen wären zur Größe von prallen Erdbeeren angeschwollen.

Doch das war auch schon alles, was er machte.

Alex konnte es nicht länger ertragen. Sie konnte keine Sekunde länger warten. Sie wollte, dass er sie mit seinem Speer durchbohrte. Jetzt! Sofort! Sie ging in die Offensive, rieb mit den Fingern das steife Glied, das immer noch in den Jeans gefangen war. Sie drückte leicht zu und es pulsierte in ihrer Hand. Sie tastete nach dem Reißverschluss.

Er packte ihr Handgelenk, hinderte sie daran, seine Hose zu öffnen. Er brach den Kuss ab, stützte sich auf einen Ellbogen und schaute sie an. Alex registrierte mit einer gewissen Befriedigung, dass der ach so beherrschte Herr schwer atmete und ein gerötetes Gesicht hatte.

Seine aquamarinfarbenen Augen reflektierten das Lampenlicht und schienen in Flammen zu stehen.

»Wart einen Augenblick«, murmelte er. Obwohl seine Stimme heiser klang, spielte ein schelmisches Lächeln um seine Lippen. »Wir gingen doch ursprünglich davon aus, dass ich es darauf abgesehen habe, unter *deine* Hose zu gelangen.«

Ihre Augen verengten sich zu schmalen Schlitzen. »Du hast das absichtlich gemacht!«

»Glaubst du?«

Sein Grinsen war so sexy, dass sie ihm nicht böse sein konnte. Dieser Schuft legte es immer wieder darauf an, eine wilde Glut in ihrem Körper zu entfachen und sie dann auf die Folter zu spannen. Es war ein grausames Spiel, aber sie würde sich rächen …

Alex befreite ihre Hand aus seinem Griff, schob ihre Finger unter seine Jeans und Unterhose, tastete sich über den flachen, harten Bauch zum Objekt ihrer Begierde vor und begann den heißen steifen Schaft rhythmisch zu massieren.

Joe schnappte nach Luft, knirschte mit den Zähnen, nahm ihre Hand wieder gefangen, zog sie aus seiner Hose. »Jetzt bin ich am Zug!«, brachte er atemlos hervor.

Alex glaubte sich endlich am Ziel. Vor Begierde zitternd, schaute sie zu, wie er den Reißverschluss ihrer Hose öffnete. Seine Hand war groß und warm, die Fingerspitzen etwas rau. Er fand das Dreieck aschbrauner krauser Haare zwischen ihren Schenkeln und streichelte es. Ihr Sonnengeflecht strahlte Hitze in den ganzen Körper aus. Sie hatte einen winzigen seidenen Bikini-Slip mit Leopardenmuster an und glaubte, nie etwas Erotischeres gesehen zu haben als seine Hand, die sich unter diesen Slip schob. Dann waren seine Finger dort, wo sie sie am meisten brauchte, streichelten, rieben, glitten in sie hinein, bewegten sich ein und aus ... Dabei ließ er sie nicht aus den Augen.

»O Gott, Joe!«, stöhnte Alex und wölbte sich diesen kundigen Fingern entgegen, die ihr Blut in glühende Lava verwandelten. »Nimm mich! Jetzt! Bitte!«

»Dein Wunsch ist mir Befehl, Prinzessin«, murmelte er heiser.

Doch anstatt zu tun, was sie wollte, setzte er sich plötzlich auf und zog seine Hand zurück. Sie wimmerte frustriert, bis er sie auf den Schoß nahm und mit ihr aufstand. Alex schlang die Arme um seinen Hals und schaute ihm tief in die Augen, in denen deutlich geschrieben stand, dass er seine Begierde nur mit größter Mühe zügelte. Er trug sie aus dem hellen Wohnzimmer auf den dunklen Korridor und weiter in ein dunkles Schlafzimmer, dessen Tür er mit dem Fuß schloss.

»Dein Vater ...«, flüsterte sie.

»Der würde es nicht einmal hören, wenn ein D-Zug direkt durchs Wohnzimmer donnern würde.«

Die Vorhänge waren geöffnet und Mondlicht flutete in den Raum. Alex sah ein Doppelbett. Joe zog die Decke zur Seite und legte sie auf die Matratze. Das Laken fühlte sich glatt, kühl und etwas steif an, das Schaumstoffkissen viel zu hart. Sie konnte erkennen, dass die Bettwäsche ein Blumenmuster hatte.

Der Raum sah aus, als sei er lange nicht benutzt worden, obwohl alles sauber war und frisch roch.

Joe zog sein Sweatshirt und T-Shirt zusammen aus. Die breiten nackten Schultern schimmerten im Mondschein wie Bronze, die Brust war dicht behaart. Alex blieb nicht viel Zeit, diesen prächtigen Männerkörper zu bewundern, denn er beugte sich über sie und zerrte ungeduldig an ihrer Hose.

»Meine Stiefel ...« Sie setzte sich auf. »Ich muss zuerst die Stiefel ausziehen.«

Er ließ ihre Hose los, ging in die Hocke und zog an einem Stiefel, erzielte jedoch nicht den geringsten Erfolg. »Erinnere mich daran, dir Turnschuhe zu kaufen«, brummte er.

»Sie haben einen Reißverschluss«, grinste Alex und zog ihre eleganten Stiefel selbst aus. Ihr Blazer folgte und landete achtlos auf dem Boden. Joe griff wieder ein und befreite sie von Pullover und Hose. Jetzt war sie nur noch mit dem winzigen Höschen und einem gleich gemusterten Push-up-BH bekleidet, lag auf die Ellbogen gestützt im Bett und wartete darauf, dass er sich zu ihr gesellte.

»Wenn du das bei *Victoria's Secret* erstanden hast, wird Jenny ihre Unterwäsche nur über meine Leiche dort einkaufen!« Er verzehrte ihren Körper mit hungrigen Blicken. »Ich hab noch nie so was Verführerisches gesehen.«

Er ließ sich auf die Bettkante fallen. Alex setzte sich wieder auf und presste ihren in Seide gehüllten Busen an seinen nackten Rücken. Ihre Hände glitten über seine Schultern. Sie waren so breit, so muskulös …

»Man bekommt dort auch Sachen aus schlichter weißer Baumwolle«, versprach sie heiser, während er seine Stiefel aufschnürte und auszog. Alex legte von hinten die Arme um ihn und streichelte seinen Brustkorb, wühlte mit den Fingern in den krausen Brusthaaren, fand die Brustwarzen und stellte fest, dass sie hart waren …

»So, das hätten wir!«

Sein zweiter Stiefel landete mit einem Knall auf dem Boden. Er drehte sich blitzschnell um und küsste sie mit wilder Leidenschaft, drückte sie auf die Matratze, befreite sie mit zittrigen Fingern von ihrer sexy Unterwäsche und strampelte sich aus Jeans und Unterhose.

Die Ungeduld, die er plötzlich an den Tag legte, war Alex mehr als willkommen. Sie hatte so lange auf ihn warten müssen … Seine Knie schoben sich zwischen ihre Beine, er packte sie bei den Hüften und drang mit einem einzigen mächtigen Stoß tief in sie ein. Alex schrie vor Wonne auf, als der riesige heiße Speer sie durchbohrte, wölbte sich ihm entgegen, bäumte sich auf. Er küsste ihren Mund, ihren Hals, ihre Brüste, saugte wie ein Baby daran. Seine Lippen und seine Zunge waren genauso heiß wie der übrige Körper. Sie schlang ihre Beine um seine Taille, grub ihre Fingernägel in seinen Rücken. Er rieb mit dem Daumen ihren Kitzler, und sie vergrub ihr Gesicht in seiner Halsgrube, um die Lustlaute zu dämpfen, die sie nicht unterdrücken konnte. Seine harten Stöße trieben sie in eine nie gekannte Ekstase.

»Joe! O mein Gott! Joe!«, stöhnte sie beim Höhepunkt und glaubte vor Lust zu sterben.

Aber er hörte nicht auf, ließ ihr nicht einmal Zeit zum Atemholen, trieb sie in einen zweiten Orgasmus ... Erst dann ergoss sich sein heißer Lebenssaft in ihren zuckenden Körper und er ließ sich keuchend auf sie fallen.

Alex hatte das Gefühl, von einem Schwerlaster überrollt worden zu sein. Sie war viel zu erschöpft, viel zu zittrig, um sich bewegen zu können. Joe lag auf ihr und schien mindestens eine Tonne zu wiegen. Er war heiß und verschwitzt und sein schwerer Atem blies ihr ins Ohr. Sie spürte seine rauen Brusthaare an ihren Brüsten, seinen harten Oberschenkel zwischen ihren Beinen. Sobald Alex die ersten vorsichtigen Bewegungen wagte, begann er an ihrem Ohrläppchen zu knabbern. Seine Hand streichelte ihre Brüste, ihren Bauch ...

»Joe«, protestierte sie und packte sein Handgelenk, um ihm Einhalt zu gebieten.

»Hast du schon genug?« Joe hob den Kopf und sah sie an. Seine Augen funkelten im Mondschein.

»Was ich sagen wollte, ist ...« Lächelnd stemmte sie ihre Hände gegen seine Schultern und er rollte folgsam zur Seite und dann auf den Rücken. Sie schob sich langsam auf ihn, machte es sich auf seinem Körper bequem,

Brust an Brust, Bauch an Bauch, Schenkel an Schenkel. Ihre Zehen berührten seine behaarten Waden. »Jetzt bin ich am Zug …«

Sie küsste ihn auf den Mund.

43

»Neely …«

Es war ein leises Flüstern, kaum mehr als ein Hauchen. Aber die Stimme war vertraut, schmerzhaft vertraut …

»Daddy?«, murmelte sie und schlug die Augen auf. Es war so dunkel, dass sie nicht wusste, ob es Tag oder Nacht war. So dunkel, dass sie nicht einmal ihre eigene Nasenspitze sehen konnte. So dunkel wie in einem Grab. Und auch so kalt wie in einem Grab. Die Luft roch feucht, wie nach starkem Regen. Sie lag auf etwas Weichem – einer Matratze? Einem Bett? Sie hörte – was? Ein stetiges Tropfen, wie von einem lecken Wasserhahn. Und ein Stöhnen …

»Ich bin hier, bei dir, Neely.«

»Daddy?« Sie hörte die Stimme, sie bildete es sich nicht nur ein. Sie versuchte sich zu bewegen. Ihre Hände waren gefühllos und prickelten. Sie lag auf ihnen. Neely rollte zur Seite und wollte ihre schmerzenden Arme strecken, hörte ein Klirren wie von Metall – und stellte fest, dass sie ihre Arme nicht bewegen konnte.

Ihre Handgelenke waren gefesselt, ihre Arme auf den Rücken gebunden.

Immerhin konnte sie ihre Finger bewegen. Sie ertastete kalte glatte Metallglieder – eine Kette.

Ihre Hände waren auf dem Rücken mit einer Metallkette gefesselt.

Sie zerrte verzweifelt an der Kette, strampelte – und entdeckte, dass auch ihre Füße mit einer Kette gefesselt waren.

Mein Gott, mein Gott, was war geschehen? Sie lag in Ketten auf einer Matratze, an einem kalten, feuchten Ort, der dunkler als eine Höhle war.

»Daddy«, wimmerte sie, obwohl sie sich inzwischen daran erinnerte, dass er gestorben war. Hatte sie deshalb seine Stimme gehört? War sie auch tot? Nein, dann wäre sie nicht angekettet. Oder wurde man in der Hölle vielleicht doch angekettet?

Da war ein Mann auf der Treppe gewesen. Er hatte sie gepackt.

An mehr konnte sie sich nicht erinnern.

Sie rollte auf den Bauch, riss an den Ketten – vergeblich. Sie hatte noch ihre Jeans und den Rollkragenpullover an. Aber sie hatte auch eine Jeansjacke und Cowboystiefel getragen. Als sie die Zehen bewegte, stellte sie fest, dass sie nur noch ihre dünnen Socken an den Füßen hatte. Jemand hatte sie eines Teils ihrer Kleidung beraubt.

Der Gedanke verursachte ihr Gänsehaut.

»Neely?« Wieder die Stimme ihres Vaters.

»Wo bist du?«, schluchzte sie und drehte den Kopf wild von einer Seite auf die andere.

Sie konnte nichts sehen. Nicht das Geringste. Es war so dunkel, als wäre sie blind. Aber sie wusste, dass sie nicht blind war.

Sie zerrte wieder an ihren Ketten. Sie klirrten und rasselten, gaben sie jedoch nicht frei. Sie holte tief Luft, wollte schreien ...

»Sei still«, warnte die Stimme ihres Vaters. Und endlich sah sie etwas: zwei kleine, leuchtende grüne Punkte, höchstens einen Meter von ihr entfernt. Wie Augen in der Nacht ...

Schritte. Sie hörte Schritte. Schritte, die immer lauter wurden, die sich näherten.

Das hatte nichts Gutes zu bedeuten. Neely wusste nicht, woher sie das wusste, aber sie wusste es genau.

»Stell dich schlafend.« Die Stimme verklang, die grünen Lichtpunkte verschwanden. Sie war wieder von totaler Finsternis umgeben, allein, verängstigt. Sie wollte ihn zurückrufen, wollte »Daddy!« brüllen, so laut sie konnte, aber er hatte ihr geraten, still zu sein, und da waren diese Schritte, die immer näher kamen …

Etwas Böses näherte sich, sie spürte es …

Instinktiv rollte sie auf den Rücken und nahm die Stellung ein, in der sie aufgewacht war: Arme dicht am Körper, Beine ausgestreckt.

Sie sah Licht. Es kam auf sie zu wie der Scheinwerfer eines Zuges. Ein kleiner Scheinwerfer, ein geräuschloser Zug … Natürlich, es war eine Taschenlampe. Jemand näherte sich ihr mit einer Taschenlampe.

Neely konnte jetzt erkennen, dass sie auf einer Matratze lag, in einem Doppelbett, das der Länge nach an der hinteren Wand einer kleinen Zelle stand. Drei rohe Steinwände, die vierte Seite mit Eisenstäben vergittert, wie ein Käfig. Eine Kammer wie aus einem Horrorfilm … Vampire würden sich hier sehr wohl fühlen …

Ihre Nackenhaare sträubten sich bei diesem Gedanken.

Sie hörte das Rasseln von Schlüsseln, schloss hastig die Augen und zwang sich, ruhig zu atmen und ihr Gesicht zu entspannen …

»Hallo, Cornelia«, sagte eine Männerstimme. Eine angenehme Stimme, nicht zu tief, mit der gedehnten Aussprache der Südstaatler.

Ihr graute vor dieser Stimme.

»Bist du schon wach?«

Ein Schlüssel wurde in ein Metallschloss geschoben,

ein leises Klicken folgte und die Zellentür flog nach innen auf. Er kam auf ihr Bett zu …

Neelys Herz klopfte zum Zerspringen. Sie versteifte sich instinktiv, befahl ihrem Körper jedoch sofort, sich zu entspannen, zu erschlaffen, Schlaf vorzutäuschen.

»Schläfst du immer noch?« Er schien enttäuscht zu sein. »Na, macht auch nichts. Ich habe viel Zeit. Die ganze Nacht …«

Der Mann lachte. Eigentlich war es eher ein Kichern, ein unheimliches hohes Kichern. Es fiel Neely unglaublich schwer, einen Schrei zu unterdrücken, aber sie wusste, dass sie nicht schreien durfte, dass sie ganz still und schlaff daliegen musste. Er legte die Taschenlampe irgendwo in der Nähe des Bettes ab und berührte sie, rollte sie auf die Seite …

»Dein Haar ist so hübsch.« Er ließ eine lange Locke durch seine Finger gleiten. »Du färbst es, stimmt's? Oder sind auch deine Schamhaare blond? Wir werden sehen …«

Er redete mehr mit sich selbst als mit ihr, begriff Neely. Und sie begriff auch, was ihr drohte: Vergewaltigung – o Gott, o Gott! Und danach würde er sie wahrscheinlich töten.

Bleib ganz ruhig liegen. Entspann dich. Vergiss nicht zu atmen.

»Wir wollen es dir etwas bequemer machen, Cornelia.« Er rollte sie auf die andere Seite, sodass sie mit dem Rücken zu ihm lag, und seine Finger berührten ihre Haut, als er an der Kette um ihre Handgelenke herumfummelte und sie davon befreite. Zu ihrer Überraschung begann er die Gelenke sanft zu massieren. Diese freundliche Geste war fast noch beängstigender, als wenn er brutal gewesen wäre. »Es tut mir Leid, dass ich dich so lange liegen gelassen habe, aber ich musste etwas Wichtiges erledigen. Du hast vorhin ein herrliches Freudenfeuer verpasst, ein Freudenfeuer zu deinen Ehren. Deine Vorgängerin hat dir Platz gemacht.«

Seine Worte ergaben für Neely keinen Sinn.

Bleib schlaff. Deine Arme sind schwer wie Blei …

»Wir werden nur dieses eine zarte Handgelenk an die Wand ketten, ansonsten kannst du dich dann frei bewegen. Ich möchte nicht, dass du es unbequem hast. Ich bin nett zu meinen Mädchen, das wirst du sehen.«

Er rollte sie wieder auf den Rücken, streichelte sanft ihr Gesicht. Bleib schlaff. Atme ruhig … Er beugte sich über sie, und sie spürte seinen warmen Atem, der nach Pfefferminze roch, auf ihrer Haut. Er griff nach ihrem linken Arm, der näher an der Wand war als der rechte.

»Du darfst nie gegen mich kämpfen, weißt du. Es würde mir sehr Leid tun, dich verletzen zu müssen.«

Etwas Metallisches wurde um ihr Handgelenk gelegt. Ein breites Metallband.

»Du schläfst nicht, Cornelia, stimmt's? Ah, ah! Wie ungezogen von dir, mich täuschen zu wollen!« Er streichelte ihren Hals, und dann glitt seine Hand über ihren Pulli, legte sich auf ihre rechte Brust, drückte sie. »So hübsch …«

Neely konnte es nicht ertragen. Sie konnte seine Hand auf ihrem Körper nicht ertragen, sie konnte seinen heißen Atem auf ihrer Haut nicht ertragen. Und sie wusste, dass ihr noch viel, viel Schlimmeres bevorstand …

Seine Hand schob sich unter den Saum ihres Pullis und kroch über ihren Magen.

Neely schrie los, ohne es gewollt zu haben. Sie schrie ihm ins Gesicht mit der Lautstärke einer Fabriksirene. Gleichzeitig riss sie die Augen auf, winkelte die Beine an und trat mit aller Kraft nach ihm. Ihre Fußsohlen trafen seinen Bauch, und er taumelte rückwärts, durch die geöffnete Zellentür.

»Hilfe! Hilfe!« Kreischend sprang sie vom Bett und

wollte zur Tür rennen. Sie musste fliehen, musste fliehen, musste fliehen …

Aber sie konnte nicht rennen. Ihre Knöchel waren mit einer schweren Eisenkette gefesselt, allerdings ziemlich lose, sodass sie in ihren Socken über den kalten Steinboden schlurfen konnte. Sie stolperte über etwas, konnte aber das Gleichgewicht halten. Das Hindernis entpuppte sich als Eli, der in Ketten und scheinbar leblos in der Mitte der Zelle lag. Neely starrte einen Moment lang entsetzt auf ihn hinab, hastete dann jedoch weiter. Sie musste die Tür erreichen. Sie musste fliehen, bevor der Mann sich erholte und sie schnappte …

Wenige Schritte von ihrem Ziel entfernt begriff sie, dass sie es nicht schaffen würde. Ihr Entführer stand wieder sicher auf den Beinen, schnaubte wie ein Stier vor dem Angriff und starrte sie mörderisch an. Es gab keine Möglichkeit, ihm zu entkommen.

»Du hast etwas Böses getan, Cornelia, und dafür werde ich dich bestrafen müssen«, kündigte er an und kam auf sie zu.

Sie flüchtete hinter die Gittertür, wartete, bis er die Schwelle überschritten hatte, und warf sich gegen die Tür. Ein Eisenstab traf ihn hart an der Stirn. Er heulte vor Schmerz auf und stolperte einige Schritte zurück. Neely schlug die Tür rasch zu. Aber das würde ihr nicht viel nützen. Sie konnte die Tür nicht abschließen.

»Eli! Eli, hilf mir!«, schrie sie. Doch Eli lag regungslos am Boden. Sie war auf sich allein gestellt …

Das Metallband hing noch an ihrem Handgelenk und daran baumelte eine lange Kette. Ihm war keine Zeit geblieben, das Armband zu schließen. Blitzschnell wickelte sie die Kette um die Gitterstäbe an Tür und Käfigwand, so oft und so fest es ging, zog ihre Hand aus dem Armband, hakte es in der Kette ein und klickte den Verschluss zu – in letzter Sekunde, als er sich schon mit einer fleischigen Schulter gegen die Tür stemmte.

»Öffne sofort die Tür!« Das Licht der Taschenlampe warf seinen Schatten an die Wand hinter ihm und ließ ihn riesig erscheinen. »Wenn du nicht sofort gehorchst, Cornelia … Schau mal, was passiert, wenn du nicht tust, was ich dir sage.«

Er trat von der Tür zurück und schaltete eine Feldlaterne ein, die mitten auf einem Tisch stand. Neely sah, dass der Bereich jenseits ihrer Zelle einem Kellerraum glich, ausgestattet mit einem Kartentisch, einem großen Sessel und einem Fernseher …

Etwas hing dort drüben an der Wand, etwas Schwarzes, an die Wand gekettet … Rußspuren an den Steinen, bis zur Decke … Ein paar versengte blonde Haarsträhnen klebten noch an einem grässlich verbrannten Kopf … eine Leiche! Es war eine bis zur Unkenntlichkeit verkohlte Leiche!

Neely schrie und schrie, nachdem sie begriffen hatte, was da an der Wand hing: ein Mensch … eine Frau, den Haaren nach zu schließen …

»Ihr Name war Cassandra, und sie hat mir nicht mehr gefallen, deshalb habe ich sie bei lebendigem Leibe verbrannt. Das wird auch dir passieren, wenn du dich mir weiter widersetzt. Dies ist deine letzte Chance, mich versöhnlich zu stimmen. Öffne sofort die Tür.«

Neely wich schaudernd zurück.

Knurrend warf er sich mit seinem ganzen Gewicht gegen die Tür. Sie gab nach – aber höchstens um zwei Zentimeter. Die Kette rasselte, hielt dem Druck jedoch stand. Neely atmete ein wenig auf. Er konnte nicht zu ihr herein!

Einen Moment lang starrte er sie schweigend an. Dann lächelte er – ein grausiges Lächeln, das ihr eine neue Gänsehaut bescherte.

»Uh, ich habe den Schlüssel.« Lächelnd griff er in seine Tasche und holte einen kleinen Silberschlüssel hervor, den er ihr triumphierend zeigte, bevor seine Hand sich durch die Gitterstäbe schob. Offenbar konnte er das Metallband nicht sehen, mit dem Neely die Kette abgeschlossen hatte. Er tastete herum …

»Hilfe! Hilfe!«, schrie Neely. Sie drehte sich wild nach Eli um. Er bewegte sich immer noch nicht und sie befürchtete, er könnte tot sein.

»Niemand kann dich hören«, sagte ihr Entführer sanft.

Sie musste ihn daran hindern, das Schloss zu öffnen …

Hektisch schaute sie sich in der Zelle um, auf der Suche nach irgendetwas, das sie als Waffe gebrauchen könnte. Sie würde um ihr Leben kämpfen …

Neben dem Bett lagen ihre Cowboystiefel. Ein Stiefel war keine großartige Waffe, aber etwas Besseres stand ihr nicht zur Verfügung.

Er tastete nach dem Schlüsselloch … fand es …

Neely packte einen Stiefel.

Er schob den kleinen Schlüssel ins Schlüsselloch …

»Nein!« Sie hielt den Stiefel am Schaft, holte weit aus und ließ den Absatz mit aller Kraft auf seine Hand niedersausen. Es hörte sich an, als würde ein Kürbis platzen.

»Aua! Luder! Verdammtes Luder!« Brüllend zog er seine Hand zurück – und der kleine Silberschlüssel fiel auf den Boden.

Auf Neelys Seite der Tür!

Sie machte einen Satz, landete auf dem Bauch und schnappte sich den Schlüssel, als auch er schon durch die Gitterstäbe hindurch danach greifen wollte. Wie eine Krabbe kroch sie rückwärts, bis sie gegen Elis Körper stieß.

»Gib mir den Schlüssel!« Der Mann stand schwerfällig auf und starrte sie an, außer sich vor Wut.

Irgendeine Flüssigkeit sickerte durch Neelys Socke auf die Haut.

Sie drehte sich um und stellte entsetzt fest, dass es eine Blutpfütze war. Elis Blut …

44

Er war verliebt … Diese drei Worte gingen Joe unablässig im Kopf herum, während er auf dem Rücken lag, die Arme unter dem Kopf verschränkt, und beobachtete, wie das erste Morgenlicht in sein Schlafzimmer kroch. Irgendwo krähte ein Hahn, Vögel zwitscherten, der Lieferwagen des Zeitungsboten knirschte auf dem Kies, als er pünktlich in Joes Auffahrt einbog, kurz anhielt und wegfuhr.

Alex schlief neben ihm, an seine Seite geschmiegt. Sie hatten das Haus seines Vaters gegen zwei verlassen und waren hierher gefahren. Nachdem Jenny bei einer Freundin und Eli, Josh und Neely in der Turnhalle übernachteten, gab es für Alex keinen Grund, nach Whistledown zurückzukehren.

Deshalb hatte sie den Rest der Nacht in seinem Bett verbracht mit dem Resultat, dass er höchstens eine Stunde zum Schlafen gekommen war.

Und er hatte sich verliebt.

Wovor er sich am meisten gefürchtet hatte, war eingetreten: Er hatte sich Hals über Kopf in Prinzessin Alex verliebt.

Und es störte ihn nicht im Geringsten.

Er rollte auf die Seite, stützte sich auf einen Ellbogen und betrachtete ihr Gesicht. Ihre Augen waren geschlossen, die Lippen leicht geöffnet, ihre Haare wie ein heller Fächer auf dem Kissen ausgebreitet. Sie hatte die Steppdecke bis zu den Schultern hochgezogen, sodass er ihren Körper nicht bewundern konnte. Aber das war nicht weiter schlimm. Er würde noch viel Zeit haben, sie nackt zu sehen.

Er würde diese Frau nicht gehen lassen.

Vielleicht wusste sie es noch nicht, aber sie gehörte ihm.

Sie bewegte sich im Schlaf, murmelte etwas. Sogar wenn sie eine Schlaftablette einnahm, schlief sie sehr unruhig, das hatte er bei eingeschaltetem Walkie-Talkie jede Nacht gehört. Er würde es als wichtige persönliche Aufgabe ansehen, ihre Schlaftabletten durch gutes nächtliches Training zu ersetzen. Dann würde auch er selbst vielleicht endlich wieder ungestört durchschlafen können.

Beim Gedanken an dieses nächtliche Training lächelte Joe, beugte sich vor und küsste Alex sanft auf den Mund.

»Joe?«, murmelte sie schläfrig und öffnete ein Auge.

»Ich muss mich jetzt um die Pferde kümmern. Schlaf weiter, es ist erst sechs Uhr.«

Das Auge schloss sich, und noch während er seine Beine aus dem Bett schwang, verrieten ihm gleichmäßige Atemzüge, dass sie seinen Rat befolgt hatte.

Lächelnd zog er sich an und ging in den Stall. Als alle Pferde versorgt waren, ging er über das Feld zum Haus seines Vaters hinüber. Es war kurz nach sieben – sehr früh, um einen verkaterten Mann zu wecken –, aber Joe war mit seiner Geduld endgültig am Ende. Die Szene vom vergangenen Abend war der sprichwörtliche Tropfen gewesen, der das Fass zum Überlaufen bringt. Es wurde höchste Zeit, etwas gegen das Alkoholproblem seines Vaters zu unternehmen.

Er würde auch mit Eli ein sehr ernstes Wort reden müssen. Eli. Der Sohn, von dem er immer geglaubt hatte, ihn so gut wie sich selbst zu kennen. So konnte man sich irren …

Elis Charakter möglicherweise falsch eingeschätzt zu haben schmerzte mehr, als er sich jemals hätte vorstellen können.

Joe schloss die Haustür mit seinem Schlüssel auf, ging in die Küche und schaltete die Kaffeemaschine ein. Der Kaffee war für ihn bestimmt, nicht für seinen Vater. Der brauchte jetzt etwas Stärkeres. Mit einer Grimasse öffnete er einen Schrank, der so viele Spirituosen enthielt, als wollte sein Dad einen Ausschank betreiben. Er füllte ein Glas etwa halb voll mit Wild Turkey. Aus langer Erfahrung wusste er, wie viel Alkohol sein Vater benötigte, damit aus einem zittrigen, nicht ansprechbaren Wrack wieder ein Mensch mit halbwegs klarem Kopf wurde. Schließlich war ihm dieses Anti-Kater-Ritual seit seiner Kindheit bestens bekannt.

Mit dem Glas in der Hand betrat er das Schlafzimmer. »He, Dad!« Der säuerliche Gestank war so Ekel erregend, dass er auf der Schwelle einen Moment stehen blieb. Dann stellte er das Glas auf dem Nachttisch ab, trat ans Fenster und zog die Vorhänge auf. Sonnenlicht flutete in den Raum. Um an dem Gestank nicht zu ersticken, öffnete er das Fenster, atmete einige Male tief durch und kehrte zum Bett zurück.

»He, Dad, wach auf!« Joe setzte sich auf die Bettkante und schüttelte seinen Vater an der Schulter, nicht grob, aber auch nicht besonders sanft. Er hatte ihn gestern Abend bis auf die Boxer-Shorts ausgezogen. Jetzt lag er auf dem Bauch, mit offenem Mund, und schnarchte so laut, dass die Fensterscheiben erbebten.

»Dad!«

»Wa...? Joe? Was?« Carys Augen öffneten sich zu schmalen Schlitzen. Er nahm seinen Sohn verschwommen wahr, stöhnte und schloss sofort wieder die Augen. »Mein Kopf ... Wer hat die verdammten Vorhänge geöffnet?«

»Ich. Wach auf, Dad, wir müssen uns unterhalten.«

»Verdammt, Junge, ist jemand gestorben?« Stöhnend rollte Cary auf den Rücken. Joe hatte den dichten Haarwuchs von ihm geerbt, aber die Brusthaare seines Vaters waren jetzt genauso weiß wie das Haupthaar. Es gab auch andere Altersanzeichen, das fiel Joe plötzlich auf. Die Haut am Hals hing so schlaff herunter wie bei einem Truthahn und das Gesicht war faltig. Trotz seines Zorns auf den alten Säufer versetzte der Gedanke, dass er vielleicht nicht mehr lange zu leben hatte, Joe einen Stich ins Herz.

Er liebte seinen Vater.

»Setz dich auf und trink das.« Seine Stimme war eine Spur müder als bisher.

»Hast du meine Medizin mitgebracht?«

»Ja.« Dads Medizin – so hatten Carol und er beschönigend die Portion Alkohol genannt, die ihr Vater am Morgen nach einem Besäufnis benötigte. Joe runzelte die Stirn, weil schmerzliche Kindheitserinnerungen in ihm aufstiegen.

»O Gott, o Gott!« Unter lautem Stöhnen schob Cary sich an der Kopfleiste des Bettes hoch, bis er seinem Sohn das Glas abnehmen konnte. Doch seine Hand zitterte so stark, dass Joe ihm helfen musste, das Glas festzuhalten und an die Lippen zu führen.

Er schluckte gierig, hustete und würgte, während Joe das leere Glas auf den Nachttisch stellte.

»So, und jetzt unter die Dusche!,«, befahl er unerbittlich, packte seinen Vater am Arm und zog ihn aus dem Bett. Auch das gehörte zum Ausnüchterungsritual.

»O Gott, nein, Joe, ich fühle mich so schlecht! Kannst du mich nicht in Ruhe lassen?«

Als er schwankend auf den Füßen stand, stützte Joe ihn auf dem Weg ins Bad und half ihm in die Wanne. Auf allen vieren kauernd, verfluchte er seinen Sohn und flehte zwischendurch um Gnade. Gnadenlos nahm Joe die Brause aus der Halterung, drehte den Wasserhahn voll auf und ließ eine kalte Dusche auf Carys Kopf prasseln.

Der alte Mann zappelte wie ein Fisch auf dem Trockenen, spuckte, fluchte, versuchte vergeblich aufzustehen. Joe ließ sich nicht erweichen. Erst als er selbst der Meinung war, dass es jetzt reichte, drehte er den Hahn zu und hängte die Brause in die Halterung zurück.

Cary kam in der Wanne auf die Knie und wischte sich mit beiden Händen Wasser aus den Augen. Dann schaute er erbittert zu seinem Sohn auf. »Joe, du hast ein Herz aus Stein!«

Joe warf ihm ein Handtuch zu, damit er sein Gesicht abtrocknen konnte. »Geht's jetzt besser?«, fragte er.

»Wie spät ist es?«, knurrte Cary.

»Mittagszeit«, schwindelte Joe, ohne mit der Wimper zu zucken. »Kommst du allein aus der Wanne?«

»Selbstverständlich«, behauptete Cary, packte mit einer Hand den Wannenrand und mit der anderen die Haltestange an der Wand und stemmte sich hoch. Vorsichtshalber hielt Joe ihn am Arm fest, bis er sicher auf dem Boden stand.

»Ich brauch dich nicht«, knurrte Cary ungnädig. »Geh in die Küche. Ich komm gleich nach.«

»Wenn du dich wieder ins Bett legst, jage ich dich noch einmal unter die Dusche« , drohte Joe, bevor er das Bad verließ. In der Küche schenkte er zwei Tassen Kaffee ein und legte zwei Aspirin neben die eine.

Wenige Minuten später schlurfte sein Vater in die Küche, in einem schäbigen knöchellangen kanariengelben Bademantel, an den Joe sich noch aus seiner Kindheit erinnerte. Unwillkürlich huschte ein Lächeln über sein Gesicht. *Großer Mann – am Tag danach*, so hatten Carol und er solche Szenen genannt.

»He, Junge, was soll das? Es ist erst halb acht«,

schimpfte Cary nach einem Blick auf die Wanduhr. »Bist du verrückt geworden?«

»Setz dich, Dad«, sagte Joe und Cary ließ sich auf den Stuhl ihm gegenüber fallen. Er schob sich die Aspirintabletten in den Mund, spülte sie mit einem Schluck Kaffee hinunter und hustete wieder.

»Ich könnte noch was gebrauchen.« Er schaute zu dem Schrank mit seinen Alkoholvorräten hinüber. Als Joe nicht darauf reagierte, stieß er einen schweren Seufzer aus und trank mit angewiderter Miene noch einen Schluck Kaffee.

»Also, was ist los?« Wie immer, wenn er etwas angestellt hatte, legte er einen trotzigen Ton an den Tag.

»Woran erinnerst du dich noch von gestern Abend?«, fragte Joe ruhig.

Cary überlegte. »Du hast mich nach Hause gefahren und zu Bett gebracht.«

Das war so oft vorgekommen, dass er es behaupten konnte, ohne sich in Wirklichkeit an irgendetwas erinnern zu können. Blackouts gehörten zu dem Stadium von Alkoholismus, das sein Vater längst erreicht hatte.

»Stimmt, Dad, ich habe dich nach Hause gebracht. Andernfalls hätte Tommy dich in seine Ausnüchterungszelle gesperrt. Du hast ihm mit der Faust ins Gesicht geschlagen, weil er dir die Autoschlüssel abgenommen hatte. Und während der Heimfahrt hast du getobt und geflucht und ich konnte dich nur mit Mühe festhalten. Weißt du, wer uns nach Hause chauffieren musste? Alex Haywood!«

»Alex? Gut so, mein Junge!« Wenn Joe gehofft hatte, seinen Vater mit Alex' Rolle bei der Geschichte zu beschämen, so hatte er sich gründlich geirrt. Cary bekam leuchtende Augen. »Hast du schon dein Glück bei ihr versucht? Ja, natürlich hast du! Ich hab schließlich keinen Dummkopf großgezogen.«

»Dad ...« Joes Augen verengten sich warnend.

»Versuch nicht, es abzustreiten, Joey. Glaubst du, ich hätte nicht gesehen, wie du sie anschaust?«

»Dad, es geht nicht darum, wie ich Alex anschaue oder nicht anschaue. Es geht darum, dass du unsere Familie in Verruf bringst. Eli und Josh haben gestern deinen tollen Auftritt miterlebt, ganz zu schweigen von der halben Stadt.«

Dieser Hieb hatte getroffen. Cary zuckte zusammen und verzog das Gesicht. »War ... war Jenny auch da?«

Joe war versucht zu lügen, denn er wusste, dass Jen das Ein und Alles seines Vaters war, aber er brachte es letztlich doch nicht übers Herz, den alten Mann mehr als nötig zu demütigen.

»Nein ... Gott sei Dank blieb wenigstens ihr diese Szene erspart.«

Cary sah erleichtert aus. »Okay, Junge, du hast mir die Meinung gesagt. Es tut mir Leid und ich werde es nicht wieder tun. Ehrenwort!«

Joe lachte bitter. »Dad, du hast mir auch im September dein Ehrenwort gegeben – und im August – und hunderte Male davor. Ich hasse es, dir das sagen zu müssen, aber deine Schwüre sind keinen Penny wert.«

»So redet man nicht mit seinem Vater, Joe! »

Joes Gesicht wurde sehr hart. »Ich bin längst selbst Vater, und meine wichtigste Aufgabe besteht darin, meine Kinder zu beschützen. Ich werde nicht zulassen, dass Eli, Josh und Jenny wegen dir Ähnliches durchmachen müssen wie früher Carol und ich. Ist dir nicht klar, wie sie unter deinen peinlichen öffentlichen Auftritten leiden? Außerdem gibst du ein denkbar schlechtes Vorbild für sie ab. Vielleicht ist dir aufgefallen, dass ich keinen Tropfen Alkohol trinke. Aber sie schauen auch zu dir auf, und was sie sehen, ist ein Säufer! Weißt du, wobei ich Eli gestern Abend ertappt habe? Er hat Marihuana geraucht! Wie soll ich den Kindern begreiflich machen, wie schädlich Drogen und Alkohol sind, wenn ihr geliebter Großvater ständig zur Flasche greift? Also, du hast die Wahl: Entweder du machst eine Entziehungskur oder du fliegst aus diesem Haus und hast keinerlei Kontakt mehr zu mir und meinen Kindern.«

Sein Vater starrte ihn entgeistert an. »Das kannst du nicht machen!«

»O doch, ich kann! Es sind meine Kinder und dieses Haus gehört mir.«

Einen Moment lang herrschte Schweigen. Dann schüttelte Cary den Kopf. »Dass mein eigener Sohn mich jemals so bedrohen würde …«

»Spar dir deine Worte, Dad. Du kannst mir keine Schuldgefühle mehr einflößen. Ich werde tun, was ich tun muss. Also, wie entscheidest du dich? Therapie oder Rausschmiss?«

Cary schaute sich mit gerunzelter Stirn in seiner Küche um. »Na ja, vielleicht könnte ich mich im nächsten Frühjahr einer Therapie unterziehen …«

Joe schüttelte den Kopf. »Nächsten Montag, Dad. Ich brauche nur deinen Arzt anzurufen und die Sache ist erledigt.«

»Joe, du bist mein Sohn, und ich liebe dich mehr als jeden anderen Menschen auf dieser Welt, das weißt du. Aber du bist kalt wie eine Hundeschnauze! Das war schon immer so. Was würde deine Mutter sagen, wenn sie hören könnte, wie du mir drohst …«

Joes Augen verengten sich zu Schlitzen. »Fang nicht mit dieser Masche an, Dad – sie wirkt nicht!« Er stand auf.

»Okay, okay, du störrischer … Wenn du darauf bestehst, dann mach ich eben so 'ne blödsinnige Therapie. Aber frühestens nach Neujahr.«

»Nein, Dad, es gibt keinen Aufschub mehr.« Joe

wandte sich ab und ging auf die Tür zu. »Entweder am nächsten Montag – oder du fliegst hier raus.«

»Junge, ich muss dir etwas gestehen ...« Carys Stimme klang plötzlich so verzweifelt, dass Joe stehen blieb. »Es gibt einen wichtigen Grund, warum ich die Therapie nicht vor Neujahr beginnen kann.« Er holte tief Luft und sprudelte dann heraus: »Ich habe Victory Dance beim Magna Futurity in Gulfstream Park angemeldet.«

»*Was?*« Joe starrte seinen Vater fassungslos an. Dieses Pferderennen in Florida wurde jedes Jahr am zweiten Samstag im Dezember ausgetragen und gehörte zu den berühmtesten im ganzen Land. Dem Gewinner winkte eine halbe Million Dollar, aber man musste auch 50 000 Dollar hinblättern, um überhaupt teilnehmen zu dürfen. Es war ausgeschlossen, dass sein Vater ... »Dad, das gibt's doch nicht! Erstens hast du keine Trainerlizenz mehr, und zweitens können wir es uns nicht leisten, 50 000 Dollar zu verschleudern!«

Cary kaute an der Unterlippe und mied den Blick seines Sohnes. »Ich habe deine benutzt.«

»Was?«

»Ich sagte – ich habe deine Lizenz benutzt. Und mir ein Darlehen auf deine Wertpapiere geben lassen, um die Teilnahmegebühr bezahlen zu können. Ich habe alles per Post erledigt und mit deinem Namen unterschrieben.«

Joe war zunächst völlig sprachlos. Tischte sein Vater ihm ein Märchen auf, um die Therapie verschieben zu können? Aber er kannte ihn gut genug, um zu wissen, dass es die Wahrheit war ...

»Verdammt, das ist Fälschung!« Die nun folgenden Flüche stellten alles in den Schatten, was Cary am vergangenen Abend betrunken von sich gegeben hatte. Als er endlich Luft holen musste, sah sein Vater nicht mehr so zerknirscht wie eben aus.

»Du solltest nicht so fluchen, Junge«, sagte er vorwurfsvoll. Das löste bei Joe um ein Haar einen neuen Wutanfall aus, aber er beherrschte sich mühsam.

»Wenn du nicht mein Vater, sondern einer meiner Söhne wärst, würde ich …«

Cary fiel ihm ins Wort. »Ich habe mein Leben lang mit Pferden zu tun gehabt, Joey, und ich sage dir – Victory Dance kann gewinnen! Lass mich dieses Pferd trainieren … bitte! Danach begebe ich mich in Therapie, das schwöre ich dir.«

»Mein Gott, Dad«, stöhnte Joe. Vor seinem geistigen Auge schwammen 50 000 Dollar den Bach hinunter, und das gerade jetzt, wo er jeden Penny zusammenkratzen musste!

»Er kann gewinnen!«, wiederholte Cary.

Dem flehenden Blick seines Vaters konnte Joe nicht widerstehen, obwohl er wusste, dass es närrisch war. Mit einem schweren Seufzer gab er nach. »Verdammt, Dad, dann trainier ihn eben!«

45

Eli war nicht tot, aber schwer verletzt. Eine Schusswunde, dachte Neely. Das Loch in seiner Brust war nicht größer als eine Erbse, sah sie, als das Monster endlich verschwunden war und sie die Taschenlampe zur Hand nehmen konnte, die zum Glück immer noch in ihrer Zelle lag. Vorsichtig schob sie Elis T-Shirt hoch, um nach der Ursache des vielen Blutes zu suchen. Das aus der Wunde sickernde Blut bildete Blasen und die Wundränder schienen bei jedem Atemzug ein wenig eingesaugt zu werden. Das legte die Vermutung nahe, dass seine Lunge durchlöchert war. Sie versuchte sich zu erinnern, was sie in einem Erste-Hilfe-Kurs im Internat gelernt hatte.

Seine Haut fühlte sich kalt an, so als wäre er schon tot. Diese Befürchtung jagte Neely einen kalten Schauer über den Rücken. Er lag auf einer Seite, gekrümmt wie ein Fötus im Mutterleib. Seine Handgelenke waren auf dem Rücken mit einer Kette gefesselt, ebenso seine Knöchel.

Sie hatte den Schlüssel! Mit Hilfe des kleinen Silberschlüssels, den sie dem Monster geraubt hatte, war es ihr schon gelungen, sich von der Kette um ihre eigenen Beine zu befreien. Erleichtert stellte sie fest, dass er auch in die Schlösser von Elis Fesseln passte. Sie nahm ihm die Ketten ab und schob ihn behutsam auf den Rücken. Dabei spähte sie dauernd ängstlich aber ihre Schulter, ob das Ungeheuer nicht zurückkam.

»Eli! Eli!« Sie schüttelte seine Schulter, rief seinen Namen. Er reagierte nicht, stöhnte nicht, bewegte die Lider nicht. Ein Schock? Im Kurs war auch davon die Rede gewesen, aber sie hatte wie üblich nicht aufgepasst und wusste nur noch, dass ein Schock tödlich sein konnte.

Verzweifelt versuchte sie sich an alles zu erinnern, was sie jemals über erste Hilfe gehört hatte. Das Wichtigste war natürlich, die Blutung zu stoppen. Aber womit? In der Zelle gab es nicht einmal ein Laken, das sie in Streifen reißen und auf die Wunde pressen könnte, wie man es in Filmen oft sah. Socken? Ihre eigenen waren dünne Strumpfsocken, aber Eli hatte dicke weiße Sportsocken an, wie sie sah, nachdem sie ihm die Stiefel ausgezogen hatte. Sie zog ihm auch die Socken aus, rollte sie zu einem Ball zusammen und presste ihn auf die Wunde. Nach wenigen Minuten sickerte Blut durch die Socken.

Elis schwarzes Sweatshirt mit der Aufschrift *Rockets* und sein weißes T-Shirt waren schon mit Blut getränkt, deshalb zog sie ihren eigenen Rollkragenpulli aus – nach kurzem Zögern, denn ihr wurde übel bei der Vorstellung, dass das Monster zurückkommen und sie im BH sehen könnte –, rollte auch ihn zusammen und drückte ihn auf die Wunde.

Dieses Mal waren ihre Bemühungen erfolgreich, und nach einer Weile traute sie sich, ihre Hand zurückzuziehen und die Ärmel des Pullovers auf Elis Rücken zu verknoten, damit der behelfsmäßige Verband nicht verrutschte. Dann zerrte sie sein blutiges T-Shirt und Sweatshirt wieder nach unten, damit er wenigstens nicht fror. Es war kalt in der Zelle – eiskalt, ehrlich gesagt, und sie hatte ohne ihren Pullover schon eine Gänsehaut.

Vielleicht rührte die Gänsehaut aber auch von ihrer Angst her.

Eli durfte nicht auf dem kalten Steinboden liegen. Sie musste ihn irgendwie warm halten, doch wie sollte sie das ohne auch nur eine Decke machen?

Neely warf einen Blick auf das Bett. Wenn sie ihn auf die Matratze legen könnte … Aber sie wollte ihn nicht unnötig bewegen, und außerdem würde es ihre Kräfte übersteigen, ihn auf das Bett zu heben, weil er zwar mager, aber sehr groß und muskulös war.

Stattdessen zerrte sie die Matratze vom Bett und legte sie neben ihn. Die Zelle war winzig – schätzungsweise zweieinhalb auf drei Meter –, sodass sie nicht viel Bewegungsfreiheit hatte. Vorsichtig rollte sie ihn auf die Matratze und war in Schweiß gebadet, als sie das geschafft hatte. Eli hatte einmal gestöhnt und seine Lider hatten geflattert, doch als sie seinen Namen rief und seine Hände und Wangen rieb, reagierte er nicht.

Weil ihr nichts einfiel, was sie sonst noch für ihn tun könnte, legte Neely sich zu ihm auf die Matratze, schmiegte sich an seinen Rücken und legte einen Arm um seine Taille. Vielleicht würde ihre Körperwärme ihm ein wenig helfen …

Widerwillig schaltete sie die Taschenlampe aus, um die Batterien zu schonen.

Lieber Gott, lass Eli nicht sterben, betete Neely frierend im Dunkeln. In ihrer Situation konnte sie nichts anderes tun als beten.

Nur auf die Rückkehr des Monsters warten.

»Daddy«, wimmerte sie, erhielt aber keine Antwort.

46

Nun ja, dachte der Jäger, die Dinge verliefen nicht immer nach Plan. Aber ein bisschen Spontaneität musste nicht unbedingt etwas Schlimmes sein. Überraschungen machten das Leben erst so richtig interessant.

Cornelia war also eine Kämpfernatur, dachte er auf der U.S. 60. Ein sonniger Tag war angebrochen, und er musste jetzt seiner Arbeit nachgehen. Doch seine Gedanken kreisten um dieses neue Opfer, das es gewagt hatte, sich ihm zu widersetzen. Ihn aus der Zelle zu stoßen und die Tür mit einer seiner eigenen Ketten zu verschließen – unternehmungslustig. Wirklich sehr unternehmungslustig und einfallsreich. Das musste man ihr lassen!

Er hatte von Cornelia jetzt eine viel höhere Meinung.

Sie zu erbeuten war so leicht gewesen – schreckensweit aufgerissene Augen auf dem Treppenabsatz, ein schneller Griff nach ihrem Handgelenk, eine Berührung mit seinem Taser –, dass er von ihr keinen Kampf erwartet hatte.

Erwartungen waren Stolpersteine auf dem Weg zum Erfolg, sagte er sich. Dies war nicht das erste Mal, dass seine Erwartungen sich nicht erfüllt hatten. Charles Haywood war auch ein solcher Fall gewesen, wo seine Erwartungen und die Wirklichkeit nicht übereinstimmten. Und wozu hatte das geführt? Haywood war tot und das hatte seine Töchter nach Whistledown – und Cornelia in die unterirdische Zelle – gebracht.

Nicht nur Cornelia, auch Eli. Die Sache mit Eli tat ihm wirklich Leid. Ihm wäre nie in den Sinn gekommen, den Jungen zu entführen, wenn dieser nicht ausgerechnet in dem Moment nach seiner Freundin gesucht hätte, als er die bewusstlose Cornelia in die Küche schleppte. Eli hatte schnelles Reaktionsvermögen bewiesen, war sofort wieder zur Hintertür hinausgerannt und in seinen Wagen gesprungen. Um ein Haar wäre er ihm entwischt und das hätte natürlich fatale Folgen gehabt. Zum Glück hatte er nicht nur den Taser, sondern auch seine Pistole bei sich gehabt. Ihm war nichts anderes übrig geblieben als ein Schuss durch die Windschutzscheibe. Sehr lästig! Er hatte viel kostbare Zeit damit vergeuden müssen, alle Spuren seiner Tat zu verwischen …

Viel mehr Spaß hätte es gemacht, sich von Cassandra zu verabschieden. Sie hatte geweint, als er sie an die Wand gekettet hatte, weil sie genau wusste, was ihr bevorstand, und er hatte wunderbare Fotos von ihr gemacht, als die Flammen loderten! Sie hatte geschrien – das taten sie alle, wenn es ans Sterben ging. Ihr Gesicht war in diesen letzten Minuten ihres Lebens sehr ausdrucksvoll gewesen … Schade, dass er seine Fotos nicht in einer Ausstellung präsentieren konnte! Sie würden garantiert prämiert werden und ihn berühmt machen. *Gesichter des Todes* wäre ein guter Name für eine solche Ausstellung oder – noch besser – *Das Antlitz des Todes*.

Er hatte einen gewaltigen Hunger auf frisches Fleisch verspürt, als Cassandra verkohlt an der Wand gehangen hatte. Cornelia war sehr frisch, sehr knusprig … Sie würde seine Erwartungen bestimmt nicht enttäuschen, hatte er gedacht. Und sobald sie ihm gehörte, würde er sie zuschauen lassen, wie er Cassandras unappetitliche Überreste entsorgte und stattdessen Eli an die Wand kettete.

Der verletzte Junge blutete und hatte vermutlich starke Schmerzen. Es war eine Akt der Nächstenliebe, ihn von seinen Qualen zu erlösen …

Der Jäger hatte nichts gegen Eli – ein netter, höflicher, gut erzogener Junge! Und auch Joe, sein Vater, war sehr sympathisch.

Es würde wohl eine ganze Weile dauern, bis Joe den Verlust seines Sohnes verschmerzte, doch irgendwann würde er darüber hinwegkommen. *Die Zeit heilt alle Wunden* – dieses Sprichwort stimmte wirklich.

Er selbst war dafür das beste Beispiel. Sein Vater hatte sich noch vor seiner Geburt aus dem Staub gemacht. An seine Mutter Jean konnte er sich hingegen noch gut erinnern – sie war sehr hübsch gewesen, mit langen blonden Haaren, die sich herrlich weich und seidig anfühlten, wenn er sie als kleiner Junge durch seine Finger gleiten ließ … Aber sie war immer traurig gewesen und hatte schließlich beschlossen, sich und ihren Sohn umzubringen, indem sie nachts, als er schlief, das Haus in Brand setzte.

Er war in letzter Sekunde aufgewacht und schreiend aus dem flammenden Inferno entkommen. Doch sein Pyjama hatte Feuer gefangen und in seiner Panik war er einfach gerannt und gerannt … Als Feuerwehrleute ihn schließlich eingeholt hatten und auf dem Boden hin und her gerollt hatten, um die Flammen zu löschen, hatte er bereits an neunzig Prozent seines Körpers Verbrennungen dritten Grades erlitten.

Nur sein Kopf und sein Gesicht waren davon verschont geblieben.

Ein Trauma sondergleichen, das würde ihm bestimmt jeder bestätigen. Aber er hatte es bewältigt und führte seit langem ein produktives Leben.

Na ja, vielleicht hatte er ein paar kleine *Macken*, wie man so schön sagte.

Aber die reagierte er erfolgreich ab.

Der Jäger kicherte. Alles in allem würde das ein sehr schöner Tag werden.

Vergangene Nacht hatte die ungezogene Cornelia seine Pläne durchkreuzt, seine Erwartungen enttäuscht.

Heute Nacht würde er sie dafür bestrafen.

Sie hatte eine Kette um die Tür gewickelt, das Schloss einrasten lassen und den kleinen Silberschlüssel an sich gebracht.

Cleveres Mädchen! Einfallsreiches Mädchen!

Aber nicht clever und einfallsreich genug.

Er besaß einen Zweitschlüssel!

47

Neely und Eli wurden vermisst. Es war fast Mitternacht, als Joe diese Tatsache endlich akzeptierte. Alex hatte sich schon vor mehreren Stunden resigniert damit abgefunden, dass Neely wieder einmal durchgebrannt war.

»Eli würde nie einfach durchbrennen!«, beharrte Joe, auch nachdem er mit seinem Freund Tommy gesprochen, bei der Polizei eine Vermisstenanzeige aufgegeben, alle Bekannten von Eli angerufen hatte und dreißig Meilen kreuz und quer durch die Gegend gefahren war, weil er dachte, dass sein Sohn vielleicht einen Unfall gehabt hatte. »Nein, so etwas würde er niemals tun.«

Alex sah ihn schweigend an. Sie trug einen weißen Sweater und eine braune Kordsamthose, hatte die Haare im Nacken zum Pferdeschwanz zusammengefasst und saß mit angezogenen Beinen auf der schäbigen Tweedcouch in Joes Wohnzimmer. Er stand mit verschränkten Armen, in Jeans und einem karierten Flanellhemd, vor ihr. Um elf hatte er Josh und Jenny, die verständlicherweise verstört über das Verschwinden ihres Bruders waren, trotz ihrer Proteste ins Bett geschickt. Und Cary hatte sich erst vor wenigen Minuten auf den Heimweg gemacht, fast genauso besorgt wie Joe.

Alex würde die Nacht in Joes Haus verbringen, sie in seinem Bett, er auf der Couch – jedenfalls nach außen hin … Er hatte das vorgeschlagen, weil er nicht wollte, dass sie ganz allein in Whistledown übernachtete – und sie war heilfroh über diesen Vorschlag gewesen. Die prächtige alte Villa hatte etwas Unheimliches an sich …

Seltsame Dinge geschahen dort: Die Atemzüge, die sie gehört hatte … die Gestalt, die sie auf dem Balkon gesehen hatte … Ihr Vater war in Whistledown gestorben, zwar nicht im Haus, aber ganz in der Nähe, im Pferdestall. Und jetzt war auch noch Neely verschwunden …

Ein kalter Schauer lief Alex über den Rücken.

»Ich weiß, ich weiß«, sagte Joe gereizt, trat ans Fenster, schob die Vorhänge zur Seite und blickte in die Finsternis hinaus. »Ich habe es auch nicht für möglich gehalten, dass er jemals Gras rauchen würde! Verdammt, falls ihm nicht irgendwas zugestoßen ist, bring ich ihn eigenhändig um, weil er mir das angetan hat!«

Alex stand auf, umarmte ihn von hinten und lehnte ihre Wange an seinen Rücken. Das war der einzige Trost, den sie ihm spenden konnte.

»Warum sollte Eli durchbrennen? Das ist es, was ich nicht verstehen kann. Gut, er wusste, dass ihm schwere Zeiten bevorstanden. Aber er hat keine Angst vor mir. Ich habe meine Kinder nie geschlagen. Er hätte trotz allem keine Angst, nach Hause zu kommen.«

»Joe …« Es tat Alex wahnsinnig Leid, dass er durch diese Hölle gehen musste. Sie selbst war längst an Neelys Eskapaden gewöhnt, ihre kleine Schwester brannte im Durchschnitt etwa zweimal pro Jahr durch – haute aus Internaten oder Ferienlagern ab, wenn es ihr dort nicht gefiel. »Diese Klassenkameradin von Neely – Cinda Hawkins – hat doch berichtet, dass sie und ihr Freund Neely und Eli mitgenommen und bei der Schule abgesetzt haben. Elis Transporter ist bisher nirgendwo gesichtet worden. Ich hatte Neely gedroht, sie sofort wieder in ein Internat zu stecken. Wahrscheinlich hat sie Eli überredet, mit ihr durchzubrennen.«

Joe knirschte mit den Zähnen. »Deine Schwester ist eine Bedrohung für die Menschheit.«

Alex presste ihre Lippen auf seinen Nacken. »Es tut mir so Leid – wir verursachen dir nichts als Ärger. Ich könnte wetten, dass du dir wünschst, nie im Leben einem Mitglied der Familie Haywood begegnet zu sein.«

»Nein.« Joe drehte sich um, nahm ihr Gesicht in beide Hände und schaute ihr tief in die Augen. »Nein, das stimmt nicht.«

Dann küsste er sie.

48

»Neely.« Die Stimme ihres Vaters riss sie aus unruhigem Schlaf. Weil sie von ihm geträumt hatte, war es für sie keine Überraschung, seine Stimme zu hören. Sie fühlte sich warm und geliebt.

»Daddy?« Neely öffnete die Augen. Es war dunkel und sie war nicht allein. Jemand lag neben ihr – ein Körper, den sie nicht sehen konnte. Wo war sie?

O Gott! Alles fiel ihr wieder ein.

»Neely, er kommt bald wieder.«

»Daddy, wo bist du?« Sie setzte sich auf, schaute sich im Dunkeln um. Sie bildete sich die Stimme nicht ein. Sie hörte sie *wirklich,* das wusste sie genau. Die leuchtenden grünen Punkte waren wieder da, schienen sie anzuschauen. Neely tastete nach der Taschenlampe, fand sie, schaltete sie ein.

Hannibal starrte sie mit zuckender Schwanzspitze durch die Gitterstäbe an.

»Hannibal! Oh, Hannibal!« Neelys Lippen zitterten, Tränen traten ihr in die Augen, als sie den großen Kater sah, der ihr ans Herz gewachsen war. »Hannibal, wie kommst du denn hierher?«

Der Kater legte plötzlich die Ohren an, kehrte ihr den Rücken zu und verschwand im Dunkeln. Sekunden später erriet Neely den Grund für seinen hastigen Rückzug.

Jetzt hörte auch sie die Schritte.

O Gott, das Monster kam zurück!

Einer Panik nahe, richtete sie die Taschenlampe auf Eli. Er lebte noch, er atmete, aber er war bewusstlos, konnte ihr nicht helfen. Fast beneidete sie ihn – er wusste wenigstens nicht, was ihnen hier widerfuhr.

Das Monster kam zurück und sie war immer noch ganz auf sich allein gestellt.

Immerhin hatte sie den Mistkerl ausgesperrt. Die Kette an der Tür hinderte ihn daran, die Zelle zu betreten.

Es sei denn, er hatte einen Zweitschlüssel.

Dieser Gedanke schoss ihr von einer Sekunde zur anderen durch den Kopf, ihre Augen weiteten sich vor Schreck und ihr Herz klopfte zum Zerspringen.

Natürlich würde er einen Zweitschlüssel haben. Alle Leute hatten Ersatzschlüssel. Und mit diesem Zweitschlüssel würde er sich Zugang verschaffen!

»O Gott!« Neely sprang entsetzt auf, mit weichen Knien und verkrampftem Magen, atemlos vor Angst.

Sie brauchte eine Waffe: eine Pistole, ein Messer.

Nein, sie musste die Tür verbarrikadieren.

Sie konnte schon den Strahl seiner Taschenlampe sehen. Ihr blieb kaum noch Zeit.

Das Bett! Es war der einzige Gegenstand, den sie benutzen konnte. Das Gestell war aus stabilem Metall, etwa zwei Meter lang, gut anderthalb Meter breit.

Pure Verzweiflung verlieh ihr enorme Kräfte. Sie rückte das Bett von der hinteren Wand, schob es auf die Tür zu. Verdammt, die Matratze, auf der Eli lag, war ihr im Wege!

Die Laterne wurde eingeschaltet. Neely schaute nicht hin. Sie hockte sich auf den kalten Steinboden und stieß mit den Füßen die Matratze zur Seite.

»Cornelia, was machst du da?«

Kalter Schweiß trat ihr auf die Stirn, als sie die ganz normal klingende Stimme hörte. Die Matratze bewegte sich, und nachdem das geschafft war, schaute Neely doch zu dem Monster hinüber. Sie konnte einfach nicht anders. Sie hatte grässliche Angst …

»Böses Mädchen! Cornelia, du bist ein böses Mädchen!« Der Mann eilte auf die Zelle zu und kramte dabei in seiner Hosentasche. Der Schlüssel! Sie hatte gewusst, dass er einen Zweitschlüssel bei sich haben würde. Und das Bett stand noch nicht richtig! Ihm blieb noch genug Platz, um in die Zelle einzudringen!

Seine Hand schob sich durch die Gitterstäbe. Der kleine Schlüssel hing dieses Mal an einer Schnur, die er sich um das Handgelenk geschlungen hatte. Und in der anderen Hand hatte er eine Dose mit Pfefferspray!

Er hatte Vorsichtsmaßnahmen getroffen, damit sie den Schlüssel nicht wieder an sich bringen konnte.

Keuchend sprang Neely auf, rannte hinter das Bett, schob es vor sich her, an die Tür heran.

Sie hörte das Rasseln der Kette, die sie um die Gitterstäbe gewickelt hatte … die er jetzt entfernte …

Die Tür war offen. Er stemmte sich mit der Schulter dagegen, um das schwere Bett wegzustoßen.

»Hilfe!«, schrie Neely und wich in die hinterste Ecke zurück. »Bitte, lieber Gott, so hilf mir doch!«

Das Bett knallte gegen die Steinwand. Er schob einen

Arm durch die Lücke, eine Schulter ... mehr schaffte er nicht!

Der Türspalt war für seine massige Gestalt zu schmal. So sehr er sich auch abmühte – er kam nicht durch.

Danke, lieber Gott!

Nachdem die größte Gefahr vorläufig gebannt war, verließen Neely die Kräfte. Sie konnte sich nicht mehr auf den Beinen halten und sank in die Knie.

In mächtiger Wut sprühte das Monster Pfefferspray durch den Spalt.

49

Die nächsten Tage zogen sich endlos in die Länge. Es gab keine Spur von den Vermissten. Scharen von Polizisten suchten fieberhaft nach ihnen – vergeblich. Niemand hatte einen alten blauen Transporter mit einem großen schwarzhaarigen Jungen und einem hübschen blonden Mädchen gesehen.

Joe wirkte verhärmt. Josh und Jenny waren bleich und unnatürlich still, wurden immer bedrückter und wollten ihrem Vater nicht von der Seite weichen, der so viel Zeit wie irgend möglich mit ihnen verbrachte. Auch Alex begann sich Sorgen zu machen. Neely war zwar schon oft ausgerissen, aber normalerweise tauchte sie nach spätestens einem Tag wieder auf. Dass sie nicht einmal anrief, um ihre Schwester zu beruhigen, war höchst ungewöhnlich.

Das Schlimmste war, dass niemand etwas tun konnte. Joe hatte auf sämtlichen Straßen und Wegen nach dem Transporter Ausschau gehalten, die Polizei hatte sogar Taucher eingesetzt, um die Teiche abzusuchen, und ein Suchtrupp aus Nachbarn und Freunden war zu Fuß in den Wäldern und Feldern unterwegs gewesen. Mittlerweile stimmten alle überein, dass die Kids im Umkreis von dreißig Meilen nicht aufzufinden waren.

Die Suche wurde auf das ganze Land ausgedehnt.

Andrea rief an und warnte Alex, dass ein Reporter sich für Neelys Verschwinden interessiere. Tatsächlich tauchten in den nationalen Medien bald Berichte auf, machten jedoch keine Schlagzeilen. Neely wurde als verwöhnte Tochter eines Milliardärs dargestellt, als verdorbener Teenager, drogensüchtig und scharf auf Männer, mit Piercings am ganzen Körper. Obwohl auch Fotos von Neely veröffentlicht wurden, gab es keine wertvollen Hinweise aus der Bevölkerung.

Trotzdem musste das Leben irgendwie weitergehen. Nach zwei Tagen besuchten Josh und Jenny wieder die Schule. Cary trainierte Victory Dance mit großer Hingabe. Alex war nicht überrascht, als Joe ihr erzählte, sein Vater habe das Pferd für ein wichtiges Rennen angemeldet. Aber die Sorge um seinen Enkel war dem alten Mann von Tag zu Tag deutlicher anzumerken, wenn er zum Abendessen kam.

Alex lebte jetzt praktisch in Joes Haus. Wegen der Kinder taten sie so, als würden sie in verschiedenen Betten schlafen, doch in Wirklichkeit verbrachten sie die Nächte zusammen, entweder in Joes Bett oder auf der Couch im Wohnzimmer. Intensive Liebesspiele lenkten sie vorübergehend von ihren Sorgen ab, doch es gab auch lange Unterhaltungen, wenn sie keinen Schlaf fanden.

Eines Tages kam Tommy kurz nach dem Abendessen vorbei, um mit Joe zu sprechen. Als sie seinen Wagen gesehen hatten, waren alle auf die Veranda gerannt, weil sie hofften, dass es Neuigkeiten von Eli und Neely gab. Doch der Sheriff sagte, sein Besuch habe einen anderen Grund. Er bestand darauf, mit Joe unter vier Augen zu sprechen.

Als Joe wieder in die Küche kam, wo Josh, Jenny, Cary und Alex mit Aufräumen beschäftigt waren, richteten sich vier gespannte Augenpaare auf sein Gesicht.

»Josh und Jen, kommt ins Wohnzimmer« sagte er sehr sanft. Alex konnte ihm ansehen, dass Tommy schlimme Nachrichten überbracht hatte. »Dad und Alex, ihr auch«, fügte er hinzu.

Als alle im Wohnzimmer saßen, Joe zwischen den Kindern auf der Couch, Alex und Cary in Sesseln, teilte er ihnen behutsam die Wahrheit mit: Laura war identifiziert worden. Allem Anschein nach war sie im Juni 1991 ermordet worden, kurz nach ihrem letzten Besuch.

»Deshalb hat sie uns also nie wieder besucht«, sagte Josh nachdenklich. »Ich habe mich oft gefragt, warum sie gar nichts mehr von sich hören ließ. Weißt du, es ist seltsam, die eigene Mutter nie zu sehen. Nach einer Scheidung leben die meisten Kinder doch bei ihren Müttern, und wenn sie ein Elternteil nicht mehr sehen, so ist es der Vater.«

»Dein Pech, dass du bei mir gelandet bist, Junge.« Joe strich ihm zärtlich über die kurz geschorenen Haare.

»Das ist schon okay.« Josh warf ihm einen scheuen Seitenblick zu. Seit Elis Verschwinden hatte er seinen Trotz völlig abgelegt. »Es stört mich nicht, dass ich bei dir gelandet bin. Ich meine … wenn es dich nicht stört, dass ich bei dir gelandet bin.«

Joe schaute ihn bestürzt an. »Was meinst du damit? Natürlich stört es mich nicht, dass du bei mir bist. Ich liebe dich. Du bist mein Sohn.«

»Eli ist fort und ich … ich bin hier«, stammelte Josh mit Tränen in den Augen. »Ich denke immer, dass es dir lieber wäre, wenn nicht Eli, sondern ich verschwunden wäre.«

»O Gott …« Joe hörte sich verstört an. »Josh, nein, so etwas darfst du nicht denken.« Er legte dem Jungen einen Arm um die Schultern. »Du bist für mich genauso wichtig wie Eli, das musst du mir glauben. Du bist doch der einzige Joshua, den ich habe, und wenn *du* verschwunden wärst, würde ich genauso leiden wie jetzt. Ich brauche euch alle drei.«

Josh umarmte ihn ungeschickt, sprang auf, schaute sehr verlegen in die Runde und rannte aus dem Zimmer.

Joe wollte aufstehen und ihm folgen, aber Jenny zupfte ihn am Ärmel.

»Daddy …« Sie schaute mit weit aufgerissenen Augen zu ihm auf. »Ich habe nachgedacht. Wenn Mom hier getötet wurde, so bedeutet das, dass irgendwo in dieser Gegend ein Mörder lebt. Vielleicht hat er auch etwas mit Elis und Neelys Verschwinden zu tun.«

Später am Abend, nachdem er viel Zeit mit Josh und Jenny verbracht hatte und sie im Bett lagen, fragte Joe, ob Alex Lust zu einem Spaziergang habe. Cary saß auf der Couch und sah fern. Er war auch an den vergangenen Abenden lange in Joes Haus geblieben, meistens bis gegen elf. Alex vermutete, dass er – wie sie alle – nicht allein sein wollte.

»Ich bleibe hier, bis ihr zurückkommt«, sagte Cary zu seinem Sohn. »Lasst euch ruhig Zeit«

Es war eine schöne Nacht, kalt und klar, mit vereinzelten kleinen Wolken am Sternenhimmel. Der Dreiviertelmond erstrahlte hell. Ein ziemlich starker Wind blies Alex die Haare aus dem Gesicht.

»Ich muss noch kurz nach den Pferden oben bei euch schauen«, sagte Joe. Sie gingen Hand in Hand, dicht nebeneinander. »Kommst du mit oder ist dir das zu weit?«

»Ich komme mit«, sagte Alex. »Bei dieser Gelegenheit kann ich gleich etwas zum Anziehen aus meinem Schlafzimmer holen.«

Sie nahmen den Weg über die Auffahrt, weil das bequemer war, als querfeldein zu laufen. In Whistledown angekommen, machte Joe in allen Räumen Licht und schaute sich gründlich um. In Neelys Zimmer herrschte die für sie typische Unordnung: Die Sachen, die sie beim letzten Einkaufsbummel getragen hatte, hingen über einem Stuhl in der Ecke, ihre elektrischen Lockenwickler waren auf dem Toilettentisch verstreut, der Rucksack lag auf dem Bett …

Neely, wo bist du?, dachte Alex. *Kommst du jemals zurück?*

Dies war das erste Mal, dass sie die Möglichkeit in Betracht zog, ihre Schwester könnte *nicht* zurückkehren.

Vielleicht war ihr etwas Schreckliches zugestoßen. Alex' Magen krampfte sich zusammen.

Joes Exfrau war hier ja auch etwas Schreckliches zugestoßen …

»Ist alles in Ordnung?« Joe war neben sie getreten. Alex nickte und rang sich ein Lächeln ab, weil sie ihn mit ihren düsteren Überlegungen nicht zusätzlich belasten wollte – er machte sich ohnehin genug Sorgen. Sie gingen Hand in Hand wieder nach unten.

Im Fernsehzimmer ließ Joe sich in den großen blauen Ledersessel neben der Couch fallen. »Mein Gott, bin ich müde!« Er rieb sich das Gesicht mit den Händen und lächelte zu Alex empor. »Neben dir zu schlafen bringt mich noch um! Du bist viel zu unruhig.«

Er zog sie auf seinen Schoß und Alex schlang ihre Arme um seinen Hals. »Das liegt daran, dass ich keine Schlaftabletten mehr nehme. Ich habe nämlich festgestellt, dass man bei Nacht interessante Dinge machen kann.«

Joe lachte. »Du warst genauso unruhig, als du die Pillen geschluckt hast. Es hat mich ganz verrückt gemacht, dir im Walkie-Talkie zuzuhören.«

»Das kann nicht sein. Sobald die Tabletten wirkten, habe ich wie eine Tote geschlafen.

»Wenn du meinst ... »Sein Lächeln verflog. »Mein Gott, der heutige Abend hat mich ziemlich geschafft! Ich hätte nie gedacht, dass Josh sich so zurückgesetzt fühlte.«

»Wie waren die Kinder, als du dich oben mit ihnen unterhalten hast?«

»Josh ging es wieder ganz ordentlich.« Er schnitt eine Grimasse. »Jenny hat geweint.«

»Weil ihre Mutter tot ist?«

Joe nickte. »Kannst du dir das vorstellen? Jenny war ein Baby, als sie ihre Mutter zuletzt gesehen hat. Sie kann sich gar nicht an Laura erinnern. Trotzdem weint sie um sie.«

»Laura war ihre Mutter, auch wenn sie sich nicht an sie erinnern kann«, sagte Alex sanft.

Joe holte tief Luft. »Laura war eine Rabenmutter und das ist noch sehr milde ausgedrückt. Sie trank, sie nahm Rauschgift, sie interessierte sich nur für Partys. Als sie drogensüchtig wurde, hatte ich immer Angst, sie mit den Kindern allein zu lassen, weil sie auf und davon ging, wann immer es ihr in den Sinn kam. Oft blieb sie tagelang weg und trieb sich mit jedem Mann herum, der ihr Drogen kaufte. Ich vermute, dass sie auf diese Weise auch ihrem Mörder begegnete. All die Jahre, als sie sich nicht mehr bei uns blicken ließ, betete ich zu Gott, dass das auch so bleiben möge. Weißt du, was sie bei ihrem letzten Besuch gesagt hat? Sie drohte, mir die Kinder wegzunehmen, wenn ich ihr kein Geld geben würde! Begreifst du – sie wollte die Kinder überhaupt nicht haben. Sie kannte sie kaum noch. Aber sie wusste, dass ich jede Summe bezahlen würde, um sie zu behalten – und das habe ich auch getan.«

Er schaute Alex an und lächelte gequält. »Und heute Abend hat Jenny um sie geweint! Ich saß an ihrem Bett, bis sie einschlief, und ich log ihr vor, wie sehr ihre Mutter sie geliebt habe, wie stolz sie auf ihre kleine Tochter gewesen sei. Verdammt, Alex – Jenny und die Jungen waren Laura scheißegal! Alles, was sie am Schluss interessierte, war genug Geld für Stoff.«

Weil es darauf nichts zu erwidern gab, begnügte Alex sich mit einem zarten Kuss auf sein Stoppelkinn.

»Du bist die Erste, der ich erzählt habe, was bei jenem letzten Besuch wirklich passiert ist«, murmelte Joe.

Alex konnte ihm nur auf *eine* Weise Trost spenden: Sie zog seinen Kopf zu sich herab und küsste ihn, knöpfte sein Hemd auf und ließ ihre Lippen über seine Brust gleiten. Dann rutschte sie von seinem Schoß auf den Boden und kniete sich vor ihn, fuhr mit der Zunge über seinen flachen Bauch, öffnete den Reißverschluss seiner Jeans, nahm sein Glied in die Hand und setzte Lippen und Zunge ein, um ihm Lust zu bescheren. Joe zog scharf die Luft ein, umklammerte die Sessellehnen und blickte aus schmalen Augenschlitzen auf sie herab.

Als seine Erregung schier unerträglich wurde, kam er zu ihr auf den Teppich, zog sie und sich selbst rasch aus, legte sie auf den Rücken und übersäte ihren nackten Körper mit heißen Küssen, bis Alex sich stöhnend wand. Joe nahm sie mit einem wilden Hunger in Besitz, der ihrem eigenen glich. Sie erlebten gleichzeitig den Gipfel der Lust, und sobald er wieder ruhig atmen konnte, stützte Joe sich auf die Ellbogen und blickte lächelnd auf sie herab. Es war ein so zärtliches Lächeln, dass Alex' Herz höher schlug.

»Ich habe eine wichtige Neuigkeit für dich«, sagte er. »Ich bin rasend in dich verliebt.«

Sie betrachtete sein attraktives Gesicht mit den meerblauen Augen und staunte, dass dieser Mann in so kurzer Zeit zum Mittelpunkt ihres Lebens geworden war.

»Ich bin auch rasend in dich verliebt«, flüsterte sie

und legte ihre Arme um seinen Hals. Joe senkte den Kopf und gab ihr einen sanften, zärtlichen Kuss.

Etwas später machte er sich auf den Weg zum Stall, und Alex ging nach oben, um einige Kleidungsstücke zu packen.

»Ich hole dich in einer Viertelstunde ab«, versprach Joe an der Tor. »Aber schließ vorsichtshalber ab und schalte die Alarmanlage ein.«

50

Das Monster schaltete neuerdings den Fernseher ein, bevor es ging – damit Neely ein wenig Abwechslung hatte, sagte es grinsend. Weil der Bildschirm klein und ziemlich weit entfernt war, hatte sie anfangs gar nicht begriffen, was sie sah.

Ein leeres Zimmer, sonst nichts ... Tolle Abwechslung! Aber immerhin spendete das Gerät etwas Licht, so dass sie nicht völlig im Dunkeln saß.

Erst als sie sah, dass eine Gestalt jenen Raum betrat, wurde ihr klar, dass es Alex' Schlafzimmer war. Und die Gestalt war Alex!

Beim ersten Mal hatte Neely instinktiv geschrien, weil sie dachte, ihre Schwester könnte sie hören. Doch das war natürlich nicht der Fall. Inzwischen schaute sie kaum noch hin, wenn Alex gelegentlich auf dem Bildschirm auftauchte.

Neely hatte längst erraten, dass Alex nicht mehr in Whistledown lebte. Sie hielt sich immer nur wenige Minuten im Schlafzimmer auf und übernachtete nie dort. Wahrscheinlich hielt sie es allein in diesem Haus nicht aus.

Ob man wohl nach Eli und ihr suchte? Diese Frage

war leicht zu beantworten: Selbstverständlich! Die Polizei suchte wahrscheinlich fieberhaft nach den beiden verschwundenen Teenagern. Die wichtigere Frage war: Würden sie und Eli gefunden werden?

Neely befürchtete, dass sie auch darauf eine Antwort hatte.

Niemand würde ihr und Eli zu Hilfe kommen – jedenfalls nicht rechtzeitig.

Nur sie selbst konnte sich und Eli retten.

Sie hatte einen Plan. Es war kein besonders guter Plan, aber etwas Besseres fiel ihr einfach nicht ein. Das Bettgestell hatte Leisten aus Metall, die in den Rahmen geschraubt waren. Neely hatte sich lange abgeplagt und ihre Fingernägel ruiniert, bis es ihr gelungen war, eine Leiste abzuschrauben. Gearbeitet hatte sie nur im schwachen Licht des Bildschirms, doch als sie endlich fertig war, knipste sie die Taschenlampe an und stellte zufrieden fest, dass die Leiste sehr stabil war und sich durchaus als Waffe eignete.

Sie würde einen Speer daraus machen. Dazu musste sie allerdings die abgerundeten Enden zu einer scharfen Spitze schleifen.

Irgendwann hatte sie ein Comic-Heft über so genannte Maulwurfsmenschen gelesen, die unter der Erde lebten und niemals Sonnenlicht zu sehen bekamen. So kam Neely sich jetzt vor. Sie hatte das Gefühl, schon seit Jahren oder Jahrhunderten in dieser dunklen Zelle zu hausen, und sie wusste, dass ihre Chancen, jemals wieder die Sonne zu sehen, sehr schlecht standen.

Aber sie würde es versuchen … Immerhin hatte sie jetzt eine Beschäftigung: Sie saß auf der Matratze und wetzte die Bettleiste am Steinboden. Eine Seite war schon scharf, an der anderen arbeitete sie noch. Hin und her, hin und her …

Neely wurde zusehends schwächer. Sie hatte so lange nichts gegessen, dass sie nicht einmal mehr Hunger verspürte. Ihre einzige Nahrung waren Kakerlaken, die sich in ihr Gefängnis verirrten. Sie fing jeden Tag einige der widerlichen Insekten ein, deren Panzer knirschte, wenn sie hineinbiss, die aber gar nicht so übel schmeckten. Sie durfte nur nicht daran denken, was sie da zu sich nahm …

Vor dem Verdursten retteten sie die Wassertropfen, die stetig von der Decke auf den Steinboden in einer Ecke ihrer Zelle fielen. Natürlich bekam ihr Körper trotzdem zu wenig Flüssigkeit. Ihre Zunge und die Lippen waren geschwollen und ihre Haut fühlte sich wie eine Dörrpflaume an.

Eli war einige Male zu Bewusstsein gekommen, hatte gestöhnt und sich unruhig bewegt, aber nicht reagiert, wenn sie seinen Namen rief. Sein Zustand war viel bedrohlicher als ihr eigener. Sie hatte ein sauberes Stück seines T-Shirts abgerissen – durch beharrliches Kauen war es ihr gelungen, den Stoff zu durchtrennen – und benutzte es, um auch ihn mit etwas Wasser zu versorgen. Alle paar Stunden tunkte sie die Baumwolle in die kleine Pfütze am Boden, schob Elis Lippen auseinander und drückte den Lappen aus. Es war etwa ein Teelöffel Wasser, den er auf diese Weise jedes Mal schluckte.

Wenn nicht bald Hilfe kam oder wenn ihr Plan nicht funktionierte, würde Eli sterben. Und sie selbst auch.

Die einzige Frage war, auf welche Weise sie sterben würden.

Ihr Entführer besuchte sie regelmäßig und brachte immer ein Tablett mit Essen und Wasser mit. Er stellte es dicht vor die Tür ihrer Zelle und entfernte sich. Wahrscheinlich hoffte er, sie auf diese Weise schnappen zu können. Die Essensgerüche machten sie fast wahnsinnig, aber sie wusste, dass sie den Forderungen ihres knurrenden Magens nicht nachgeben durfte. Denn natürlich lauerte das Monster irgendwo im Dunkeln und wartete darauf, dass sie die Tür öffnete.

Für wie blöd hielt der Kerl sie eigentlich? Er hatte die Tür wieder mit einer Kette und einem großen Vorhängeschloss gesichert. Jedes Mal, wenn er kam, stellte er ihr das Tablett hin, nahm die Kette ab und zog sich zurück. Sogar ein Vollidiot würde diese Taktik durchschauen!

Neely war immer eigensinnig gewesen, und sie war fest entschlossen, ihn nicht gewinnen zu lassen. Vielleicht würde sie sterben – aber nicht kampflos!

Ihr Plan bestand darin, die Barrikade – das Bett – ein wenig zu verschieben, sodass er sich hindurchzwängen konnte. Sobald sie seine Schritte hörte, würde sie sich neben Eli legen und so tun, als wäre auch sie bewusstlos. Und wenn er dann die Zelle betrat, würde sie mit ihrem Speer zustoßen.

Doch ihr Speer war noch nicht scharf genug.

Sie wetzte ihn am Steinboden, als Hannibal plötzlich auftauchte. Ihr war längst klar, dass die zwei leuchtenden Punkte, die sie im Dunkeln gesehen hatte, die Augen des Katers waren. Ihr war auch klar, dass die Stimme ihres Vaters nur in ihrem Kopf existierte, aber er redete oft mit ihr und gab ihr gute Ratschläge.

Hannibals Auftauchen bedeutete immer, dass das Monster im Anmarsch war – sie benutzten offenbar denselben Eingang. Hastig versteckte Neely ihren Speer unter der Matratze.

Anstatt sich wie sonst den Gitterstäben zu nähern – er war zu fett, um hindurch zu passen –, sprang der Kater heute auf den Tisch, neben den Fernseher, und schlug mit dem Schwanz.

Wenn er ihre Aufmerksamkeit nicht auf das Gerät gelenkt hätte, wäre es Neely entgangen, dass Alex ins Schlafzimmer gekommen war.

Neely beobachtete, wie ihre Schwester den Raum

durchquerte, den Wandschrank öffnete und einige Kleidungsstücke herausholte.

»Oh, Alex!«, flüsterte sie vor sich hin. Es schnürte ihr die Kehle zu, Alex zu sehen und doch nicht erreichen zu können. Sie kehrte dem Fernseher den Rücken zu. Es war sinnlos, sich selbst zu quälen.

Neely. Es war die Stimme ihres Vaters. *Neely, benutz den Kater.*

Benutz den Kater? Neely brauchte nur wenige Sekunden, um zu begreifen, was die Stimme damit meinte.

Sie zog ihre Socke aus und knotete sie zu einer Schlinge. Dann nahm sie den Diamantstecker aus ihrer Nase und befestigte ihn an der Socke. Ihr blieb nicht viel Zeit. Gleich würde das Monster hier sein. Sie ging dicht vor dem Gitter in die Hocke.

»Hannibal, hierher! Komm, Hannibal!«

Der Kater gehorchte aufs Wort. Erleichtert griff Neely zwischen den Stäben hindurch und legte ihm die Schlinge um den Hals.

»Lauf«, flüsterte sie. »Lauf schnell!«

Er stand einen Moment lang regungslos da und starrte sie mit seinen leuchtenden grünen Augen an. Dann zuckte seine Schwanzspitze und er verschwand im Dunkeln.

Neely sah den Lichtstrahl der Taschenlampe, der immer den Besuch des Monsters ankündigte.

51

Alex sammelte gerade die letzten Sachen, die sie in den nächsten Tagen benötigen würde, als sie Hannibal hörte. Er war im Wandschrank und miaute laut.

Hatte sie ihn eingesperrt, als sie die Schranktür geschlossen hatte? Sie hatte nicht einmal bemerkt, dass er im Zimmer war.

Die Katze, die sich unsichtbar machen und an einem anderen Ort wieder Gestalt annehmen konnte …

Das hatte Neely einmal gesagt. Oh, Neely, wo bist du? Mit einem Kloß im Hals öffnete Alex die Schranktür und ließ den Kater heraus. Er stolzierte an ihr vorbei und sprang auf das Bett mitten auf ihren kleinen Kleiderstapel.

»Schsch!« Alex wedelte mit den Händen, um ihn zu verscheuchen. Er blieb seelenruhig sitzen und schaute sie mit seinen grünen Augen an.

Gleich würde Joe zurückkommen und sie brauchte diese Kleidungsstücke.

Hannibal rührte sich nicht von der Stelle.

Alex nahm ihren ganzen Mut zusammen und hob den riesigen Kater von ihren Sachen.

Erst jetzt sah sie die um seinen Hals gebundene Socke.

52

Der Jäger stellte lächelnd das Tablett vor die Tür.

»Bist du nicht hungrig, Cornelia?«, fragte er freundlich. »Weißt du, wenn du nichts isst, wirst du noch verhungern, und das wollen wir doch nicht.«

Cornelia gab keine Antwort. Sie hockte in einer Ecke und schaute ihn nicht einmal an. Sobald er sie in die Hände bekam, würde sie teuer für alles bezahlen …

Er warf einen Blick auf den Fernseher. Ah, Alexandra war zu Hause! Das kam in letzter Zeit so selten vor, dass es eine besondere Freude war, sie endlich wieder in seinem ›Alexandra-TV‹ bewundern zu können. Im Moment beugte sie sich über ihr Bett und hob den verdammten Kater hoch.

Sie nahm etwas ab, das der Kater um den Hals hatte. Es sah wie eine Schlinge aus …

Ein verknoteter Streifen Stoff.

Sie löste den Knoten und schüttelte den Stoff. Ihre Augen wurden riesengroß.

Auch die Augen des Jägers wurden riesengroß. In blinder Wut starrte er Cornelia an, die immer noch in der Ecke saß und auf den Boden schaute.

»Du gottverdammtes Miststück!«, fluchte er und rannte los, in Richtung der Treppen.

53

Alex starrte die Socke in ihrer Hand an. Es war eine rosa Socke, schmutzig, mit Flecken, die wie Blut aussahen. Und daran war ein Diamantstecker befestigt.

Neely! Neely musste dem Kater die Socke umgebunden haben …

Alex hatte solches Herzklopfen, dass sie befürchtete, es könnte zerspringen. Ihr Puls raste. Joe! Sie musste Joe die Socke zeigen! Neely und Eli mussten irgendwo ganz in der Nähe sein …

Und so wie die Socke aussah, steckten sie in irgendeiner Notlage. Diese Socke war zweifellos ein Hilferuf.

Alex eilte auf die Schlafzimmertür zu, um Joe zu informieren, überlegte es sich plötzlich anders und lief zum Nachttisch, wo das Telefon stand. Sie wusste inzwischen, dass es auch hier den Notruf 911 gab. Und den brauchte sie jetzt dringend.

Sie nahm den Hörer ab, drückte mit zittrigen Fingern auf die ersten beiden Ziffern …

Und hörte, dass jemand von hinten auf sie zustürzte. Sie schrie auf, wollte sich umdrehen, aber es war schon zu spät. Eine Hand packte sie bei den Haaren und zerrte sie grob vom Telefon weg. Eine zweite Hand presste sich auf ihren Mund, würgte ihren Schrei ab.

Alex ließ die Socke fallen.

»Halt den Mund! Und keine Bewegung!« Ihre Haare wurden losgelassen. Ein schwerer Metallgegenstand, rund und kalt, wurde ihr an die linke Schläfe gedrückt. Eine Pistole, begriff Alex sofort. Mit schreckensweit aufgerissenen Augen hörte Alex auf, sich zu wehren. Ihr Blut gefror zu Eis.

»So ist es besser«, sagte er dicht an ihrem Ohr, hielt ihr aber weiterhin den Mund zu. Irgendwie kam die Stimme ihr bekannt vor. Sie konnte ihn nicht sehen, doch er schien dick und nicht so groß wie Joe zu sein. »Wenn du schreist, bringe ich dich auf der Stelle um. Verstanden?«

Alex zitterte vor Angst. Kalter Schweiß trat ihr auf die Stirn. Er würde sie umbringen, auch wenn sie gehorchte, das wusste sie so genau, wie sie ihren eigenen Namen wusste.

Aber sie wollte nicht, dass es früher als unbedingt nötig geschah.

»Verstanden?«, knurrte er wild. Seine Finger gruben sich in die zarte Haut neben ihrem Mund. Die Mündung der Pistole drückte schmerzhaft gegen ihre Schläfe. Vor Grauen hatte Alex weiche Knie.

Sie nickte.

Er bückte sich, hob die Socke auf und stopfte sie in seine Tasche. Sie konnte sehen, dass er eine schwarze Hose mit Bügelfalte und ein weißes Hemd mit langen Ärmeln trug. Seine schwarzen Schuhe waren etwas staubig. Er roch nach etwas, das sie nicht identifizieren konnte.

Sein Gesicht konnte sie nicht sehen.

Natürlich! Dieser Mann musste auch Neely und Eli in seiner Gewalt haben.

»Braves Mädchen! Gehen wir.«

Alex wurde zum Wandschrank gestoßen.

»Öffne die Tür!«

Alex gehorchte. Als die Tür offen war, stieß er sie so heftig in den Schrank, dass sie gestürzt wäre, wenn die Hand um ihren Mund sie nicht auf den Beinen gehalten hätte. Der begehbare Schrank aus alten Zeiten war lang und schmal. Der Mann schwenkte sie zur Seite und befahl ihr, die Tür zu schließen. Es wurde dunkel. Er schob sie durch den Schrank. Sie streifte ihre Kleider, die alle auf einer Seite hingen und einen leichten Lavendelduft verströmten. Dieser vertraute Geruch steigerte ihr Gefühl, dass das nicht in Wirklichkeit passieren konnte. Es musste sich um einen schrecklichen Albtraum handeln.

»Denk daran – wenn du schreist, bringe ich dich um!« Er gab ihren Mund frei und streckte seine Hand nach der hinteren Schrankwand aus. Sie holte tief Luft, schrie jedoch nicht, weil sie nicht daran zweifelte, dass er seine Drohung wahr machen würde. Außerdem würde sowieso niemand sie schreien hören – es sei denn, Joe wäre schon zurück, was sie nicht glaubte.

Zu ihrer Verwunderung öffnete sich die Schrankwand wie eine Tür, als er dagegendrückte. Alex wurde in einen Gang gestoßen, der so eng war, dass ihre Schultern die Mauern berührten. Es waren Ziegelmauern, rau und kalt. Ihr Entführer hielt sie jetzt an den Haaren fest und drückte die Pistole an ihren Nacken. Die Schranktür fiel mit einem leisen Klicken zu. Alex konnte vor Angst kaum atmen. Eine Taschenlampe wurde eingeschaltet. In ihrem Schein konnte sie einen langen, schmalen Korridor erkennen.

»Geh!«, zischte der Mann ihr ins Ohr.

Alex bewegte sich mit weichen Knien, die Pistole im Nacken. Am Ende des Ganges angelangt, sah sie eine Treppe, die nach unten führte und nicht breiter als der Korridor war. Diese Treppe musste hinter dem Treppenhaus verborgen sein, das von der Küche in den ersten Stock führte, begriff Alex. Und sie begriff auch, dass der Mann die ganze Zeit, seit sie in diesem Haus lebten, freien Zugang zu ihrem Schlafzimmer gehabt hatte. Vermutlich auch zu den anderen Schlafzimmern.

Jetzt hatte sie auch endlich eine Erklärung für die Atemzüge, die sie in der ersten Nacht so entsetzt hatten.

Nach einem kleinen Treppenabsatz ging es weiter in die Tiefe. Diese zweite Treppe führte in den Keller hinab.

Es war ein Kohlenkeller, so alt wie das Haus. Die Luft war kalt und roch feucht, muffig. Alex stolperte mehrere Male auf dem unebenen Boden. Abgesehen von dem schmalen Lichtstrahl der Taschenlampe war es dunkel wie in einem Grab.

Ihr Entführer schien sich etwas zu entspannen, nachdem sie den Keller erreicht hatten.

»Ah, Alexandra, wir werden viel Spaß miteinander haben!«, sagte er fast vergnügt. Irgendwo hatte sie diese Stimme schon gehört – aber wo?

»Wo ist meine Schwester?« Ihre eigene Stimme klang schrecklich zittrig.

Sie hatten den Keller fast durchquert. Direkt vor ihnen war der riesige schwarze Kohleofen, mit dem das Haus einst beheizt worden war. Natürlich wurde er längst nicht mehr benötigt. Whistledown besaß eine moderne Zentralheizung und sogar eine Klimaanlage.

»Oh, Cornelia ist ein böses Mädchen! Vor wenigen Minuten war ich sehr wütend auf sie, aber jetzt nicht mehr. Was sie getan hat, war Schicksal, glaube ich. Ich wollte dich haben und jetzt *habe* ich dich!«

Seine Worte jagten ihr einen eisigen Schauer über den

Rücken. »Sie haben Neely und Eli in Ihrer Gewalt, nicht wahr? Wo sind sie? Haben Sie sie verletzt?«

»Du wirst sie gleich sehen«, sagte er ruhig.

Einen Moment lang verspürte Alex grenzenlose Erleichterung. Bis ihr klar wurde, dass niemandem es etwas nutzte, wenn sie Neely und Eli fand. Sie würde als Dritte spurlos verschwinden.

Ihr Magen krampfte sich bei diesem Gedanken zusammen.

Joe würde sie bald suchen. Wahrscheinlich war er schon aus dem Stall zurück ...

»Weißt du, Alexandra, da hast einen sehr tiefen Schlaf. Ich war fast jede Nacht in deinem Zimmer und du hast es nie bemerkt.« Er hörte sich richtig fröhlich an. »Oder doch? Hast du vielleicht von mir geträumt?«

Der Gedanke an Joe gab Alex Kraft. Er würde nach ihr suchen. Er würde das ganze Haus auf den Kopf stellen, um sie zu finden, es notfalls Ziegel für Ziegel niederreißen ... »Ich habe Sie auf dem Balkon gesehen. Zweimal.«

»Auf dem Balkon?« Das klang leicht verwirrt. »O nein, du irrst dich. Ich bin ein vorsichtiger Mensch und würde niemals auf den Balkon treten. Viel zu gefährlich. Jemand könnte mich sehen. Weißt du, deine Schwester und du – ihr habt mir viele Probleme bereitet. Dein Vater übrigens auch. Ihr Haywoods seid eine schlimme Bande!

»Mein Vater ...« Natürlich! Ihr Vater hatte also doch nicht Selbstmord begangen! »Sie haben ihn umgebracht, nicht wahr?«

Er lachte und schob sie um den Ofen herum. Eine kleine Eisentür war in die Ziegelmauer eingelassen. Er griff an Alex vorbei nach der Klinke und die Tür öffnete sich quietschend.

Sie betraten einen zweiten Kellerraum mit schmutzigen Böden und Wänden. In einer Ecke lag noch ein Haufen Kohle von anno dazumal. Auch diesen Lagerraum durchquerten sie, er öffnete eine zweite quietschende Eisentür und schob Alex über die Schwelle.

Ein grässlicher Geruch stieg ihr in die Nase. Sie stand in einem Raum mit Steinboden, Steinwänden und Steindecke und stellte erstaunt fest, dass er fast wie ein kleines Wohnzimmer eingerichtet war: ein großer Sessel, ein Tisch, auf dem ein Fernseher stand, der eingeschaltet sein musste, weil vom Bildschirm ein bläulicher Schimmer ausging, und eine ganze Wand mit Fotos.

Er ließ sie los und stieß sie so heftig nach vorne, dass sie auf die Knie fiel. Sie hatte Jeans und Turnschuhe an – die Turnschuhe hatte Joe vor einigen Tagen für sie gekauft –, schürfte sich beim Aufprall aber trotzdem die Knie auf. Doch sie spürte den Schmerz kaum, weil sie von kaltem Entsetzen geschüttelt wurde. Sie waren am Ziel angelangt. Was würde er jetzt mit ihr machen?

»Cornelia!«, rief er. »Hier ist deine Schwester.«

54

Irgendwo im Haus miaute der verdammte Kater so laut, als würde ihm bei lebendigem Leibe die Haut abgezogen. Das war das Erste, was Joe hörte, als er das Haus durch die Hintertür betrat. Was hatte das Tier?

Er schaltete die heulende Alarmanlage aus und ging in die Küche. O Gott, er fühlte sich alt! Älter als sein Vater. Und müde. Todmüde.

Eli. Der Gedanke an seinen Sohn schmerzte unablässig.

O Gott, Eli, wo bist du?

»Alex!«, rief er. Keine Antwort. Joe ging in die Halle. Sie musste noch oben im Schlafzimmer sein.

Auch der Kater war dort oben und führte sich immer noch wie ein Irrer auf.

Joe stieg mit gerunzelter Stirn die Treppe hinauf.

»Alex?«

Wenn sie nicht gewesen wäre, hätte er die letzte Woche wohl nicht überstanden. Zum ersten Mal in seinem Leben brauchte er einen Menschen, an den er sich anlehnen konnte. Alex gab ihm Kraft.

»Alex!« Er ging den Korridor entlang. Ihre Zimmertür war geschlossen. Von dort kam das Geschrei des Katers.

»Alex?« Er öffnete die Tür, schaute sich um. Hannibal strich ihm um die Beine und maunzte weiter.

Das Zimmer war leer, ebenso das angrenzende Bad. Alex war nicht da.

Hannibal miaute und miaute.

Was hatte der verdammte Kater nur?

Und wo war Alex abgeblieben?

Sie musste wohl doch irgendwo im Erdgeschoss sein. Aber warum antwortete sie nicht auf seine Rufe?

Beunruhigt lief Joe die Treppe hinab.

55

Alex war in einer Ecke gelandet, einer dunklen Ecke zwischen der kalten Steinmauer auf einer Seite und einem Gitter aus Metallstangen auf der anderen Seite. Irgendwie kam sie auf die Beine und drehte sich um. Sie wollte endlich das Gesicht ihres Entführers sehen.

Er ging auf den Tisch zu und schaltete eine Laterne ein. Sein kahler Schädel glänzte im plötzlichen hellen Licht. Er hatte ein rundes, rosiges Gesicht, das sympathisch wirkte. Alex riss weit die Augen auf. Kein Wunder, dass die Stimme ihr bekannt vorgekommen war. Vor ihr stand Homer Gibson, der Besitzer des *Dixie Inn*.

Eine Hand berührte durch die Gitterstäbe hindurch ihren Rücken.

»Alex!« Es war ein heiseres Krächzen.

»Neely!« Sie wirbelte herum und sah ihre Schwester hinter dem Gitter, schmutzig, mit wirren Haaren, nur mit Jeans und einem hellblauen BH bekleidet. Alex schauderte bei der Vorstellung, was Neely durchgemacht haben musste. Aber immerhin war sie am Leben. »Gott sei Dank! Neely, wie geht es dir? Und wo ist Eli?«

»Er ist hier, schwer verletzt. Oh, Alex, es tut mir so Leid, dass jetzt auch du noch hier bist. Das wollte ich nicht ...«

Alex schaute an Neely vorbei und entdeckte Eli auf einer großen Matratze, die auf dem Boden lag.

»Nun, meine Damen, es freut mich, dass ich euch diese Wiedersehensfreude bereiten konnte. Cornelia, du hast jetzt allerdings ein kleines Problem Wenn du nicht endlich die Tür öffnest und mich einlässt, kette ich deine Schwester an die Wand und mache ein schönes Lagerfeuer aus ihr.«

Alex wandte ihren Blick von Neely ab und starrte Homer an. Ein Lagerfeuer? Was meinte er damit? Plötzlich sah sie die schwarzen Brandspuren an der Wand zu ihrer Rechten. Sie reichten bis zur Decke ...

Homer trat an die Tür von Neelys Käfig heran, schob eine Hand durch die Stäbe und fummelte an der Kette herum, mit der die Zelle verschlossen war. Mit lautem Rasseln fiel sie auf den Steinboden.

»O Gott, o Gott ...«, wimmerte Neely.

»Neely, was ...«

»Alex, o nein, Alex ...«

»Cornelia, du hast die Wahl – entweder lässt du mich ein oder aber ...«

Er beendete seinen Satz nicht, sondern starrte plötzlich auf den Fernseher. Alex folgte seinem Blick und hielt den Atem an.

Die Gestalt auf dem kleinen Fernseher war Joe! Er war in ihrem Schlafzimmer, ging herum, schaute ins Bad …

»Hier haben wir ein neues Problem«, murmelte Homer. »Nehmen die Probleme heute Abend denn gar kein Ende? Soll ich raufgehen und auch ihn holen? Ich will ihn nicht und es gibt auch nicht genug Platz für alle … Ah, er verlässt das Zimmer wieder. Vielleicht geht er ganz weg …« Homer klopfte sich nachdenklich mit einem Finger an die Zähne. Er schien mehr mit sich selbst als mit Neely oder ihr zu sprechen, dachte Alex. Die Hand mit der Pistole hing schlaff hinunter.

Für den Bruchteil einer Sekunde überlegte Alex, ob sie einen Fluchtversuch unternehmen sollte. Aber sie verwarf diesen Gedanken sofort wieder. Bevor sie die Tür erreichte, würde er schießen.

Joe hatte den Raum verlassen. Jetzt war auf dem Bildschirm nur ihr leeres Schlafzimmer zu sehen. Ihre Kleider lagen auf dem Bett …

»Über meinem Bett ist eine Videokamera!«, rief sie entsetzt.

»So ist es. Auch im Bad. Ich nenne das ›Alexandra-TV‹. Nur Alexandra, die ganze Zeit.«

Bei der Vorstellung, dass dieser Perverse sie im Bad beobachtet hatte, wurde Alex fast übel.

»Ich habe dich auch im Motel beobachtet, als du dort übernachtet hast. Ich habe eine sehr hübsche Videokassette von dir und deiner Schwester. Nackt seid ihr besonders reizvoll.«

»Sie haben Kameras im Motel?«

Homer lächelte ihr zu. »O ja. Alle Zimmer sind mit Video und Audio ausgestattet. Sehr interessant, was man in einem Hotel alles zu sehen und zu hören bekommt –

Unzucht, Ehebruch … Von eurem Vater habe ich auch eine Kassette, wie er unseren verehrten Gouverneur Whelan bestochen hat.« Seine Miene verdüsterte sich. »Ich hoffte, ihn mit dieser Kassette erpressen zu können, aber er wollte nicht bezahlen. Natürlich könnte ich mich auch an Mr. Whelan wenden, doch der Kerl hat kein Geld, folglich lohnt sich die Mühe kaum.«

»Haben Sie ihn umgebracht, weil er nicht bezahlen wollte?« Alex spürte, dass Neely schnell etwas Kaltes und Hartes zwischen ihren Rücken und die Wand schob, als Homer gerade wieder einen misstrauischen Blick auf den Bildschirm warf. Sie tastete es unauffällig ab: eine lange Metallstange mit scharfer Spitze.

»Nun, schließlich hatte ich diese Videokassette.« Homer hörte sich empört an. »Euer Vater und Whelan haben im Motel gefrühstückt und sich dann in ein Zimmer zurückgezogen, das sie – angeblich für einen Bekannten – vorbestellt hatten. Euer Vater wollte eine Genehmigung für eine bestimmte Anzahl von Klinikbetten, und Whelan tat ihm gern diesen Gefallen – natürlich gegen Entgelt. Geld wechselte den Besitzer. Das alles habe ich auf meiner Kassette.« Er runzelte die Stirn. »Euer Vater war ein steinreicher Mann. Ich dachte nicht, dass er mir Ärger machen würde. Wir vereinbarten ein nächtliches Treffen im Pferdestall von Whistledown. Ich sollte die Kassette mitbringen, er würde das Geld mitbringen, versprach er. Ich nahm sogar noch eine Flasche mit, damit wir einen Schluck auf den Geschäftsabschluss trinken könnten. Aber plötzlich, im Stall, hielt er sich nicht an unsere Abmachung. Er sagte, er würde mir keinen Penny bezahlen, und zückte plötzlich eine Pistole. Ich glaube, er wollte mich erschießen! Zum Glück hatte ich meinen Taser dabei – du kennst doch meinen Taser, Cornelia? Leider ist er mir neulich aus der Hand geglitten und kaputtgegangen. Damals im Stall gelang es mir, ihn mit diesem nützlichen Elektroschockgerät zu betäuben, während ich so tat, als wollte ich ihm die Kassette aushändigen. Leider habe ich dabei den ganzen Whisky verschüttet, aber was soll's? Als er bewusstlos war, wusste ich, dass er auch in Zukunft eine Gefahr für mich darstellen würde. Deshalb drückte ich ihm seine Pistole in die Hand, presste sie an seinen Kopf und drückte ab. Es sollte natürlich wie ein Selbstmord aussehen und das hat ja auch prächtig geklappt. Aber es tut mir echt Leid, dass ich euch diesen schmerzlichen Verlust zufügen musste.«

Sein Blick fiel wieder auf den Bildschirm. »Verdammt, da ist der Kerl schon wieder!«

56

Alex war nirgendwo im Haus.

Joe hatte das Gefühl, als hätte sich eine eisige Faust um sein Herz gelegt. Er wusste genau, dass sie niemals allein im Dunkeln zu seinem Haus gegangen wäre.

Vom Telefon in der Küche rief er Tommy an. »Du musst sofort nach Whistledown«, sagte er ohne Einleitung. »Ich kann Alex nicht finden! Sie war hier im Haus und ist spurlos verschwunden!«

Der Sheriff hatte sich ziemlich verschlafen gemeldet, doch seine Stimme klang hellwach, als er jetzt rief: »Bin schon unterwegs!« Er kannte Joe lange genug, um zu wissen, dass es sich wirklich um einen Notfall handeln musste.

Joe ging wieder nach oben, in Alex' Schlafzimmer. Ein kleiner Stapel Kleidungsstücke lag auf dem Bett. Das legte die Vermutung nahe, dass ihr in diesem Zimmer etwas zugestoßen war.

Er hatte rasendes Herzklopfen und einen bitteren Gallegeschmack im Mund. Er durfte Alex nicht verlieren, nicht ausgerechnet jetzt … Den Verlust eines weiteren Menschen, den er liebte, würde er nicht überleben.

Hannibal tauchte plötzlich unter dem Bett hervor auf. Er schaute zu Joe auf, maunzte und ging mit hoch erhobenem Schwanz zum Wandschrank.

Wollte der Kater ihm etwas sagen?

Joe folgte ihm zum Schrank, öffnete die Tür.

Hannibal verschwand sofort darin, lief zur hinteren Wand, drehte sich um, starrte Joe an und miaute wieder laut, so als wolle er herausgelassen werden.

Eine schreckliche Ahnung überkam Joe. Er drückte eine Schulter gegen die Rückwand.

Sie öffnete sich.

57

»Nun«, murmelte Homer bedauernd, während sie auf dem Bildschirm verfolgten, wie Joe dem Kater in den Wandschrank folgte. »Das ist wohl Schicksal … eures und meines.«,

Er ging auf Alex zu. Sie packte den Speer hinter ihrem Rücken, wollte zustoßen, doch Homer war schneller und riss ihr die Waffe aus der Hand.

»Böses Mädchen!« Er schlug ihr die Pistole auf den Kopf.

Alex sah Sterne vor den Augen. Bevor sie sich erholt hatte, war sie mit einem Handgelenk an die Wand gekettet.

»Du hast Glück gehabt, dass ich dich nicht erschossen habe«, sagte Homer. »Andererseits – vielleicht war das doch eher Pech für dich …«

Neely schluchzte in der Zelle. »Alex! Alex! O Gott nein! Alex …«

Alex beobachtete mit schreckensweit aufgerissenen Augen und trockenem Mund, wie Homer die Pistole in die Tasche schob und den Raum verließ.

Kalter Schweiß lief ihr in Strömen über den Rücken. Sie zerrte verzweifelt an der Kette. Sie klirrte und rasselte, aber es war eine stabile Kette an einem in der Steinwand fest verankerten Metallring.

Homer kehrte mit einem roten Metallkanister in der Hand zurück.

Alex war einer Panik nahe.

Er hatte gedroht, sie anzuketten und ein Lagerfeuer aus ihr zu machen … Er wollte sie bei lebendigem Leibe verbrennen!

Neely heulte vor Entsetzen.

»Bitte, Homer, tun Sie das nicht! Bitte, bitte …«

»Ich wollte nicht, dass es so ausgeht, Alexandra«, sagte er bedauernd. »Ich wollte dich behalten. Doch nachdem Joe jetzt auf dem Weg hierher ist und dieses gemütliche kleine Heim zu viele Beweisstücke enthält, bleibt mir keine andere Wahl, als es zu verbrennen. Wenn man dich, Cornelia und Eli hier in der Asche findet, werden sie zwar erraten, was passiert ist, aber sie werden nicht wissen, wer das getan hat.« Er begann Kerosin auf den Boden neben ihren Füßen zu gießen. Der Gestank verursachte ihr einen heftigen Würgereiz. »Wer wegläuft, erlebt einen neuen Tag, heißt es doch so schön.«

Er vergoss weiteres Kerosin vor der Zelle, spritzte auch etwas davon durch das Gitter und ging zur Tür.

»Leb wohl, Alexandra!« Er öffnete die Tür, griff in seine Hosentasche, holte eine Streichholzschachtel heraus und zündete ein Streichholz an.

Alex beobachtete voller Grauen das rote Flämmchen.

Homer ließ das Streichholz fallen. Mit einem Knall fing das Kerosin Feuer …

58

»Alex! Alex!«

»Neely! O Gott, Neely!««

Alex schrie laut, als orange Flammen über den Boden tanzten und sich rasend schnell ausbreiteten. Rauch stieg zur Decke empor, streckte ölige Finger nach ihr aus, verstopfte ihren Mund, ihre Nase … Auch Neely schrie. Alex sah, wie ihre Schwester die Zellentür aufriss und auf sie zugerannt kam, wobei sie über die Flammen springen musste, die mit jeder Sekunde größer und greller wurden.

»Alex!« Neely hatte sie erreicht, fummelte an ihrem Handgelenk herum. Sie hatte einen kleinen Silberschlüssel in den Fingern, die so stark zitterten, dass sie das Schloss nicht sofort finden konnte.

»Verlass mich, Neely! Renn weg! Noch hast du eine Chance. Verlass mich, bitte!«

Alex wusste, dass sie und Eli an diesem furchtbaren Ort sterben würden, doch wenigstens Neely sollte am Leben bleiben.

»Bitte, lieber Gott, bitte …«, flehte Neely schluchzend, während die Flammen immer näher rückten, die Luft erhitzten und den Sauerstoff verschlangen …

Das Prasseln des Feuers war das schrecklichste Geräusch, das Alex jemals gehört hatte. Sie schätzte, dass in etwa einer Minute der ganze Raum brennen würde, dass die gierigen Feuerzungen dann über ihre Haut kriechen würden …

Die Handschelle gab ihr Gelenk frei.

Die Tür wurde aufgerissen. Es war Joe! Er sprang über die Flammen, hielt schützend einen Arm vor sein Gesicht.

»Alex!« Sein Schrei übertönte sogar das grauenhafte Prasseln.

Neely rannte ihm entgegen. »Eli! Eli ist in der Zelle!«, kreischte sie. Alex drehte den Kopf dorthin. Sie konnte Joes Sohn nicht verlassen ...

»Macht, dass ihr hier rauskommt!«, schrie Joe und stürzte auf die Zelle zu.

Neely hatte die Tür schon erreicht, doch Alex stand wie angewurzelt da. Ihre Augen tränten vom immer dichter werdenden Rauch. Sie konnte kaum noch etwas sehen. Die Hitze versengte ihre Haut ...

Sie konnte Joe nicht verlassen!

In blinder Panik beobachtete sie, wie Joe sich in der Zelle bückte und seinen Sohn hochhob ...

Die Flammen hatten ihre Füße erreicht. Schreiend rannte Alex los, sprang wie ein Reh über die Feuerwand, hinweg, schlug mit den Fingern nach den Flammen, die an ihren Jeans leckten. Die Hitze machte jeden Atemzug zur Qual.

Die Tür! Die Tür! Sie erreichte die Tür, stürzte in die relative Sicherheit des Kohlenkellers hinaus, rang nach Luft, drehte sich um – und sah, wie Joe sich mit Eli über der Schulter aus den Flammen rettete.

59

Als der Morgen dämmerte, konnten alle das Krankenhaus verlassen – mit Ausnahme von Eli, der wohl einige Wochen dort verbringen würde, hatten die Ärzte zu Joe gesagt. Er war schon operiert worden und würde sich erholen, versprachen sie.

»Ich hatte bisher keine Gelegenheit, dir zu danken«, sagte Joe zu Neely, als er sie und Alex nach Whistledown begleitete, damit sie ihre Sachen packen konnten. Das Haus war stark beschädigt; teure Reparaturen würden nötig sein, bevor hier wieder jemand leben konnte. Es war außerdem von der Polizei als Schauplatz eines Verbrechens mit Klebestreifen an den Türen versiegelt worden. Sie hatten jedoch eine Genehmigung erhalten, ihre Sachen zu holen. »Du hast Eli das Leben gerettet.«

»Dafür hatte ich meine guten Gründe«, grinste Neely. Ihre Haare waren wie die von Alex angesengt, und sie hatte einige oberflächliche Brandwunden. Die Verletzungen an Joes Beinen waren etwas ernster und in der Klinik verbunden worden, doch er schien keine allzu großen Schmerzen zu haben.

»Das leuchtet mir durchaus ein«, erwiderte Joe lächelnd. Diese Unterhaltung fand auf dem Korridor in der ersten Etage statt, und auch Alex, die in ihrem Zimmer noch mit Packen beschäftigt war, lächelte vor sich hin. Ihrer Ansicht nach war Neely eine Heldin. Sie hatte auch ihr das Leben gerettet.

Joe betrat ihr Zimmer. Er spielte bei diesem Besuch ihren und Neelys Leibwächter, obwohl eigentlich keine Gefahr mehr bestand. Tommy hatte Homer verhaftet, gleich nachdem Neely, Alex und Joe ihm alles berichtet hatten. Der Mann war von hier aus einfach in sein Motel gefahren, voller Zuversicht, alle Zeugen eliminiert zu haben. Die Staatspolizei, an die Tommy ihn übergeben hatte, war überzeugt, dass Homer immer wieder gemordet hätte, wenn ihm jetzt nicht endlich Einhalt geboten worden wäre. Er hatte bereits zweiundzwanzig Frauen und vier Männer auf dem Gewissen, wie aus der teuren Fotosammlung hervorging, die bei der Durchsuchung seines Hauses gefunden worden war. Er hatte von allen Opfern viele Aufnahmen gemacht! Dieselben Bilder hatten auch eine Wand in dem Kellerraum von Whistledown geschmückt, doch sie waren bei dem Brand vernichtet worden.

Homer hatte nach seiner Festnahme ein volles Geständnis abgelegt. Laura Welch war eines seiner Opfer gewesen, wie sie bereits vermutet hatten. Nach ihrem letzten Besuch bei Joe hatte sie im Motel übernachtet und er hatte sie im Schlaf mit seinem Taser betäubt und verschleppt.

»Warum gibt es diese Geheimgänge in meinem Haus?«, fragte Alex jetzt, während sie zu Joe aufschaute. »Ist das hierzulande vielleicht gang und gäbe – wie die Begeisterung für Basketball?«

Joe grinste. »Die Erbauer von Whistledown gehörten offenbar der Untergrundbewegung an, die vor dem Bürgerkrieg entflohene Sklaven versteckte und in Sicherheit brachte. Mit Hilfe der Geheimgänge konnte man sie schnell aus dem Haus schmuggeln, wenn nach ihnen gesucht wurde. Aus dem Keller gibt es noch einen zweiten Ausgang, der ins Freie führt, durch eine kleine Höhle direkt an den Fluss. Die Höhle wurde bei den starken Regenfällen der letzten Zeit überflutet. Dort hatte Homer seine verkohlten Opfer und ihre Sachen aufbewahrt, sorgfältig in Plastiksäcke gepackt. Bei dem Wolkenbruch in der ersten Nacht nach deiner Ankunft müssen einige Säcke nach draußen geschwemmt worden sein.«

»Woher wusste Homer über diese Geheimgänge Bescheid?«, rief Neely aus ihrem Zimmer.

»Er ist in Whistledown aufgewachsen. Vor etwa fünfundzwanzig Jahren gehörte das Haus seiner Familie. Viele Leute in dieser Gegend hatten Kenntnis von den Gängen, aber sie sind irgendwann mehr oder weniger in Vergessenheit geraten.«

»*Ich* hatte jedenfalls keine Ahnung, dass es sie gibt«, sagte Alex mit Nachdruck. »Sonst hätte ich nie im Leben jene erste Nacht hier verbracht, das kannst du mir glauben.«

»Du *hast* sie ja auch nicht hier verbracht«, sagte Joe schmunzelnd. Alex erinnerte sich an ihre wilde Flucht den Hügel hinab und schnitt eine Grimasse wegen seiner anzüglichen Bemerkung.

Joe trat neben sie, verschränkte die Arme und betrachtete sie nachdenklich. Alex hob fragend eine Augenbraue und widmete sich dann wieder dem Packen.

»Nachdem du hier jetzt kein Zuhause mehr hast, wirst du wohl so schnell wie möglich nach Philadelphia zurückkehren wollen?«

Sie schaute auf. »Hängt davon ab …«

»Wovon?« Joe schaute ihr tief in die Augen.

»Von dir.«

»Ach ja?« Er lächelte.

»Ja.«

»Alex …« Joe griff nach ihrer Hand und zog sie dicht an sich heran. »Heirate mich.« Seine Stimme klang heiser.

Sie schaute in sein gebräuntes Gesicht mit den meerblauen Augen und dem sinnlichen Mund und ihr Herz schlug schneller,

»Ja.« Sie legte die Arme um seinen Hals und küsste diesen herrlich sinnlichen Mund.

»Habe ich soeben richtig gehört?«, rief Neely von der Schwelle her. »Hast du seinen Heiratsantrag angenommen?«

Joe löste sich widerwillig von Alex' Lippen. »Hast du ein Problem damit?« Alex drehte sich in seinen Armen um und lächelte ihrer Schwester zu.

»Eigentlich nicht.« Neely grinste spitzbübisch. »Ich weiß nur nicht, wie ich mich daran gewöhnen soll, dass Eli dann mein Neffe sein wird!«

Joe grunzte.

»Wir werden dieses Problem irgendwie lösen«, versprach Alex.

Kurze Zeit später war alles gepackt und Joe trug die Koffer nach unten.

»Hast du Hannibal gesehen?«, fragte Neely, die schon nach dem Kater gesucht hatte. »Wir können ihn nicht hier zurücklassen.«

»Nein«, stimmte Alex zu. Der Kater war einer der größten Helden in der ganzen Geschichte gewesen. Plötzlich hatte sie einen Einfall, wo sie ihn finden würden.

»Komm mit«, sagte sie zu Neely.

Kalte Luft schlug ihr ins Gesicht, als sie die Balkontür öffnete. Die Dämmerung hatte den Kampf gegen die Dunkelheit schon fast verloren und der große Balkon war in purpurne Schatten gehüllt. Die Schwestern riefen nach dem Kater und plötzlich tauchte er laut schnurrend und mit stolz gerecktem Schwanz auf und spazierte auf sie zu.

Hinter ihm schimmerte eine vage Gestalt, die dennoch unverkennbar war.

Alex riss die Augen weit auf. Dort stand ihr Vater und lächelte ihr und Neely zu, mit den Händen in den Taschen, so gekleidet, wie sie es oft gesehen hatte: Sportjacke, Hemd mit offenem Kragen, Khakihose. Sein weißes Haar schimmerte silbrig, seine blauen Augen leuchteten vor Liebe.

Während sie ihn fasziniert betrachtete, verschwand er allmählich. Zum Abschied winkte er ihnen noch zu, dann löste er sich in Luft auf.

»Daddy!«, riefen Alex und Neely wie aus einem Munde. Hannibal strich laut schnurrend um ihre Beine herum. Die Schwestern tauschten einen Blick.

Sie hatten ihn beide gesehen. Daran bestand nicht der geringste Zweifel.

»Alex!«, schrie Joe aus ihrem Zimmer, leicht besorgt, weil sie schon wieder nicht da war.

»Gehen wir«, sagte Alex. Neely nahm den riesigen Kater in ihre Arme. Dann verließen die Schwestern den kalten, fast dunklen Balkon und kehrten ins warme, helle Haus zurück.

Epilog

An einem sonnigen Samstag im Dezember lehnte Joe am Geländer in der Nähe der Zielgerade von Gulfstream Park. Neben ihm machte sein Vater Luftsprünge und schrie sich die Kehle aus dem Leib. Auf der anderen Seite von Joe führte Alex, seine Frau, sich genauso auf. Die vier Kids hüpften wie Kängurus umher und vollführten ebenfalls einen Höllenlärm. Normalerweise hätte Joe sich die Ohren zugehalten.

Doch jetzt brüllte er selbst mit. Sie beobachteten gerade, wie Victory Dance das Magna Futurity mit sechs Längen Vorsprung gewann …

Joe konnte es nicht fassen, dass dieses Klappergestell von Pferd ihm soeben eine halbe Million Dollar und viel Ruhm beschert hatte. Zwei Gedanken gingen ihm durch den Kopf, während er von dem Hengst zu seiner kreischenden Frau schaute.

Erstens: Gegen Leidenschaft und Liebe ist man machtlos.

Zweitens: Träume gehen *doch* in Erfüllung.